U0552753

本书的出版得到山西师范大学学科攀升计划中国语言文学学科点经费资助

"尧都学堂"青年学者论丛

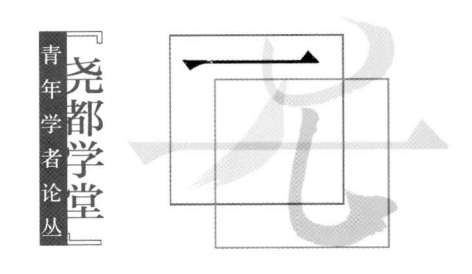

中国俄苏文学学人研究
(1978—2018)

Zhongguo Esu Wenxue Xueren Yanjiu (1978—2018)

张 磊 著

中国社会科学出版社

图书在版编目（CIP）数据

中国俄苏文学学人研究：1978－2018／张磊著 . —北京：中国社会科学出版社，2019.11

ISBN 978－7－5203－5048－8

Ⅰ.①中… Ⅱ.①张… Ⅲ.①俄罗斯文学—文学研究—中国—1978－2018 Ⅳ.①I512.06

中国版本图书馆 CIP 数据核字（2019）第 204129 号

出 版 人	赵剑英
责任编辑	刘　艳
责任校对	陈　晨
责任印制	戴　宽

出　　版	中国社会科学出版社
社　　址	北京鼓楼西大街甲 158 号
邮　　编	100720
网　　址	http://www.csspw.cn
发 行 部	010－84083685
门 市 部	010－84029450
经　　销	新华书店及其他书店
印　　刷	北京明恒达印务有限公司
装　　订	廊坊市广阳区广增装订厂
版　　次	2019 年 11 月第 1 版
印　　次	2019 年 11 月第 1 次印刷
开　　本	710×1000　1/16
印　　张	17.75
插　　页	2
字　　数	294 千字
定　　价	96.00 元

凡购买中国社会科学出版社图书，如有质量问题请与本社营销中心联系调换
电话：010－84083683
版权所有　侵权必究

总　　序

亭林先生顾炎武"古人之所未及就，后世之所不可无"已成著述者孜孜以求之境界，虽不能，亦向往之。著述辛劳，非亲历者不能体会，于青年学者、学术后进尤为如是。山西师范大学作为山西省人文学科研究的重要阵地，对弘扬山西文化，推动山西人文学科演进发挥了重要作用，文学院作为山西师范大学最大的文科学院之一，集聚了来自海内多所知名高校、科研院所的优秀博士，特别是最近几年，同师大一道，文学院步入快速发展轨道，一批批青年学者来此执教。师大幸甚、学院幸甚！

作为地方高师院校，教学任务繁重，然教师以教书育人、著文立言为要务，著文立言为教书育人之总结和升华，二者不可偏废。丛书的作者们大多初登杏坛，大部分时间都给予了课堂、学生，教学之余对或在即有研究基础上锐意进取，或于教学之中笔记碰撞、感悟，终有所获。经年累月，终成此中国语言文学系列著作，内容囊括音韵、文字、艺术、小说、文化、诗歌等领域，为文学院学科建设一大功效。观其书，皆以己精力成之，虽小有舛漏，但不碍达其言，读之"足以长才"，足矣！

文学院向以鼓励、资助教师学术研究、学术出版为任，2018年适逢山西师范大学、山西师范大学文学院六十周年庆典，在学校的大力支持下，学院前后奔走，幸蒙中国社会科学出版社大力支持，促成此系列著作的出版。该丛书不仅是学院教师学术研究的一次总结和集中呈现，也是学院学科建设的阶段性成果，更是学院教师们送给学校、学院六十周年庆典的一份不腆之仪。

山西师范大学地处临汾，为上古尧王建都之所，董仲舒注《周礼》"掌成均之法，以治建国之学政，而合国之子弟焉"条，曰：成均，五帝之学。可知尧时已有学堂。文学院追慕上古先贤，设"尧都大讲堂"为学院系列学术讲座、学术活动之共名，"'尧都学堂'青年学者论丛"亦由是得名。书成，为小序，以继往而开来。

赵变亲

2018 年 5 月 16 日

目　　录

序 ……………………………………………………………（1）

绪　论 ………………………………………………………（1）

第一章　中国俄苏文学学人群体考察 ……………………（4）
　第一节　北京的俄苏文学学者概览 ……………………（5）
　第二节　沪苏浙地区的俄苏文学学者概览 ……………（23）
　第三节　北方其他地区的俄苏文学学者概览 …………（34）
　第四节　南方其他地区的俄苏文学学者概览 …………（40）

第二章　中国俄苏文学学人的研究方法探析 ……………（46）
　第一节　社会历史批评方法 ……………………………（46）
　第二节　实证主义批评方法 ……………………………（54）
　第三节　宗教文化批评方法 ……………………………（60）
　第四节　其他研究方法 …………………………………（66）

第三章　戈宝权："原典实证"下的求索 ………………（87）
　第一节　我国普希金研究的先行者 ……………………（88）
　第二节　中俄文学关系研究的开拓者 …………………（98）
　小　结 ……………………………………………………（110）

· 1 ·

第四章　高莽：文学研究与艺术创作的融合 ……………… (112)
　第一节　视角独特的俄苏文学研究 ……………………… (113)
　第二节　绘画与文学研究交相辉映 ……………………… (125)
　第三节　俄罗斯文化的传播者 …………………………… (132)
　小　结 ……………………………………………………… (138)

第五章　吴元迈：哲理思辨和人文精神的综合 ……………… (141)
　第一节　辩证、宏观、综合：俄苏马克思主义文艺
　　　　　理论研究 ………………………………………… (142)
　第二节　运动中的美学：苏联文学思潮研究 …………… (163)
　第三节　从现象到本质：当代苏联文艺理论及方法论
　　　　　研究 ………………………………………………… (175)
　小　结 ……………………………………………………… (183)

第六章　周启超：坚定执着的学术探索 ……………………… (186)
　第一节　对俄国象征派的重新思考和定位 ……………… (187)
　第二节　从白银时代研究到"二十世纪俄语文学"的建构 … (197)
　第三节　俄苏文论研究的新探索 ………………………… (209)
　小　结 ……………………………………………………… (221)

第七章　刘文飞："诗与思"的追求 …………………………… (225)
　第一节　国内布罗茨基研究的先行者 …………………… (226)
　第二节　俄语诗歌研究 …………………………………… (240)
　第三节　斯拉夫派和西方派思想探究 …………………… (248)
　小　结 ……………………………………………………… (258)

结　语 ……………………………………………………………… (260)

参考文献 …………………………………………………………… (262)

序

张磊的博士学位论文要出版了，她让我写个序。对此，我自然是乐意的。这不仅是因为我见证了这部书稿写作的全过程，而且书稿涉及的俄苏文学学人研究也是我多年来关注的一个领域。

学人研究为什么值得关注？张磊在她的这部书稿中讲得很清楚："20世纪90年代以来，学界开始从学术史的角度对俄苏文学研究进行回顾和反思。在学术研究中，学者是主体，研究对象是客体；但是在学术史的视野下，学者的研究活动、研究方法及研究成果等都成为研究对象。俄苏文学学人研究是学术史研究中不可或缺的重要组成部分。"

学术史，包括翻译史、文学关系史等领域的研究，都不可能不关注学者和翻译家的活动。20世纪90年代初期，我撰写《二十世纪中俄文学关系》一书时，接触过不少材料，从这些材料中可以见到一个世纪以来众多翻译家和学者活跃的身影。正是因为这些学人的不懈努力，才有了俄苏文学在中国的广泛传播，有了它对中国社会与几代中国民众精神成长的影响。当时就觉得应该对那些做出卓越贡献的学人有更多书写，但限于篇幅，这个话题未能在该书中充分展开。后来，凡有合适的机会，我就会在自己的研究中加入"学人研究"的内容。例如，我在2000年主持的国家社科基金项目"中国的俄罗斯文学研究"、2005年主持的教育部基地重大项目"俄罗斯人文思想与中国"、2009年主持的国家社科基金重大招标项目"新中国外国文学研究60

年"中，均不同程度地涉足了"学人研究"的领域。

张磊随我攻读博士学位时，2009年的重大项目正处在酝酿和起步的阶段，也许与这样的背景有关，张磊的博士学位论文的方向定在了俄苏文学学人研究上。经过几年努力，张磊不仅在这个领域入了门，还逐步深入堂奥，获得了可喜的成果。她的博士学位论文的部分内容被收入我主编的《中国外国文学研究的学术历程》一书，该书第七卷《俄苏文学研究的学术历程》的第五章第八节"走向成熟的学科队伍"就是由张磊执笔的。因为该书涉及面较广，这一节在书中只占了不多的篇幅，好在如今张磊的博士学位论文有了正式出版的机会，读者由此能见到论文的全貌。

张磊的这部书稿在俄苏文学学人研究领域是有所开拓的。这里的"开拓"并非指国内无此类研究。如张磊所说，俄苏文学学人研究"在俄苏文学研究产生之初就开始存在"，从早期的零星的介绍到如今已不罕见的纪念文章和纪念文集，"但是这些著作和文章，大多数是以纪念、介绍和综述为主，尚缺乏对俄苏文学学人的深入研究和整体观照"。应该说，纪念文章、纪念文集，以及各种访谈与口述史，对于学人研究也是非常重要的，有些纪念文章写得很有深度，有的口述史保存了鲜活的资料，因此它们也是学人研究中不可或缺的一环。不过，不管是口述笔录还是纪念介绍，这一切还只是整体性的和专题性的研究的基础，它们与构思全面、研讨深入的专题书稿是不一样的。前些日子，我参加了《郑克鲁文集》37卷的出版会议。我在会上呼吁要重视对杰出的学者和翻译家的研究。因为不仅仅在俄苏文学界，在法国文学界及外国文学更广的领域，同样也缺少学人研究的有分量的成果。与优秀学者所做出的贡献和学科发展的需要相比，有分量的专题学人研究偏少，而这种研究其实也是时不我待的。

在俄苏文学界能够成为学人研究对象的学者不少，但这些学者往往是学术和人格皆出类拔萃的学者，譬如张磊书稿中论及的戈宝权先生就是一个值得专题研究的学者。戈宝权先生一生不平凡，他的学术成就也非一般。先生是中俄文学关系研究的拓荒者，他注重史料发掘，严谨的考证和独具慧眼的研究使他的研究往往有独到的发现，先生的不少成果比起某些高头大论的著作更有价值。我只是在讲座或会议中见到过先生几次，对先生的"熟悉"主要是纸面上的，他的著作和译著我耳熟能详。记得1978年，先生以校友身份来华东师大做"俄国文学与中国"的学术报告时，我还是进校不久的学子。他的报告以丰富的史料和清晰的思路为人们展示了这一研究领域的魅力。也许正是先生的报告唤起了我内心深处的某种情感，我开始更多地关注起俄罗斯文学和中俄文学的交往，并逐步走上了学术探索的道路。张磊以戈宝权先生作为个案研究的第一个对象，我是很赞成的。除了戈老，多年前我还让一位研究生做过一篇关于草婴先生的翻译思想与翻译人生的学位论文，因为我觉得草婴先生也是一位值得专题研讨的学人。相比起戈老，我与草婴先生的交往就比较多了。因专业关系，草婴先生在世时我与他多有接触。最早的接触应该是1980年，那年先生在华东师大开设系列"翻译讲座"。此时先生给自己设定的译出托尔斯泰全部小说的宏大计划刚刚起步，但是他在翻译领域早已成绩斐然。他的翻译思想已经成熟，他的翻译技巧已达到炉火纯青的境地。先生既讲翻译技巧，也谈翻译"要有益于中国的现在和中国的明天"。听他的讲座无疑是接受一次翻译艺术和人格魅力的洗礼。而我与先生的最后一次交往是2010年。那年秋天，我在学校主持纪念托尔斯泰逝世一百周年的学术会议，九十高龄的草婴先生听闻此事执意前来参加。在夫人的陪同下，他坐轮椅来到会场，并作了长时间发言。先生谈到了托尔斯泰的艺术成就、人格力量和人道主义思想，也谈到了他翻译托尔斯泰作品的体会。先生说得很动情，也很深刻，与会者都感受到了先生的人格魅力。那篇关于草婴先生的学位论文在文末也表达了这个意思："透过历史的长廊，我们感受到一种时光的沉重，同时也看到了一种穿越时光的力量，那是一种从恬淡人生透悟出的人格力量，是一种宽广而深刻的生命视野。"戈老和草婴先生这样的学人，他们的人格力量、生命视野和不凡成就正是学人研究的魅力所在。

学人的个案如何选择，这也会成为一个问题。张磊的书稿选择了五位学者作为个案，戈宝权、高莽和吴元迈三位先生德高望重，列专章阐述，不会有异议。"德高望重"，这是一般学人个案研究选择的标准。但是，这部书稿有两个专章选择了周启超和刘文飞作为个案。将两位似乎尚够不上"德高望重"的中年学者列为学人研究的对象，这个设想在博士学位论文构思之初就比较大胆。有人当时就提出质疑，将年富力强的中青年学者作为学人研究的对象是否合适？经过斟酌，张磊坚持了将这两位学者也作为个案的选择。在她看来，她的论文不是单纯探讨某个德高望重学者的学术思想和学术成就，而是希望选择几个合适的"点"，通过以点带面的方式，梳理学术发展的脉络。她选择中国社会科学院外国文学研究所，就是因为这个所"保持了较好的俄苏文学研究传统，老中青学者之间的传承体系比较明显"；选择这一群体中不同类型的五位学者也是因为"这五位学者分别侧重不同的研究方向，也体现了不同的研究个性"，而且通过对不同时代的学者的研究，可以"展示中国俄苏文学学人的发展变化"。从这个角度理解，张磊的选择是有道理的。在我看来，只要研究的方向与当代学术有关联，就不能排斥对年富力强并做出突出贡献的学人的研究。启超和文飞都是我的朋友，我对他们的情况比较了解。他们是同龄人，各具个性，从年轻时开始就潜心学术，并在自己的领域里取得了出色的成绩，他们是老一代俄苏文学学人的够格的学生和创造性的继承者。如今，他们都已经离开中国社会科学院外国文学研究所，现在一个是浙江大学人文学科的领军人才，一个是首都师范大学斯拉夫研究中心的主任，两人都不断有新的成果问世。不久前，我在杭州参加了周启超主持的国家社科基金重大招标项目"现代斯拉夫文论经典汉译与大家名说研究"的开题会，后来又在北京参加了刘文飞主持的国家社科基金重大招标项目"多卷本《俄国文学通史》"的开题会。他们主持的这两个项目学术分量都很重。在目前俄苏文学的研究领域，两人在相关的领域都具有代表性。试想，如果学人研究将这样的学者排斥在外，又如何能够准确反映中国当代学术的面貌？所以，学人研究的个案选择也应该根据选题的方向而定，不能一概而论。

张磊那样的以点带面的研究是学人研究中不错的一种样式。当然，试图通过若干个案看中国的俄苏文学学人的基本面貌，这比一般的个案研究所涉及的面要广得多，如不选择合适的角度，就没有可操作性。因此，张磊的书稿将研究时段缩至"新时期"，时间上跨度不大，个案选择上仅局限于某个特定范围的少数学者，对象上相对集中，这样的构思是妥当的。从书稿本身看，张磊在个案的研讨上突出各位学者研究的特点，分析比较到位。关于高莽，书稿主要关注的是"视角独特的俄苏文学研究"、"绘画与文学研究的交相辉映"、"俄罗斯文化的传播者"这几个角度。关于吴元迈，书稿重点分析的是他在研究俄苏马克思主义文论、苏联文学思潮、俄苏文艺学方法论等方面取得的出色成绩。关于周启超，书稿主要从白银时代文学研究、俄国经典作家研究、俄苏文论研究等方面展开。关于刘文飞，书稿涉及了他在布罗茨基研究、俄语诗歌研究、俄罗斯思想文化研究等领域的贡献。上述角度的选择颇具匠心。值得一提的还有书稿在每章结语处的归纳。例如："吴元迈在俄苏文学研究中积极运用综合研究和比较文学的研究方法，敢于提出并坚持自己的观点，为俄苏文艺理论研究的发展做出了很大的贡献。吴元迈没有急于去操作一些时髦的学术术语，也没有陷入对西方文论的追随热潮中。他始终站在一个中国学者的研究立场上，将深刻的理论、广阔的学术视野和人文精神融入学术研究。他的真知灼见，以及研究中体现出的前瞻性特点，对包括俄苏文学在内的整个外国文学学科发展起到了引领作用。""周启超对俄苏文学和文论研究保持着高度的热情，他对俄苏文论的研究视角敏锐，分析透彻，既有启发性的视点，又有研究方法方向的自觉，具有一定的前瞻性。""刘文飞一方面将文学研究和文化思想研究结合起来，在文化史的大背景上审视俄国文学，即在文学的个案中发掘其思想史意义；另一方面将俄罗斯古典文学研究和现代文学研究并重，作家作品研究和理论研究并重。他开阔的学术视野以及严谨、细致的研究方法对于我国俄苏文学研究者也具有重要的借鉴意义。"这些归纳强调了不同学者治学的特点，简洁且符合实际。

当然，这种以点带面的研究不仅要关注"点"，同时也要厘清"面"，这很有挑战性。要全面梳理和评析"新时期俄苏文学学人的基本面貌"，并要从面上探讨"新时期俄苏文学学人的研究方法"，这对于张磊来说也许比专章的个案研究更为不易，毕竟这需要长期的积累和开阔的视野。重要学者、重要成果和重要方法不能遗漏，相关点评更要简洁到位。而且人多面广，时时变动，情况复杂。张磊为完成这两章确实花了不少力气，面目基本清楚了，但是否到位还需等待学界的批评。

学人研究中除张磊那样的以点带面的研究外还有多种样式。其中，就某个学者进行的个案研究在学人研究中是最典型的。我手头就有多本个案研究的优秀著作。例如，张冰教授的《俄罗斯汉学家李福清研究》。尽管这本书研究的是俄罗斯的学人，但是在方法论上是相通的。作者对李福清在中国民间文学和民间艺术、中国神话和市民文学等领域取得的学术成就做了透彻的分析，并将其置于跨文化的视域中加以考察，同时还探讨了李福清的研究思路、研究方法，以及治学精神。谈到"治学精神"，不由得想起多年前我在莫斯科时与李福清先生的交往。特别是那年冬天我与先生长谈后，陪先生一起前往俄国家图书馆的情景，尚在手术后康复期的先生依然如此勤奋，这种治学精神当时就令我十分感动。而"治学精神"往往是学人研究中的核心内容之一。我这里还有一本友人赠送的书籍——《学者闻一多》，这也是一部学人研究的专著。该书不涉及闻一多的创作，而是专题探讨闻一多的学术研究（主要是古典文学研究）及其精神追求。这部著作同样出色。当然，除了个案研究外，对话漫谈也可以成为一种样式，但这不是一般意义上的口述史，而是经过对话者精心构思、巧妙组合的研究著作。我这里有一本钱谷融先生送的书，这是殷国明教授与先生无数次对话的结晶，全书30多万字，分16个专题，相当全面和深入地反映了钱先生的独到见解、学术成就和人生追求。这样的学人研究也很有特色。

张磊已经完成的这部书稿有许多优点，但在资料和论述等方面尚存在一些有待完善之处。张磊在出书前征求过我的修改意见。修改和完善当然是好事，但对于这部书稿来说，完善并非易事，因为这几年来俄苏文学队伍情况变化较大，对某些内容进行增补或修改几近重写，而要提升全书的理论深度更得有充裕的时间。因此在修改时间有限的情况下，我建议她将这部书稿作为一个阶段性的成果，基本保持博士学位论文原貌出版。

　　张磊入校读博时还很年轻，对学人研究也不熟悉。但她好学上进，不辞辛苦，搜集材料，走访专家，潜心架构，反复打磨，终于完成了这部20多万字的书稿。如今书稿即将面世，张磊也在走向成熟。祝愿她继续奋进，长足进步！

陈建华
2018年5月于沪上西郊夏州花园

绪　　论

20世纪90年代以来，学界开始从学术史的角度对俄苏文学研究进行回顾和反思。在学术研究中，学者是主体，研究对象是客体；但是在学术史的视野下，学者的研究活动、研究方法及研究成果等都成为研究对象。俄苏文学学人研究是学术史研究中不可或缺的重要组成部分。

如果从俄苏文学学科的形成和发展来看，可以将俄苏文学学人的发展历程划分为以下几个阶段：

第一阶段为20世纪初到五四运动前。这一时期已经出现了黄和南、寒泉子、王国维、鲁迅、李大钊等撰写的关于俄苏文学的评论文章，但此时的评论文章大多旁及俄苏文学，并没有形成真正的俄苏文学学人队伍。

第二阶段为五四运动到新中国成立。这一时期有更多的学者撰写有关俄苏文学研究的文章，如茅盾、瞿秋白、郑振铎、蒋光慈、耿济之等，并出现了专门的文学史[①]著作。其中左翼知识分子为俄苏文学研究做出了一定贡献。由于局势动荡，新中国成立以前，俄苏文学学人并没有形成一定的规模，整体队伍还比较薄弱。

第三阶段为20世纪50年代到70年代。这一时期，许多高校相

[①] 一部是郑振铎的《俄国文学史略》（商务印书馆，1924年），另一部是蒋光慈和瞿秋白的《俄罗斯文学》（创造社出版部，1927年）。

继开设了俄苏文学课程并出现了相关的研究刊物,随着俄苏文学学科的形成,俄苏文学学人的专业队伍也真正形成了。有的高校举办了多期苏联文学进修班,为后来俄苏文学的发展培养了重要的后备力量。当然从20世纪60年代中期开始到"文革"结束,这支队伍受到严重冲击。

　　第四阶段为20世纪70年代末至今。这一时期,俄苏文学学人焕发了勃勃生机,学术视野更加开阔,方法更加多样化,成果更为丰富。所以本书将研究的时间范围主要设定为1978年至2018年,偶尔也会涉及其他时间段的内容。

　　改革开放以来的俄苏文学学人,人才辈出,遍及全国。由于涉及面广,本书采取以点带面的方法,选取中国社会科学院外国文学研究所的学者作为个案。中国社会科学院是中国哲学与社会科学研究的最高学术机构和综合研究中心,也是我国俄苏文学学者最为集中的机构之一。在多年的俄苏文学研究中,中国社会科学院的学者在文学史、文学理论和文学思潮、俄苏作家作品研究及俄苏文学现状研究方面都取得了重大的成果,陆续推出了一系列颇有影响的俄苏文学研究专著和丛书。

　　中国社会科学院外国文学研究所保持了较好的俄苏文学研究传统,老、中、青学者之间的传承体系比较明显,为了更好地展示我国俄苏文学学人的风貌,本书选择这一群体中不同类型的五位学者戈宝权、高莽、吴元迈、周启超、刘文飞进行个案分析。[①] 这五位学者分别侧重不同的研究方向,也体现不同的研究个性。希望通过对戈宝权等老、中、青三代学者的研究,展示中国俄苏文学学人的发展变化。

　　对于俄苏文学学人的研究,在俄苏文学研究产生之初就开始存在,当时只有少量零星介绍俄苏文学学人的文章。到20世纪80年代,关于俄苏文学学人的研究逐渐增多。特别是21世纪以来,除了期刊和报纸上的文章之外,还出现了专门的书籍,包括一些重要的研

---

① 目前周启超在浙江大学任职,刘文飞在首都师范大学任职。

讨会。如关于曹靖华先生，2007年10月30日，北京大学举办了"曹靖华先生诞辰110周年纪念会暨俄罗斯文学国际研讨会"，并于2009年出版了《曹靖华诞辰110周年纪念文集》[①]。关于戈宝权先生，2010年6月25日，"文化和友谊的使者、著名翻译家戈宝权先生逝世10周年纪念会"在中国社会科学院外国文学研究所召开；同期纪念戈宝权逝世10周年的纪念会也在上海、江苏东台等地召开。[②] 关于余振先生，由华东师范大学中文系、北京大学俄语系等单位共同主办的"纪念余振先生百年诞辰暨俄罗斯文学研讨会"，于2009年初在华东师范大学召开。对于俄苏文学学人的研究，除了文集和研讨会之外，还有一些研究论文。[③]

就目前研究来看，关于俄苏文学学人的文章和著作大多数是以纪念、介绍和综述为主，尚缺乏对俄苏文学学人的深入研究和整体观照。本书将俄苏文学学人作为研究对象，从学术史的角度对俄苏文学学者这一群体进行研究，选取其中特色鲜明的学者作为个案，试图将学者的个人经历、学术背景、研究思想及所得成果进行有序整合。这样既可以揭示俄苏文学学人的发展历程，又能展现个别学者的研究特色。

[①] 实际上，关于曹靖华的纪念文集已有几种，如1988年出版的《一束洁白的花：缅怀曹靖华》、1992年出版的《曹靖华纪念文集》。

[②] 关于戈宝权，现在出版有《戈宝权纪念文集》（江苏教育出版社，2001年）、《文化和友谊的使者：戈宝权》（江苏美术出版社，2001年）。在《文教资料》2000年第1期中，收录了关于戈宝权的十余篇论文，既有陈燊、钱善行等中国学者撰写的文章，也有罗高寿、费德林、齐赫文斯基等俄国友人撰写的文章。

[③] 相关的一系列研究论文有陈燊的《论戈宝权先生的学术成就》、李明滨的《中国普希金研究的开拓者戈宝权》、岳凤麟的《风雨沧桑忆恩师——纪念曹靖华教授诞辰110周年》、张羽的《叶水夫——俄苏文学研究的开拓者 外国文学工作的组织者》、陈建华的《做有良知的学问——写在倪蕊琴教授新著〈俄罗斯文学魅力——研究、回忆与随笔〉前》、查晓燕的《杏坛春风五十年，桃李欣欣中俄间——北京大学外国语学院俄语系教授李明滨教授访谈录》等。此外，俄苏文学方面的专业学术著作中也有部分涉及俄苏文学学人，如《二十世纪中俄文学关系》《中国俄苏文学研究史论》《普希金与中国》等。

第一章

中国俄苏文学学人群体考察

我国俄苏文学研究自20世纪初发端以来，经过几个时期的发展和积淀，至今成果已蔚为可观。研究领域不断拓宽，学者队伍日益壮大，同时出现的成果越来越丰富。这一领域的蓬勃发展局面是数辈学人筚路蓝缕、辛勤耕耘的结果。他们以独特的治学方法和研究视角，为俄苏文学研究不断注入生机和活力，因此对学者及研究方法的关注应该成为俄苏文学学术史研究的重要组成部分。

早在1903年，黄和南就为普希金的小说《俄国情史》撰写了700多字的"绪言"，介绍小说的人物和情节等。之后，寒泉子、王国维、辜鸿铭等人纷纷撰写了关于列夫·托尔斯泰的评论文章。周树人、周作人和李大钊等人也相继发表文章评论俄国作家。鲁迅的《摩罗诗力说》和李大钊的《文豪》等文章，"从不同角度和不同立场出发涉及俄国文学，这些文字不仅是中国学者对俄国文学最初的评说，而且体现了介绍者本身的旨趣和精神追求，反映了当时的文化风尚和变革趋势，它的意义超出纯学术的范畴"[①]。但是，此时的评论者大多是旁及俄苏文学，并未形成俄苏文学研究的专业队伍。

直到新中国成立前，真正意义上的俄苏文学学人队伍并没有完全形成。此时的俄苏文学研究者呈现出一个鲜明的特点，即往往兼具译者和研究者的双重身份，而且主要侧重于翻译。如丽尼、巴

[①] 陈建华主编：《中国俄苏文学研究史论》第一卷，重庆出版社2007年版，第3页。

第一章 中国俄苏文学学人群体考察

金、瞿秋白、鲁迅等大多是从俄苏文学翻译渐渐走上俄苏文学研究道路的。

新中国成立后,许多高校相继开设了俄苏文学课程并出现了相关的研究刊物,随着俄苏文学学科的形成,俄苏文学学人的专业队伍也真正形成。1978年以来,俄苏文学学人焕发了勃勃生机,各种学术团体、学术刊物相继诞生,并涌现出一些年轻的学者。通过这些研究者的共同努力,俄苏文学研究取得的成就超过以往研究的总和。本书试图对1978年以来的俄苏文学学人做一个系统、全面的梳理。

从目前情况来看,我国的俄苏文学学者主要集中在中国社会科学院、京沪等地的各大高校,以及各省市的高校和科研机构中。为了论述方便,这里从地域分布的角度,大致将其划分为四个区域:北京地区、沪苏浙地区、北方其他地区和南方其他地区。[①]

第一节 北京的俄苏文学学者概览

北京是我国的学术中心之一,俄苏文学研究在这一地区取得了丰硕成果,出现了一批成就突出的学者。这些学者主要集中在中国社会科学院和各高等院校中。[②]

一 中国社会科学院的俄苏文学学者

中国社会科学院是俄苏文学学者最集中、成果最突出的研究机构。俄苏文学学者主要分布在外国文学研究所的俄罗斯文学研究室、理论研究室和相关编辑部,最集中的是俄罗斯文学研究室。该室的前身是中国科学院文学研究所的苏联、东欧文学研究组(苏东组),

---

[①] 本书涉及的学者成果涵盖改革开放以来各个阶段。由于时间跨度大、地域分布广,以及人员流动和专业变迁等,对于中国大陆地区的俄苏文学研究者做全方位的扫描难度很大,遗漏和错误之处请专家指正。此外,台湾地区的学者暂不包含在内。

[②] 除了北京的高校之外,人民文学出版社、商务印书馆、北京图书馆和中国作家协会还有相当一部分从事俄苏文学研究的学者,如孙绳武、张福生、卢永福、吴均燮、许磊然、陈斯庸、刘宪平、刘开华、田大畏等。由于篇幅所限,本书暂不涉及这些学者。

· 5 ·

1964年外国文学研究所建所后改名为苏联文学研究室。1977年中国社会科学院成立，外国文学研究所及其所属的苏联文学研究室划归为中国社会科学院。1991年，苏联文学研究室更名为俄罗斯文学研究室。

如果具体划分的话，中国社会科学院俄苏文学学者的研究方向大致有以下几个：

1. 俄苏文学现状研究

20世纪50年代苏联文学研究室成立之初，就将苏联文学现状研究作为其中的一个重要研究方向。从1961年至1966年苏联文学研究室先后出版了四种杂志，包括《现代文艺理论译丛》、《现代文艺理论译丛》增刊、《外国文学现状》、《外国文学现状》增刊，并出版了理论方面的六本黄皮书。① 这个传统一直延续下来，对俄苏文学现状的关注一直是中国社会科学院学者们的一个兴趣所在。

2. 经典作家、作品研究

从1978年到现在，中国社会科学院的俄苏文学学者对经典作家作品研究给予了极大热情。他们的研究兴趣集中在普希金、列夫·托尔斯泰、陀思妥耶夫斯基、屠格涅夫、契诃夫、高尔基、马雅可夫斯基、肖洛霍夫等作家，取得的成果在国内学术界中产生了较大的影响。

3. 文学史研究和文学理论、文学思潮研究

随着"文革"的结束及1977年中国社会科学院的成立，当时的苏联文学研究室的成员以崭新的姿态投入到研究工作中，将研究方向集中为文学史、文学理论和文学思潮研究。这一研究方向的转变，最终取得重大收获，中国社会科学院苏联文学研究室推出了一系列在国内颇有影响的著作。②

---

① 参见外国文学研究网（http://foreignliterature.cass.cn/chinese/）。
② 《苏联文学史论文集》、翟厚隆和张捷主编的《十月革命前后苏联文学流派》（上、下编）、叶水夫主编的《苏联文学史》（三卷）、李辉凡和张捷主编的《20世纪俄罗斯文学史》（45万字）等。在文学理论方面，出现了吴元迈的《苏联文学思潮》《现实的发展与现实主义的发展》《文学作品的存在方式》等。

外国文学研究所自建立以来，从事俄罗斯文学研究的成员主要有：戈宝权、陈冰夷、叶水夫、陈燊、高莽、张羽、薛君智、孙美玲、张捷、李辉凡、吴元迈、钱善行、郭家申、童道明、冀元璋、王守仁、吕绍宗、严永兴、石南征、周启超、刘文飞、董小英、吴晓都、李萌、苏玲、侯玮红、侯丹、文导微、张晓强、王景生、万海松、徐乐等。此外，文学所的楼肇明、钱中文也从事与俄罗斯文学研究相关的工作。上述学者在俄苏文学研究方面成果丰硕。

戈宝权从20世纪30年代开始关注俄苏文学，他采用实证研究方法取得的很多研究成果填补了我国在某些研究领域的空白，他以《中外文学因缘》为代表的一些著作具有重要价值。

叶水夫在推动苏联文学译介与研究方面做了很多工作，曾担任中国社会科学院外国文学研究所所长、研究员，《外国文学研究集刊》主编，《世界文学》主编等职。[1] 20世纪90年代，他主编并参加编写《苏联文学史》（三卷）[2]。该文学史从"文学思潮和文学理论"、"诗歌创作"、"散文和其他小说创作" 及重要作家等方面展开论述。这部文学史是目前我国规模最大的一部苏联文学史，资料翔实而丰富，对于苏联文学发展过程中出现的复杂现象给予了比较全面深入的论述。由于在翻译和研究工作中所作出的贡献，苏联莫斯科大学于1987年5月授予叶水夫名誉博士学位。

陈燊著有《同异集——论古典遗产、现代派文学及其他》[3]，主编有《外国文学研究资料丛书》[4] 以及《费·陀思妥耶夫斯基全集》[5] 等。其中《外国文学研究资料丛书》的出版，历时20余年，对外国文学研究的发展起到积极的促进作用。他在屠格涅夫研究、

---

[1] 早在新中国成立前，叶水夫就走上了俄苏文学翻译和研究的道路，他的译著法捷耶夫的《青年近卫军》（时代书报出版社，1947年）和季莫菲耶夫的《苏联文学史》（海燕书店出版社，1949年）引起了读者的广泛关注。
[2] 中国社会科学出版社1994年版。
[3] 漓江出版社1989年版。
[4] 国家社科基金"六五"重点项目，65种，共69册，合计2480万字。
[5] 共22卷，750多万字，河北教育出版社2010年版。

列夫·托尔斯泰研究和陀思妥耶夫斯基研究中，成果显著。

高莽在俄苏文学研究、翻译、绘画多个领域均有建树。他将绘画和俄苏文学研究结合在一起，开创了俄苏文学研究中的一种独特形式，展现了一系列图文并茂、独具特色的俄苏文学研究著作。

张羽主要从事苏联文学研究，著有《张羽文集》①。文集中包括高尔基研究和其他作家研究两编，对高尔基的研究尤为精深。代表性论文有《高尔基的自传体三部曲》《高尔基简论》《高尔基的造神论观点研究》《小说家高尔基》《困惑·探索·创新——高尔基二十年代的中短篇小说》《高尔基的死因说及对其再评价》等。

薛君智著有《回归：苏联开禁作家五论》②，并主编了《欧美学者论苏俄文学》③。《回归：苏联开禁作家五论》探讨了苏联回归文学中的左琴科、帕斯捷尔纳克、扎米亚京、皮里尼亚克、普拉东诺夫的创作。值得关注的是，作者并没有将五位作家的悲剧简单地归结为社会原因，而是客观指出五位作家创作中的问题和不足，为我国学术界进行苏联开禁作家研究提供了一定的借鉴。《欧美学者论苏俄文学》是欧美学术界俄苏文学研究成果编译集。薛君智收集整理了英、美、加、澳、法、荷等各国较有代表性的学者的主要论著，选编 20 篇研究成果组成各有侧重的四个部分，并在各篇之前加写了背景介绍和初步评价，在当时的俄苏文学研究中特色鲜明。

孙美玲的研究重点是肖洛霍夫。著作有《肖洛霍夫研究》④《肖洛霍夫》⑤《肖洛霍夫的艺术世界》⑥。同时，孙美玲还翻译了《作家与领袖：肖洛霍夫致斯大林》和《肖洛霍夫文集》第八卷。《肖洛霍夫》属于"外国文学评介丛书"中的一种，介绍了肖洛霍夫的生平，

---

① 河海大学出版社 2014 年版。
② 社会科学文献出版社 1989 年版。
③ 社会科学文献出版社 1996 年版。
④ 外语教学与研究出版社 1982 年版。
⑤ 辽宁人民出版社 1985 年版。
⑥ 社会科学文献出版社 1994 年版。

并对其主要创作《顿河故事》《静静的顿河》《被开垦的处女地》和《一个人的遭遇》进行了解读和分析，探讨了肖洛霍夫创作的艺术特色，使我国读者对苏联作家肖洛霍夫有了更加全面和客观的了解。《肖洛霍夫的艺术世界》是孙美玲关于肖洛霍夫研究的升华和总结，作者结合肖洛霍夫的生平及作品，全面而系统地论述了肖洛霍夫的艺术世界及创作道路上的多种探索。

张捷对俄苏文学现象和文学现状保持着密切关注，他的一系列著作，如《苏联文学的最后七年》[①]《当今俄罗斯文坛扫描》[②]及《苏联解体后的俄罗斯文学（1992—2001）》[③] 等，是了解当代俄罗斯文学的最佳指南。在《苏联文学的最后七年》中，张捷采用实证研究的方法，客观而公允地对20世纪80年代中期到苏联解体前的文学做了深刻评价和定位，第一次系统而全面地展示了苏联文学在这一特殊时期的不同景象，以及与政治运动的密切关系。这部著作建立在大量第一手材料的基础上，同时也是作者对20世纪80年代中期以来的苏联文学实地考察和密切追踪的结果。

吴元迈研究领域较广，涉及俄苏文论研究、经典作家研究、外国文论和学科建设研究等多个领域。《吴元迈文集》[④]和《俄苏文学及文论研究》[⑤]等多部著作代表了他的学术成就。

钱中文在进行文艺理论研究的同时，对俄苏文学研究给予了高度的热情，主要集中在果戈理研究和巴赫金研究。他的专著《果戈理及其讽刺艺术》[⑥]较早地系统探讨了果戈理创作中的讽刺手法及特点。他为《果戈理全集》所作的序言，展示了在果戈理研究方面的开阔视野。在巴赫金研究方面，钱中文除发表了一系列论文外，主编的

[①] 社会科学文献出版社1994年版。
[②] 人民文学出版社2007年版。
[③] 中国社会科学出版社2011年版。
[④] 上海辞书出版社2005年版。
[⑤] 中国社会科学出版社2014年版。
[⑥] 上海文艺出版社1980年版。

《巴赫金全集》①受到学术界的广泛好评。《巴赫金全集》"收入了当时能被找到的绝大部分巴赫金著作文章,其中不少内容如巴赫金的拉伯雷研究等是第一次作为中译版介绍给国内读者,译文之精收集之全,为世界称道"②。

李辉凡著有《文学·人学:高尔基的创作及文艺思想论集》③《二十世纪初俄苏文学思潮》④《俄国"白银时代"文学概观》⑤等。《二十世纪初俄苏文学思潮》是关于19世纪末至20世纪30年代俄苏文学思潮流变和文艺理论发展的论著。作者在俄苏文学研究中将文学思潮、文学史的研究和作家研究结合在一起,在俄苏文学学术界产生了一定的影响。

钱善行的研究集中于当代苏联文学。《当代苏联小说的嬗变:主要倾向、流派及其它》⑥是一部关于苏联小说创作自二战以来至20世纪90年代初发展嬗变轨迹的论著。著者选取了从肖洛霍夫、布尔加科夫到艾特玛托夫、阿斯塔菲耶夫等50多个作家的近百部小说作品,大致遵从时间顺序,对40多年来当代苏联小说创作发展的基本轨迹,包括其中一些主要倾向、流派的变化及假定性、意识流等艺术观念在小说创作中的影响,做了扼要而具体的轮廓性描述。

童道明是著名的俄罗斯戏剧研究学者。他在契诃夫研究方面成果突出,主编《契诃夫名作欣赏》⑦,著有《惜别樱桃园》⑧《我爱这片天空:契诃夫评传》⑨。在著作中,他将契诃夫的传记和文学评论结合在一起,附录中收入中外名人论契诃夫,是一部关于契诃夫的优秀

---

① 《巴赫金全集》(六卷本),河北教育出版社1998年版。
② 陈建华主编:《中国俄苏文学研究史论》第二卷,重庆出版社2007年版,第135页。
③ 重庆出版社1993年版。
④ 社会科学文献出版社1993年版。
⑤ 中国社会科学出版社2008年版。
⑥ 社会科学文献出版社1994年版。
⑦ 中国和平出版社1996年版。
⑧ 中央编译出版社1996年版。
⑨ 中国文联出版社2004年版。

学术著作。

冀元璋侧重俄苏文学现状研究，其中《俄罗斯作家访谈录》[①]一文，通过访谈录形式展现了苏联解体后俄罗斯文学的现状和前景，探讨了"如何评价已经解体的前苏联文学"、"苏联解体后俄罗斯文学的现状和前景"、"如何看待回国定居的索尔仁尼琴"等问题，为我国俄苏文学现状研究提供了丰富而翔实的第一手材料。

王守仁的研究集中在俄苏诗歌方面，涉及叶赛宁、丘特切夫、茨维塔耶娃、阿赫玛托娃和叶夫图申科等诗人，重点是叶赛宁。在《叶赛宁》[②]一书中，作者将叶赛宁的生平经历和对诗歌的解读很好地结合在一起，同时融入对叶赛宁的评价，打造了一部立体化的叶赛宁传记。他在俄苏诗歌研究方面发表了大量论文，如《进入八十年代的苏联诗歌》《叶夫图申科及其诗歌创作》《苏联诗歌的全球意识》等，并译有《苏联抒情诗选》。

吕绍宗是知名的左琴科研究学者，著有《我是用作实验的狗：左琴科研究》[③]，译著有《左琴科幽默讽刺作品集》[④]等。《我是用作实验的狗：左琴科研究》是我国第一部研究左琴科的专著，全书从不同的角度深入地分析了左琴科的讽刺艺术。一方面将左琴科的讽刺艺术与果戈理、契诃夫的讽刺艺术进行比较；另一方面联系中国实际将左琴科的讽刺艺术与鲁迅以及马三立的单口相声进行比较，不失为左琴科研究中的一种新的探索。

严永兴著有《辉煌与失落：俄罗斯文学百年》[⑤]，本书的范围涵盖了20世纪近百年的俄罗斯文学，划分为白银时代文学、苏联文学、苏联解体后的俄罗斯文学三部分。全书既有对重要作家作品的深入分析，也融合了对社会、历史、经济、文化因素的反思，是一部视角独

---

① 《外国文学动态》1994年第4期。
② 辽海出版社1998年版。
③ 河南人民出版社1999年版。
④ 译林出版社2004年版。
⑤ 译林出版社2005年版。

特的梳理俄苏文学发展的著作。

石南征主要从事俄罗斯小说及小说理论研究，专著有《明日观花：七八十年代苏联小说的形式、风格问题》①。《明日观花：七八十年代苏联小说的形式、风格问题》是较早致力于从小说的形式、风格来研究苏联文学的一部专著。全书以七八十年代苏联小说的三种倾向——叙述上的客观化、艺术描绘上的假定性化和艺术综合上的"集约化"为考察对象切入20世纪七八十年代苏联小说，是苏联文学研究中的一部力作，具有相当的理论意义和价值。

董小英的成果体现在巴赫金研究，著有《再登巴比伦塔：巴赫金与对话理论》②。《再登巴比伦塔：巴赫金与对话理论》属于"三联·哈佛燕京学术丛书"中的一种，也是我国巴赫金对话理论研究的重要成果之一。作者从结构主义叙事学角度来分析巴赫金的对话理论并揭示出其复杂的本质，结论部分总结评价了对话理论的得失及意义。

多年来，中国社会科学院的俄苏文学学者们在俄苏文学研究这块热土上继续耕耘，成果丰硕。他们共同参与完成的刊物和项目包括：《古典文艺理论译丛》（50年代末60年代初，共出9辑）、《现代文艺理论译丛》（1961—1965，共出22辑）、《现代文艺理论译丛》增刊（1960—1962，共出16辑）、《外国文学现状》（1962—1965，共出27期）、《外国文学现状》增刊（1964年6—12月，共出6期）、黄皮书6本（1963）、《苏联文学纪事（1953—1976）》，以及翟厚隆和张捷主编的《十月革命前后苏联文学流派》（上、下编）、叶水夫主编的《苏联文学史》、李辉凡和张捷主编的《20世纪俄罗斯文学史》等。

所以，中国社会科学院的俄苏文学学者是俄苏文学学人队伍的重要组成部分，上述介绍已可以突显中国社会科学院学者群体的雄厚研究实力。

---

① 社会科学文献出版社1997年初版，2007年再版。
② 生活·读书·新知三联书店1994年版。

二 北京高校中的俄苏文学学者

北京高校中的俄苏文学学者主要分布在北京大学、北京师范大学、北京外国语大学、中国人民大学、首都师范大学、北京第二外国语学院、对外经济贸易大学等高校。其中北京大学、北京师范大学、北京外国语大学等高校在俄苏文学研究方面历史悠久，积淀深厚，学者较为集中。

（一）北京大学的俄苏文学学者

北京大学的学者主要集中在俄语系。1951 年，由北京大学、清华大学、燕京大学等院校师资力量联合组建了北京大学俄罗斯语言文学系。成员先后有曹靖华、余振（后调至华东师范大学）、魏荒弩、张秋华、张有福、彭克巽、岳凤麟、左少兴、臧仲伦、顾蕴璞、孙静云、徐稚芳、李明滨、李毓榛、魏玲、任光宣、陈松岩、赵桂莲、查晓燕、陈思红、彭甄、刘洪波、王彦秋、陈松岩、刘浩等学者。同时，北京大学外国语学院世界文学研究所的凌建侯和北京大学出版社的张冰也在从事俄苏文学研究。

曹靖华是著名的俄苏文学学者、翻译家。新中国成立后，曾担任北京大学俄语系主任，培养了一大批俄语语言、文学和翻译方面的人才。在编撰《俄国文学史》[①] 时，曹靖华组织了北京大学、北京师范大学、南京大学、复旦大学、华东师范大学及黑龙江大学的专家学者们进行编写，出版后受到各使用单位和社会各界的好评，并于 1992 年获得第二届全国高等学校优秀教材特等奖。

魏荒弩是涅克拉索夫研究专家，专著有《涅克拉索夫初探》[②]《论涅克拉索夫》[③]，同时译有涅克拉索夫诗歌数种。《涅克拉索夫初

[①] 该书曾以"俄国文学史"为书名于 1989 年由人民文学出版社出版，1992 年又作为《俄苏文学史》的第 1 卷由河南教育出版社出版。2007 年，为了纪念曹靖华诞辰 110 周年，北京大学出版社隆重推出了曹靖华主编的《俄国文学史》，由张秋华、岳凤麟、李明滨担任副主编。

[②] 北京大学出版社 1985 年版。

[③] 北京大学出版社 2000 年版。

探》是国内较早的一部关于涅克拉索夫的研究专著,《论涅克拉索夫》收录了包括《涅克拉索夫初探》在内的论著和以往发表的相关论文,是作者研究成果的一个总结,在涅克拉索夫研究中具有重要的意义和价值。

彭克巽著有《苏联小说史》[①]《陀思妥耶夫斯基小说艺术研究》[②],主编《苏联文艺学学派》[③] 等。《苏联小说史》对 19 世纪末 20 世纪初至 20 世纪 70 年代的苏联小说艺术流派分阶段进行了深入分析,是从艺术流派探讨苏联小说史的理论专著,也是国内第一部苏联小说史。

岳凤麟侧重俄罗斯诗歌研究,翻译了俄罗斯著名诗人马雅可夫斯基、叶赛宁、勃留索夫、别德内依等的诗作。参加编写的主要著作有《俄国文学史》《俄苏文学史》《马雅可夫斯基评论集萃》《叶赛宁研究论文集》《世界各国爱国诗选》等。

顾蕴璞的研究集中在莱蒙托夫和俄罗斯诗歌,著有《莱蒙托夫》[④]《诗国寻美:俄罗斯诗歌艺术研究》[⑤] 等。《诗国寻美:俄罗斯诗歌艺术研究》选取普希金、莱蒙托夫、叶赛宁三位诗人作为研究对象,采取文本细读的方式展现俄罗斯诗歌的艺术魅力。编译的著作包括:《莱蒙托夫抒情诗选》《叶赛宁诗选》《莱蒙托夫全集》《普希金精选集》等。其中《莱蒙托夫全集》第 2 卷(抒情诗Ⅱ)获 1995—1996 年全国优秀文学翻译彩虹奖,这部全集对于推动我国莱蒙托夫研究的发展起到重要作用。

徐稚芳主要从事俄罗斯诗歌研究,专著有《俄罗斯诗歌史》[⑥]、《俄罗斯文学中的女性》[⑦],参编有《俄罗斯苏联文学名著选读》《欧

---

① 北京十月文艺出版社 1988 年版。
② 北京大学出版社 2006 年版。
③ 北京大学出版社 1999 年版。
④ 华夏出版社 2005 年版。
⑤ 北京大学出版社 2004 年版。
⑥ 该书由北京大学出版社于 1989 年初版,2002 年再版。
⑦ 北京大学出版社 1995 年版。

洲文学史》《外国文学名著鉴赏》等。《俄罗斯诗歌史》从社会历史批评角度阐述了俄罗斯诗歌的发展历史。全书上起古代下至1917年十月革命，包括"俄罗斯诗歌的渊源"、"18世纪的俄罗斯诗歌"、"19世纪初期的俄国的诗歌"、"普希金"、"莱蒙托夫和波列查耶夫"、"涅克拉索夫"等内容。作者在分析和评述诗人及其创作时，结合社会历史批评方法把诗人力求还原至具体的时代、环境和文学运动中，揭示诗人独特的精神气质、艺术手法及其在诗歌史上的地位和贡献。

李明滨的研究重点是俄罗斯汉学和中俄文学、文化关系，编选了《古典小说与传说：李福清汉学论集》①，相关著作有《中国文学在俄苏》②《俄罗斯汉学史》③ 等。《俄罗斯汉学史》论述俄国汉学形成、发展和成为世界汉学界一支劲旅的全过程。内容从历史溯源开始，经过比丘林、瓦西里耶夫、阿列克谢耶夫三个历史时期，迄于以齐赫文、米亚斯尼科夫、基达连克为代表的当代汉学新时期，是国内第一部贯通古今的俄罗斯汉学史。

任光宣在俄国文学与宗教研究中成果显著，主要体现在《俄国文学与宗教（基辅罗斯——十九世纪俄国文学）》④ 和《俄罗斯文学的神性传统：20世纪俄罗斯文学与基督教》⑤ 这两部著作中，提出了许多新的观点。在后一部著作中，作者分别选取《大师与玛格丽特》《日瓦戈医生》《金字塔》，以及俄罗斯侨民文学中的经典作品，探讨20世纪俄罗斯文学与宗教之间的密切联系。

赵桂莲著有《生命是爱：〈战争与和平〉》⑥《漂泊的灵魂：陀思妥耶夫斯基与俄罗斯传统文化》⑦ 等。其中《漂泊的灵魂：陀思妥耶

---

① 中华书局2003年版。
② 花城出版社1990年版。
③ 大象出版社2008年版。
④ 世纪图书出版西安公司1995年版。
⑤ 北京大学出版社2010年版。
⑥ 云南人民出版社2002年版。
⑦ 北京大学出版社2002年版。

夫斯基与俄罗斯传统文化》，将陀思妥耶夫斯基置身于宗教文化、民俗文化、历史文化等背景之中，探究陀思妥耶夫斯基笔下人物形象的本质和意义。这是一部自觉的文化批评著作，进一步丰富了我国的陀思妥耶夫斯基研究。

查晓燕在普希金研究方面成果突出，她的博士学位论文《普希金——俄罗斯精神文化的象征》①从三个层面——普希金的历史主义观、诗人对启蒙思想的接受过程和普希金的宗教文化观进行了分析和论述。论文的研究视角非常独特，没有简单停留在对普希金作品研究的层面，开拓了国内普希金研究的一个新视角，也成为我国第一个以普希金为研究对象而获得博士学位的人。②

（二）北京师范大学的俄苏文学学者

北京师范大学是我国俄苏文学研究的重镇。从20世纪50年代开始，北京师范大学举办了多期苏联文学进修班，③为俄苏文学研究培养了众多有生力量。1964年，中文系成立了苏联文学研究室，1979年建立了苏联文学研究所。④该研究所下设苏联文学研究室和俄国文学研究室，主要研究方向包括当代苏联文学及理论、俄苏小说史、俄苏文学批评史等。2011年11月，北京师范大学成立中俄人文研究中心，进一步拓宽研究领域。

北京师范大学主编有俄苏文学方面的专业期刊《俄罗斯文艺》。《俄罗斯文艺》原名《苏联文学》，创刊于1980年1月，1991年更名为《俄罗斯文艺》。《俄罗斯文艺》是俄国境外唯一一种以译介研究俄罗斯文学艺术为宗旨的专业学术期刊，⑤致力于介绍俄罗斯及独联

---

① 该博士学位论文由北京大学出版社于2001年出版，属于"青年学者文库丛书"中的一种。

② 张铁夫主编：《普希金与中国》，岳麓书社2000年版，第249页。

③ 苏联文学进修班、研究班（简称"苏进研"）由北京师范大学受教育部委托，创办于1956年2月和6月。两个班共招收来自全国各地的92名学员，于1958年7月毕业后，分赴全国许多高校任教，这是新中国成立后培养起来的第一代俄苏文学学人。

④ 《北京社会科学手册》课题组：《北京社会科学手册》，燕山出版社1986年版，第129—130页。

⑤ 吴泽霖：《发刊词》，《俄罗斯文艺》2006年第3期。

体各国的文学和社会文化，特别是俄罗斯文学中的优秀作品，报道文坛动态，探讨当今俄罗斯文学领域中的热点问题。历任主编有刘宁、吴泽霖，现任主编夏忠宪。《俄罗斯文艺》对俄苏文学在中国的传播，以及增进中俄两个国家相互理解和友谊发挥着巨大的作用。

北京师范大学有着悠久的俄苏文学研究传统和历史，出现的俄苏文学学者包括刘宁、谭得伶、蓝英年、章廷桦、李兆林、匡兴、傅希春、徐玉琴、潘桂珍、程正民、吴泽霖、夏忠宪、贾放、张冰、李正荣、张晓东等。

刘宁长期从事俄苏文学、文艺学、美学的研究工作。1999年，他主编并参加编写的《俄国文学批评史》由上海译文出版社出版。这部著作客观地对俄国文学批评界错综复杂的历史进行了研究，是我国学者撰写的关于俄国批评史方面非常有深度和分量的学术著作。特点在于"完全从他们所研究对象的实际出发，首先搜集和研究各个批评家的所有著作和有关资料，然后不偏不倚地作出应有的评介。他们尽可能让各个批评家用自己的话来阐述对任何问题的看法，而绝不断章取义，越俎代庖，或者利用转述之便，缩小或歪曲原来的意义"[①]。2007年，刘宁出版了专著《俄苏文学、文艺学与美学：刘宁论集》[②]，总结了他在俄苏文学、文艺学和美学方面的学术研究成果。

谭得伶的专著包括《高尔基及其创作》[③]和《解冻文学和回归文学》[④]等。同时参加了《高尔基文集》（20卷）[⑤]的选编、翻译工作，该文集于1991年获首届全国优秀外国文学图书奖特别奖。谭得伶在高尔基研究方面成果显著，为我国高尔基学的形成发挥了积极的作用。

[①] 辛未艾：《一部坚持原则，实事求是的学术著作——评介刘宁主编的〈俄国文学批评史〉》，《俄罗斯文艺》1999年第4期。

[②] 北京师范大学出版社2007年版。

[③] 北京出版社1982年版。

[④] 北京师范大学出版社2001年版。

[⑤] 1981年由人民文学出版社初版，2015年经过修订后再版。

蓝英年著有《青山遮不住》[①]和《回眸莫斯科》[②]等。他的俄苏文学研究呈现一个鲜明的风格，即研究内容往往以散文或杂文的形式来展现。学术界有评论认为，蓝英年自20世纪90年代初期以来，以随笔形式发表了一系列反思苏联文学的文章，"这些文章以其新颖的材料、独特的眼光重新打量苏联作家、作品，各种文学、文化现象，使苏联文学'研究'一下子越出专业研究的领域，引起知识界乃至社会的广泛关注"，因而可以称之为"蓝英年现象"，并且认为这种现象也可以考虑纳入俄苏文学学术史的研究之中[③]。在他的俄苏文学研究中，一方面，善于将被淹没掉的史料挖掘出来，还原文学的本来面目；另一方面，为俄苏文学研究提供了一种新的模式和新的视角。

程正民在俄苏文艺理论研究中取得显著成果。他的著作包括《俄国作家创作心理研究》[④]《列宁文艺思想与当代》[⑤]《巴赫金文化诗学》[⑥]等。其中《列宁文艺思想与当代》是国内第一部系统研究列宁文艺思想的著作，书中第一次提出了列宁的文艺思想是一个完整的体系的观点，提出了"列宁社会主义文化建设纲领"的概念。有评论认为，这部著作"对列宁文艺思想的一系列重大理论问题进行深入研究，可称为建国以来中国学者集中研究列宁文艺思想的突破性和总结性的成果"[⑦]。同时，程正民对卢那察尔斯基的文论给予了高度评价，认为他是"普列汉诺夫、列宁之后俄国马克思主义文学批评理论的代表人物"，而且"面对当年的极左文艺思潮能坚持审美的立场、开放

[①] 青岛出版社1998年版。
[②] 文汇出版社2004年版。
[③] 何云波：《学术史的写法——兼评〈中国俄苏文学研究史论〉》，《俄罗斯文艺》2008年第3期。
[④] 百花文艺出版社1990年版。
[⑤] 北京师范大学出版社1997年版。
[⑥] 北京师范大学出版社2001年版。
[⑦] 邱运华：《列宁文艺思想与文艺学经典命题——读程正民〈列宁文艺思想与当代〉》，《文艺理论与批评》1998年第5期。

的原则和创新的精神",[1] 卢那察尔斯基的文艺批评理论对我们今天仍有重要启示意义。

吴泽霖著有《叶赛宁评传》[2] 和《托尔斯泰和中国古典文化思想》[3] 等。《托尔斯泰和中国古典文化思想》上编"托尔斯泰精神探索的东方走向",以时间为线索论述了托尔斯泰思想转向东方的过程。下编"托尔斯泰思想和中国古典文化思想的比较"比较了托尔斯泰的"上帝"和中国的"天",托尔斯泰的人和中国的人,托尔斯泰和中国古典文化的知论,托尔斯泰与中国古典文艺观的对话和认同四个主题。该书将思想家的托尔斯泰和艺术家的托尔斯泰看作一个整体,深入讨论托尔斯泰与中国古典文化之间的关系,是一部优秀的比较文学著作。

夏忠宪在巴赫金研究方面成果显著,其著作《巴赫金狂欢化诗学研究》[4] 是我国第一部系统论述巴赫金狂欢化诗学的理论著作,详细论述狂欢化诗学理论的产生及在拉伯雷创作中的体现,在国内巴赫金研究中具有重要意义。

张冰的著述颇为出色,其著作《陌生化诗学:俄国形式主义研究》[5] 系统梳理了俄国形式主义产生的历史背景及发展历程,并对奥伯利兹的学术探索进行了深入分析。作者将俄国形式主义文论置于20世纪西方文论发展的背景之中,通过比较和阐释,展现了俄国形式主义文论的价值和意义。

李正荣的研究主要集中在列夫·托尔斯泰,著作有《托尔斯泰传》[6]《托尔斯泰的体悟与托尔斯泰的小说》[7] 等。《托尔斯泰的体悟与托尔斯泰的小说》从小说诗学的内在动力、精神倾向和文学的必然

---

[1] 程正民:《程正民自选集·自序》,山东文艺出版社2007年版,第3页。
[2] 浙江文艺出版社1999年版。
[3] 北京师范大学出版社2000年初版,生活·读书·新知三联书店2017年再版。
[4] 北京师范大学出版社2000年版。
[5] 同上。
[6] 天津新蕾出版社1999年版。
[7] 北京师范大学出版社2001年版。

选择、体悟与文体的诗学关系、体悟类型的角度，探讨了作为托尔斯泰小说诗学内在基础的体悟，深入地分析了托尔斯泰小说的创作特征，在我国托尔斯泰研究中产生了一定的影响。

（三）北京外国语大学的俄苏文学学者

北京外国语大学也是俄苏文学学者较为集中的高校，其俄语学院有着悠久的历史。1994年北京外国语学院更名为北京外国语大学后，俄语系于1996年改名为俄语学院。根据2000年12月签订的成立中俄教文卫体委员会的协议，俄罗斯政府决定在我国的北京外国语大学、上海外国语学院和黑龙江大学设立三个俄语中心，希望通过学术交流、人才培养、文化交流、科技交流等活动，进一步促进中俄两国在教育、文化、卫生、体育等方面的交流与合作。北京外国语大学俄语中心于2001年5月正式成立。北京外国语大学的俄苏文学学者包括刘宗次、邓蜀平、顾亚玲、白春仁、李英南、张建华、汪剑钊、柳若梅、王立业、黄玫、郭士强、潘月琴、叶丽娜、戴桂菊等。

白春仁著有《融通之旅：白春仁文集》[①]，其中收录了作者在俄罗斯文学研究、巴赫金研究、符号学研究等领域的研究成果。主编《中俄文化对话（第一辑）》[②]《俄罗斯新实验小说系列》[③]等。译著有《左琴科幽默讽刺作品选》《牧童与牧女》《日瓦戈医生》《陀思妥耶夫斯基诗学问题：复调小说理论》等。

张建华的研究集中在俄苏当代小说，较为有特色的是关于后苏联时代小说和当代俄罗斯后现代主义小说研究，其中关于多甫拉多夫的研究具有前沿性。由于俄罗斯后现代主义小说译介较少，所以目前学术界对当今俄罗斯后现代主义小说的研究还处于起步阶段，张建华的研究起到一定的先锋作用。2016年出版的《新时期俄罗斯小说研究

[①] 黑龙江人民出版社2007年版。
[②] 黑龙江人民出版社2008年版。
[③] 中国青年出版社2003年版。

(1985—2015)》[①]，对于俄罗斯文学中的现实主义、后现代主义、女性文学、通俗文学、合成小说进行了深入分析，其中既有对思潮、流派、艺术风格的理论分析，又有对重点作家作品的解读，为了解当代俄罗斯文学提供借鉴。

汪剑钊既是俄苏文学学者，同时也是一位诗人，曾在《山花》《诗林》《人民文学》等杂志发表多首诗歌作品。他的研究主要集中在俄语诗歌和中俄文学比较。专著有《中俄文字之交：俄苏文学与二十世纪中国新文学》[②]《阿赫玛托娃传》[③] 等。此外，汪剑钊还凭借诗人的独特审美趣味，翻译过《俄罗斯白银时代诗选》《勃洛克抒情诗选》《波普拉夫斯基诗选》《二十世纪俄罗斯流亡诗选》《普希金抒情诗选》《曼杰什坦姆诗全集》等多部诗歌作品。

（四）北京其他高校的俄苏文学学者

除了上述几所高校外，北京还有许多高校拥有较强的俄苏文学研究力量。如中国人民大学的王金陵、梁坤、陈方、张鹤，首都师范大学的邱运华、林精华、王宗琥、季星星、于明清，北京第二外国语学院的徐祖武、祖淑珍、张变革、许传华，对外经贸大学的刘贵友，北京电影学院的贺红英等学者，在俄苏文学与文化研究领域均有不少成绩。

梁坤著有《二十世纪俄语作家史论》[④]《末世与救赎：20世纪俄罗斯文学主题的宗教文化阐释》[⑤] 等。其中《末世与救赎：20世纪俄罗斯文学主题的宗教文化阐释》从宗教文化的视角，探讨了俄罗斯文学中的索菲亚主题、恶魔主题及生态主题等，力图从宗教文化的视角，展现俄罗斯文学的独特魅力。

邱运华的著作包括《诗性启示：托尔斯泰小说诗学研究》[⑥]

[①] 高等教育出版社2016年版。
[②] 漓江出版社1999年版。
[③] 新世界出版社2006年版。
[④] 北岳文艺出版社2000年版。
[⑤] 中国人民大学出版社2007年版。
[⑥] 学苑出版社2000年版。

《19—20世纪之交俄国马克思主义文学思想史论》[1]等。在《诗性启示：托尔斯泰小说诗学研究》中，作者提出了"诗性启示"的命题，并将其主要内涵概括为超越现实的永恒道德、普世情感和终极价值观念，认为现实物质世界的超越倾向是托尔斯泰小说的文化基础。这部著作从文化诗学的角度探讨了托尔斯泰小说诗学的启示特色，视角新颖，进一步丰富了托尔斯泰研究的内容。

林精华的研究重点在俄罗斯文化方面，著作有《民族主义的意义与悖论：20—21世纪之交俄罗斯文化转型问题研究》[2]《现代中国的俄罗斯幻象》[3]等。其中《民族主义的意义与悖论》探讨了俄罗斯文化转型中，重建文化理念、重构文学理论、重写文学史中遇到的民族主义的问题和矛盾，增进了对世纪之交俄罗斯文化思潮的定位和理解。

王宗琥著有《叛逆的激情：20世纪前30年俄罗斯小说中的表现主义倾向》[4]，作者对20世纪前30年俄罗斯文学中的表现主义文学进行了考察和分析，揭示了表现主义在俄罗斯文学中的起源、艺术特点和影响。

张变革的研究重点是陀思妥耶夫斯基，著有《精神重生的话语体系》[5]，其中以《卡拉马佐夫兄弟》作为研究对象，分别从主题探究、结构分析、文本分析的角度入手，揭示作家创作中精神重生的内涵。主编《当代中国学者论陀思妥耶夫斯基》[6]和《当代国际学者论陀思妥耶夫斯基》[7]，前者较为全面地体现了当代中国学者对于陀思妥耶夫斯基的研究现状，后者展现了国际学术界关于陀思妥耶夫斯基研究的最新动态和方向。他的一系列关于陀思妥耶夫斯基的研究论文，观

---

[1] 北京大学出版社2006年版。
[2] 人民出版社2002年版。
[3] 安徽大学出版社2011年版。
[4] 外语教学与研究出版社2011年版。
[5] 北京大学出版社2013年版。
[6] 北京大学出版社2012年版。
[7] 北京大学出版社2014年版。

点新颖、视角敏锐，丰富了关于陀思妥耶夫斯基研究的内容，为陀思妥耶夫斯基研究开拓了许多新的视角。

第二节 沪苏浙地区的俄苏文学学者概览

除了北京以外，俄苏文学学者会集的另外一个地区是沪苏浙地区。这一地区中的部分高校、科研机构和出版社也有着俄苏文学研究传统，拥有一批优秀的俄苏文学学者，并形成一些独特的研究领域。

一 上海的俄苏文学学者

上海的俄苏文学学者主要集中在复旦大学、华东师范大学、上海外国语大学和上海师范大学等高校。[①]

复旦大学的俄苏文学学者包括：夏仲翼、翁义钦、袁晚禾、张介眉、劳修齐、程雨民等，以及较为年轻的李新梅、汪海霞等。

夏仲翼的研究兴趣比较广泛，其中既有对俄罗斯古典作家的研究，也有对当代苏联作家的评述。他翻译了苏联作家阿斯塔菲耶夫的《鱼王》和《牧童和牧女》。此外，他还和刘宗次合作翻译了苏联作家雷巴科夫的《阿尔巴特街的儿女》。夏仲翼对俄罗斯文学研究的贡献在于，他是将巴赫金引进中国的第一人。早在1981年，夏仲翼发表《窥探心灵奥秘的艺术——陀思妥耶夫斯基艺术创作散论》[②]一文，同时在文章中提及巴赫金的"复调小说"理论并作简要介绍，他在对"复调"的注释中明确注出了巴赫金和《陀思妥耶夫斯基诗学问题》。1982年，夏仲翼在《世界文学》上发表《陀思妥耶夫斯基的复调小说和评论界对它的阐述》[③]，这是巴赫金正式进入中国的标

[①] 除高校外，另在部分科研机构和出版社也有分布，如包文棣、盛草婴、冯春、浦立民、宋大图、戴际安、吴国璋、傅石球、朱志顺、吕剑影、吴建平等学者也涉及俄苏文学研究和翻译。这里暂不涉及。
[②] 《苏联文学》1981年第1期。
[③] 《世界文学》1982年第4期。

志。同年出版的《中国大百科全书》在夏仲翼所撰写的《外国文学卷》(二)"陀思妥耶夫斯基"条目的俄文注释中列出了巴赫金的名字。所以,夏仲翼在巴赫金研究方面所作的贡献是不容忽视的,他是将巴赫金引入中国学术界的第一人。

李新梅的研究方向为俄罗斯后现代主义文学,著有《俄罗斯后现代主义文学中的文化思潮》[1] 等。其中选取了俄罗斯后现代主义文学中的经典作品,分析其中体现出的虚无主义、宗教文化思潮、反乌托邦思潮和大众文化思潮。著作将文化研究和后现代主义文学相结合,在展现后现代主义文学的同时,深入解读当代的俄罗斯社会文化。

华东师范大学的俄苏文学研究传统历史悠久,研究力量相对强大,学者主要分布在中文系和俄语系。近30年来比较活跃的有:余振、倪蕊琴、王智量、冯增义、朱逸森、曹国维、徐振亚、于永昌、陈建华、王圣思、田全金、贝文力、王亚民、陈静等。

倪蕊琴是列夫·托尔斯泰研究和中俄文学比较研究的知名学者。早在1959年,倪蕊琴就在《学术月刊》上发表了文章《列夫·托尔斯泰和中国》,其中简略地介绍了列夫·托尔斯泰与中国的关系。80年代以来,她又开始从比较文学的角度进行俄苏文学研究,进一步对托尔斯泰与中国哲学的关系做了具体深入的论述,主要成果有《俄国作家批评家论列夫·托尔斯泰》[2]《列夫·托尔斯泰比较研究》[3] 等。她主编的《论中苏文学发展进程》[4] 和《列夫·托尔斯泰比较研究》受到学术界的广泛关注,其中"《列夫·托尔斯泰比较研究》有意识地运用比较研究的方法来考察托尔斯泰及其创作,建立在坚实基础上的观念更新和方法突破,给这本书带来了不少新意。《论中苏文学发展进程》一书也具有开拓性。该书不乏精彩之作,其主要价值在于首

---

[1] 中国社会科学出版社2012年版。
[2] 中国社会科学出版社1982年版。
[3] 华东师范大学出版社1989年版。
[4] 华东师范大学出版社1991年版。

次把论述的重点放在当代中苏文学关系这个极为重要但又缺少认真研究的领域"①。在2011年，倪蕊琴推出了新著《俄国文学魅力》②，将自己多年研究中的成果收入其中。

早在20世纪50年代，王智量已经在学术界崭露头角，他以托尔斯泰研究奠定了在俄罗斯文学研究领域的学术地位。之后陆续推出俄罗斯文学方面的学术专著《论普希金、屠格涅夫、托尔斯泰》③ 和《论19世纪俄罗斯文学》④，主编《俄国文学与中国》⑤ 和《托尔斯泰览要》⑥ 等。译著主要包括《叶甫盖尼·奥涅金》《安娜·卡列尼娜》《贵族之家》等。这些译作，一部分译自俄文，一部分译自英文，都是"老牌"的人民文学出版社和上海译文出版社出版的。在中国翻译学界，能够同时熟练运用两大语种进行翻译的并不多。王智量在学术上取得的巨大成就，使他成为我国俄苏文学研究和翻译的佼佼者。

冯增义是著名的陀思妥耶夫斯基研究专家和翻译家，主要译作有《陀思妥耶夫斯基书信选》《陀思妥耶夫斯基论艺术》《卡拉马佐夫兄弟》、托尔斯泰《忏悔录》等。2011年，他出版《陀思妥耶夫斯基论稿》，该书属于作者的论文自选集，收录了关于陀思妥耶夫斯基研究的数十篇论文。⑦ 他的陀思妥耶夫斯基研究论述深入，在学术界产生了广泛的影响。

朱逸森是著名的契诃夫研究专家，他的专著包括《短篇小说家契

---

① 陈建华：《做有良知的学问——写在倪蕊琴教授新著〈俄罗斯文学的魅力——研究、回忆与随笔〉前》，《中国比较文学》2011年第2期。
② 上海文艺出版社2011年版。
③ 光明日报出版社1985年版。
④ 复旦大学出版社2009年版。
⑤ 华东师范大学出版社1991年版。
⑥ 贵州人民出版社2006年版。
⑦ 该书由上海文艺出版社出版，其中收录的文章包括《从"小人物"到"思想家"——谈陀思妥耶夫斯基作品中主人公的演变》《〈死屋手记〉散论》《拉斯柯尔尼科夫和拉斯蒂涅》《长篇小说〈罪与罚〉的艺术性》《〈白痴〉的主人公梅思金公爵》《陀思妥耶夫斯基心理描写的特色》《复调与复调小说的主人公》《陀思妥耶夫斯基的艺术观》及《陀思妥耶夫斯基的社会政治思想》等文章。

诃夫》《契诃夫——人品、创作、艺术》《契诃夫（1860—1904）》①，并翻译多种和契诃夫相关的著述。其中《短篇小说家契诃夫》是20世纪80年代关于契诃夫的第一部专著，对于国内的契诃夫研究产生过较大影响。

陈建华致力于中俄文学关系及学术史研究，著有《二十世纪中俄文学关系》②《阅读俄罗斯》③ 等10余种著作。主编《中国俄苏文学研究史论》④《中国外国文学研究的学术历程》⑤ 等。其中《中国外国文学研究的学术历程》共有12卷，500余万字，既是国家社科基金重大招标项目结项成果，又是国家重点图书出版项目立项成果。这套12卷本的著作是中国国内第一部以国别研究为主要切入点的多卷本外国文学研究史著作，"从各自的角度对长达百余年的中国的外国文学研究进行了全面观照，在充分展示中国外国文学研究所取得的成绩的同时，也从方法论的角度指出了研究中存在的问题"⑥，具有重要的开拓价值和意义。

田全金著有《言与思的越界——陀思妥耶夫斯基比较研究》和《陀思妥耶夫斯基与白银时代俄国文化》等著作。贝文力有《转型时期的俄罗斯文化艺术》面世。王亚民的著述关注俄罗斯侨民文学，并有不少译著。

上海外国语大学拥有俄罗斯政府在中国建立的三个俄语中心之一，其俄语系师资雄厚，有着众多知名的俄苏文学学者，如江文琦、周敏显、廖鸿钧、金留春、黄成来、许贤绪、陆永昌、冯玉律、郑体武、刘涛、叶红、周琼、刘丽军、齐昕等。这些学者既有丰富的译著，同时也有研究著述。此外，谢天振在进行译介学研究的过程中也

---

① 三部著作由华东师范大学出版社分别于1984年、1994年和2006年出版。
② 该著作由学林出版社1998年初版，高等教育出版社于2002年再版。
③ 上海文艺出版社2007年版。
④ 重庆出版社2007年版。
⑤ 重庆出版社2016年版。
⑥ 陈建华主编：《〈中国外国文学研究的学术历程〉第1卷·导言》，重庆出版社2016年版，第9页。

兼及俄苏文学研究，取得了一系列成果。

江文琦著有《苏联二十年代文学概论》① 等著作。廖鸿钧有合编的《苏联文学词典》和关于高尔基等作家的研究著述。金留春有合著《托尔斯泰作品研究》②，同时译著非常丰富。

许贤绪在俄苏文学研究方面成果丰富，他的著作有《当代苏联小说史》《20世纪俄罗斯诗歌史》③ 等。《20世纪俄罗斯诗歌史》论述了从20世纪初到80年代俄罗斯的诗歌流派及诗人，其中专节论述的诗人有47位。全书采取了客观而全面的态度，以翔实的材料和明确的观点，介绍了20世纪俄罗斯诗歌中的重要流派及诗人。《20世纪俄罗斯诗歌史》是俄苏文学研究中的重要著作之一，使读者对20世纪俄罗斯诗歌有了更加全面清晰而深刻的理解。

冯玉律的研究方向集中在对俄罗斯侨民文学和俄罗斯侨民诗人蒲宁的关注。其中《跨越与回归：论伊凡·蒲宁》"是国内蒲宁研究领域的一件大事"，"是国内第一本系统地研究蒲宁的专著"④。在这部著作中，冯玉律首先论述了伊凡·蒲宁的一生，接着分析蒲宁在不同时期的创作风格，并深入分析造成蒲宁创作风格变化的深层次原因。作者认为"蒲宁是个人道主义者。他目睹资本主义制度的弊病和旧俄社会的黑暗，便想从人性、道德等方面来为种种危机寻找根源。这位作家曾经追随过托尔斯泰，也受到东方哲学，特别是佛教思想的熏陶"⑤。冯玉律的蒲宁研究在俄苏文学研究中占有重要地位。

郑体武的研究重点是俄国现代主义诗歌，著作包括《危机与复兴：白银时代俄国文学论稿》⑥《俄国现代主义诗歌》⑦ 等，译著有

---

① 上海外语教育出版社1990年版。
② 陕西人民出版社1985年版。
③ 分别由上海外语教育出版社于1991年和1997年出版。
④ 陈建华主编：《中国俄苏文学研究史论》第三卷，重庆出版社2007年版，第252页。
⑤ 冯玉律：《跨越与回归：论伊凡·蒲宁》，上海外语教育出版社1998年版，第2页。
⑥ 四川文艺出版社1996年版。
⑦ 上海外语教育出版社2001年版。

《俄国现代派诗选》《叶赛宁诗选》等。《俄国现代主义诗歌》分为上、中、下三篇：上篇论述象征主义的产生、两次浪潮的发展及特点、象征主义的危机，具体探讨勃洛克、别雷等诗人的诗歌创作及艺术风格；中篇论述阿克梅主义的崛起，以及古米廖夫、曼德尔施塔姆和阿赫玛托娃的诗歌创作；下篇结合马雅可夫斯基等诗人的创作，探讨未来主义诗歌的艺术特色。

上海师范大学的俄苏文学学者包括杜嘉蓁、王秋荣、朱宪生、田洪敏等学者。杜嘉蓁和王秋荣在俄苏文学领域都有不少著译。田洪敏关注当代文学研究，著有《弗·马卡宁1990年代创作研究》等著述。

朱宪生是知名的屠格涅夫研究专家，著有《论屠格涅夫》[①]《俄罗斯抒情诗史》《天鹅的歌唱：论俄罗斯作家》《在诗与散文之间：屠格涅夫的创作和文体》[②]《走近紫罗兰：俄罗斯文学文体研究》[③]等。他在屠格涅夫研究方面取得的成就获得国内外学者的一致认可。"莫斯科大学的屠格涅夫专家普斯特沃依特教授、高尔基世界文学研究所的屠格涅夫专家沙塔洛夫博士，他们把朱宪生的著作作为中国学术界的代表性成果向俄罗斯学术界介绍，并委托有关人员将朱宪生的《时代与个性》一文译成了俄文。"[④] 关于《论屠格涅夫》，陈燊先生指出"在屠格涅夫研究中，他总是力图把历史的批评和美学批评相结合，既不追随靡然成风的'新'方法（主要是形式主义的）的'内在批评'而重视作家作品的思想的研究，又力求克服前此一些研究者只谈内容而不及其他的偏颇倾向而致力于'艺术形式'的探索"，"它是我国屠格涅夫研究的新成就"[⑤]。这是国内学者系统研究屠格涅夫的第一部专著，涉及屠格涅夫创作的许多方面，

[①] 香港新世纪出版社1991年版。
[②] 三部著作由陕西人民教育出版社分别于1993年、1998年、1999年出版。
[③] 上海文艺出版社2006年版。
[④] 《朱宪生教授和俄罗斯文学研究》，《上海师范大学学报》（人文社会科学版）1998年第1期。
[⑤] 陈燊：《屠格涅夫研究简论》，《外国文学研究》1992年第2期。

尤其是其中涉及屠格涅夫作品的艺术形式和艺术风格。

除上述高校以外，上海社会科学院、上海译文出版社、上海大学、上海戏剧学院等处也有不少俄苏文学研究者，如包文棣（笔名辛未艾）、草婴、冯春、浦立民、宋大图、耿海英等学者，也在俄苏文学研究方面取得一定成绩。

二 江苏的俄苏文学学者

江苏的俄苏文学学者主要集中在南京大学、南京师范大学、苏州大学等高校，同时东南大学的宋秀梅、凌继尧和解放军国际关系学院的冯玉芝、薛兴国等学者也在从事俄苏文学或文论的研究。

南京大学的俄苏文学学者包括陈敬咏、余绍裔、袁玉德、余一中、王加兴、董晓、段丽君、赵丹、赵杨等。

陈敬咏著有《当代苏联战争文学评论》和《苏联反法西斯战争小说史》[1]《邦达列夫创作论》[2]等。其中《苏联反法西斯战争小说史》获全国高校首届人文社科研究优秀成果奖，因其题材新颖而受到学术界的广泛关注。有评论认为"这部书是我国学者自己编写的第一部外国战争题材文学史，这个课题的研究本身就具有拓荒意义"，在体例上，"本书采用综合性概述与作家作品评介相结合的方式；在评论方法，采取社会历史批评与美学批评相结合的方式"[3]，完整而清晰地呈现了苏联战争文学的发展规律和基本风貌。

余一中的研究集中在当代俄罗斯文学，代表性成果是《俄罗斯文学的今天和昨天》[4]，收录了作者多年来发表的论文。其中关于《钢铁是怎样炼成的》几篇评论文章，在我国学术界产生了很大的影响，也引起了一定程度的争论。这些论文包括《〈钢铁是怎样炼成的〉是

---

[1] 两部著作由南京大学出版社分别于1990年、1992年出版。
[2] 译林出版社2004年版。
[3] 黄艾榕：《历史与逻辑的统一——评〈苏联反法西斯战争小说史〉》，《俄罗斯文艺》1995年第6期。
[4] 黑龙江人民出版社2006年版。

一本好书吗?》《再谈〈钢铁是怎样炼成的〉是一本好书吗?》《"大炼〈钢铁〉"炼出的废品——评〈钢铁是怎样炼成的〉电视连续剧文学本》《历史真实是检验文学作品的重要标准——再谈〈钢铁是怎样炼成的〉》。余一中对《钢铁是怎样炼成的》这部作品给予了重新评价,他从时代与作品的真实性、保尔的形象、作者及其编辑加工、小说如何被接受和小说的所谓中文全译本等五个方面论述了《钢铁是怎样炼成的》不是一本好书的理由,观点非常独到。正如蓝英年在序言中评论的,"他不掩饰自己的观点,不随波逐流,勇于独立思考,敢于挑战几十年形成的牢固观念"。虽然个别论述有点激进,但是余一中的这种对于文学苦苦思索、认真思考及一丝不苟的方法是值得学习和借鉴的。此外,余一中对于20世纪八九十年代的俄罗斯文学也提出了自己的看法。

董晓的专著包括《走近〈金蔷薇〉:巴乌斯托夫斯基创作论》[①]《契诃夫戏剧的喜剧本质论》[②] 等。在《契诃夫戏剧的喜剧本质论》中,作者指出契诃夫戏剧的独特喜剧性,以及这种深刻的喜剧精神对20世纪戏剧产生的重要影响。

王加兴著有《俄罗斯文学修辞特色研究》[③] 等,研究特色在于将修辞学和俄罗斯文学研究相结合,运用文学修辞学理论对普希金、果戈理、契诃夫、肖洛霍夫等作家的代表性作品展开分析,揭示这些作家创作中的修辞特色和语言风格,为俄罗斯文学研究开拓了更为多样的视野。

段丽君、赵丹、赵杨三位年轻学者均关注当代文学,并出版多部专著。段丽君的《反抗与屈从:彼得鲁舍斯卡娅小说的女性主义解读》[④],赵丹的《多重的写作与解读:论俄罗斯后现代主义小说〈命

---

① 南京大学出版社2006年版。
② 北京大学出版社2016年版。
③ 北京大学出版社2004年版。
④ 黑龙江人民出版社2008年版。

运线，或米拉舍维奇的小箱子〉》①，赵杨的《颠覆与重构：论俄罗斯后现代主义文学的反乌托邦性》②和《当代俄罗斯文学中的乡土意识与民族主义：以拉斯普京创作为例》③等，都是关于俄罗斯当代文学的研究著作。

南京师范大学的俄苏文学学者主要有张杰、汪介之、康澄、王永祥等。

张杰主要关注俄苏文论，在巴赫金研究和洛特曼符号学方面成果突出。著有《复调小说理论研究》④、《20世纪俄罗斯文学批评史》（合著）⑤、《张杰文学选论》⑥等。

汪介之的重点集中在高尔基研究和中俄文学关系研究。在高尔基研究中，代表著作包括《俄罗斯命运的回声：高尔基的思想与艺术探索》⑦《高尔基研究：作家的思想探索与艺术成就》⑧等。在中俄文学关系研究中，代表著作有《文学接受与当代解读：20世纪中国文学语境中的俄罗斯文学》⑨等。其中《文学接受与当代解读：20世纪中国文学语境中的俄罗斯文学》是一部从流传学视角研究俄罗斯文学的著作，分别从客体俄罗斯文学和接受主体两个向度将俄罗斯文学置于20世纪中国文学的语境中进行考察，为中俄文学关系研究注入了许多新的观点。

康澄的研究方向是洛特曼的符号学，著有《文化及其生存与发展的空间：洛特曼文化符号学理论研究》⑩。书中通过比较和考察洛特曼前后期语言观和文本观的本质区别，揭示了洛特曼思想的发展变化

---

① 黑龙江人民出版社2005年版。
② 黑龙江人民出版社2009年版。
③ 南京大学出版社2014年版。
④ 漓江出版社1992年版。
⑤ 译林出版社2000年版。
⑥ 复旦大学出版社2007年版。
⑦ 漓江出版社1993年版。
⑧ 北京理工大学出版社2005年版。
⑨ 北京师范大学出版社2010年版。
⑩ 河海大学出版社2006年版。

历程，是洛特曼研究中的一部重要著作。

苏州大学的俄苏文学学者包括蒋连杰、陆人豪、陆肇明、李辰民、朱建刚、李冬梅等。

陆人豪的主要著作有《回眸：俄苏文学论集》①和《阿·托尔斯泰的生平和创作》②等。《回眸：俄苏文学论集》收录了作者历年发表在《俄罗斯文艺》《当代苏联文学》《外国文学研究》等刊物上的文章，全书分为上、中、下三篇，上篇论述了20世纪俄苏文学，中篇论述了19世纪俄罗斯文学和俄罗斯文化，下篇收入了施瓦尔茨的剧本《蛇妖》等三篇译文。

李辰民长期关注契诃夫，著有《走进契诃夫的文学世界》③。其中解读契诃夫小说的现代意识、文体与叙事结构等特点，同时分析契诃夫戏剧的革新和独幕剧，最后采用比较文学平行研究的方式，将契诃夫与莫泊桑、欧·亨利、鲁迅和曹禺进行比较，重点对比分析《樱桃园》和《北京人》。该著作在契诃夫研究中角度新颖，进一步丰富了契诃夫研究的视角。

朱建刚的研究集中在俄国文学与俄国思想史，有专著《普罗米修斯的"堕落"：俄国知识分子形象研究》④和《十九世纪下半期俄国反虚无主义文学研究》⑤等。《十九世纪下半期俄国反虚无主义文学研究》选取19世纪俄国文学中的反虚无主义作为研究对象，结合斯特拉霍夫、卡特科夫、列斯科夫、冈察洛夫、陀思妥耶夫斯基等作家的创作，力图展现19世纪俄国反虚无主义文学的发展线索，其中关于斯特拉霍夫、卡特科夫的研究介绍，具有一定的前沿性。

除了上述三所高校外，解放军国际关系学院的冯玉芝，研究重点集中在马雅可夫斯基、肖洛霍夫及帕斯杰尔纳克。她的著作包括

---

① 苏州大学出版社2010年版。
② 北京出版社1987年版。
③ 苏州大学出版社2003年版。
④ 人民文学出版社2006年版。
⑤ 北京大学出版社2015年版。

《肖洛霍夫小说诗学研究》《帕斯杰尔纳克创作研究》等多种。东南大学的凌继尧、江苏省文化厅的马莹伯等学者主要研究方向并非俄苏文学，但也有《苏联当代美学》和《别车杜文艺思想研究》等著作。

三　浙江的俄苏文学学者

浙江的俄苏文学学者主要在浙江大学等高校和出版机构，包括飞白①、陈元恺、沈念驹、吴笛、王永、周露、陈新宇等。

飞白的成果主要体现在诗歌，他的诗歌研究以富于开拓性和视野广阔著称。其中与俄苏文学研究相关的成果包括《诗海：世界诗歌史纲》《谁在俄罗斯能过好日子》《马雅可夫斯基诗选》等。

陈元恺擅长从比较文学角度切入俄苏文学研究，代表作有《二十世纪中国文学与世界》②，该书从比较文学的角度对中俄文学进行了分析和探讨。第一部分包括"蒲松龄与契诃夫"、"吴敬梓与果戈理"、"贾宝玉与聂赫留朵夫异同论"，利用比较文学平行研究的方法分析了中俄作家和文学形象的差异。第二部分包括"普希金与中国"、"屠格涅夫与中国"、"托尔斯泰与中国"、"契诃夫与中国"等。一方面，利用比较文学影响研究的方法阐述了俄国文学对中国文学的影响；另一方面，概括了中国近代及五四文学与外国文学的关系。在20世纪80年代，这部著作内容新颖，为俄苏文学研究提供了许多新的视角。

吴笛的研究和译介领域较广，其中涉及俄苏文学的有《世界名诗导读》《世界名诗欣赏》③等。同时编著有《普希金全集》（8卷集）④。2012年底，由他和沈念驹主编的10卷本《普希金全集》⑤出

---

① 原名汪飞白，飞白是其笔名。
② 陕西人民出版社1987年版。
③ 两部著作由浙江大学出版社分别于2004年、2008年出版。
④ 浙江文艺出版社1997年版。
⑤ 浙江文艺出版社2012年版。

版，受到学界的一致好评。

此外，杭州师范大学的李莉著有《左琴科小说艺术研究》，浙江公安大学的陈瑕有《时代与心灵的契合：十九世纪俄罗斯文学与前期创造社文学之关系》等著作。

第三节 北方其他地区的俄苏文学学者概览

北方其他地区指的是除北京以外的北方地区，主要包括华北、东北和西北地区。这些地区也是俄苏文学学者较为集中的地方。

一 华北地区的俄苏文学学者

华北地区的俄苏文学学者主要集中在天津的高校中。如南开大学的叶乃芳、王志耕、阎国栋、赵春梅、姜敏、任明丽，天津师范大学的曾思艺、李逸津，天津外国语大学的黄晓敏，天津广播电视大学的张鸿榛等。

王志耕对列夫·托尔斯泰和果戈理都有较为深入的研究，早在1990年就发表文章《果戈理在中国的八十年历程》《果戈理的审美原则与中国新文学》，并参与了华东师范大学王智量教授主编的《俄国文学与中国》。陀思妥耶夫斯基是他最钟爱的俄罗斯作家，王志耕于2003年出版专著《宗教文化语境下的陀思妥耶夫斯基诗学》[1]，探讨陀思妥耶夫斯基的诗学理论，成为我国陀思妥耶夫斯基研究的重要著作之一。2013年出版《圣愚之维：俄罗斯文学经典的一种文化阐释》[2]，这是国内第一部研究俄罗斯圣愚文化与俄罗斯文学关系的著作。重点探讨圣愚文化产生发展的历史，以及在圣愚文化的影响之下俄罗斯文学中的精神品格、形式品格和生命品格。著作选取圣愚文化的独特视角，将俄罗斯文学研究和文化研究充分结合，为后来的学者

---

[1] 北京师范大学出版社2003年版。
[2] 北京大学出版社2013年版。

提供了一定的借鉴。

阎国栋关注俄罗斯汉学研究，主要著作有《俄国汉学史》①《俄罗斯汉学三百年》② 等。《俄国汉学史》系统论述 18 世纪以来俄罗斯汉学兴起、成熟和发展的具体过程。该书建立在丰富翔实的俄文材料之上，同时对十月革命之前的俄国汉学进行了阶段划分，相较以往的传统划分模式，这种划分考虑了中俄文学关系、俄国社会思潮发展等多重因素，体现了更为开阔的研究视野。

曾思艺的研究集中在俄罗斯诗歌，并且取得了丰硕的成果。相关著作有《丘特切夫诗歌研究》③《俄国白银时代现代主义诗歌研究》④《丘特切夫诗歌美学》⑤ 等。《丘特切夫诗歌美学》分别探讨了丘特切夫诗歌中的哲学观、美学观、抒情艺术、结构艺术、语言艺术及整体创作风格。有评论认为，《丘特切夫诗歌美学》是诗人与诗人之间的交流，"从《丘特切夫诗歌美学》一书中可以看出，作者将感性的诗歌创作和理性的学术研究融为一体，在对丘特切夫的每一种评析观点中，都隐含着作者诗歌创作的体验，显现出诗人之间的通透与默契"⑥。所以，这部著作代表了目前为止我国丘特切夫诗歌研究的最高水平和成就。

二　东北地区的俄苏文学学者

东北地区在地理位置上毗邻俄罗斯，俄语普及程度较高，具有独特的语言优势。学者主要分布在黑龙江大学、吉林大学、东北师范大学、哈尔滨师范大学、哈尔滨工业大学、大连外国语学院和辽宁师范大学等高校中，其中以黑龙江大学的学者最为集中。

---

① 人民出版社 2006 年版。
② 学苑出版社 2007 年版。
③ 湖南文艺出版社 2000 年版。
④ 湖南人民出版社 2004 年版。
⑤ 人民出版社 2009 年版。
⑥ 史锦秀：《诗人与诗人的交流——读曾思艺教授的〈丘特切夫诗歌美学〉》，《俄罗斯文艺》2010 年第 2 期。

黑龙江大学的学者包括刁绍华、金亚娜、荣洁、郑永旺、刘琨、戴卓萌、孙超、张敏、白文昌等。黑龙江大学具有突出的语言优势，所以学者们在俄苏文学研究方面开辟了许多新的领域，特别是宗教文化与文学关系研究。

金亚娜的研究范围非常广泛，涉及俄罗斯文学、哲学、美学和艺术等多个领域。在 20 世纪 80 年代，金亚娜曾致力于西伯利亚文学研究，并出版专著《西伯利亚文学简述》[①]。进入 90 年代以来，她先后出版了《俄国文化研究论集》[②]《期盼索菲亚：俄罗斯文学中的"永恒女性"崇拜哲学与文化探源》[③] 等多部著作。《期盼索菲亚：俄罗斯文学中的"永恒女性"崇拜哲学与文化探源》关注的是俄罗斯文学中的一个独特现象即对"永恒女性"的崇拜及其文化渊源探析。"永恒女性"是俄罗斯宗教宇宙论和哲学的一个关键词，是俄罗斯从古至今孜孜以求的审美和道德理想的完美体现。全书首先介绍了俄罗斯文学中女性崇拜的哲学和文化渊源，论述了俄罗斯文学中"永恒女性"的三种哲学阐释；其次，阐述了"永恒女性"在不同社会角色中的三种体现。金亚娜的俄苏文学研究视角独特，在学术界获得了广泛的好评。

荣洁的研究重点是白银时代女诗人茨维塔耶娃，著有《茨维塔耶娃的诗歌创作研究》[④] 和一系列相关论文。同时，荣洁还利用哈尔滨的地理优势，对当地的俄侨文学进行研究，发表了《哈尔滨的俄侨文学》《小人物·历史·生态——三位哈尔滨俄侨作家的生平与创作》等论文。《茨维塔耶娃的诗歌创作研究》是荣洁对茨维塔耶娃长期研究的标志性学术成果之一。她对茨维塔耶娃的研究没有从其身世或政治态度着手，而以茨维塔耶娃的作品为主来分析其中体现的俄罗斯主题、爱的主题和神话意识。在茨维塔耶娃研究中，荣洁的研究是一道

[①] 外国文学出版社 1983 年版。
[②] 黑龙江教育出版社 1994 年版。
[③] 人民文学出版社 2009 年版。
[④] 黑龙江人民出版社 2005 年版。

第一章 中国俄苏文学学人群体考察

别样的风景。

郑永旺的著作有《游戏·禅宗·后现代：佩列文后现代主义诗学研究》[1]《俄罗斯东正教与黑龙江文化》[2]。佩列文是当今俄罗斯著名作家，刘文飞认为佩列文的作品有两个鲜明特点："一是对苏联解体后的新俄罗斯现实的关注"，"二是他的作品语言机智、随意，并带有较强的揶揄和调侃风格，结构上充满大幅度的时空跨越"[3]。《游戏·禅宗·后现代：佩列文后现代主义诗学研究》是我国第一部研究佩列文的专著，对我国读者进一步熟悉和理解佩列文有重要意义。作者以《恰巴耶夫与普斯托塔》等作品解读为基础，深刻论述了佩列文作品中的后现代主义诗学品格，其中也透视出东方禅宗思想与后现代主义撞击所产生的火花。

刘锟的研究方向集中在俄罗斯文学、宗教哲学及文化方面，专著有《东正教精神和俄罗斯文学》[4]与《圣灵之约：梅列日科夫斯基的宗教乌托邦思想》[5]。在《东正教精神与俄罗斯文学》一书中，分别探讨东正教对俄罗斯文学创作题材的影响、魔鬼形象及其诗学隐喻和俄罗斯文学中的东正教观念。作者从宗教文化的视角对俄罗斯文学中的经典文本进行了系统解读，认为东正教精神对俄罗斯文学的产生和发展有重要的影响，同时作家的创作也丰富和发展了东正教的哲学观念和价值体系。

在东北地区，吉林大学的刘翘、李树森、万冬梅等，东北师范大学的何茂正、刘玉宝、刘妍等，哈尔滨师范大学的甘雨泽、赵晓彬、杨玉波、高建华、杨燕等，哈尔滨工业大学的谢春艳、杜国英等，齐齐哈尔大学的李延龄、苗慧、何雪梅、杨雷等，大连外国语大学的孙玉华、王丽丹等，辽宁师范大学的唐逸红和沈阳师范大学的马卫红也

---

[1] 人民文学出版社2006年版。
[2] 黑龙江大学出版社2010年版。
[3] 刘文飞：《俄罗斯文坛的佩列文现象》，《人民日报》2006年6月5日。
[4] 人民文学出版社2009年版。
[5] 黑龙江人民出版社2009年版。

在俄苏文学研究方面取得了一定成果。

刘翘的研究主要集中在 20 世纪 80 年代，研究成果体现在《陀思妥耶夫斯基创作论稿》[1] 中。全书具体分析了陀思妥耶夫斯基的《穷人》《二重人格》《死屋手记》《被欺凌与被侮辱的》《罪与罚》等作品。在《陀思妥耶夫斯基创作论稿》中，作者提出了许多新的学术观点，认为应该正确理解别林斯基对《二重人格》中高略德金的评价，同时对西方某些评论家的观点也提出了异议。[2] 他采用社会历史批评方法对陀思妥耶夫斯基进行了深入的分析和阐释，但是该著作也存在一定的局限性，例如，对政治色彩较为浓厚的《群魔》等作品没有涉及，对陀氏复调小说的概念理解存在一定的偏差。作为 20 世纪 80 年代中期出现的一部研究陀氏的专著，《陀思妥耶夫斯基创作论稿》也体现了"过渡时期"中国学者的矛盾心理。

李树森的专著有《肖洛霍夫的思想与艺术》[3]。全书分为三部分：第一部分论述分析肖洛霍夫的作品；第二部分概括论述肖洛霍夫的基本思想和艺术特点；第三部分介绍与评释苏联、西方和中国的肖洛霍夫研究。李树森在著作中提出了一些有个性的观点，他认为肖洛霍夫是苏维埃时期农民思想情绪的表达者——新的历史条件下的列夫·托尔斯泰，在 20 世纪 80 年代的肖洛霍夫研究中特色较为鲜明。

此外，何茂正对东北师范大学俄苏文学学科的发展起到重要作用，有著译多种。李延龄的研究集中在俄罗斯侨民作家，有《中国俄罗斯侨民文学丛书》（5 卷）等编译。同时，赵晓彬的俄罗斯现代文论研究、谢春艳的现当代作家研究、孙玉华的拉斯普京研究、唐逸红的布尔加科夫研究、马卫红的契诃夫研究、戴卓萌的俄罗斯文学中的存在主义传统研究及孙超的乌利茨卡娅小说创作研究等，都有一定成

---

[1] 吉林大学出版社 1986 年版。
[2] 西欧一些评论者认为《二重人格》这部作品写出了人类天性的原罪感和人物的潜意识。
[3] 吉林大学出版社 1987 年版。

果和建树。

三　西北地区的俄苏文学学者

由于西北地区在地理位置上接近中亚，而中亚的部分国家曾经是苏联的一部分，所以西北地区的俄苏文学研究也有一定优势。这一地区的研究者主要集中在各大高校中，如西北大学的雷成德，西安外国语大学的温玉霞，陕西师范大学的马家骏、马晓翔、韦建国，兰州大学的徐家荣、常文昌、刁在飞、司俊琴，宁夏大学的赵明，内蒙古大学的陈寿朋、杜宗义，内蒙古师范大学的马晓华，新疆大学的杨蓉等。

雷成德参与编写《托尔斯泰作品研究》①（与金留春、胡日佳合著）、《俄国文学史》②、《苏联文学史》③ 等。译著有《〈安娜·卡列尼娜〉创作过程概要》《〈复活〉的创作过程》《〈战争与和平〉创作过程概要》《托尔斯泰日记》等。在多年的俄苏文学研究中，雷成德对列夫·托尔斯泰保持着较大的兴趣，并且成果卓著。

马家骏的著作主要有《十九世纪俄罗斯文学》④《俄国文学史略》⑤；编著有《当代苏联文学》⑥ 和《高尔基创作研究》⑦ 等。

陈寿朋是国内著名的高尔基研究专家。他的相关成果有《高尔基美学思想论稿》⑧《高尔基创作论稿》⑨《高尔基晚节及其他》⑩ 等。《高尔基美学思想论稿》论述了高尔基美学思想的发展道路、无产阶级的真善美问题、劳动美学、创作方法等问题，这部著作在学术界受

---

① 陕西人民出版社 1985 年版。
② 湖南文艺出版社 1986 年版。
③ 辽宁人民出版社 1988 年版。
④ 陕西师范大学出版社 1992 年版。
⑤ 中国社会科学出版社 2004 年版。
⑥ 河南大学出版社 1989 年版。
⑦ 陕西人民出版社 1989 年版。
⑧ 该著作由陕西人民出版社于 1982 年初版，2002 年经过修订后再版。
⑨ 由内蒙古教育出版社 1985 年版。
⑩ 内蒙古大学出版社 1991 年版。

到了高度评价，也是作者高尔基研究三部曲中的第一部。2002年，该书做了全面的修订，更名为《高尔基美学思想》，论述和分析进一步深入。《高尔基创作论稿》是高尔基研究三部曲中的第二部，着重分析了高尔基的主要作品，以及创作中的特色。《高尔基晚节及其他》体现了陈寿朋独特的研究视角，他选取高尔基的晚节问题作为研究对象，"在充分把握原始资料的基础上，以胸有全局的历史透视力和求真实的科学精神，不定期审视处于历史演变中的高尔基言行和生活，给予科学客观的分析"①。不管时代如何变化，陈寿朋始终坚定地进行着高尔基研究的工作，为我国高尔基学的形成和发展奠定了坚实的基础。

此外，兰州大学的徐家荣对肖洛霍夫等作家的研究，常文昌对中亚东干文学的研究，以及宁夏大学的赵明对中俄文学关系的研究等，均有一定成绩。

同时，河南大学的闫吉青、杨素梅，解放军外国语学院的石枕川、余献勤，山东大学的李建刚，山东师范大学的胡学星，河北师范大学的史锦秀，曲阜师范大学的季明举，济南大学的张中锋等学者也在从事俄苏文学研究，并取得了丰富的成果。

第四节 南方其他地区的俄苏文学学者概览

南方其他地区指的是沪苏浙地区以外的南方地区，按地域进一步划分，可以分为华中地区、西南地区等几个区域②。

一 华中地区的俄苏文学学者

华中地区的俄苏文学学者有武汉大学的王先晋、王艳卿、乐音，华中师范大学的周乐群、王树福，华中科技大学的梅兰，湘潭大学的

---

① 邱运华：《中国高尔基学的发展历程——中国高尔基学的建立与陈寿朋先生的高尔基研究》，《内蒙古大学学报》（人文社会科学版）2003年第1期。

② 台湾地区的资料暂不包含在内。

张铁夫、何云波，湖南师范大学的易漱泉、王远泽、高荣国、李政文、谭燧、谢南斗、刘涵之，南昌大学的黎皓智等。

张铁夫在普希金研究方面颇有建树。他对普希金充满了浓厚的兴趣，最初是喜欢阅读普希金的作品，之后由阅读发展到翻译普希金的作品。相关译著有《普希金论文学》《俄罗斯的夜莺：普希金书信选》及《凯恩回忆录》。后来，相继推出了关于普希金研究的四部著作，分别是《普希金的生活与创作》（合著）①、《普希金与中国》（主编）②、《普希金新论：文化视域中的俄罗斯诗圣》③ 及《普希金：经典的传播与阐释》④。《普希金：经典的传播与阐释》是张铁夫对普希金研究的进一步深入和扩展，采用文化批评的视角，分别从俄国文化语境、世界文化语境、中国文化语境论述普希金的文化归属和世界性等问题，同时探讨普希金诗歌中的酒神精神、帝王形象等问题。他的研究方法和成果给后辈学人提供了很好的借鉴。

何云波在俄苏文学研究方面成果丰富，著有《陀思妥耶夫斯基与俄罗斯文化精神》⑤《回眸苏联文学》⑥ 等。《回眸苏联文学》首先论述苏联文学的发展历程及作者对当代苏联文学的反思，并对《钢铁是怎样炼成的》《这里的黎明静悄悄》进行新的解读和分析。将艾特玛托夫的《断头台》和中国作家张炜的《古船》进行比较分析，更加深入地体现艾特玛托夫的创作特点。

湖南师范大学的易漱泉、王远泽两位学者的学术研究活动主要集中在 20 世纪八九十年代。易溯泉主编和选编有《外国散文选》《外国文学评论选》⑦ 和《俄国文学史》⑧ 等。

---

① 燕山出版社 1997 年版。
② 岳麓书社 2000 年版。
③ 中国社会科学出版社 2004 年版。
④ 湘潭大学出版社 2009 年版。
⑤ 湖南教育出版社 1997 年版。
⑥ 湖南人民出版社 2003 年版。
⑦ 《外国散文选》由湖南人民出版社于 1981 年出版，《外国文学评论选》由湖南人民出版社于 1982 年出版。
⑧ 湖南文艺出版社 1986 年版。

王远泽的专著有《高尔基研究》[1]和《戏剧革新家契诃夫》[2]等。《高尔基研究》一书被俄罗斯高尔基博物馆收藏，在我国高尔基研究中产生了积极影响，为高尔基学的形成奠定了一定的基础。全书分为三编，上编和中编着重分析了高尔基早期和中期的作品及艺术特色，下编则论述了高尔基的文艺思想探索。有评论认为，《高尔基研究》一书"对高尔基的理论思想体系和创作系列的整个建构做了多角度、多层次、全方位的探讨和研究，为中国高尔基研究提供了一个全景式的组合"[3]。也有学者认为"王远泽先生以其深厚的学术功底，创造性地吸取了近一个世纪以来我国高尔基研究的成果，对作家各个领域的创作进行过了深入研究，具有相当高的学术价值，……它意味着，中国的高尔基学已经向新的高度迈进了"[4]。

　　南昌大学黎皓智的著作有《俄罗斯小说文体论》[5]《20世纪俄罗斯文学思潮》[6]《拾取思想的片段：回眸俄罗斯文学艺术》[7]等。其中，《20世纪俄罗斯文学思潮》一书的独特性在于，从文学思潮的发展与演变这个视角研究20世纪俄罗斯文学，将20世纪俄罗斯文学看作一个整体。论述的过程中将史料、理论和评述相结合，为我国俄苏文学史的书写提供了一种较有特色的模式。《俄罗斯小说文体论》出版后，受到了学术界的广泛关注，有评论认为："这本关注国别文学文体研究的专论，为近年来文体学理论研究中所少有，填补了国别文体的研究领域的空白。"[8] 该书从文体的角度入手，上编探讨了文体的发展历史、概念与类型三种形态；下编以数十位俄苏作家为个案，

---

[1]　湖南教育出版社1988年版。
[2]　湖南师范大学出版社1993年版。
[3]　熊文芳：《高尔基及其著作述评的全景式组合——评王远泽的〈高尔基研究〉》，《外国文学评论》1989年第3期。
[4]　邱运华：《走向综合——评王远泽〈高尔基研究〉》，《理论与创作》1990年第4期。
[5]　百花洲文艺出版社2002年版。
[6]　北京大学出版社2006年版。
[7]　江西人民出版社2011年版。
[8]　李广军：《论文体研究与文体观的对立》，《俄罗斯文艺》2002年第1期。

梳理了俄罗斯小说文体的发展线索。在研究中，黎皓智坚持史、论、评相结合的方法，为我国国别文体研究提供了宝贵的资料。

二　西南地区的俄苏文学学者

除了华中地区之外，我国西南地区较有影响的俄苏文学研究者有四川大学的刘亚丁、李志强、池济敏，四川外国语学院的朱达秋、谢周、淡修安、徐曼琳，贵州大学的胡日佳，贵州师范大学的谭绍凯，贵州社会科学院的陈训明等。

刘亚丁的著作有《顿河激流：解读肖洛霍夫》[①]和《龙影朦胧：中国文化在俄罗斯》[②]等。《龙影朦胧：中国文化在俄罗斯》分别从哲学、文学艺术、汉学研究等角度，探讨中国文化在俄罗斯的传播、影响及变异。其中涉及孔子形象的流变、中国智者形象的"借用"、禅宗文化的流传，以及《诗经》的俄文翻译、中俄民间故事比较等。该著作从比较文学和文化角度，展示了中国文化在俄罗斯的经历，为中俄文学关系研究提供了翔实的材料。

胡日佳的主要著作有《俄国文学与西方审美叙事模式比较研究》[③]等。《俄国文学与西方审美叙事模式比较研究》共有四编，第一编探讨了俄国古代文学的基本特征及18世纪俄国文学与西方文学的关系。第二编分别探讨了别林斯基与法—德文学批评、车尔尼雪夫斯基与黑格尔的美学、托尔斯泰与德国古典美学、托尔斯泰与叔本华，以及19世纪俄国美学批评受西方整体影响的线索。第三编从比较文学影响研究的角度，探讨了俄国叙事美学的形成及其所受的影响。第四编具体探讨了屠格涅夫小说与西方小说叙事模式的异同，列夫·托尔斯泰小说与西方历史小说创作的异同，以及陀思妥耶夫斯基与西方心理小说创作的比较。此书出版后，受到国内学术界的高度评价，有评论认为"《俄国文学与西方审美叙事模式比较研究》应该说

---

① 四川教育出版社2001年版。
② 北京大学出版社2018年版。
③ 学林出版社1999年版。

是一本很有见解的从比较文学角度对俄国文学进行深入研究的学术著作"①。胡日佳的研究为我国俄苏文学研究开辟了一个新的视角，进一步丰富了俄苏文学研究的内容。

谭绍凯著有文集《文学评析选集》《欣慰集》。其中《欣慰集》中关于俄苏文学研究的论文包括《普希金在俄国文学史上的地位》《普希金的抒情短诗和叙事长诗》《瑰丽的南方诗篇》《普希金的小说创作》《普希金的诗体小说〈叶甫盖尼·奥涅金〉》《关于〈托尔斯泰览要〉的回顾》等。他任第二主编的《托尔斯泰览要》②（原名《托尔斯泰辞典》，百万余字）已于 2006 年 12 月出版问世。

陈训明的普希金研究颇有独到之处，首先他是以俄文版 19 卷的《普希金全集》为研究文本，从历史文化、写作背景及词源学等多角度考察普希金文本的真实含义，避免产生过多的误读。他的专著《普希金抒情诗中的女性》被认为是"中国学者研究普希金抒情诗创作的第一本专著"③。同时也有评论认为"陈训明的《普希金抒情诗中的女性》一书不是对于普希金生平创作的浮泛介绍，而是集中研究女性与普希金生活和创作的关系这一主题，不是对于现有中文材料的整理，也不是对于俄罗斯学者现成专著的抄录，而是在广泛吸收中外学者研究成果的基础上作出自己的选择和判断"，因为"书中所引诗文不是抄录现成的中译本，而是在将俄文原文与现有中译文比较研究的基础上自行翻译——实际上，书中引用的不少材料，特别是普希金同时代人的书信和日记等，至今尚无别的译本可资参考"④。他的俄苏文学研究在我国学术界引起了广泛的关注，其研究方法在俄苏文学研究中可谓独树一帜，具有很强的借鉴意义。

除上述两个地区外，同时还有部分学者分布在安徽、福建、海南

---

① 辛未艾：《一本很有价值的书——评〈俄国文学与西方审美叙事模式比较研究〉》，《俄罗斯文艺》2001 年第 4 期。
② 该书由王智量、谭绍凯、胡日佳三位学者共同主编。
③ 张伟：《超越与创新——评介陈训明〈普希金抒情诗中的女性〉》，《贵州社会科学》1994 年第 4 期。
④ 章星：《追踪诗魂——陈训明的普希金研究》，《贵州文史丛刊》2000 年第 5 期。

等地。如安徽大学的白嗣宏、沙端一，安徽师范大学的力冈、邱静娟、朱少华，厦门大学的陈世雄、周湘鲁、徐琪、王文毓，深圳大学的吴俊忠，广东外语外贸大学的杨可，华南师范大学的汪隽、朱涛，海南师范大学的韩捷进等学者。白嗣宏、力冈等老一代学者著述丰富，白嗣宏有论文集《苏联戏剧艺术研究》等。陈世雄主攻戏剧研究，周湘鲁著有《俄罗斯生态文学》。韩捷进关注艾特玛托夫研究，出版有《20世纪文学泰斗——艾特玛托夫》等著作。

  因篇幅和视野有限，以上关于学者队伍的描述难免有疏漏之处，所选择的也主要是以著作体现的少量成果，但改革开放以来我国的俄苏文学学科学者的基本面貌已经显现。这支队伍中一些老学者完成使命，逐步退出舞台，一批年轻的学人不断补充进队伍并迅速成长，他们以自己新的视野和新的成果，继续推动着中国的俄苏文学研究前行。在这一过程中，俄苏文学学人的研究方法是学术史的重要研究内容，所以本书的第二章将探讨俄苏文学学人的研究方法问题。

第二章

中国俄苏文学学人的研究方法探析

学者的研究方法在俄苏文学研究中具有重要意义，本书试图通过深入分析，揭示学人和研究方法在俄苏文学学术史研究中的重要性。

何谓文学研究方法论？赵敏俐在《文学研究方法论讲义》中写道，文学研究方法论由两部分组成：一部分是理论方法，如马克思主义的历史唯物论、心理分析、结构主义、文化人类学、原型批评等。另一部分是具体方法，如搜集材料、整理、考辨、运用史料的方法，比较分析、归纳、总结、假设与证明等逻辑学的方法，宏观与微观、系统与分类、具体与抽象、个别与一般等哲学方法。[①]

在文学研究中自觉提出方法论问题的第一人应该是梁启超。1921年，梁启超在南开大学做课外讲演的时候，将文学研究方法论作为一门课程。此后，一代又一代的学者对文学研究的方法给予了足够的重视。1978年以来，我国的俄苏文学研究取得如此成就，方法论的发展是一个重要的促进方面。

第一节 社会历史批评方法

社会历史批评是我国俄苏文学学人经常使用的批评方法，也是俄苏文学研究中的主要方法。它是一种从社会历史角度观察、分析、评

[①] 赵敏俐：《文学研究方法论讲义》，学苑出版社2005年版，第2页。

价文学现象的批评方法,侧重研究文学作品与社会生活的关系,重视作家思想倾向和文学作品的社会作用。

社会历史批评的根源可以追溯到古希腊时期的苏格拉底、柏拉图和亚里士多德。苏格拉底认为,美与善是统一的,都以功利为标准。他认为"任何一件东西如果它能很好地实现它在功用方面的目的,它就同时是善的又是美的,否则它就同时是恶的又是丑的"①。柏拉图在《理想国》中的训示也指出"只许可歌颂神明的赞美好人的颂诗进入我们的城邦"②。之后,亚里士多德在《政治学》《诗学》中通过对音乐、戏剧的分析指出,"陶冶作用"是文学艺术的"特殊功能",文艺的社会价值就在于利用这一功能去教育人、培养人。不难看出,古希腊的文艺批评特别强调文艺的社会价值,明显地带有浓厚的社会批评色彩。

从 18 世纪开始,西方社会历史批评的学理性初步显现出来,渐渐形成了较为完整的理论体系。这一时期的代表人物有意大利的维科、法国的斯达尔夫人和丹纳。

维科的《新科学》实现了文学研究与社会历史的真正交错。当时魏伯·司各特评价:"据埃德蒙·威尔逊考察,社会批评源出于十八世纪维科对荷马史诗的研究,他的研究揭示了希腊诗人所生活的社会环境。"③ 我国有学者认为:"由于维科从社会历史过程中考察了宗教习俗、法、制度、审美、艺术形态的变化及其原因,从而赋予《新科学》厚重的历史感;又由于他把各种社会意识形态的发生发展联系起来,进行彼此渗透的综合性研究,从而创建了一种崭新的独立的批评方法或批评模式,这就是社会历史批评法。"④

---

① [希腊]克赛诺封:《回忆录》第三卷第八章,朱光潜译,载《西方美学家论美和美感》,商务印书馆1980年版,第19页。
② [希腊]柏拉图:《理想国》,郭斌和、张竹明译,商务印书馆1986年版,第407页。
③ [美]魏伯·司各特编著:《西方文艺批评的五种模式》,蓝仁哲译,重庆出版社1983年版,第62页。
④ 李朝龙:《现代文艺批评方法论》,贵州人民出版社2005年版,第43页。

斯达尔夫人是19世纪法国浪漫主义文学的先驱，于1800年出版了著名的《论文学》。她在该书的开篇谈道："我的本旨在于考察宗教、风尚和法律对文学的影响以及文学对宗教、风尚和法律的影响。"① 她的这一观点标志着一种新的批评方法的诞生——社会历史批评方法。美国学者W. H. 布鲁福特认为，"文学社会学可以说开始于斯达尔夫人"②。斯达尔夫人的理论对丹纳的"种族、环境、时代"三元素说的形成产生了巨大的影响。

丹纳认为，所谓种族，指的是人种的特性，包含"天生的和遗传的"那些倾向。种族力量之于文艺作品来讲，如同种子对于植物一样，因而种族力量构成了文艺生长和发展的内部源泉，它是一种恒量，"不受时间影响，在一切形势一切气候中始终存在"③。环境则是指种族生活的自然环境和社会环境，包括地理、气候、生产组织、政治制度及各种普遍性的社会观念。时代则是指种族的文化传统在一定阶段或时期的情形，包括政治、哲学、宗教、艺术、社会心理等，这是种族特性与环境得以在其中发生影响的"印有标记的底子"。丹纳认为在"三元素"中，种族是"内部主源"，环境是"外部压力"，时代是"后天动量"。

在丹纳之后，还出现了许多著名的社会历史批评家和新观点。其中，颇具代表性的有普列汉诺夫的"中间环节"说、卢卡契的"反映说"、阿尔多诺的"否定性认识说"、皮埃尔·马舍雷的"生产说"、吕西安·戈德曼的"发生说"、阿诺德·豪塞的"艺术社会学"等。

普列汉诺夫是俄国最早的马克思主义理论家和马克思主义传播者，其代表作有《论艺术》（即《没有地址的信》）、《艺术与社会生活》等。他认为，虽然经济基础决定艺术活动，但是不管是经济基础

---

① ［法］斯达尔夫人：《论文学》，徐继曾译，人民文学出版社1986年版，第13页。
② 胡经之、王岳川主编：《文艺学美学方法论》，北京大学出版社1994年版，第29页。
③ ［法］丹纳：《艺术哲学》，傅雷译，人民文学出版社1996年版，第147页。

第二章 中国俄苏文学学人的研究方法探析

对文学艺术的决定、制约作用还是文学艺术对经济基础的反作用，都不是直接的，而是通过社会心理的中间环节完成的。这一中间环节在原始社会表征为宗教、巫术，在现代社会则表征为政治道德、心理、哲学等因素，而至关重要的则是社会心理因素和阶级斗争，因为它是由经济基础的社会关系而形成起来的。

戈德曼是20世纪法国著名的社会理论家和文艺批评家，他的主要著作有《人文科学与社会科学》《隐匿的上帝》《辩证研究》《小说社会学》《发生学结构主义》《文学社会学方法论》等。他的理论将卢卡契、皮亚杰与马克思理论糅合在一起，创立了"发生学结构主义"。主要是借用传记批评法将文学作品的结构同作家从属的社会集团的"心理结构"对应起来，"认为文学作品是从社会意识和社会行为中产生的，因此文学不是表现自我，而是表现作家从属的社会阶级。虽然在创作过程中作家个人的作用不能否定，但是文学作品是社会集团的'集体'产品，文学主题都是超越个人的"[①]。

卢卡契是匈牙利著名的马克思主义文论家，主要著作有《心灵与形式》《当代话剧发展史》《小说理论》《十九世纪文学理论和马克思主义》《现实主义史论》《审美特性》《社会存在的本体论》等。他的"反映说"的主要观点是，"文学艺术作为上层建筑的一部分，作为人们的意识形态，是现实的反映，但并不是像镜子反照事物那样的一种反映，而是一种能动的反映"[②]。

虽然社会历史批评有多种不同的观点，但它们的共同特征在于"透过作品本身而试图窥见它所'反映'的社会历史背景，并凭借这种背景而最终解释作品本身。如果说，传记研究关心作品背后的作者生活经历，精神分析研究注重作者无意识，结构主义强调抽象的逻辑结构，解释学和接受美学偏重读者与文本的对话，那么可以说，社会

[①] 李朝龙：《现代文艺批评方法论》，贵州人民出版社2005年版，第66页。
[②] 同上书，第56—57页。

历史方法的鲜明特征就是在社会历史联系中处理文学问题"①。

我国俄苏文学学人在研究中广泛使用了社会历史批评方法，取得了可喜的成果。曹靖华、陈燊、张铁夫、徐稚芳、程正民、刘亚丁等学者的研究，可以称得上社会历史批评方法的典型案例。

曹靖华主编的《俄国文学史》（上卷）②，主要采用了社会历史批评方法，在文学史研究中特色鲜明。《俄国文学史》（上卷）系统论述了从11世纪基辅罗斯时期的古代文学到19世纪90年代俄国文学的发展历程。有学者认为，"覆盖面宽阔而线索清晰，剪裁精当而布局明朗，是《俄国文学史》（上卷）结构上的鲜明特色"。如全书的"引言"勾勒文学史的发展脉络，为后面的论述定立基调，"结束语"则对俄罗斯文学的特点和价值进行了论述。"《俄国文学史》（上卷）采用的是以时间为经、以作家为纬的结构体例。这种体例的最大长处在于脉络清楚，布局简洁，展开论述时也能更为贴近文学史的实际进程，避免了以文学思潮、流派倾向为基本线索写史时常常遇到的窘迫。"③ 此外，作为一部优秀的文学史著作，《俄国文学史》（上卷）完全不是一系列"作家论"的简单堆砌，而是突出了"关于文学的历史"的演变线索，充分显示出编撰者具有鲜明的"史"的意识。④ 这种方法打破了对国外俄国文学史体例的重复和模仿，结合社会历史批评方法，开创了一种新的体例，《俄国文学史》（上卷）中的具体研究方法是值得学习借鉴的。

陈燊在屠格涅夫研究⑤中主要使用了社会历史批评方法。在对

---

① 胡经之、王岳川主编：《文艺学美学方法论》，北京大学出版社1994年版，第36页。
② 该书于2007年由北京大学出版社出版，曾以"俄国文学史"为书名于1989年由人民文学出版社首次出版，后作为《俄苏文学史》的第1卷由河南教育出版社于1992年出版。
③ 汪介之：《我国俄罗斯文学史研究中的一部权威性著作——评曹靖华先生主编的〈俄国文学史〉》，《俄罗斯文艺》2008年第4期。
④ 同上。
⑤ 相关论文有《屠格涅夫与我们》《一幕动人的哑剧——读〈木木〉》《论〈罗亭〉》《论〈贵族之家〉》《屠格涅夫研究简论》等；而在人民文学出版社出版的屠格涅夫的6部长篇小说中，《罗亭》《贵族之家》《前夜》《父与子》4部由陈燊执笔作序。

《罗亭》的研究中，陈燊采用社会历史批评方法对罗亭的形象进行客观概括，指出"罗亭并不是象果戈理一个喜剧中逃婚的角色。通过他，屠格涅夫要表现的是19世纪三四十年代贵族知识分子的一个代表人物。爱情的波折只不过是检验人物的道德价值和社会价值的一种手段"①。评论界有观点认为，罗亭性格中存在的矛盾是由于作者反复修改造成的，而陈燊认为其实罗亭信奉的理想和言行始终是前后一致的。同时，他也指出《罗亭》中所体现出的作者的倾向性："既以贵族自由主义者列兹涅夫来批评贵族中具有革命倾向的罗亭，说他是'世界主义者'，又因鉴于新的一代（实即平民知识分子）趋向于不同目标，而要求罗亭和列兹涅夫等贵族知识分子'紧紧地彼此靠拢'。"② 但是从小说最终的结局不难看到，屠格涅夫事实上已经站到了深切同情罗亭的一方了。而且陈燊认为，罗亭之所以会成为"多余人"，既有社会的客观原因，也有其自身的主观原因。正是采用社会历史批评的方法，陈燊才得以对《罗亭》进行更为深刻的分析，在当时的俄苏文学研究中具有重要意义。

陈燊的另外一个研究方向是列夫·托尔斯泰研究。③ 他的《列夫·托尔斯泰和意识流》观点新颖，文中关于托尔斯泰早期作品中所体现出的意识流，连当时苏联学术界也没有探讨过。陈燊指出，把托尔斯泰和意识流联系起来的想法，最早是源于欧美作家，苏联国内虽对此有异议但并未精心深入分析。文章并不限于孤立地看待托尔斯泰的心理描写与意识流小说的关系和异同，而是联系他的创作发展、创作思想的变化来考察这个问题。④ 通过社会历史批评，结合文本细读的方法，论述了托尔斯泰作品中的意识流特色。陈燊认为，托尔斯泰的《昨天的故事》《童年》《暴风雪》及《战争与和平》等都表现出

---

① 陈燊：《论〈罗亭〉》，《外国文学评论》1990年第2期。
② 同上。
③ 相关论文有《论〈复活〉的主人公形象》《欧美作家论托尔斯泰》《谈谈列夫·托尔斯泰的创作和艺术》及《列夫·托尔斯泰和意识流》等。
④ 陈燊：《列夫·托尔斯泰和意识流》，《外国文学评论》1987年第4期。

了意识流的艺术特点。"托尔斯泰一开始就写过意识流，并且日益熟练地掌握了这种技巧，只是由于他的生活圈子日益扩大，思想境界与艺术视野日益开阔，不愿意蜷伏于内心生活小天地，后来在艺术上戏剧化的倾向又使他减少内心活动的直接描写。"① 因而作者认为，很难说托尔斯泰的意识流就比乔伊斯、伍尔夫的逊色，也很难说乔伊斯等人笔下的意识流是托尔斯泰意识流技巧的"成熟"表现。陈燊以严谨的态度和深刻的论述探讨了托尔斯泰作品中的意识流特点，令当时的学术界耳目一新。

陈燊主编的《费·陀思妥耶夫斯基全集》是我国陀思妥耶夫斯基研究的一座里程碑。该全集于 2010 年由河北教育出版社出版，共 22 卷，有 700 多万字，前 16 卷包含了陀氏的全部长、中、短篇小说，17、18 卷为文论，19、20 卷为作家日记，21、22 卷为书信。国内学术界有评论认为，该全集"也是国内第一部名副其实的陀氏作品的全集"，"不仅收录内容全面，而且长达 6 万字扼要且切合实际的总序、严谨且详尽的注释和题解，也使《全集》的学术含量大大增加"②。对于陀思妥耶夫斯基这样一位思想复杂的作家，如果没有题解的话是很难理解其作品的真正内涵的。在编撰《陀思妥耶夫斯基全集》的过程中，陈燊采用社会历史批评方法，对陀思妥耶夫斯基作品中涉及的题解、作家思想等进行了深入研究，其中长达 6 万字的总序为俄苏文学的发展提供了一份宝贵的材料。

张铁夫的普希金研究也受到社会历史批评方法的影响。《普希金的生活与创作》③ 在我国普希金研究中具有重要的意义。全书以普希金的生平和思想发展为线索，对普希金的各种作品做了详细分析，全面评价了普希金在俄罗斯文学和世界文学中的地位。最后论述了俄苏普希金学的历史与现状，以及普希金在国外的影响和接受。书后附有

---

① 陈燊：《列夫·托尔斯泰和意识流》，《外国文学评论》1987 年第 4 期。
② 陈建华：《一项泽被后人的学术工程——写在〈费·陀思妥耶夫斯基全集〉出版之际》，《俄罗斯研究》2010 年第 6 期。
③ 燕山出版社 1997 年初版，中国社会科学出版社 2004 年再版。

第二章 中国俄苏文学学人的研究方法探析

普希金生平与创作年谱和两篇普希金纪念地访问记。张铁夫指出："在撰写的过程中，我们力图从诗人的生活道路、创作道路和思想发展的紧密联系中，在俄罗斯文学和世界文学的背景上，将学术专著与人物传记融为一体，较为全面、系统地揭示作为诗人、小说家、戏剧家、批评家的普希金的成长过程和辉煌成就，以及在俄国文学史和世界文学史上的地位。"① 可以看到，社会历史批评也是张铁夫在普希金研究中采用的主要研究方法。

在普希金研究中，张铁夫既采用了学术著作与人物传记相结合的方法，也采用了历史批评和美学批评相结合的方法。所以，该书出版后获得了国内学术界的一致好评。吴元迈在序言《"说不尽"的普希金》中认为该书是"迄今为止我国在普希金研究方面最全面、最翔实、最具特色和最有分量的一本书……标志着我国普希金研究的一个新阶段的来临"。总之，《普希金的生活与创作》为我国普希金研究打开了一个新的局面。

《卢那察尔斯基文艺理论批评的现代阐释》由程正民、王志耕、邱运华撰写，并由北京大学出版社于2006年4月出版。本书采用社会历史批评的方法将卢那察尔斯基的文艺思想和文艺批评还原至原有的历史语境中进行考察，发掘其理论的真实面貌和深刻内涵，同时注重对它进行现代阐释，揭示它对建设当代马克思主义文艺理论批评的现实意义。全书共三编，上编"卢那察尔斯基的文艺思想"和中编"文艺批评家卢那察尔斯基"从理论上概括卢那察尔斯基文艺思想和文艺批评的总体面貌和个性特征；下编"卢那察尔斯基的文艺批评实践"则通过个案分析，具体、生动地展现卢那察尔斯基文艺批评的独特风采和理论价值，以及在当今仍然具有的强大的阐释力量。

刘亚丁的肖洛霍夫研究体现了社会历史批评方法的影响。《顿河激流：解读肖洛霍夫》分为时代篇、人物篇和影响篇三个部分，作者

---

① 张铁夫：《普希金情结》，载季水河、何云波主编《理想的守望与追寻：张铁夫先生育人治学之路》，岳麓书社2008年版，第22页。

试图从肖洛霍夫与时代的关系、与其他作家的关系及作品的反响等角度，逐渐走入作家的心灵和艺术世界，感受他的人格魅力和艺术风采。与其他学术著作不同的是，作者将自己的许多感悟也融入到了著作中，写作方式比较独特。有评论认为，"该书通过还原肖洛霍夫的'生态环境'，考察作家对时代作出的反应，在摒弃神化和妖魔化偏向的基础上，纠正了一些不确定的材料，澄清了一些不妥当的观点，融传记与评论为一体，资料翔实"①。也有评论认为："《顿河激流》以翔实的材料和深入的分析解读了肖洛霍夫之谜，并且已触及文化分析的维度。在20世纪已成为历史的时候，以超越的目光来揭示苏联文学现象的内在逻辑，将成为一个更加深有意味的命题。"②《顿河激流：解读肖洛霍夫》通过重新阅读肖洛霍夫的作品，对肖洛霍夫及其作品价值进行了重新评价。尤其可贵的是，澄清了关于肖洛霍夫的谜团，在我国肖洛霍夫研究史上具有重要意义。

第二节　实证主义批评方法

实证主义批评方法是俄苏文学研究中较为常用的方法之一。戈宝权的《中外文学因缘》、李明滨的《俄罗斯汉学史》、张捷的《苏联解体后的俄罗斯文学》、陈建华的《二十世纪中俄文学关系》和《中国俄苏文学研究史论》等著作都是实证研究的经典之作。

实证主义伴随着人类生活的方方面面。实证主义作为一种哲学思潮兴起于19世纪中叶，代表人物是孔德。"从哲学的逻辑演进看，实证主义的理论先导可以上溯到近代西方的经验主义，而其更广的历史根据则在于近代科学的发展。"③20世纪30年代，实证主义的新流派产生了。总体来说："这种实证主义的认识论仍是遵循经验主义传统

---

①　陈建华主编：《中国俄苏文学研究史论》第三卷，重庆出版社2007年版，第378页。
②　王志耕：《人与历史的对话：肖洛霍夫解读》，《俄罗斯文艺》2003年第4期。
③　杨国荣：《实证主义与中国近代哲学》，华东师范大学出版社2009年版，第1页。

的。……这一新种名称并不是单一和恒定不变的,其内容经过了重大改变。"① 不管是新实证主义还是老实证主义,都有一些共同特点。其中最大的一点是,"它们均将抽象思辨方法的哲学体系作为自己的对立面,要求每一推断必有结实的实践基础,或者纵使使用逻辑推理,这种推理也可以直接用实践进行检验"②。实践证明实证主义方法在文学研究中发挥了巨大的作用,是文学研究的主要方法和手段。

实证主义方法与清代朴学有着许多相似之处。清代朴学的代表人物是乾嘉学派,他们讲究"创新"、"博证"、"致用",用治学严谨、文体朴实相推许,自命为朴学。③ 梁启超在《中国近三百年学术史》一书中,概括了明末清初到民国初年300年间的学术发展,这个时代的文学主潮:一是"厌恶主观的冥想而倾向于客观的考察",二是"排斥理论,提倡实践"④。

19世纪末,康有为和梁启超等学者沿用了乾嘉学派的重考据、重实证的方法。进入20世纪,从王国维的《宋元戏曲考》可以看到其实证主义的治学方法。他从1908年开始,到1912年写成《宋元戏曲考》,历时近五年。在写作的过程中王国维开始撰写《曲录》,他以清代黄文晹的《曲海》与焦循的《曲录》为底本,在两书1081种杂剧的基础上多方搜集资料,最终搜集数目达到3178种,并且对各个朝代戏曲作者的数量及分布情况做了研究。在此基础上,王国维经过多方考证,对戏曲的产生、定义、发展、角色进行分析,最终完成《宋元戏曲考》。有评价认为:"王国维关于戏剧的概念及元杂剧之'文章'的论说里,都有着'参证'西洋近代美学、文学与戏剧理论的明显特色;而在对戏曲之史的发展探索中,则运用了清代'朴学'家的'考证'方法,探赜索引、钩沉故实,做到有所发现,有所发

---

① 沃野:《论实证主义方法论的变化和发展》,《学术研究》1998年第7期。
② 肖百容:《实证主义方法与文学研究》,《船山学刊》2003年第2期。
③ 朱金顺:《试说新文学研究与朴学之关系》,载黄修己主编《中国现代文学研究方法论集》,首都师范大学出版社1994年版,第99页。
④ 梁启超:《中国近三百年学术史》,团结出版社2006年版,第1页。

明。"总之,"运用考证的方法治戏曲史,贯穿近代西方资产阶级的美学、文学观论述中国戏曲之艺术性,应该要算是王国维这部专著的最明显的两大特色"①。

陈寅恪是我国著名的历史学家和文学史家,也是中国比较文学渊源与影响研究的奠基者。陈寅恪在研究的过程中非常重视实证的方法,善于以史证诗、以诗证史。他在《元白诗笺证稿》中,主要从文体关系和文人关系的角度,对白居易和元稹的《长恨歌》《琵琶行》《连昌宫词》、艳诗、悼亡诗、新乐府和古乐府等进行多方考证,不仅指出了这些作品间"文学演化之迹象"和"文人才学之高下",也对新乐府运动的产生因果及其意义等作出了自己的评价。在比较文学渊源与影响研究中,陈寅恪认为,"即以今日中国文学系之中外文学比较一类之课程言,亦只能就白乐天等在中国及日本之文学上,或佛教故事在印度及中国文学上之影响演变等问题,互相比较研究,方符合比较研究之真谛"②。

实证主义在当时如此兴盛的根本原因在于,"这种方法论类型追求研究的客观性,它要求在研究过程中尽量地忽视主观因素,也就是忽略对作家的创作动机、创作目的、创作方法的探讨,通过对它的研究建立更加科学的文学研究体系"③。这种将西方实证主义与中国传统考据学融合而产生的方法论,在俄苏文学研究中取得了重大的成就。

苏联解体后,张捷对当代俄罗斯文学发展现状及作家群体给予了密切关注和追踪,他采用实证研究的方法,搜集并积累了大量的第一手材料,展示了俄罗斯文学的最新近况。其中《俄罗斯作家的昨天和今天》《热点追踪:20世纪俄罗斯文学研究》《当今俄罗斯文坛扫描》及《苏联解体后的俄罗斯文学(1992—2001)》等著作体现了作

---

① 陈鸿祥:《王国维与文学》,陕西人民出版社1988年版,第282—284页。
② 陈寅恪:《与刘叔雅论国文试题书》,载《金明馆丛稿二编》,上海古籍出版社1980年版,第223页。
③ 周丰、曾宏伟:《实证主义浅论》,《语文学刊》2009年第8期。

者实证研究的严谨态度。

《苏联解体后的俄罗斯文学（1992—2001）》着重分析的是苏联剧变后最初十年俄罗斯文学的发展状况。全书分别论述了苏联解体后的俄罗斯文学界、文学思潮和文学观点、文学创作情况，以及关于这一时期文学的评价问题。在大量材料的基础上，这部著作为我们解答了许多疑惑，例如，苏联解体后的最初十年内，俄罗斯文坛何以会出现严重的分裂现象，文学在社会中的地位和影响何以会迅速下降，为什么当今俄罗斯文学会出现很强的商业化因素，等等。在该著作中，作者对俄罗斯文坛近况进行了比较全面的反映。读者可以从中了解到苏联解体以来的十多年俄罗斯文学的大致发展状况，为我们了解和研究当今的俄罗斯文学提供了丰富而翔实的资料。

华东师范大学的陈建华在俄苏文学研究中成果突出，较好地践行了实证主义的方法。他的研究成果集中体现在《二十世纪中俄文学关系》和《中国俄苏文学研究史论》等著作中。

在中俄文学关系研究中，陈建华以实证主义的研究方法，从历史上实有的关系和影响入手，对中俄文学关系做了深入考察。他认为，中俄文学关系的最早发端可以追溯到俄罗斯史诗《伊戈尔远征记》。虽然现今能见到的18世纪俄国作家有关中国的文字并不多，但仍然可以看到对孔子的赞扬和对中国文化的浓厚兴趣。在19世纪后期，中国社会发生了重大变化，西方来华的传教士开始创办刊物宣传西方思想。中国最早译介过来的俄国文学作品就出现在这种刊物上。

我国最早译介的俄国文学作品是从哪一年开始的？以前学术界普遍认可戈宝权和阿英的观点，"最早的，就是在光绪26年（1900年）发表的三篇克雷洛夫的寓言"，载"上海广学会校刊的《俄国政俗通考》"一书[①]。陈建华在上海徐家汇藏书楼查阅资料时发现，实际上早在1872年8月《中西见闻录》的创刊号就载有丁韪良（美国传教

---

① 戈宝权：《中外文学因缘》，北京出版社1992年版，第257页。

士）译的《俄人寓言》一则①，将这一时间提前了28年。同时，他还以实证研究的态度对《俄人寓言》的相关史实进行了考察。虽然《俄人寓言》的情节和古希腊《伊索寓言》、法国《拉封丹寓言》多有相似之处，但其中提到俄国北部的地理环境、俄人的装束等因素可以肯定其出自俄国。那么，丁韪良的译本是否出自列夫·托尔斯泰《俩伙伴》的文本，二者在出版时间上的相近有无必然联系？陈建华经过考证指出，列夫·托尔斯泰的《俩伙伴》是在1872年11月随《识字课本》一起问世的，丁韪良的译本显然早于列夫·托尔斯泰的文本，因此排除了丁韪良翻译列夫·托尔斯泰文本的可能性。经过作者进一步考证发现，丁韪良的译本是译自从俄文转译成英文的《俄国民间故事》一类的书籍。陈建华通过实证研究，考察了我国最早译介的俄国文学作品——《俄人寓言》，这一发现在中俄文学关系研究中具有重要的意义和价值。

《二十世纪中俄文学关系》作为中俄文学关系研究中的重要著作，同时也是实证主义研究方法的经典范例。有学者认为，"《二十世纪中俄文学关系》作为我国第一部中俄文学关系史的专门著作，填补了这方面的空白。此前的有关著作都是论文集或专题性的著作，而陈建华的这部书，却是一部'史书'，而且是一部'通史'"②。本书的特点在于，"全书以中国文学为本位，站在'20世纪中国文学'的立场上，全面系统地描述了中国文学与俄苏文学关系的百年历程"③。夏仲翼所作的序言中对《二十世纪中俄文学关系》给予了高度评价："材料的翔实是本书的一大特色。两个国家有关的文学材料，从论文、译作、专著、文学史，乃至作家的自述，本书作者近搜远涉，详尽罗列，而钩沉发幽，往往道前人所未及道，其中历史脉络清晰，也表明了作者对于这一文学现象了解的透彻。"④

---

① 陈建华：《二十世纪中俄文学关系》，高等教育出版社2002年版，第40页。
② 王向远：《对中俄文学关系的总体研究》，《俄罗斯文艺》2003年第1期。
③ 同上。
④ 夏仲翼：《二十世纪中俄文学关系·序》，《中国比较文学》1999年第2期。

陈建华主编的《中国俄苏文学研究史论》四卷本，同样体现出实证主义研究方法。该书第一编分五个阶段系统梳理了自清末民初以来到现在，中国俄苏文学研究的百年历程和台湾的俄苏文学翻译与研究；第二编论述中国对俄苏重要文学现象的研究，其中包括俄国汉学研究、社会主义现实主义研究、新时期中俄文学关系、"红色经典"研究等专题；第三、四编论述中国对俄苏文论的研究；第五、六编论述中国对俄罗斯古典作家和俄苏现当代作家的研究；第七、八编摘选了中国俄苏文学研究中的重要文献。该书出版以后学术界有评价认为其是"中国国别文学研究学术史的范本"，"该书对中国俄苏文学研究百年历程分析得当，评述有力"，而且"资料翔实具有文献价值"[1]。实证主义的研究方法可以说是俄苏文学研究的重要方法，也是一种经久不衰的研究方法。

陈训明在普希金研究中采用实证研究的方法，对俄罗斯和乌克兰境内的普希金故地逐一实地考察，尽可能仔细到他所居留过的每一个处所、每一栋房屋。通过历史、地理、文化和风俗传统的综合考察，结合前人的有关著述与历史文献，深化对普希金作品和生平事迹的认识。在此基础上，他提出把行迹考察作为外国文学研究新要求的观点。在《行迹考察与外国作家研究——以普希金研究为例》[2] 中，他认为以往的外国作家研究是"文本研究加传记资料和评论研究"，这种研究方式容易人云亦云，难以提出有价值的创见。要弥补这一缺陷就要在上述模式中加上"行迹考察"一项，行迹考察有助于解决作家生平研究的难题。比如，普希金与亚历山大一世及尼古拉一世这两个沙皇的关系，以及普希金为什么喜欢忏悔主题和复活主题，都可以通过行迹考察得到新的启示。这种行迹考察的实证研究方法，丰富了俄苏文学的研究视角。

李萌的《缺失的一环：在华俄国侨民文学》以实证研究的方法，

---

[1] 沈云霞、张铁夫：《中国国别文学研究学术史的范本——评陈建华等〈中国俄苏文学研究史论〉》，《外国文学研究》2007 年第 5 期。
[2] 《贵州社会科学》2000 年第 3 期。

考察了 20 世纪俄国文学中至今仍被学术界严重忽略的 20 世纪上半叶哈尔滨、上海的俄侨文学。除系统论述 20 世纪上半叶在华俄侨文学的发展历程和概貌外，作者通过大量实证材料重点分析了阿尔谢尼·涅思梅洛夫和瓦列里·别列列申的生平和创作。

第三节　宗教文化批评方法

近几十年来，随着俄苏文学研究的不断深入和发展，我国许多学者也尝试从宗教文化角度来研究俄苏文学。例如，探讨俄罗斯文学与宗教的关系，探讨俄罗斯文学与艺术的关系，并且取得了一定成果。金亚娜、任光宣、王志耕、耿海英、刘锟等学者从宗教文化角度对俄罗斯文学进行学术研究，为俄苏文学研究增添了一系列著作。

从学科角度严格来讲，宗教文化批评应该属于比较文学中跨学科研究的一个分支。文学与宗教历来就有千丝万缕的联系。有学者曾经形象地评价道："宗教是幻想与想象的骄子，文学则是幻想和想象的宁馨儿。"[①] 从古至今，许多文学作品都受到宗教的强烈影响，同时也有一些文学作品直接取材于宗教经典。因此，跨学科视野下的宗教文化批评目标主要集中在两个方向：宗教的文学性和文学中的宗教文化因素。

在中西方的许多文学作品中，不难看出其中隐含的宗教因素的影响。如西方文学中的基督教因素、东方文学中的佛教因素及阿拉伯文学中的伊斯兰教因素。在欧美文学发展中，《圣经》产生的影响是不容忽视的。《圣经》的影响表现为三种类型：模仿、改编和借用。对《圣经》的模仿改编，主要集中在中世纪的宗教文学之中，对《圣经》的借用则是各个时代都有，一直延续到今天。

中世纪时期，由于受到基督教的强烈影响，出现了教会文学。大量僧侣作家采用拉丁文写作基督故事、圣徒传、祈祷文、赞美诗、宗

---

① 马焯荣：《中西宗教与文学》，岳麓书社 1991 年版，第 59 页。

教剧等，向人们宣传基督教教义。意大利作家但丁的《神曲》更是具有强烈的宗教色彩，其中作者游历了地狱、炼狱和天堂的历程，以及表现的三位一体的思想都受到了基督教的影响。

在文艺复兴时期，英国作家乔叟的《坎特伯雷故事集》和莎士比亚的《威尼斯商人》都体现出明显的基督教因素影响。而17世纪英国作家弥尔顿的《力士参孙》《失乐园》和《复乐园》则是直接取材于《圣经》。18世纪法国作家卢梭的《忏悔录》，19世纪法国作家夏多布里昂的《基督教的真谛》、英国作家哈代的《无名的裘德》、美国作家霍桑的《红字》，以及现代作家贝克特的《等待戈多》、福克纳的《喧哗与骚动》等作品都体现了较强的受基督教影响的特点。

加拿大著名文论家弗莱的《伟大的代码：圣经与文学》（*The Great Code: The Bible and Literature*）是宗教文化批评的经典例证，分别从语言、神话、隐喻、类型学四个角度探讨了宗教中的文学特性。

在语言一章中，弗莱探讨了人类发展的三个不同阶段的语言特点，并将其与圣经语言进行对比，从而凸显圣经语言的独特性以及它们在基督教的传播中所起到的不可忽视的作用。正如弗莱所指出的，在英国钦定本圣经的语言中，语句是介于诗和散文之间的一种特殊文体，使它便于诵读，有助于"传递由神引起的对话中的感情"。圣经的语言源于文学语言，具有很强的文学特性，但又高于文学语言。

弗莱从神话角度探索圣经中的文学特性。他认为神话是指神话故事情节，或者可以将其概括为词语的按序排列。而且"神话有两个平行的方面：作为故事，它是诗，是对文学的再创造；作为具有社会功能的故事，它是某个具体社会的行为纲领"[1]。圣经本身就是神话，而且包含许多神话故事，具有较强的文学性。

---

[1] 杜昌忠：《论〈伟大的代码〉的文学批评特色》，《福建师范大学学报》2000年第1期。

弗莱从隐喻的角度探索了圣经创作中的文学风格。在研究文学结构时，一般"我们注意力主要放在词与词的相互关系上。修辞手段因此而成为主要的注意目标之一，因为所有的修辞手段都着重在词的倾向集中和相互关联的方面"①。但是在圣经中，基督教的许多教义只有依靠隐喻才能完整表达，这种结构也成为圣经的基本结构。

最后，弗莱从类型学的角度提出《新约》和《旧约》就像两面镜子，"《新约》中参照《旧约》之处比比皆是，涉及每一篇，甚至几乎每一段"②。《新约》和《旧约》之间的这种渊源关系就属于一种特殊的类型学。《圣经》虽然是一部宗教典籍，但是具有很高的文学价值。《旧约》中记载了古希伯来人的神话传说、英雄故事、历史散文、诗歌和小说等各种类型的作品，反映了希伯来人的社会文化生活。在很长的历史时期内，《旧约》中的宗教思想就成为欧洲文学的一大特点。

因此，文学与宗教的关系非常密切。一方面，文学受到宗教的大力影响；另一方面，文学也是宗教的有力传播工具。从比较文学跨学科研究的视角来看文学与宗教的关系，探讨文学中的宗教文化影响对俄苏文学研究是一个很好的角度，还有待进一步深入。

东正教对俄苏文学产生的影响，很早就进入我国学者的研究视野。早在20世纪80年代，已经出现相关的研究论文。进入90年代之后，则有了新的突破和发展。一方面"体现在从对作家思想的简单定位发展到对作家宗教意识复杂性的分析"；另一方面"出现了由作家作品的宗教思想辨析向真正的文学的'宗教批评'转向，即由宗教文化入手，解读文学文本的诗学原则"③。第一类的代表论文是何云波的《道德需

---

① ［加拿大］弗莱：《伟大的代码：圣经与文学》，郝振益等译，北京大学出版社1998年版，第86—87页。

② 同上书，第112页。

③ 陈建华主编：《中国俄苏文学研究史论》第一卷，重庆出版社2007年版，第223页。

第二章 中国俄苏文学学人的研究方法探析

要与情感愉悦——陀思妥耶夫斯基宗教皈依心理之分析》①；第二类的代表论文是王志耕的《神正论与现实视野的开拓——陀思妥耶夫斯基诗学综论》②。相关论文还包括邱运华的《诗兴启示：列夫·托尔斯泰小说诗学的根本特征》、张铁夫的《普希金诗歌中的〈圣经〉题材》、任光宣的《普希金与宗教》和《普希金与〈圣经〉关系初探》，以及汪剑钊的《俄国象征派诗歌与宗教精神》等。

进入新世纪之后，从宗教文化角度研究俄罗斯文学呈现出一种更加学理化的趋势。除了对19世纪经典作家的研究之外，对俄罗斯"白银时代"文化与文学的研究成为一个热点，相关论文有王宏起的《天国的向往——布尔加科夫的宗教思想探析》、刘锟的《无奈的追问 无助的抗争——安德列耶夫创作中悲观主义的宗教来源》等。而从宗教文化角度对20世纪俄国文学进行批评的文章有王志耕的《造神运动：从显性上帝向隐性上帝的转换》、余一中的《20世纪80—90年代俄罗斯文学的"世纪末"意识》及刘涛的《瓦尔拉莫夫创作的末世论倾向》等。相关著作有王志耕的《宗教文化语境下的陀思妥耶夫斯基诗学》、赵桂莲的《漂泊的灵魂：陀思妥耶夫斯基与俄罗斯传统文化》及金亚娜等的《充盈的虚无：俄罗斯文学中的宗教意识》，标志着这一研究领域提到了一个新的高度。

任光宣的《俄国文学与宗教》③是从宗教文化角度研究俄罗斯文学的著作之一。学界有评论认为，"任光宣的《俄国文学与宗教》是国内第一部对19世纪以前的俄罗斯文学与宗教文化关系进行综合论述的专著"④，其中探讨了从古罗斯时期开始，到19世纪果戈理、陀思妥耶夫斯基、列夫·托尔斯泰等作家创作与宗教的关系，肯定了俄罗斯文学区别于其他欧洲文学的独特品质。作为国内第一部全面阐述

---

① 《外国文学评论》1991年第3期。
② 《外国文学评论》2000年第2期。
③ 世纪图书出版西安公司1995年版。
④ 陈建华主编：《中国俄苏文学研究史论》第一卷，重庆出版社2007年版，第228页。

俄罗斯文学与宗教文化关系的著作，此书也存在一定的不足之处，"但其奠基性意义是应当给予肯定的"[①]。另一部《俄罗斯文学的神性传统：20世纪俄罗斯文学与基督教》分为上、下两篇，探讨了基督教和圣经文化对20世纪俄罗斯本土作家和侨民作家的深刻影响。在这两部著作中，作者以宗教为切入点，对古罗斯文学到20世纪以来的俄罗斯文学进行了"重构"，为我们从新的角度认识俄罗斯文学奠定了基础。

王志耕长期以来致力于从宗教文化角度研究俄罗斯文学，其代表作《宗教文化语境下的陀思妥耶夫斯基诗学》是北京师范大学文艺学中心"文化诗学丛书"中的一种，重点探讨宗教对作家诗学原则的影响。

第一章"神正论与现实视野的开拓"，作者从宗教文化角度阐释了陀思妥耶夫斯基对"恶"的理解。即现世的恶并非由"人性"之恶所造成，同时，这种恶也并非源于上帝，而是来自于上帝赋予人的"自由"。人对上帝赋予的"自由"权利的滥用导致了恶的产生。这种对恶的理解形成了陀思妥耶夫斯基的"神正论"和"人正论"，并导致了其艺术世界的悖谬特点。

第二章"人的内在神性与'发现人身上的人'"，在梳理了自普希金以来俄国文化发展中对人性、人的个性的理解的基本思路之后，指出所谓"发现人身上的人"，其实就是发现人的内在神性。在陀思妥耶夫斯基看来，这个"人身上的人"就是真正的基督教，也即东正教人类学视野中的具有"神性"的人。

第三章"'聚合性'与'复调艺术'"，探讨了陀思妥耶夫斯基创作中的统一性特点。巴赫金的复调理论认为陀思妥耶夫斯基作品中存在复调特征，却忽略了陀思妥耶夫斯基作品中的统一性。王志耕认为，陀氏作品中存在着一个统一性物质，他的思想源于"聚合性"，

[①] 陈建华主编：《中国俄苏文学研究史论》第一卷，重庆出版社2007年版，第229页。

即在统一之下的充分自由。而这种"聚合性"特征也与作家自身所承袭的俄罗斯文化精神有着密切的联系。有评论认为"王志耕的著作通过对陀氏小说这种凝聚着俄罗斯文化特质的'聚合性'特征分析,富有创意地揭示了陀氏小说中统一价值关系中的自由对话。这一观点是对巴赫金复调对话理论的很好的补充"[①]。

第四章"'历时性'与'人的精神历程'",王志耕认为陀思妥耶夫斯基作品中具有"历时性"特点,陀氏小说中以地狱、炼狱、天堂三界相关的人物构成一个从地狱走向天堂的"历时"链条。

最后"文化原型与修辞"一章,探讨了宗教对陀思妥耶夫斯基诗学原创的具体影响。王志耕的最终结论是,宗教与文学相会于"最高实现"。

《宗教文化语境下的陀思妥耶夫斯基诗学》受到了学术界的一致好评。首先,从宗教文化批评的角度出发,"它有着明确的立论,即针对大量怀疑陀思妥耶夫斯基信仰基石的评论,该书从基本资料出发,确认了作家的超验信仰的基本立场,因而得出作家的语言仍属'转喻'型宗教修辞的结论"。其次,该著作"始终坚守回到第一手材料的写作原则,将有争议的问题置于原文的语境之中重新考察"[②]。总之,王志耕的陀思妥耶夫斯基研究以深入的理论辨析为文化诗学研究提供了一个充分的例证。

《充盈的虚无:俄罗斯文学中的宗教意识》[③]是由金亚娜、刘锟等共同撰写的一部论述俄罗斯文学与宗教关系的综合性著作。全书选取了俄罗斯文学史上从19世纪至当代具有代表性的作家和文学现象进行分析和探讨,其中有果戈理、陀思妥耶夫斯基、列夫·托尔斯泰、高尔基、梅列日科夫斯基、布尔加科夫、帕斯捷尔纳克以及象征

---

① 董晓:《评王志耕〈宗教文化语境下的陀思妥耶夫斯基诗学〉》,《俄罗斯文艺》2006年第1期。
② 陈建华主编:《中国俄苏文学研究史论》第一卷,重庆出版社2007年版,第238页。
③ 人民文学出版社2003年版。

主义诗歌等。该书的鲜明特色在于探讨东正教对俄罗斯文学影响的同时，也关注了曾对俄罗斯文化构成产生影响的各种民间自然神崇拜、与基督教相关的诺斯替教和波果米尔教、基于基督教在 20 世纪出现的"新宗教意识"及在远东地区影响巨大的萨满教。这部著作学术视野开阔，尝试从多种信仰的角度阐释俄罗斯文学，为俄苏文学研究提供了很好的示范。

耿海英致力于从宗教哲学的角度对别尔嘉耶夫进行研究，代表著作有《别尔嘉耶夫与俄罗斯文学》①，相关论文有《多极的俄罗斯精神结构》②《别尔嘉耶夫在中国》③ 等。《别尔嘉耶夫与俄罗斯文学》在俄苏文学研究中具有填补空白的重要意义和价值，这本书是"国内第一部正式出版的研究别尔嘉耶夫专著，从别尔嘉耶夫与俄罗斯文学的关系切入，深入探讨了国内学者关注不够的一些重要问题，显示出鲜明的创新色彩"。而且该著作搜集引用了大量的俄文材料，"从原文潜心阅读了别尔嘉耶夫全部艰深的著作和相关的俄罗斯思想家和文学家的著作"，在此基础上"全面而深入地发掘了别尔嘉耶夫与俄罗斯文学的关系中所蕴含的精神文化内涵"，为我国"重建俄罗斯文学史观提供了发人深省和可供借鉴的角度"④。

第四节　其他研究方法

除了以上提到的研究方法之外，生态批评、叙事学批评、原型批评、形式主义批评、女性主义批评、后殖民主义批评等都是俄苏文学研究中的常用方法。本节选取生态批评、女性主义批评及原型批评进行具体分析。

---

① 上海书店出版社 2009 年版。
② 《西北师范大学学报》（社会科学版）2008 年第 2 期。
③ 《广州大学学报》（社会科学版）2009 年第 8 期。
④ 陈建华：《开拓俄罗斯人文思想研究新领域——序耿海英〈别尔嘉耶夫与俄罗斯文学〉》，《文汇读书周报》2008 年 9 月 12 日。

第二章　中国俄苏文学学人的研究方法探析

一　生态批评

进入新世纪以来，生态批评已经成为较为重要的批评方法之一。虽然成果不如社会历史批评、实证批评丰富，但已受到年轻学者的关注，并取得一定成绩。① 相关著作有杨素梅、闫吉青的《俄罗斯生态文学论》②和周湘鲁的《俄罗斯生态文学》③ 等。论文则有闫吉青的《俄罗斯生态文学之特质探蕴》、淡修安的《批判与礼赞——普拉东诺夫笔下生态文学之墨迹》、王学的《拉斯普京生态文学创作中的宗教救赎意识》、梁坤的《当代俄语生态文学中的弥赛亚意识》、杨素梅的《20 世纪俄罗斯文坛上的生态文学》、袁雪生的《追寻人与自然的和谐之美——生态批判视野中的〈鱼王〉》等。

生态批评是从 20 世纪 70 年代开始初露端倪的，经过 20 多年的发展，到了 20 世纪 90 年代已经成为一支颇具影响力的批评流派。

生态批评有着深远的思想渊源，早在古希腊时期，毕达哥拉斯就被认为是西方传统上第一个反对虐待动物的人。斯多葛学派的创始人（基提恩的）芝诺同样认为"人生的目的就在于与自然和谐相处"④。古罗马哲学家西塞罗认为要尊重自然万物，因为"动物与人一样，都应当具有人的尊严，不应被辱没"⑤。中世纪和文艺复兴时期也有一些学者提出了有价值的生态思想。到了 18 世纪和 19 世纪，随着回归自然哲学思潮和浪漫主义文学的兴起，西方的生态思想迎来了第一个繁荣时期。卢梭、"湖畔派"诗人、梭罗等人的生态思想都是值得关注的。20 世纪上半期的生态思想，可以说是生态批评理论的直接思想资源，其中最主要的是史怀泽的"敬畏生命"理论和利奥波德的

---

① 早在 80 年代，部分学者对俄罗斯文学中的生态主题已有关注，但没有使用生态批评的术语。如许贤绪在《中国俄语教学》1987 年第 1 期发表了《当代苏联生态文学》一文。
② 人民文学出版社 2006 年版。
③ 学林出版社 2009 年版。
④ 王诺：《生态批评：发展与渊源》，《文艺研究》2002 年第 3 期。
⑤ 王诺：《欧美生态文学》，北京大学出版社 2003 年版，第 26 页。

大地伦理学。生态批评的直接产生与20世纪70年代的环境保护运动也有着密切关系。到目前为止，生态批评的专著在英美两国出版了一百余部。现在生态批评已扩展到世界各地，"环境文学和生态批评逐渐成为一种全球性的文学现象"[①]。

如何界定生态批评的概念，在学术界也是一个颇有争议的话题。1996年，美国第一位"文学与环境"教授、生态批评的主要倡导者和发起人彻丽尔·格罗特费尔蒂在《生态批评读本》引言中，下了这样一个定义："生态批评是探讨文学与自然环境关系的批评"，"生态批评运用一种以地球为中心（earth-centered）的方法研究文学"。[②]格罗特费尔蒂对生态批评概念的界定过于宽泛，相比之下，哈佛大学的学者比艾尔的定义则要更为清晰："在支持环境主义实践的精神下进行的关于文学和环境关系的研究。"虽然这个定义所涵盖的生态批评范围仍然很广泛，但却证实了比艾尔对生态批评的理解：这是一个"巨大而且正在扩大的学术领域"，一种"多种形式的考察"，这个考察"以环境问题为焦点"向多种角度扩展，它对环境问题的关注和探索"比教条化的政治解决办法更具表现力"[③]。

在英国学者劳伦斯·库伯主编的《绿色研究读本——从浪漫主义到生态批评》中，斯格特·斯罗维克撰写的《生态批评：多样性及其实践原则》一文指出："如果要对广泛的生态批评领域做一个界定的话，在我看来，它是运用任何学术方法对明显的环境文本的研究，仔细考察任何文学文本中人与自然的关系、生态涵义，甚至那些无视非人类世界的文本也是它思考的对象。"[④] 如果从生态批评的字面意义上看，似乎是将生态学与文艺学结合起来的一种批评，其实并没有如此

[①] William Slaymaker, "On Ecocriticism", *Publications of the Modern Language Association of America*, October 1999.

[②] Cherll Glotfelty, *The Ecocriticism Reader: Landmarks in Literary Ecology*, Athen: University of Georgia Press, 1996, p. xxvii.

[③] 刘蓓：《生态批评研究考评》，《文艺理论研究》2004年第2期。

[④] 参见陈晓兰《为人类"他者"的自然——当代西方生态批评》，《文艺理论与批评》2002年第6期。

简单。虽然有不少的生态批评家引用了一些环境数据、人口数据或者生态学的研究成果，但从整体来看，生态批评中自然科学的成分并不明显。生态批评家只是吸收了其中的生态哲学思想，对这一点，克洛伯尔有明确的论述。他说："生态批评并非将生态学、生物化学、数学研究方法或任何其它的自然科学的研究方法用于文学分析。它只不过是将生态哲学最基本的观念引入文学批评。"① 从研究的范围来讲，生态批评比环境研究包含的范围更加广阔，因为"环境"一词并不是包括全部的动物、植物或非人类的世界，它只是指对人的生活有重要作用的自然。

从文学批评的自身发展来看，生态批评是对 20 世纪现代主义到后现代主义批评中"语言中心"和"文本中心"的一种反动。因为这些批评方法根本无视文本之外的现实世界，只是根据文本做研究。正如库伯在《绿色研究读本·前言》中进行的下述评价：

> 20 世纪 70 年代以来，形式主义、精神分析、新历史主义、马克思主义批评，有一个共同的假设：我们称之为"自然"的东西基本上是作为一个文化话语内的术语而存在的，离开了这个术语，自然就不存在或没有意义，也就是说，在这些领域，自然只是符号系统中的一个符号。在他们的文学和文化研究中，几乎就没有自然这个存在。而文化主义，则只把文化中的自然看作符号化了的存在，它没有价值，没有权利，人类通过语言使世界具有意义，绿色研究（green studies）的作用就在于抵制这种人本主义的自大所造成的灾难性错误。②

因此，生态批评是对以往文本中心主义的一种反拨，认为自然不仅仅是一种语言的构成，还是对人类生存至关重要的现实存在。生态

---

① 王诺：《生态批评：发展与渊源》，《文艺研究》2002 年第 3 期。
② 参见陈晓兰《为人类"他者"的自然——当代西方生态批评》，《文艺理论与批评》2002 年第 6 期。

批评是一种文化批评,但又与其他的文化批评类型有所不同。它超越了性别、种族、阶级的单一的角度局限。

在俄苏文学研究中,生态批评是一种较为新颖的研究方法。俄罗斯文学中贯穿着一种深刻的"生态意识",有学者认为"在某种意义上甚至可以说,一部俄罗斯文学史,就是俄国人亲近自然、体味自然、再现自然的历史,'人与自然的母题像一根红线一样贯穿着俄罗斯文学的历史,每一位著名的俄罗斯作家和诗人,几乎都是俄罗斯大自然的歌手和画家'"①。杨素梅和闫吉青的《俄罗斯生态文学论》采用生态批评的方法考察了俄罗斯文学中的"自然写作",突出了俄罗斯文学中所贯穿的生态意识,为我国俄苏文学研究增添了一部新颖的学术著作。

《俄罗斯生态文学论》分为上、下两篇。上篇"人与自然——俄罗斯文学一个永恒的主题",两位作者以普希金、丘特切夫、屠格涅夫、列夫·托尔斯泰、库普林为例,采用生态批评的方法分别探讨了普希金的"诗意生存方式"、丘特切夫的"自然哲理诗"、屠格涅夫笔下少女形象的"自然美"、列夫·托尔斯泰的"回归自然"方式和库普林对"理想人格"的呼唤的论题。

纵观俄罗斯文学史,人与自然的关系一直是俄罗斯文学的传统主题。从早期英雄史诗《伊戈尔远征记》,到19世纪普希金、列夫·托尔斯泰、契诃夫的作品中都涉及这一主题。在《伊戈尔远征记》中,自然意象仿佛拥有灵气,带有强烈的神秘、象征意义。18、19世纪形成的俄国感伤主义和浪漫主义也重视人与自然的关系。卡拉姆津、普希金、莱蒙托夫的创作就是很好的代表。进入19世纪,以反映人与自然关系为主题的俄国作家大体分为两派:一派是以费特、迈科夫、阿·康·托尔斯泰等为代表的唯美派作家;另一派是以涅克拉索夫、奥加廖夫、尼基丁等为代表的革命民主派作家。②

---

① 刘文飞:《"道德的"生态文学——序〈俄罗斯生态文学论〉》,《俄罗斯文艺》2006年第3期。

② 杨素梅、闫吉青:《俄罗斯生态文学论》,人民文学出版社2006年版,第27—28页。

下篇"20世纪俄罗斯文坛上的生态文学",作者则以更为广阔的生态批评视角关注乡村、森林、家园、环境保护、生态伦理等问题,探讨了叶赛宁的自然哲学理想、普里什文的生态思想、巴乌斯托夫斯基的"森林美学观"、列昂诺夫的森林生态观、阿斯塔菲耶夫的生态意识、拉斯普京的家园之虑、艾特玛托夫的生态思想、特罗耶波尔斯基的比姆之歌。其中阿斯塔菲耶夫、拉斯普京和艾特玛托夫的创作体现了浓厚的生态意识,同时也体现了俄罗斯生态文学取得的成就。20世纪俄罗斯生态文学在数量和深度方面都引起了世界文坛的关注。

> 如果说,19世纪的俄国作家歌颂赞美大自然,呼唤人们爱护大自然,同时从人道主义的角度谴责了人类破坏大自然、残害生灵的行为,而20世纪的俄罗斯作家(包括苏联时期其他民族的作家)一方面继承了前辈的优良传统;另一方面,又深化了人与自然这个传统主题的意义,拓宽了人道主义的界域,从哲理的高度思考了人与自然关系的新内涵、新法则。[①]

刘文飞在《俄罗斯生态文学论》的序言中指出,俄罗斯生态文学具有这样一些特征。首先,俄罗斯生态文学是一种"道德的"生态文学。俄罗斯作家在处理人和自然的关系时,是把它当作一个道德问题看待的。其次,这是一种"亲情的"生态文学。正如普里什文曾经提出的,要给大自然"亲人般的关注"。最后,俄罗斯生态文学又是一种"综合的"生态文学,在俄罗斯文学中似乎找不到很多狭义的、"纯粹"的生态文学作品,而是多种主题相结合的"泛生态文学"。

《俄罗斯生态文学论》是"国内到目前为止专门研究俄罗斯生态

---

① 杨素梅、闫吉青:《俄罗斯生态文学论》,人民文学出版社2006年版,第106—107页。

文学第一部著作"，因此也存在一些不足之处。例如：在关于具体作家的论述中，生态批评方法和作家作品分析结合的力度不够；对于近20年来的当代俄罗斯文学中的生态文学涉及较少；缺乏从整体上对俄罗斯生态文学特征的概括。尽管存在一些问题，但是作为我国第一部用生态批评方法研究俄罗斯生态文学的专著，《俄罗斯生态文学论》的价值和贡献都是值得肯定的。

梁坤在《当代俄语生态哲学与生态文学中的末世论倾向》《俄罗斯生态末世论思想探析》《当代俄语生态文学中的弥赛亚意识》[①] 等文章中，采用生态批评的方法探讨俄罗斯生态哲学和生态文学的特点。

作者认为，俄罗斯生态哲学与文学具有强烈的理性色彩和宗教意识，表现为积淀着浓郁的末日情怀与救世精神的生态末世论。在俄罗斯生态文学中则表现为神话怀乡病及生态末世论神话，具体体现在阿斯塔菲耶夫、拉斯普京、艾特玛托夫的创作中。"在阿斯塔菲耶夫的作品中，泛神论表象下隐藏着深沉的东正教意识，上帝同时承载着创世与救世功能，拉斯普京透过多神教的成分逐步向东正教靠拢，一再申明不信仰任何宗教的艾特玛托夫却在作品中塑造了新基督的形象。这三位作家从泛神论的起点到基督复活的终点、从信仰抵达理性的漫漫途程即凸显出将弥赛亚作为一种道德理想的普世性及其深刻用意。"[②] 最后，如果从生态思考的角度来看，俄罗斯与西方确实有一定差别。西方世界总体上对基督教文化传统持批判态度，而俄罗斯则更多地关注末世论主题。同时，俄罗斯生态末世论的重要价值还在于"它对人类命运一如既往的终极眷注，既呼唤人们正视自己所面临的历史终结的悲剧命运，又没有悲观绝望"[③]。

在生态批评的影响下，俄苏文学研究取得了一定成果，进一步丰富了俄苏文学研究的内容。

---

① 同时梁坤的这些文章中涉及宗教文化批评的方法。
② 梁坤：《末世与救赎：20世纪俄罗斯文学主题的宗教文化阐释》，中国人民大学出版社2007年版，第131页。
③ 同上书，第142页。

二 女性主义批评方法

在俄苏文学研究中，采用女性主义批评方法研究俄罗斯文学取得了可喜的成果。女性主义批评在20世纪60年代末70年代初诞生于欧美，至今仍然在蓬勃发展。20世纪60年代后期，美国妇女运动再次兴起并得到了世界各国女性的强烈响应。因此，以妇女意识为观照，具有女性价值标准和审美追求的女性主义文学批评也应运而生。女性主义批评是西方妇女运动高涨和深化的产物，它的形成也经历了一定的过程。

根据朱丽叶·克里斯蒂娃在《女性时代》中提出的观点，女性主义的斗争大致经过了三个阶段：

第一阶段是"自由女权主义"阶段，时间是19世纪80年代至20世纪20年代，妇女要求获得同男人同样的权利，在社会中拥有自己的合理位置。与之相对应，这一阶段的文学批评主要是抨击文学作品中对女性形象的歪曲，以及性别歧视。其中颇具代表性的著作有弗勒（Margaret Fuller）的《十九世纪的女人》、伍尔夫（Virginia Wolf）的《一个人的房间》等。

第二阶段是"差异女权主义（或激进女权主义）"阶段，强调男女之间的差别，主张建立一种女性能够摆脱男性影响而生存的社团或群体。与女性主义运动相呼应，这一阶段的文学批评将焦点转移到了研究女性作家的作品，其中西蒙·波伏娃（Simone de Beauvoir）的《第二性》产生了巨大影响。

第三阶段则是当代女性主义理论阶段，她们拒绝那种作为形而上学的男女二分法，致力于发展一个超越男女性别对立的社会。20世纪90年代，在后现代主义的文化背景中，女性主义批评进入其理论构建阶段，出现了一系列新的观点和著作，其中最有代表性的是肖瓦尔特（Showwalter）的《她们自己的文学》。

目前，女性主义批评的最主要流派是英美派和法国派。有评论认为英美派和法国派，"前者重经验论的阐述，后者则重理念论的阐述。

因此，虽然两者在女性主义文学批评史上平分秋色，但后者的理论建树则是前者所望尘莫及的。所以，近期出现欧美女性主义文学批评相互融合的趋势，集中反映在英美的女性主义文学批评家对法国理论的译介上"[1]。

严格地讲，英美女性主义文学批评并不是一个严密的批评流派，但是从整体上观照却有着一种鲜明的特色。英美女性主义批评注重文学的社会与文化语境，奉行明显的性别路线，与女性运动的关系较为密切。所以，英美女性主义批评主要致力于以下两个方向："一是从女性的视角重新解读经典作品，解构男性中心的文学与文化模式；二是重新发掘女作家及其作品，赋予新的意义。"[2]

在西方传统的父权制社会中，男性是社会的主宰，一切都是围绕男性的审美和标准来决定的。如果反映在文学作品中则体现为，男性人物意味着规范和价值标准，女性的声音被遮蔽，处于"失语"的状态，同时女性作家也被贬低和歪曲，甚至被完全忽视。正如安德鲁·多肯（Anderu Ducan）所言："女权主义的计划是要结束男性统治。为了做到这一点，我们必须破坏它的文化构成，破坏它的艺术，它的政党和法律，破坏以父权和民族国家为基础的核心家庭，以及妇女白白牺牲和无形中受害的所有形象、制度和风俗习惯。"[3] 因此，英美女性主义批评试图打破传统的男权文化，重写一部属于女性自己的文学史。她们最初的方法就是重新剖析文学作品中的女性形象，以此来解构男性中心主义传统文学模式。伍尔夫的《一个人的房间》和《女人的职业》、凯特·米丽特的《性政治》，以及吉尔伯特和格巴的《阁楼上的疯女人：妇女作家与十九世纪的文学想象》等著作中，都对女性形象分析进行了大胆的尝试。

---

[1] 张翠萍：《女性主义文学批评》，电子科技大学出版社 2008 年版，第 4 页。
[2] 罗婷：《女性主义文学批评在西方与中国》，中国社会科学出版社 2004 年版，第 46—47 页。
[3] K. K. Rutheven, *Feminist Literary Studies: An Introduction*, New York: Cambridge University Press, 1984, p. 6.

第二章 中国俄苏文学学人的研究方法探析

在《阁楼上的疯女人：妇女作家与十九世纪的文学想象》一书中，吉尔伯特和格巴将传统男性作家笔下的女性形象分为两类："天使"和"妖妇"。"天使"是男性作家笔下追求的理想女性的形象，往往兼备温柔贤淑、逆来顺受、勇于自我牺牲的特点。"妖妇"则是作为"天使"的反面形象，作为"天使"的对立面出现的。"妖妇"的共同特点往往是具有独立、叛逆的精神，拒绝逆来顺受。吉尔伯特和格巴对女性形象的分析和概括，也成为女性主义批评中的经典观点，并被许多女性主义批评家认可和使用。

女性主义批评从重新分析男性作家笔下的女性形象入手，试图打破传统的男权文化中心，构建女性自己的文学史和文学经典。在《她们自己的文学》中，肖瓦尔特探寻了女性创作的文学传统，她认为女性一直有着自己的文学传统，这一文学传统不应该湮没在男权统治下的历史文化之中。有评论认为，肖瓦尔特这本书的贡献在于，"她把关注的重点不再像以往的研究者那样放在个别'伟大'作家及其作品上，而是把目光扩大到了那些重新发现的作家身上"[①]。美国女性主义批评家莫伊也称赞："这是一种整体透视，它引导着肖瓦尔特游览了英国19世纪40年代以来整个女性文学风景区。她重新发现了那些被人遗忘和被人忽略的女作家。这是她对整个文学史和特定的女权主义批评的最大贡献。正是在很大程度上由于肖瓦尔特的努力，迄今为止，如此众多的无名女作家才开始得到她们应该得到的认可。对于鲜为人知的妇女文学时代来说，《她们自己的文学》是一座真正的信息金山。"[②]

后来，英国女性主义批评家朱丽叶·米歇尔又将精神分析引入了女性主义批评中，美国女性主义批评家苏珊·古芭将语言学也融入到女性主义批评中，为女性主义批评的繁荣和发展奠定了基础。

[①] 罗婷：《女性主义文学批评在西方与中国》，中国社会科学出版社2004年版，第61页。

[②] 谢玉娥编：《女性文学研究教学参考资料》，河南大学出版社1990年版，第370—371页。

法国女性主义批评注重理论的探索和建构，具有很强的理论色彩。如果和英美女性主义批评相比，法国女性主义批评特色鲜明，有学者认为"英美注重的是'压迫'，而法国注重的是'抑制'；英美希望提高认识，而法国探索'潜意识'；英美讨论权力，而法国讨论满足；英美以人道主义和经验主义作指导，而法国却建立和详尽阐发本文理论的论争"①。波伏娃、克里斯蒂娃、西苏和依利格瑞都是法国女性主义批评的代表人物。而法国女性主义的方向则可以概括为：一方面解构男性中心主义；另一方面积极构建女性语言和写作体系。

法国女性主义批评深受德里达和拉康的解构主义和后心理分析理论的影响。德里达认为："从柏拉图到卢梭，从笛卡尔到胡塞尔，所有的形而上学家，因此都认得善先于恶，肯定先于否定，纯先于不纯，简约先于繁复，本质先于意外，蓝本先于摹本等等。它并不仅仅是许许多多形而上学的姿态中的一种，而是形而上学的迫切之需，是那最是恒久、最为基础的、最具有潜能的程序。"②德里达的这种观点影响到了法国女性主义批评对待男女二元对立的态度。依利格瑞认为妇女"不得不用别人的耳朵听，正如在表现自身过程中，包括自己的文字，总是听命于'他人的意思'。"③法国女性主义批评对语言给予了高度重视，试图建立一种女性写作和阅读的系统。

在传统的男权社会中，女性作家的作品存在以下特点。一方面，女性作家不能以女性身份进行写作，而必须按照父权制体系下的文字规范进行创作。另一方面，女性作家笔下的女性形象，也大多按照男性作家心目中的理想形象进行塑造，从而失去"女性"特征。在这种情况下，法国女性主义批评提倡建立一种"女性写作"。

到目前为止，女性主义批评呈现出一种多元模式，除了传统的英

---

① [英]玛丽·伊格尔顿编：《女权主义文学理论》，胡敏等译，湖南文艺出版社1989年版，第361页。
② 张岩冰：《女权主义文论》，山东教育出版社1998年版，第114页。
③ 张京媛主编：《当代女性主义文学批评》，北京大学出版社1992年版，第280页。

第二章 中国俄苏文学学人的研究方法探析

美派和法国派之外，具体还包括生态女性主义批评、马克思主义女性主义批评、精神分析女性主义批评、后殖民女性主义批评等。

在俄苏文学中，女性主义批评的相关成果有《当代俄罗斯女性小说研究》[①]《反抗与屈从：彼得鲁舍夫斯卡娅小说的女性主义解读》[②]等。论文有傅璇的《新俄罗斯女性主义意识》、段丽君的《当代俄罗斯女性主义小说中的"疯女人"形象》《女性"当代英雄"的群像——试论柳·彼得鲁舍夫斯卡娅小说的艺术特色》《当代俄罗斯女性主义小说对经典文本的戏拟》等。

《反抗与屈从：彼得鲁舍夫斯卡娅小说的女性主义解读》是用女性主义批评研究俄苏文学的典型例子。在著作中，段丽君使用女性主义文学批评和女性叙事学理论对俄罗斯女作家彼得鲁舍夫斯卡娅的小说进行了解读。

首先，通过探讨彼得鲁舍夫斯卡娅对性别的重新审视，探究她的性别立场。通过对现实世界中两性形象及关系的重新审视，彼得鲁舍夫斯卡娅小说呈现出这样一个特点：反对父权/男性社会传统的激愤，同时在对理想男性和理想两性关系的设想上，依旧表现出对父权/男性社会传统的因循，体现出一种矛盾的特点。所以，彼得鲁舍夫斯卡娅作品中的女性形象就是这种矛盾的体现：她们既非天使又非恶魔，既是天使又是恶魔。彼得鲁舍夫斯卡娅作品中的现实男性是不成熟的，是女性的压迫者；理想男性则是充满爱心和责任感的人，是女性的伴侣而非物质上的依赖者和精神上的主人。段丽君正是采用女性主义批评对彼得鲁舍夫斯卡娅作品中的女性形象和男性形象进行了解读。最终认为，"现实中的男性是残缺不全的，是仰赖女性照拂的'孩童'，理想中的男性却绝对是父亲般的'英雄'"[③]。

其次，采用女性叙事理论的批评方法，从叙述视角、叙事距离与

---

① 中国人民大学出版社 2007 年版。
② 黑龙江人民出版社 2008 年版。
③ 段丽君：《反抗与屈从：彼得鲁舍夫斯卡娅小说的女性主义解读》，黑龙江人民出版社 2008 年版，第 78 页。

重复叙事的角度，探讨对彼得鲁舍夫斯卡娅女性主义表述的影响。段丽君认为，从叙述视角看，彼得鲁舍夫斯卡娅的小说文本中叙述者带有明显的女性化特征，但同时又出现了男性化叙事的不成功的模仿。这种模仿也体现了彼得鲁舍夫斯卡娅小说以及当代俄罗斯女性写作中女性叙事的两难困境："彼得鲁舍夫斯卡娅一方面要为女性争取话语权利，揭露父权/男性对女性声音的屈抑，力求挣脱父权/男性文化对女性写作的限制，另一方面又不得不折衷屈服，采用父权/男性文化能够接受的形式写作，削弱女性写作尖锐的抗争性"[1]。

再次，主要从叙述话语修辞角度探究彼得鲁舍夫斯卡娅借助隐喻的口语化言语方式重建女性话语的尝试。在彼得鲁舍夫斯卡娅的小说中，"其女性人物抛却规范标准语，转而使用俚俗词汇和俚俗表达法，一方面指示了女性在父权制社会生活中的低下地位，另一方面也显示了女性主体意识的觉醒"[2]。

最后，从"戏拟经典"和"自我指涉"两部分，来探讨彼得鲁舍夫斯卡娅创作中的女性主义色彩。彼得鲁舍夫斯卡娅通过戏拟男性文本与经典童话，嘲讽、抗议和消解了父权/男性话语，带有强烈的女性主义色彩，与男性话语形成了对话关系。同时，"在她对自我作品的指向中，其原本渴望的与男性话语对话就转而变为与女性话语的对话，从而使女性写作又成为某种程度上的女性话语的独白了"[3]。

段丽君认为彼得鲁舍夫斯卡娅是一位自觉的女性主义者，她的写作开创了当代俄罗斯文学中女性写作的先河。该书的附录"当代俄罗斯首个女性主义文学小组'新阿玛宗女性'"也是我国学界第一次对当代俄罗斯女性主义文学的关注，具有很强的时代性。

陈方的研究集中在俄罗斯女性作家的创作上，著有《当代俄罗斯女性小说研究》，同时发表了《彼得鲁舍夫斯卡娅小说的"别样"主

---

[1] 段丽君：《反抗与屈从：彼得鲁舍夫斯卡娅小说的女性主义解读》，黑龙江人民出版社2008年版，第2页。
[2] 同上书，第3页。
[3] 同上。

题和"解构"特征》《在文学中张扬性别：俄罗斯当代女性小说创作》《拥有读者最多的俄罗斯作家——乌利茨卡娅》《俄罗斯当代女性作家创作中的身体叙述》等一系列论文。

在《当代俄罗斯女性小说研究》中，作者采用女性主义的批评方法对当代俄罗斯女性作家的创作进行解读。绪论中描述了俄罗斯女性文学的发展历程及研究现状，梳理各个时期女性文学创作的阶段特点和代表作家作品。第一章论述当代俄罗斯女性文学兴起的内在、外在原因及其在当代俄罗斯文坛的处境，对于当代女性作家的整体特征进行分析。第二章对于当代女性作家创作中最为突出的生存、爱情、死亡主题进行具体分析，探讨当代女性文学对传统文学的继承、突破及女性意识的表达等。第三章论述俄罗斯文学传统女性，以及当代俄罗斯女性作家笔下的"新亚马逊女人"、"无规则游戏中的女人"、美狄亚或"反美狄亚"。最后总结当代女性作家多元化的艺术风格。

《当代俄罗斯女性小说研究》为我们清晰勾勒出当代俄罗斯女性文学的整体轮廓、题材特点、风格特征，为当代俄罗斯文学研究提供了丰富的材料。

三 原型批评方法

原型批评诞生于20世纪初，兴盛于20世纪50年代，在20世纪80年代以来涌入中国的西方文艺理论中，原型批评理论是最受关注的理论之一。原型批评理论来源呈现出多元化的特征，借鉴人类学、文化学、心理学的研究成果从新的角度对文学现象进行研究，扩大了文学研究的视角和研究领域。在20世纪中叶，原型批评取代新批评成为一个新的批评流派。美国评论家魏伯·司各特将原型批评归入文学批评的五种模式之一。[1] 美国评论界的权威人物

---

[1] ［美］魏伯·司各特：《西方文艺批评的五种模式》，蓝仁哲译，重庆出版社1983年版。

韦勒克认为，从影响和普及程度上看，神话—原型批评同马克思主义批评、精神分析批评三足鼎立，"是仅有的真正具有国际性的文学批评"①。

弗雷泽的《金枝》及其文化人类学方法对原型批评的形成产生巨大影响，使其直接成为原型批评的理论先驱之一。文化人类学兴起于19世纪末，它超越民族与地域之间的界限，研究整个人类文化的起源、发展和变迁过程，比较各族、各国、各地区和各社群之间的文化异同，以寻求人类文化的共同发展规律，确定个别文化的特异模式。在早期文化人类学家中，英国人类学家詹姆斯·弗雷泽对原型批评的形成有着重要影响。

在《金枝》中，弗雷泽通过对以巫术为中心的神话、仪式的研究，提出了作为原始民族思维和行动准则的"交感巫术"原则。交感巫术可分为"模仿巫术"、"接触巫术"两种，交感巫术确信物体通过某种神秘的感应，可以超时间空间的相互作用，而将一物体的推动力传给另一物体。② 交感巫术有两种基本形式，模仿巫术遵循"同类相生"（like produces like）的信念，也即"相似律"（law of simlarity）。接触巫术则以"染触律"（law of connect）为基础。原始人相信可以通过自身的象征活动的超自然力量，达到控制、干预和改变自然的进程。当发现用巫术干预自然无效后，宗教便渐渐取代了巫术。而到了宗教信仰衰微之时，真正的科学方才来到。弗雷泽通过交感巫术的原则，归纳出了一系列有关四季交替和植物生长的神话。依据这一原则，他也发现西方文化和文学中普遍存在的"死亡与复活"的原型。在弗雷泽的《金枝》之后，从神话和仪式的角度研究文学成为一种潮流，形成了所谓的"剑桥学派"（Cambridge school）。因此，加拿大学者弗莱认为："《金枝》本来是一部人类学著作，但它对文学批评的影

---

① L. Wellek, "Encyclopedia of world literature in the 20th century", Frederick Ungar Publishing Co., Vol. 2, 1975.

② ［英］弗雷泽：《金枝》，徐育新、汪培基、张泽石译，中国民间文艺出版社1987年版，第21页。

响比它在自己的领域中的影响还要大,因而,我们完全可以将其看作是一部文学批评著作。"①

原型批评理论除了人类学这一理论渊源之外,其直接理论先驱是心理分析学家荣格。荣格的"集体无意识"理论为原型批评打下了坚定的基础。

荣格曾经是著名精神分析学家弗洛伊德的学生,最终他和弗洛伊德分道扬镳,开创了"心理分析"学。荣格与弗洛伊德的不同之处在于:首先,对"力比多"的概念提出异议,认为它不再仅仅是性欲本能的代称,而是指一种中性的个人身心能量,这种能量总是经过转变以象征形式表现出来,构成神话、民间传说、童话的永恒母题和艺术创作的根本动力。其次,相对于弗洛伊德的个体无意识理论,荣格提出了集体无意识的学说。他指出:"集体无意识是精神的一部分,它与个人无意识截然不同,因为它的存在不像后者那样可以归结为个人经验,因此不能为个人所获得。构成个人无意识的主要是一些我们曾经意识到,但以后由于遗忘或压抑而从意识中消失了的内容;集体无意识的内容从来就没有出现在意识之中,因此也就从未为个人所获得,它们的存在完全得自于遗传。个人无意识主要是由各种情结构成的,集体无意识的内容则主要是'原型'。"②

荣格认为,集体无意识主要是通过遗传的方式积淀在每个成员的心灵之中,并且引入了"原型"的概念进行进一步说明。"原型概念对集体无意识观点是不可缺少的,它指出了精神中各种确定形式的存在,这些形式无论在何时何地都普遍存在着。在神话研究中它们被称为'母题'。"③ 此外,荣格又指出:"原始意象或者原型是一种形象(无论这形象是魔鬼、是一个人还是一个过程),它在历史过程中是不断发生并且显现于创造性幻想得到自由表现的任何地方。因此,它

---

① Frey, *Anatomy of Criticism*, Priceton: Priceton University Press, 1957, p. 109.
② [瑞士] 荣格:《心理学与文学》,冯川、苏克译,生活·读书·新知三联书店1987年版,第94页。
③ 同上。

本质上是一种神话形象。"① 荣格虽然不是一位专业的文学评论家，但是他的理论为原型批评奠定了坚实的基础，成为原型批评的理论先驱。

德国哲学家卡西尔的象征主义哲学对原型批评也产生了重要影响。卡西尔认为，"作为一种符号形式，神话和诗一样都是隐喻，是一种想象的创造活动，在古代为神话，在近代则为诗。卡西尔的神话观可以说是一种文化的原型观。它的实质在于把神话和仪式看成人类精神文化的原始基础，看成人类认识世界和自身的起点"②。卡西尔的神话观对原型批评理论的发展产生了更为直接的影响。

在20世纪50年代，以弗莱为代表的神话—原型批评将原型批评发展到了新的高度。他是第一个真正把"原型"理论自觉运用到文学研究领域的学者，其代表作《批评的解剖》也被西方学术界称为原型批评理论的"圣经"。

在《批评的解剖》中，弗莱从模式理论、象征理论、神话理论、文本理论全面阐释了自己的原型批评理论，并总结出神话的四种叙述模式。弗莱将西方文学史看作一种回复原始神话的循环，即对应神话的四种类型原型：春（神话、传奇）—夏（喜剧、牧歌）—秋（悲剧、挽歌）—冬（反讽）的顺序发展。当今的西方文学正处于讽刺模式向神话模式的过渡时期。

作为在当代西方文学批评中产生重大影响的原型批评，其内部由于侧重不同的方法而形成不同的原型批评学派。一是在弗雷泽直接影响下的剑桥学派。主要人物有简·赫丽生、亚瑟·伯纳德·库克及吉尔伯特·莫雷等。对希腊文化的关注和仪式功能的兴趣是剑桥学派的共同特点，而且他们的研究范围也扩展到了文学之外的宗教、艺术、思想史和文化史等。二是"神话—仪式学派"，主要人物有英国学者杰茜·韦斯顿、美国考古学家卡彭特、匈牙利文论家卢卡契及美国戏

---

① ［瑞士］荣格：《心理学与文学》，冯川、苏克译，生活·读书·新知三联书店1987年版，第120页。
② 邱运华：《文学批评与案例》，北京大学出版社2006年版，第16页。

剧理论家费格生、巴伯尔和奈特等。他们的主要观点是文学起源于仪式，重视将仪式同艺术的发生结合起来进行考察。三是荣格学派，这一学派偏重从心理方面研究深藏在文本中的原型意象。主要代表人物有英国学者鲍特金、纽曼、阿润森等。四是原型的文化价值研究，他们倾向于做由内向外的引申，从文学作品的原型分析中发现特殊的文化价值，代表人物有美国文学批评家蔡斯和费德莱尔。五是原型的语言学研究，分别是原型语义学研究和原型语用学研究。他们注重研究原型在具体文学作品中的语用功能和修辞学意义，认为作品的意义随不同的语境而具有不同的效果。

在俄苏文学研究中，何云波是国内较早使用"原型批评"方法的学者。早在 20 世纪 80 年代，他发表《陀思妥耶夫斯基小说中的〈圣经〉原型》[1]，对陀思妥耶夫斯基的小说进行了深入细致的分析。文章首先分析了陀思妥耶夫斯基作品的"魔幻世界与启示世界"，并将其与《圣经》文本中的意象加以对照，认为"陀思妥耶夫斯基画了一幅俄罗斯的'地狱'全景图，但他从未放弃过对人和世界的希望……陀氏以'光'和'水'作为自己的理想社会的象征意象，正是来源于基督教对天堂世界的描绘。因此可以说，陀思妥耶夫斯基艺术作品中魔幻世界与启示世界的对应，正是基督教所宣扬的'地狱'与'天堂'的对应的艺术化"。同时，文中也论述分析了陀思妥耶夫斯基作品中的人物原型，并重点分析了耶稣原型的不同形态。

进入 90 年代，何云波相继发表了《二十世纪的启示录：〈日瓦戈医生〉的文化阐释》[2] 和《基督教〈圣经〉与〈日瓦戈医生〉》[3]、《论艾特玛托夫小说的神话模式》[4] 和《断头台：一个现代宗教神话》[5] 等。

---

[1] 《外国文学欣赏》1989 年第 1、2 期。
[2] 《国外文学》1995 年第 1 期。
[3] 《俄罗斯文艺》1999 年第 3 期。
[4] 《外国文学评论》1994 年第 4 期。
[5] 《外国文学研究》2003 年第 3 期。

在《二十世纪的启示录：〈日瓦戈医生〉的文化阐释》和《基督教〈圣经〉与〈日瓦戈医生〉》中，何云波采用原型批评的方法将小说看作一种宗教"启示录"的体裁，肯定了其对生命的深入思考。他认为，在《日瓦戈医生》这部作品中，多次体现了基督教中的诺亚方舟、死亡、救赎与复活的原型，并且深深影响到了帕斯捷尔纳克，给人的启示是"为'道'而死，虽死犹生。'道'便是一切'为了人的权利'，为了人的终极价值的实现。它使作家介入现实的同时，又能始终保持一种对于现实的超越意识"[1]。

在《论艾特玛托夫小说的神话模式》一文中，作者以《白轮船》《花狗崖》《一日长于百年》及《断头台》等一系列作品为例，分别从故事和结构两个方面探讨了其中体现出来的神话模式。

如果从故事的角度来看，《白轮船》《花狗崖》中的"长角鹿妈妈"、"鱼女"的故事，以及《一日长于百年》中的"阿纳贝特墓地"的故事等都具有神话故事的特征。同时，何云波认为艾特玛托夫在将神话、传说引入小说时，他的整个小说也带有某种神话仪式的特征。小说中的现实世界与神话中的世界形成一种对应关系。《白轮船》中"长角鹿妈妈"的历难预示了一个现代悲剧的发生，也隐喻了现代人的悲剧命运。在《花狗崖》中，为基利斯克举行的成人礼，也是原始宗教仪式中的"离家—被神灵吞噬—死去或昏厥—被吐出、苏醒—重新回到家中"这一模式的再现。

如果从结构与母题的角度来分析，艾特玛托夫的小说将过去与现在、活人与死人联系在一起，在结构上呈现出一种原型循环。例如：《白轮船》中，"长角鹿妈妈"的历难，怀揣着神话之梦的孩子的历难与回归；《花狗崖》中论述的关于生命、死亡与复活的故事；《一日长于百年》中的葬礼；等等。在《花狗崖》中，"小说故意不指明故事发生的时间，于是个人被抽象化，成了人类群体的隐喻符号，人

---

[1] 何云波：《二十世纪的启示录：〈日瓦戈医生〉的文化阐释》，《国外文学》1995年第1期。

第二章　中国俄苏文学学人的研究方法探析

物的表面的行为亦都以神话的方式表现出来"①，从而生发出来人类正是在死亡与再生的循环中走向永恒的主题。在艾特玛托夫的小说中，"水中死亡"是一个重要的特征，其中也蕴含了回归这样一个原型模式。

在何云波看来，《断头台》则讲述了一个现代宗教神话。在《断头台》中，通过小说中的三条线索阐释了一个现代宗教神话。一对草原上的狼苦苦求生，不断失去它们的"乐园"的悲剧；牧区先进工作者鲍斯顿在现实邪恶的压迫下走向他个人的"世界末日"；从神学院出来的阿夫季以拯善劝善为己任的精神探索。这三条线索恰恰都共同对应于一个宗教神话原型：神话乐园的被破坏，人或动物的历难。②在三条线索中，阿夫季和他的探索是小说的主线，书名"断头台"既是行刑的台架，又是人生历难与精神复活的象征。阿夫季本身就是一个"当代耶稣"的形象，他的死也体现了耶稣受难的特征。所以，何云波用神话—原型批评的方法研究艾特玛托夫的创作，也是俄苏文学中较有特色的一种研究方法。

梁坤在其专著《末世与救赎：20世纪俄罗斯文学主题的宗教文化阐释》中探讨了俄罗斯文学中魔鬼形象的原型。她认为，俄罗斯文学中的魔鬼形象分为三类，并采用原型批评的方法进行解读。第一种是促使人类觉醒的诱惑者和反叛者。这一形象的原型则可以追溯到《圣经》中引诱人类始祖的蛇的形象。第二种是诱惑者和试炼者，最早出现在《约伯记》中。第三种是审判者和拷问者，上帝的助手和同盟，人间罪恶的惩罚者。随着时间的发展，中世纪的魔鬼形象又衍生出欧洲戏剧的丑角，并且在以后的文学作品中都有一定的体现。梁坤指出在《大师与玛格丽特》中，魔鬼沃兰德身上就综合了很多原型要素。如果从作品的整个风格来看，撒旦舞会的黑弥撒上，出现了一系列对圣教仪式原型意象的化用。女主人公玛格丽特的出场带有黑

---

① 浦立民译：《美国学者论艾特玛托夫》，《外国文学动态》1983年第10期。
② 何云波：《〈断头台〉：一个现代宗教神话》，《外国文学研究》2003年第3期。

· 85 ·

弥撒的撒旦祭司的意味；黑弥撒上注满了香槟酒、葡萄酒和白酒的硕大酒池和喷泉流溢出古希腊传统中酒神祭祀的沉醉与狂欢，同时也喻示了基督教中的"复活"的观念。

原型批评具有宏观性、系统性、重认知轻判断的特点，侧重于将非文学的泛文化内容纳入文学理论的视野中进行研究，注重的不是作品的内在结构，而是作品与其他作品，以及艺术作品与集体无意识之间的联系，从宏观上把全部文学纳入一个完整的结构之中，去寻绎蕴含其中的普遍规律，使文学研究和文学理论带有人类学和心理学色彩，成为一门真正的科学[①]。

自 1978 年以来，我国俄苏文学学人不断开拓出新的研究领域，丰富了研究的手段和方法，取得了丰硕的成果。

[①] 胡经之、王岳川主编：《文艺学美学方法论》，北京大学出版社 1994 年版，第 111 页。

第三章

戈宝权："原典实证"下的求索

戈宝权（1913—2000）是中国著名的俄苏文学学者、比较文学学者和翻译家，他因俄苏文学的卓越成就而享誉学术界。

1928年，戈宝权考入上海大夏大学①，受叔父戈公振的影响开始发表文章。1935年，以天津《大公报》记者、《新生周刊》《世界知识》通讯员的身份随梅兰芳等艺术家一起前往苏联，并开始关注俄苏文学。

1938年回国后进新华日报社工作，并经常为《抗战文艺》《中苏文化》等刊物撰稿；1942年，参加曹靖华主编的《苏联文学丛书》编委会，开始了苏联文学作品的编撰和校订工作；1944年，对茅盾翻译的《人民是不朽的》进行校订，并于1945年同茅盾等人合译罗斯金写的传记小说《高尔基》。同一时期，还为新知书店主编了两套丛书：《世界文学丛书》中收入了奥斯特洛夫斯基的《钢铁是怎样炼成的》、卡达耶夫的《时间呀，前进》等译本，并为这些译本作序；《史诗丛书》则收入李霁野翻译的格鲁吉亚诗人罗斯泰凡里的《虎皮武士》，并为其作序。这些序言是戈宝权在俄苏文学研究初期取得的成果，具有一定的学术意义和价值。

1949年7月，戈宝权任新华社驻苏记者，后任中国驻苏联临时代办及政务、文化参赞。自1957年起，先后任中国科学院文学研究所

---

① 华东师范大学前身。

和中国社会科学院外国文学研究所研究员，同时还担任《译文》《世界文学》《文学研究》和《文学评论》等刊物的编委。

从20世纪30年代开始，戈宝权走上了俄苏文学翻译和研究的道路，成果丰硕。著有《苏联文学讲话》①，并参与了《普希金文集》②、《高尔基研究年刊》（1947年、1948年各一本）③、《俄罗斯大戏剧家奥斯特洛夫斯基研究》④，以及《苏联文艺》杂志的编辑。

改革开放以来，戈宝权出版《〈阿Q正传〉在国外》⑤和《鲁迅在世界文学上的地位》⑥等著作。他陆续写成《俄国文学和中国》《屠格涅夫和中国》《托尔斯泰和中国》《鲁迅和爱罗先珂》等文章，并将20世纪50年代至80年代以来撰写的论文收入《中外文学因缘》⑦。

戈宝权的俄苏文学研究不套用深奥或艰深的理论，但他采用实证研究方法取得的不少成果填补了研究领域的空白，具有重要价值。具体体现在普希金研究、中俄文学关系研究。

第一节　我国普希金研究的先行者

戈宝权对俄罗斯诗人普希金可谓是情有独钟，成为普希金研究的先行者。据他回忆，"1932年初，当我开始学习俄语时，我就读过普希金的童话诗《渔夫和金鱼的故事》。正是普希金的美丽的诗歌作品把我引上了研究俄国文学的道路"⑧。在普希金研究中，他采用重实证、重原典的研究方法，取得了较大成果。

---

① 该书于1949年由新中国书局初版，1950年由生活·读书·新知三联书店再版。
② 该书于1947年由时代出版社初版，1954年修订后再版。
③ 均由时代书报出版社出版。
④ 该书于1948年由时代书报出版社出版。
⑤ 人民文学出版社1981年版。
⑥ 陕西人民出版社1981年版。
⑦ 北京出版社1992年初版，华东师范大学出版社2013年再版。
⑧ 戈宝权：《回忆莫斯科普希金百年祭》，载孙绳武主编《普希金与我》，人民文学出版社1999年版，第53页。

第三章　戈宝权："原典实证"下的求索

普希金是俄罗斯浪漫主义文学的代表，也是俄罗斯现实主义文学的奠基人，被誉为"俄罗斯诗歌的太阳"。别林斯基曾评价他："只有从普希金的时代起，俄国文学才开始产生了，因为在他的诗歌中，我们可以感觉到俄国生活的脉搏在搏跳着。"[①] 普希金不仅对俄罗斯文学有着巨大的启示意义，而且对整个世界文学产生了深远的影响，成为文学评论家笔下的热点。

普希金很早就受到中国学者的关注，他的作品早在1903年（清光绪二十九年）就传到中国，这就是戢翼翚根据日文译出的《俄国情史》（即《上尉的女儿》）。1908年鲁迅先生在《摩罗诗力说》中较全面地介绍了普希金，全文1000多字。五四时期至20年代中期，普希金的一系列短篇小说如《驿站监察史》《雪媒》等陆续翻译过来。经过三四十年代的普及和推广，新中国成立之后，我国进一步掀起了译介普希金的热潮，同时也出现了一些学术性较强的研究文章，其中最具代表性的是戈宝权的《普希金与中国》[②]。1978年以来，戈宝权关于普希金研究的论文还包括收录在《中外文学因缘》中的《谈普希金的〈俄国情史〉》[③]和《〈叶甫盖尼·奥涅金〉在中国》等。

一　《俄国情史》的考证研究

戈宝权的《谈普希金的〈俄国情史〉》是一篇看似平实却杰出的论文，体现了求实严谨的研究方法和态度。《俄国情史》作为普希金作品的第一个中文单行本，对它的研究在俄苏文学研究中有着重要的意义和价值。

俄国文学作品最早译介到中国，肇始于19世纪末20世纪初。据

[①] ［俄］别林斯基：《一八四〇年俄国文学纪事》，载《别林斯基选集》第二卷，满涛译，上海译文出版社1979年版，第404页。
[②] 《文学评论》1959年第4期。
[③] 该文章最初发表于1962年的《世界文学》第1—2期合刊，1987年作者又加入了补记的部分内容。

戈宝权和阿英两位学者考证，认为："其中最早的，就是光绪26年（1900年）发表的三篇克雷洛夫的寓言，但在单行本方面，最早的当推在光绪29年（1903年）出版的普希金的小说《俄国情史》。"①

中国最初的俄文作品译介究竟是从什么时候开始的？华东师范大学陈建华教授发现早在《中西闻见录》的创刊号（1872年9月）上就载有丁韪良（美国传教士）译的《俄人寓言》一则。②但是单行本的最早译本确实是普希金的《俄国情史》。

阿英在1936年编辑的《中译高尔基作品编目》的前言中写道："俄国文学的输入中国，据可考者，最早是清朝末年，那时翻译最多的，是关于虚无党的小说。名作的翻译，只有普希金、莱芒托夫、托尔斯泰、柴霍甫、迦尔洵、梭罗巴卜、安特列夫而已，以普希金之《俄国情史斯密士玛利传》（一名《花心蝶梦录》，戢翼翚译）为最早，是光绪29年（1903）。"③此后，阿英还提到："如吴梼，他从日文转译了莱芒托夫的《银钮碑》（1907）、溪崖霍夫（即柴霍甫）的《黑衣教士》（1907）、戢翼翚重译了普希莹（即普希金）的《俄国情史》（全做《俄国情史斯密士玛利传》又名《花心蝶梦录》，1903）……此外还有些不知名的著作，如陈冷血所译虚无党故事之类。"④阿英的介绍，使戈宝权对《俄国情史》一书产生了浓厚的兴趣。由于阿英只提到书名而并没有介绍该书的内容和情节，因而戈宝权无法确定其具体是普希金的哪部作品，这就成为他持续关注的一个问题，经过多年研究最终解决。

1947年编辑《普希金文集》时，戈宝权认为，《俄国情史》若从书名上推测"也许这就是普希金的短篇小说《暴风雨》的中译，甚

---

① 戈宝权：《中外文学因缘》，北京出版社1992年版，第257页。
② 陈建华：《二十世纪中俄文学关系》，高等教育出版社2002年版，第40页。
③ 阿英：《中译高尔基作品编目·前言》，载《光明》月刊，1936年6月第1卷第2期，第109页。
④ 阿英：《晚清小说史》，作家出版社1955年版，第184页。

第三章 戈宝权:"原典实证"下的求索

至说不定就是《杜勃罗夫斯基》或是《甲必丹之女》"①。1948 年 8 月,戈宝权在上海《正言报》副刊读到苏农的关于《俄国情史》的短文。苏农在文章中引用了顾燮光《译书经眼录》中关于《俄国情史》的摘要,并确认《俄国情史》即《甲必丹之女》。但戈宝权发现,其中男女主人公的名字是典型的英国名字,而且篇幅也和俄文版的《上尉的女儿》有一定差距,不能确定是否为《上尉的女儿》。虽然从中得到一些有用的信息,但他认为,在没有见到这个译本之前还不能轻易下结论,于是继续关注这个问题。

1949 年 7 月,戈宝权从苏联《新世界》杂志读到苏联学者弗拉基米尔·鲁德曼所写的《普希金与中国》,其中提到苏联东方学学者尼古拉·康拉德的观点。据康拉德考证,普希金的小说《上尉的女儿》是日本翻译的第一部俄国作品。这部小说于 1883 年由英文转译而来,并取了一个华丽而又荒诞的名字《花心蝶梦录·俄国情史》。1886 年在日本发行第二版的时候,由于译者不懂俄文,又盲目地依据英文译本,将女主人公玛莎的名字改成玛利,把男主人公格利乌夫的名字改成斯密士。

戈宝权对《俄国情史》有了进一步的了解,但在没有见到译本前依然无法证实《俄国情史》是否是普希金《上尉的女儿》的中译本。所以,《俄国情史》的问题在他看来还未解决,还需要继续研究和探索。

1957 年的一个夏夜,戈宝权从阿英家的破书堆里偶然发现了这个译本,尽管封面已经散失,正文也因被虫蛀而残缺不全,但他发现这就是普希金《上尉的女儿》的中译本。不久,北京俄语学院的管珑也从旧书店发现了一本《俄国情史》,封面完整,还附有黄和南所作的"绪言"。后来,阿英又在琉璃厂旧书摊发现了两本《俄国情史》,并将一本赠予戈宝权。戈宝权从完整的译本中看到,《俄国情史》是一本 25 开本的书,灰色的封面上印着"俄国情史"四个大

---

① 戈宝权:《普希金文集》,时代出版社 1947 年版,第 351—352 页。

字，装订属于今天通称的平装书。书前印有黄和南的"绪言"，正文第一面的标题是"俄国情史斯密士玛利传"，括号中注明"一名《花心蝶梦录》，俄国普希馨原著"，下写"日本高须治助译述，房州戬翼羣重述"的字样。印刷社是作新社印刷局，发行者是大宣书局，发行所是上海开明书店和文明书店。

根据发现的线索，戈宝权从日本改造社出版的《日本文学讲座》中找到了又一个有力的证明，《俄国情史》是日本人高须治助根据英文 *The Captain*, *Sodaughter* 译成日文的，取名《花心蝶梦录》，于明治16年（1883）出版，明治19年再版时又注明为《斯密士玛利传》。[①]根据黄和南的"绪言"，戈宝权推断出，黄和南"当时是代表进步思想的人物"，他的小说观和梁启超的小说观是前后呼应的。戈宝权还通过考证了解《俄国情史》中译本译者戬翼羣的身份和生平。

似乎研究已水落石出，但戈宝权对《俄国情史》依然保持着关注，并且经过考证得出一个新的结论。苏联学者康拉德认为日译者高须治助不懂俄文，他是根据英文翻译的《俄国情史》，因此书中的男女主人公的名字都被英国化了。戈宝权从1935年出版的柳田泉"明治文学丛书"第一卷《明治初期之翻译文学》中，发现了一则关于日译者高须治助生平的重要史料。日译者高须治助通晓俄文，曾经在东京外国语学校俄语科学习。因此原先苏联学者康拉德的结论有误，《日本文学讲座》提供的信息也不准确。戈宝权认为这些新材料可以证明《俄国情史》是根据俄文翻译的，至于将玛莎改成玛利、格利乌夫改成斯密士，则是当时日本审查官干预的结果。后来，苏联学者施奈德和中国学者林德海在《关于普希金作品的最早中译本〈俄国情史〉》[②]中也佐证了戈宝权的见解。

戈宝权对于《俄国情史》的中译本，给予了长达40年的追踪和关注，从推测到证明再到修正，其中得益于戈宝权的严谨认真的态

[①] 戈宝权：《中外文学因缘》，北京出版社1992年版，第262页。
[②] 《文献》1985年第2期。

度，也得益于原典实证的方法。

二 普希金的中国情结探微

俄国作家普希金的创作传到中国之后，对 20 世纪中国的诗歌、小说、戏剧产生了巨大影响。普希金也受到中国民众的热烈推崇，几乎是家喻户晓。"普希金是对中国影响最大的诗人，他的作品影响了几代人，并对我国现当代文学都产生了深刻影响。说他的创作已融入了中国新文学创作的血脉，一点不过。"①

普希金为什么会在中国产生巨大的影响，中国人何以具有浓厚的普希金情结？早在 20 世纪 40 年代，胡风在《A. S. 普希金在中国》一文中就认为，"普希金和中国的会合并不是一件偶然的事情"。他进一步分析了普希金被中国文艺界视为"自己的诗人"的原因。1978 年以来，在纪念普希金诞辰 200 周年之际，我国学术界推出了孙绳武、卢永福主编的《普希金与我》，表达了中国学者对普希金的喜爱之情。

与此呼应，按照戈宝权的考证，普希金同样具有浓厚的"中国情结"，"普希金和中国的关系问题，无论在过去，还是在今后，对于中苏两国的普希金研究者，始终都是一个有意义的和有趣的研究专题"②。通过相关的史料和线索，戈宝权认为"普希金在他的一生当中，对中国是有着很大的兴趣的：他阅读过不少关于中国的书籍，写过有关中国的诗歌，甚至还有过访问中国的念头"③。

普希金的母亲娜杰日达·奥西波夫娜是著名的"彼得大帝的黑奴"——汉尼拔的孙女。汉尼拔在彼得大帝时期深受宠爱和重用，彼得大帝去世后，汉尼拔被排挤和流放到西伯利亚，因此有可能到过中国边界。童年的普希金经常听母亲讲起这位曾外祖父的故事，从那时起，他就知道在遥远的东方，有一个叫中国的地方，并且产生了美好

---

① 梁若冰：《中国人的普希金情结为什么这样长》，《光明日报》1999 年 7 月 1 日。
② 戈宝权：《普希金和中国》，《文学评论》1959 年第 4 期。
③ 戈宝权：《中外文学因缘》，北京出版社 1992 年版，第 37—38 页。

的憧憬。

1813年，他在皇村中学读书时期，写过一些关于中国的诗歌。在《献给娜塔利娅》一诗中就有这样的诗句：

——娜塔利娅呀！
请你再倾听我讲：
我不是东方后宫的统治者，
我不是阿拉伯人，也不是土耳其人。
请你也不要把我当作
是一个有礼貌的中国人，
是一个粗鲁的美国人，
……
听吧，娜塔利娅！——我呀……是一个修道士！[①]

在《鲁斯兰和柳德米拉》第二首诗歌中，描写柳德米拉在妖巫的花园里见到的美丽景色时，有这样四句诗：

在迷人的田野里，
五月的轻风吹来了凉爽；
在飘动的树林的阴影里，
中国的夜莺在歌唱。[②]

1815年，普希金还创作过《凉亭诗》，诗里也提到了和中国相关的意象。因此，普希金在青少年时期渐渐产生了一种浓厚的中国情结。随着时间的推移，普希金甚至产生了要去中国的想法。

1820年至1824年，普希金在俄国南方度过了四年的流放生活，

[①] 参见戈宝权《中外文学因缘》，北京出版社1992年版，第42页。
[②] 同上书，第43页。

第三章　戈宝权："原典实证"下的求索

先后到过高加索、克里米亚等地，最后在基什尼奥夫和敖德萨两地居住下来。即使在流放期间，普希金也没有消减对中国的兴趣。他结交了来过中国的维格尔，并向沙皇当局申请随外交使团一起到中国。就像他在《我们一同走吧，我准备好啦……》中写的：

> 我们一同走吧，物品准备好啦；朋友们，无论你们去到哪儿，
> 凡是你们想去的地方，到处我都准备跟随着你们走，
> 只要避开我那傲慢的人儿：
> 哪怕是去到遥远的中国万里长城边，
> ……①

同时，普希金在创作《叶甫盖尼·奥涅金》的时候，塑造的奥涅金显然是一位饱学的"纨绔少年"，竟然知道中国孔子的名字和思想。在访问苏联科学院文学研究所时，戈宝权曾在该所收藏的普希金手稿中找到了这几行诗。《叶甫盖尼·奥涅金》第一章第六节的结尾有几行关于孔子的诗：

> 孔夫子……中国的圣人，
> 教导我们要敬重青年人，
> 并且
> 为了防止堕入迷误的歧途
> 不要急于加以指摘，
> 只有他们才能寄予希望，
> 希望……

这些文字写在普希金第 2369 号手稿本第 6 面的左下角，除去

---

① 参见戈宝权《中外文学因缘》，北京出版社 1992 年版，第 51 页。

"中国的圣人,教导我们要敬重青年人"这两行诗外,其他几行都被普希金用笔划掉,最后在定稿时,这一段诗整个就被删除了。从这些珍贵的史料中不难看出,普希金对中国始终充满浓厚的兴趣。戈宝权的这种研究方法也正是原典性实证法所提倡的,即原典材料的确实性。

戈宝权继续探讨,普希金是从哪里获知关于孔子的思想的。他在苏联科学院俄罗斯文学研究所专门收藏普希金私人藏书的房间里发现不少关于中国的书籍:雅金夫·比丘林翻译的《西藏现状概述》和《三字经》两种书,杜加尔特著的《中华帝国概述》一书只有第二卷;在法文方面,有法国汉学家汝利安的《赵氏孤儿》杂剧。同时,据莫扎列夫斯基所编的《三山村藏书目录》,其中收藏有列昂季耶夫编的《中文识字课本》(1779年)和他译的《四书解义》(1780年)与《中庸》(1784年)等书,普希金在米哈依洛夫斯基杰村居住时曾用过这些书。① 这些研究有力地回答了奥涅金形象与孔子的关系问题。

关于普希金的"中国情结"研究,在中国俄苏文学研究中具有重要的意义。以往的研究过多强调俄国作家或文学对中国的影响,忽视了中国文化对俄国作家的影响。戈宝权对普希金"中国情结"的研究,从双向影响的角度探索了普希金对中国文化的关注及对中国的向往,丰富了中国普希金研究的内涵。

三 《叶甫盖尼·奥涅金》中译本考证研究

戈宝权对于普希金研究做出的贡献,还包括对《叶甫盖尼·奥涅金》的六种中译本的比较分析。他梳理了《叶甫盖尼·奥涅金》六种中译本的具体情况,并对各种译本的风格和翻译原则进行探讨。

《叶甫盖尼·奥涅金》的第一种中译本是由甦夫翻译的。1942年9月,甦夫译的《欧根·奥涅金》由桂林丝文出版社出版。戈宝权藏有此译本,经过分析考证,他认为甦夫的译本是根据涅克拉索夫的世

---

① 戈宝权:《中外文学因缘》,北京出版社1992年版,第56—57页。

第三章 戈宝权："原典实证"下的求索

界语译本翻译的。全书只译了八章，而且全书没有前言和后记，所以他翻译时遵循的标准现在很难给出定论，但他翻译时遵循的"奥涅金诗节"是值得肯定的。这个译本只是《叶甫盖尼·奥涅金》的一个不完全译本，还存在许多不足之处。但是作为《叶甫盖尼·奥涅金》的第一个中译本，它在俄苏文学研究中具有重要的意义。

第二种中译本是吕荧根据俄文翻译的《欧根·奥涅金》，1944年2月由希望社在重庆初版。之后，该书于1947年在上海再版，1950年又出了上海海燕书店版。戈宝权藏有这个译本，并且是胡风题字的赠本。这个译本是全译本，并且经译者仔细校正修改后，于1954年12月由人民文学出版社又一次出版。①

第三种中译本是查良铮的译本。1954年，上海平明出版社出版了查良铮的《欧根·奥涅金》，该译本于1983年由四川人民出版社重印。经戈宝权考证，查良铮的译本，同时参考了巴贝特·多伊奇的英译本和苏联外文出版社的奥多尔·科米肖的德译本，已考虑到音律和精神二者兼顾。

第四种《叶甫盖尼·奥涅金》的中译本是王士燮翻译的《叶夫根尼·奥涅金》，于1982年12月由黑龙江人民出版社出版。戈宝权指出，王士燮在1963年9月根据俄文完成了《叶甫盖尼·奥涅金》的初译稿，后又多次修改，直到1979年才完成此书，改名为《叶夫根尼·奥涅金》。他在翻译时力图把握《叶甫盖尼·奥涅金》的思想精髓，但也在押韵方面进行了一定的变通。

第五种译本是冯春翻译的《叶甫盖尼·奥涅金》。冯春以前翻译过普希金的《鲁斯兰和柳德米拉》《普希金小说集》和《普希金抒情诗选》等。他的译本于1982年8月由上海译文出版社出版，根据俄文翻译而来。戈宝权认为，冯春在翻译时，采取的是比较自由的方式，为了更好地表达思想感情而放松了对形式的追求。

第六种译本是王智量的译本。早在20世纪50年代，王智量就

---

① 再版时，译者吕荧对《欧根·奥涅金》进行了全面的、大幅度的校改。

在何其芳的鼓舞下，根据俄文翻译了《叶甫盖尼·奥涅金》。这本书经过王智量的多次修改后于 1985 年由人民文学出版社出版，并且列为《普希金选集》的第 5 卷。在王智量的译本中，保持了原诗的押韵规律，同时在每一诗行中尽力做到可以读出四个相对的停顿来，用以代替原诗每行的四个音步。所以，戈宝权认为王智量的《叶甫盖尼·奥涅金》的译本可以说是形神兼备，是一部优秀的译本。

戈宝权对《叶甫盖尼·奥涅金》的几种中文译本进行了分析和考证，为《叶甫盖尼·奥涅金》研究提供了充实的材料。通过他的考证和整理，《叶甫盖尼·奥涅金》六种中译本的特点鲜明地呈现了出来。

戈宝权既是普希金作品的翻译者和研究者，又在多所高校开设过普希金专题讲座，并且最早进行"普希金与中国"的历史资料考证和专题论述，所以北京大学的李明滨教授称他为"普希金学在中国的开拓者"①。

第二节　中俄文学关系研究的开拓者

戈宝权不仅是普希金研究的先行者，也是中俄文学关系研究的开拓者。《中国俄苏文学研究史论》中评价道："对中俄文学关系进行系统的总体研究，开始于戈宝权。戈宝权是我国著名的俄国文学翻译家，同时也是俄苏文学研究、中俄文学关系研究以及中国翻译史研究的拓荒者。"②

鲁迅先生早在 1932 年 10 月发表的《祝中俄文字之交》中，就谈及了俄国文学在 19 世纪末 20 世纪初被介绍到我国来的情况及产生的巨大影响。

---

①　李明滨：《中国的普希金研究》，《俄罗斯文艺》1999 年第 2 期。
②　陈建华主编：《中国俄苏文学研究史论》第一卷，重庆出版社 2007 年版，第 306 页。

第三章 戈宝权:"原典实证"下的求索

俄国的作品,渐渐的绍介进中国来了,同时也得了一部分读者的共鸣,只是传布开去。零星的译品且不说罢,成为大部的就有《俄国戏曲集》十种和《小说月报》增刊的《俄国文学研究》一大本,还有《被压迫民族文学号》两本,则是由俄国文学的启发,而将范围扩大到一切弱小民族,并且明明点出"被压迫"的字样来了。①

中俄文学关系因其特殊性而成为学术界研究的重要课题。戈宝权的中俄文学关系研究从 20 世纪 50 年代开始,到 80 年代末,他在各种期刊上发表了一系列有关中俄文学关系研究的论文,这些成果都收在《中外文学因缘——戈宝权比较文学论文集》中。论文集的第一部分"中俄文字之交"分为三个方面:首先是论述"俄国作家和中国",其中涉及普希金、屠格涅夫、冈察洛夫、托尔斯泰、契诃夫、高尔基、马雅可夫斯基和绥拉菲摩维支等作家与中国的关系;其次是论述"俄国文学作品在中国";最后是"中国的俄国和苏联文学的翻译家和研究家",其中涉及李大钊、瞿秋白、鲁迅和耿济之等学者。所以,戈宝权在中俄文学关系研究上取得的成就是不容忽视的。

一 俄国作家与中国关系的研究

戈宝权在研究和翻译俄苏文学的过程中,发现不少俄国作家对中国和中国人民都有着浓厚的兴趣。他以大量第一手材料,论证了普希金、屠格涅夫、冈察洛夫、托尔斯泰、契诃夫、高尔基、马雅可夫斯基和绥拉菲摩维支等作家与中国的关系,俄国文学作品在中国的流传与影响等内容。这是我国学者首次系统地阐述俄国作家与中国的关系,为俄苏文学研究开启了一个全新的视角。

关于俄国作家与中国,戈宝权极其感兴趣的是托尔斯泰和中国的

---

① 鲁迅:《鲁迅全集》第四卷,人民文学出版社 1982 年版,第 460 页。

关系研究。在他 10 岁的时候，叔父戈公振先生送给他一套唐晓圃编译的《托尔斯泰文集类编》，戈宝权如获至宝，终生收藏。他说过："我珍惜这套书，不仅因为封面上有叔父的题字；同时还因为这套书为我打开了第一扇开向外国文学的窗户，更何况我最初接触到的就是俄国文学，而且还又是俄国大文豪托尔斯泰的作品呢！"①

戈宝权在苏联期间，多次参观访问托尔斯泰的故居和博物馆，并且在托尔斯泰晚年的书房发现了其收藏的中国的《道德经》。他还从大量的史料中发现，托尔斯泰对中国古代哲学非常推崇，阅读过有关中国的专著和译本就有 32 种之多。当 1891 年 10 月彼得堡的出版家列杰尔列询问，世界上哪些作家和思想家对他的影响最深时，托尔斯泰答复说孔子和孟子"很大"，老子则是"巨大"。②

据戈宝权考证，托尔斯泰早在 1877 年就开始阅读和研究老子的著作，并在 1893 年 9 月至 10 月，同波波夫一起据德文译本翻译了老子的《道德经》。在 1884 年的时候，托尔斯泰又开始对孔子产生浓厚兴趣，与此同时，托尔斯泰也开始研究孟子。托尔斯泰在研究中国古典哲学时，曾与两位中国学者有过通信联系，其中一位是我国著名学者辜鸿铭，另一位是谁则成为学术界的一个疑难问题，存在很大的争议。

根据罗曼·罗兰所写的《托尔斯泰传记》可以得知，1905 年 12 月 4 日托尔斯泰给一个名叫 Tsien Huang-tung 的中国人回过信。关于此人的身份，学界一直有许多不同的见解。徐懋庸在翻译《托尔斯泰传》时，将其翻译成了"钱玄同"；但是后来傅雷先生在重新翻译的时候，谨慎地做了注释"此人不知何指"。我国许多学者都对此做了考证，但始终没有得出明确的答案。戈宝权指出，1905 年的时候钱玄同仅有 18 岁，不大可能给托尔斯泰写信。我国有学者认为与托尔斯泰通信的人应该是 1890 年出使俄国的大臣洪钧（文卿）。经戈宝权

---

① 戈宝权：《我怎样走上翻译和研究外国文学的道路》，《〈中外文学因缘〉前言》，北京出版社 1992 年版，第 2 页。
② 戈宝权：《中外文学因缘》，北京出版社 1992 年版，第 107 页。

第三章 戈宝权:"原典实证"下的求索

考证,洪钧早在1893年就已经去世,因此不可能是洪钧。郭沫若在1945年写的《苏联纪行》中,猜测此人可能是张之洞。为了查清楚这个问题,戈宝权于50年代初在苏联时对这封信的影印照片进行了分析研究,然后又查阅大量的相关资料,查证此人为张庆桐。他从资料中得知,张庆桐是1899年北京同文馆派往俄国的留学生,就读于彼得堡法政大学。1905年12月他写信给托尔斯泰,并将他同俄国东方学学者沃兹涅先斯基合译的梁启超著作《李鸿章》(一名《中国四十年来大事记》)一起寄去,请托尔斯泰批评指正。

后来,戈宝权发现了张庆桐在1912年写的《俄游述感》一书。他曾将托尔斯泰写的回信译成中文,连同原信的照片一起刊出,并用7面的篇幅介绍了托尔斯泰的生平、著作和思想,就更加证实了这一件事。张庆桐还说:"托尔斯泰手书,余珍藏之,异日当置之国家博物馆中。"[①] 戈宝权的考证研究,彻底解决了托尔斯泰与中国关系中的一个谜团。

此外,"戈宝权还第一次描述了中国译介托尔斯泰的历史,指出1900年上海广学会出版的从英文译出的《俄国政俗通考》中的一段文字是最早介绍托尔斯泰的中文文字,指出我国出版的最早的托尔斯泰作品的单行本是1907年香港礼贤会出版的《托氏宗教小说》"[②]。《托氏宗教小说》的译者是德国的叶胜道牧师和中国人麦梅生。从戈宝权在北京厂甸书肆发现的《托氏宗教小说》叶胜道写的译本前言中可以看出,叶胜道在1906年8月6日用德文写给托尔斯泰一封信,其中涉及他翻译托尔斯泰民间故事的原因,并向托尔斯泰介绍有6篇小说已经发表在上海出版的教会刊物上。继《托氏宗教小说》之后,托尔斯泰的作品不断被译介过来。

同样,戈宝权系统梳理了屠格涅夫作品在中国译介和研究的状况。根据考证,我国首次发表屠格涅夫作品译文的时间是1915年7

---

① 戈宝权:《中外文学因缘》,北京出版社1992年版,第111页。
② 陈建华主编:《中国俄苏文学研究史论》第一卷,重庆出版社2007年版,第307页。

月1日。当时上海中华书局出版的《中华小说界》第2卷第7期上发表了刘半农用文言文根据英文转译的《杜谨纳夫之名著》，并在译文前面附了一段关于屠格涅夫的简介。所以，刘半农、周瘦鹃可以算是我国最早译介屠格涅夫的人。五四运动以后，从1927年到1936年的10年中，屠格涅夫的作品被大量介绍到中国。1928年是出书最多的一年，凡达8种之多。① 新中国成立以后到80年代，屠格涅夫的作品更是大量出版，而且其中有很多是新译的。戈宝权论述了茅盾、鲁迅、巴金、瞿秋白、郑振铎、耿济之等人在屠格涅夫翻译和研究方面做出的突出贡献。他指出，中国作家在热爱屠格涅夫的同时也受到了屠格涅夫作品的影响。关于屠格涅夫和中国作家的研究，戈宝权为以后的中俄文学关系开辟了一个新的研究方向。在此之后，俄苏文学研究中出现了一系列相关专著和论文，孙乃修的《屠格涅夫与中国》就是一个很好的例证。

  关于冈察洛夫与中国，戈宝权考证了1853年冈察洛夫访问中国香港和上海的情况，并且进一步论述分析了他在回国之后所写的游记《三桅巡洋舰帕拉达号》。在冈察洛夫的游记中，"对勤劳的中国人民给予了很高的评价；对他们所遭受的压迫和痛苦有着深厚的同情；对英帝国主义者的侵略和罪行表示了无比的憎恨和谴责"②。冈察洛夫在用日记体写成的"上海"这一章中，谈到他对中国人得出这样一个印象："中国人是生气勃勃的和富有精力的人民：你差不多看不见一个不干活儿的人。到处是喧哗、忙乱、活动……他们是和蔼的、谦虚的、非常整洁的。所有的男人和妇女都穿着得很整洁。"③ 戈宝权指出，冈察洛夫的这部书不仅具有较高的文学价值，而且作为一部涉及太平天国运动的俄语旅行记，也具有相当的史料价值。

  关于契诃夫和中国的关系，戈宝权查证了契诃夫在1890年5月到6月间到库页岛时，途经中国黑龙江瑷珲城的情况，指出契诃夫对

---

① 戈宝权：《中外文学因缘》，北京出版社1992年版，第68页。
② 同上书，第83页。
③ 参见戈宝权《中外文学因缘》，北京出版社1992年版，第91—92页。

第三章　戈宝权："原典实证"下的求索

中国和中国人民有着极大的兴趣和同情。此外，高尔基和契诃夫两人还相约一起到中国，但可能都因为忙于写作或其他什么原因没有实现他们的愿望。契诃夫的作品，最早是在 1907 年由吴梼翻译过来的《黑衣教士》。1909 年，周树人和周作人合译的《域外小说集》在东京出版，其中收有契诃夫的《戚施》和《塞外》两个短篇小说，并在书后附了"著者事略"。五四时期，契诃夫的作品被大量地译成中文，此后一直持续不断。

戈宝权对高尔基和中国关系的研究，主要体现在《高尔基和中国》①和《高尔基与中国革命斗争》②等文章中。在《高尔基和中国》一文中，戈宝权梳理了高尔基的作品在中国的流传情况。他认为高尔基的作品，最早的中译本是吴梼在清光绪三十三年（1907 年）所译的《忧患余生》，这是用白话文由日文转译来的。20 世纪 30 年代前后，高尔基的作品被大量译介到中国，甚至在战争期间也没有间断过。新中国成立后，高尔基的大部分作品都有了中文译本，甚至每一种作品都有好几种中译本。我国许多作家都翻译过高尔基的作品，如鲁迅、瞿秋白、巴金、夏衍等，包括戈宝权本人都翻译过高尔基的作品。

《高尔基与中国革命斗争》，是戈宝权为纪念高尔基逝世 25 周年而作。戈宝权认为，在高尔基的伟大一生中，对中国和中国人民怀着无限的热爱，而对中国人民多年来为争取民族解放的事业所进行的英勇革命斗争，更表现出了莫大的同情和关心。从他发现的史料可以看出，高尔基早在童年起就对中国产生了兴趣。当 1900 年八国联军入侵北京的时候，高尔基曾打算来中国参加反帝斗争。1911 年辛亥革命胜利后，高尔基在写给孙中山的信中提到："我们，在精神上是弟兄，在志向上是同志！"近几年，学术界沿着戈宝权开创的方向进一步研究探讨了高尔基对中国文学和中国作家的影响。

---

① 《文学研究》1958 年第 2 期。
② 《文学评论》1961 年第 3 期。

有学者指出,"作为一个中俄文学交流的实施者和见证者,他在谈论和研究中俄文学关系的时候,能够将自己的亲身经历和个人体验融入研究中,将个人的历史经验与历史文献很好地结合在一起,统一在一起。这是他进行中俄文学关系研究的突出特点之一"①。他的研究对于当代的俄苏文学研究具有很强的借鉴意义,因为"戈宝权的文章采用的是严格的传播研究方法,注重史料的挖掘、考证和梳理,注重以事实说话,文风朴实严谨,决无空论。当代中国学界,许多人把'理论'理解为抽象的宏论、形而上的思辨,甚至是超越史料与事实的玄言空言。而实际上,戈宝权这样的研究才是得'理论'之真义——把研究对象讲清楚,展示历史的真面目,这本身就是'理论'"②。

二 早期俄苏文学学者研究

戈宝权关于李大钊、瞿秋白、鲁迅和耿济之的论述,是我国较早论述俄苏文学学者的文章,取得了出色的成果。

戈宝权最早对李大钊的《俄罗斯文学与革命》③的手稿进行介绍与分析,客观评价了李大钊在俄苏文学研究中的特殊作用。他认为,李大钊的《俄罗斯文学与革命》,"这是一篇最初用马克思主义的观点来论述俄罗斯文学,特别是俄国诗歌与革命关系的文字。它在我国早年介绍俄国文学的文章当中,应该占有一个很重要的地位"④。李大钊的这份手稿从论述俄国文学与革命的关系开始,着重强调了俄罗斯文学的两个"与南欧各国文学大异其趣"的特质:"一为社会的彩色之浓厚,一为人道主义之发达。"这两个特质"皆足以加增革命潮流之气势,而为其胚胎酝酿之主因"。而后,作者又以诗歌为例做了

---

① 陈建华主编:《中国俄苏文学研究史论》第一卷,重庆出版社2007年版,第308页。
② 同上。
③ 该手稿系1965年在胡适藏书中被发现,1979年正式面世。
④ 戈宝权:《中外文学因缘》,北京出版社1992年版,第285页。

第三章 戈宝权:"原典实证"下的求索

较为深入的分析,其中对俄国诗歌的论述,基本上同列宁所指出的三个时期相对应。难能可贵的是,李大钊在文章中首先论述了普希金、莱蒙托夫、雷列耶夫,以及赫尔岑和奥加辽夫等人;又分别论述了别林斯基、车尔尼雪夫斯基、杜勃罗留波夫和普列谢耶夫、涅克拉索夫等重要诗人,最后论述了19世纪末的俄罗斯诗坛。戈宝权指出:"这篇用马克思主义观点写成的文章,不仅在李大钊同志的文学遗产当中是篇重要的作品,同时也将成为我国早期研究俄国文学的重要史料之一。"①

戈宝权论述了瞿秋白在研究和翻译俄苏文学方面所取得的成就,评价他是"翻译介绍外国革命文学的普罗米修斯"。五四时期,瞿秋白翻译了果戈理、托尔斯泰等俄国作家的作品,并在1920年为新中国杂志社编辑了第一本翻译介绍俄国文学的《俄罗斯名家短篇小说集》。戈宝权认为:"瞿秋白在这方面开创了我国翻译介绍俄国文学的先河,并且起了先驱者的作用。"② 1920年10月,瞿秋白作为北京《晨报》的特派记者前往苏联,寄回许多相关的通讯报道,并与蒋光慈一起合著了一部俄罗斯文学史。据戈宝权考证,在整个20世纪30年代,瞿秋白一方面继续翻译俄国文学作品,如普希金的著名长篇小说《茨冈》、卢那察尔斯基的剧本《解放了的堂吉诃德》及格拉特柯夫的长篇小说《新土地》等;另一方面也开始翻译马克思主义文艺理论,并"写了精湛的评介文字和加了详细的注释",提出了"文学的阶级性,艺术与政治的关系,作家的世界观与创作问题,文学的现实主义创作方法和文学上的反映论等一系列的根本问题。……甚至在今天它们还是具有重要的历史价值和现实意义"③。

鲁迅先生翻译介绍了大量的外国文学作品。戈宝权指出,"据目前不完全的统计,鲁迅一共翻译介绍了15个国家近100多位作家的200多种作品,印成了33个单行本,总字数超过250万字,数量同他

---

① 戈宝权:《中外文学因缘》,北京出版社1992年版,第294页。
② 同上书,第302页。
③ 同上书,第304—305页。

自己的全部著作大致相等"①。在这些译作中，一半以上是俄苏文学作品。戈宝权整理发现鲁迅曾经翻译过安特莱夫、阿尔志跋绥夫的小说和俄国盲人作家爱罗先珂的童话和剧本。1930年，鲁迅翻译并出版了法捷耶夫的小说《毁灭》，出资编译了曹靖华翻译的名著《铁流》。1935年鲁迅抱病译完了果戈理的长篇小说《死魂灵》，并在去世前一段时间译完了《死魂灵》的残稿。戈宝权高度评价了鲁迅的翻译理论，认为鲁迅在俄苏文学翻译过程中的严谨态度值得后人学习。

从戈宝权搜集的材料中可以看出，鲁迅是我国最早介绍爱罗先珂作品的一位翻译家。鲁迅热爱俄国文学，把俄国文学看成"我们的良师益友"，他对俄苏文学的译介和研究与俄国盲诗人爱罗先珂的影响是分不开的。

通过考证研究，戈宝权也揭示了鲁迅和苏联版画艺术的密切关系。从20世纪20年代末到30年代初，鲁迅在搜集苏联版画方面做出了巨大的贡献。1930年5月，鲁迅编印了我国第一本《新俄画选》，其中共收入了9位苏联版画家的绘画和木雕作品13幅，"这在苏联版画介绍到我国来的历史上，却是重要的一页，因为它是我国出版的第一本苏联版画集"②。1934年3月，鲁迅又将得到的苏联木版画编成《引玉集》出版，其中选了11位苏联木刻画家的60幅作品（实为57幅）。除了编印版画选之外，鲁迅还多次举办各国版画展览会，在当时产生了很大的影响。

耿济之是戈宝权非常钦佩的一位俄苏文学翻译家和研究者。在《忆耿济之先生》一文中，戈宝权指出："耿济之先生是我国最早和最著名的一位俄国文学的研究者和介绍者，同时也是一位工作时间最久，产量最多和态度最为严肃的俄国文学翻译家。"③ 可以将耿济之先生的翻译、研究活动分为三个时期：第一个时期是在五四运动前

---

① 戈宝权：《中外文学因缘》，北京出版社1992年版，第307页。
② 同上书，第331页。
③ 同上书，第359页。

第三章 戈宝权:"原典实证"下的求索

后,第二个时期是20世纪20年代到30年代,第三个时期是20世纪40年代。第三个时期也是耿济之翻译成果最突出的一个时期,翻译了果戈理的《巡按使及其他》、高尔基的《阿尔达莫诺夫的家事》、陀思妥耶夫斯基的《卡拉玛佐夫兄弟》《白痴》《少年》《死屋手记》等。他在去世前翻译的最后一部作品是高尔基的《马特维·克日米亚金的一生》,这部小说有30多万字,后在1958年由人民文学出版社校订和补译,列为《高尔基选集》之一。戈宝权认为,耿济之对俄苏文学翻译和研究方面的贡献不容忽视。

在对中国早期俄苏文学学者的研究中,戈宝权以实证研究的方法取得了一定的收获,是学术界第一位开始详细关注中国早期俄苏学者的研究者。

三 《阿Q正传》的俄文译本研究

鲁迅先生是海外影响最大的中国作家之一。自20世纪50年代以来,鲁迅研究一直是中国学界的一个热点问题。"文革"时期,戈宝权对鲁迅研究产生了浓厚的兴趣,他利用自己掌握的大量材料,通过严谨的实证研究将我国鲁迅研究扩展到一个新的领域。

戈宝权在鲁迅研究方面的一个突出成果是集中梳理《阿Q正传》的各种俄文译本,并解决了长期以来存在的难题,例如,《阿Q正传》的俄文译本是否是第一个国外译本,卢那察尔斯基是否为俄文译本作过序,等等。

多年来,《阿Q正传》的俄文译本受到广泛关注,一直被学术界认为是第一种被翻译成欧洲文字的译本。根据目前的资料来看,鲁迅先生在1925年5月为苏联译者瓦西里耶夫(中文名字王希礼)写了俄文译本《阿Q正传》序,又于这年的6月15日将其发表在《语丝》周刊第31期上,因此《阿Q正传》的俄文译本经常被看作译成欧洲文字的最早译本,甚至苏联国内的部分鲁迅研究者也持这种观点。如在20世纪40年代用俄文重译《阿Q正传》的罗果夫就曾谈道:"必须指出,鲁迅这篇优秀的中篇小说第一次翻译成欧洲文字,是俄文译本。接着，这篇中篇小说第一次被译成十三种外国文字，其中第一次英译本直到一九三一年才出版。"①

但经戈宝权考证，俄文译本并不是《阿Q正传》的第一个国外译本，而是继英文译本和法文译本之后的一个本子，最早的欧洲文字译本应该是梁社乾的英文译本。因为早在1925年4月29日前，梁社乾就写信给鲁迅，并且在6月上旬就将《阿Q正传》的英文译稿寄给鲁迅审阅，戈宝权认为由此可以推断梁社乾对《阿Q正传》的翻译应该是当年4月以前的一件事。《阿Q正传》的俄文译者瓦西里耶夫是在1925年4月25日写信请曹靖华转交鲁迅，请鲁迅允许他翻译《阿Q正传》。所以，"尽管鲁迅很早就为俄文译本写了序，但这个译本的出版却是一九二九年的事，因此恐不能说王希礼的俄译本是'第一次翻译成欧洲文字'的译本"②。戈宝权根据自己的考证，打破了俄文译本是第一个欧洲译本的传统观点，并且通过材料证明梁社乾的英文译本和敬隐渔用法文翻译的《阿Q正传》，才是《阿Q正传》最早的欧洲文字译本。

同时，戈宝权考证了鲁迅和《阿Q正传》俄文译者王希礼之间的书信交往。鲁迅和王希礼二人之间的书信交往大多已经遗失，在这种情况下，戈宝权亲自请教当时和鲁迅及王希礼都非常熟悉的曹靖华先生，得知了鲁迅和王希礼通信的过程。同时他还论述了《阿Q正传》俄文译者王希礼的情况，使国内对王希礼有了一定的了解。戈宝权查知王希礼大约生于20世纪初，曾在列宁格勒学习中文，1925年春作为翻译工作人员来到中国。戈宝权从曹靖华先生处了解到，王希礼当时在开封河南国民革命军第二军俄国顾问团担任翻译。他回到苏联后，先后在列宁格勒大学和东方语言学校教授中国语言和文学。

戈宝权还考证了《阿Q正传》的其他几种俄文译本的情况，并对其中存在的问题进行了分析。

---

① 《文艺月报》1953年第十、十一期合刊。
② 戈宝权：《〈阿Q正传〉在国外》，人民文学出版社1981年版，第19页。

第三章　戈宝权："原典实证"下的求索

首先考察了柏烈威是否翻译过《阿Q正传》的问题。通过考证发现，当时在北京大学教授俄语的柏烈威曾编过《俄语教科书》（1923）和《俄华字典》（1927）并准备翻译鲁迅的《阿Q正传》，虽然已经征得鲁迅先生的同意，但是柏烈威最终并未翻译过鲁迅的作品《阿Q正传》和其他作品。

对于卢那察尔斯基是否翻译过《阿Q正传》，或者他是否为《阿Q正传》写过序言，戈宝权进行了缜密的考证。日本学者林守仁在1931年10月出版的日译本《阿Q正传》中所写的《关于鲁迅及其作品》中提到，"据说《阿Q正传》俄译本就有两种，最近版上有卢那察尔斯基写的序文，予以了高度的称赞"①。1953年2月21日，鲁迅先生的友人内山完造曾写了一篇《参观鲁迅故居》的文章："鲁迅先生最初的辉煌业绩，就已成为五四运动开端的中国文化革命的顶点，《狂人日记》就是这样一篇作品。其后不断发表的作品数量都很不少。《阿Q正传》一篇首先由法国大文豪罗曼·罗兰的推崇，作为中国文坛的第一号人物给人打下了烙印。继之由苏联卢那察尔斯基翻译，第一版十万部一个月内售光，而成为盛况。"②戈宝权以实证研究的态度找到王希礼和科金两种译本进行了认真查阅，并没有发现卢那察尔斯基写的序文或者有翻译过《阿Q正传》的情况。他为此事还请教了与鲁迅先生有过交往的曹靖华先生，曹靖华先生也对此事予以了否定。

正是凭借着严谨和实证的方法，戈宝权解决了《阿Q正传》俄文译本中的许多问题，为我国的俄苏文学研究提供了值得借鉴的方法。

戈宝权对《阿Q正传》译本的研究得到国内外学者的一致好评，就连鲁迅先生的好朋友杨霁云先生都称赞道："你稽考鲁迅著作外文译本，耗力甚巨，启迪读者之功甚伟。《阿Q正传》一种无译者名的

---

① 戈宝权：《〈阿Q正传〉在国外》，人民文学出版社1981年版，第55页。
② 同上书，第55—56页。

俄译，及鲁迅'以日文译自作小说一篇'二事，皆久萦于心，积年未得释疑。今读鸿文，如涣如冰解。"①通过戈宝权的考证研究，《阿Q正传》各种译本的问题得以澄清。

小　结

《中外文学因缘》体现了戈宝权在俄苏文学研究中实证性、原典性的特点，这种独特的研究方法可以概括为"原典性的实证研究"。

严绍璗在《双边文化关系研究与"原典性的实证"的方法论问题》②中阐述了"原典性的实证研究"的方法。所谓"原典性的实证研究"，是指研究的"实证性"。他进一步指出，从根本上来讲，人文科学的研究，许许多多命题都处在"假设"之中，人文研究虽然不能运用"实验"加以证明，然而，它却可以运用"实证"加以推导并得出结论，强调研究的"实证性"，对维护学科的生命力具有根本性的意义。

关于"原典性的实证研究"的具体理论，严绍璗认为它主要由下面四个层面组合成为一个完整的学术研究体系。

第一，确证相互关系材料的原典性。一方面，要求研究"材料"和研究"对象"必须具有时间（时代意义）上的一致性。另一方面，对于双边或多边文化研究来说，便是作为"研究的材料"，必须是本国或本民族的原典材料。在中俄文学关系研究中，戈宝权正是从"原典材料"入手，阅读大量俄文原著和材料以进行研究，推进了中俄文学关系研究的发展。

第二，原典材料的确实性。这就要求研究者在研究过程中，对"原典材料"的真伪、相关资料进行辨别、考证和研究。在关于普希

---

① 林洪亮：《试谈戈宝权在外国文学领域中的贡献》，载《戈宝权纪念文集》，江苏教育出版社2001年版，第16页。
② 严绍璗：《双边文化关系研究与"原典性的实证"的方法论问题》，《中国比较文学》1996年第1期。

金《俄国情史》的研究中，戈宝权对于已有的各种材料辨别真伪，最后找到能够证明《俄国情史》的"原典材料"，解决了我国普希金研究中长期存在的一个难题。

第三，实证的二重性。在文学研究中，除了运用文献材料之外，还可以用文物资料进行补充。戈宝权在关于列夫·托尔斯泰的研究中，考察了托尔斯泰书房的很多文物资料，发现多种和中国有关的文物，因而进一步确定了托尔斯泰对中国具有浓厚兴趣。

第四，双边（或多边）文化氛围的实证性。要求研究者具备在双边文化氛围中工作或生活的经历，戈宝权在苏联工作生活多年，因而身边具备很好的中俄双边文化氛围，使得他在俄苏文学研究中拥有得天独厚的条件。

严绍璗认为，"原典性的实证的研究，既是一种研究的方法，同时也是一种研究的观念"。戈宝权在俄苏文学研究中的方法正好和严绍璗的理论相吻合，取得了一定的收获。通过这种研究方法，戈宝权解决了许多中俄文学关系研究中多年悬而未决的难题，如普希金的中译本作品《俄国情史》的鉴定，以及与列夫·托尔斯泰通信的中国留学生为何人等问题。

纵观戈宝权俄苏文学研究的历程，有这样两个显著特点：首先是掌握了大量的第一手的丰富而翔实的资料。其中许多问题就是在广泛翔实、系统全面的史料基础之上，经过细致研究，多次修订充实之后才解决的。其次是对学术问题的执着和坚持。面对许多难题，戈宝权几年甚至几十年如一日地在苦苦寻找、研究，从浩如烟海的历史文献中全面深入地搜集材料，最终确定了问题的答案。

总之，戈宝权的俄苏文学研究并没有套用深奥或艰涩的理论，而是采用考证的方法进行实证研究，他的很多研究成果填补了我国在这方面的空白，有着巨大的历史意义和价值。

第四章

高莽：文学研究与艺术创作的融合

高莽（1926—2017），笔名乌兰汗，是中国著名的俄苏文学研究专家、翻译家、画家和作家。1926 年，他出生在哈尔滨，曾居住过的南岗和马家沟是半俄罗斯化的住宅区。1933 年至 1943 年，高莽就读于一所东正教教会学校，师生以俄罗斯人居多，授课的语言是俄语，语文课学的是俄罗斯文学。此时的高莽和俄语结下了不解之缘，并且喜欢上富有民主主义精神的俄罗斯文学。

1954 年，高莽调至中苏友好协会总会联络部工作。在中苏友好协会的十年中，曾多次陪同各种代表团访问苏联，这些代表团中有茅盾、巴金、老舍、周扬、丁玲、曹靖华、赵树理等作家，也有戏剧界的梅兰芳、田汉及阳翰笙等老前辈。"文革"结束后，高莽来到中国社会科学院外国文学研究所世界文学编辑部工作，担任过该刊的主编。高莽系中国社会科学院荣誉学部委员、中俄友好协会顾问、俄罗斯作家协会名誉会员、俄罗斯美术研究院荣誉院士等。

高莽的翻译生涯始于屠格涅夫的散文诗《曾是多么美多么鲜的一些玫瑰》，他以"雪客"的笔名将此诗的译稿投到当地的《大北新报》，从此开始了漫长的翻译人生。1947 年，年仅 22 岁的高莽翻译了剧本《保尔·柯察金》，这部剧本是根据奥斯特洛夫斯基的长篇小说《钢铁是怎样炼成的》改编而成的。1948 年，高莽译的冈察尔短篇小说《永不掉队》被选入中学课本。随着年龄的增长，高莽对翻

第四章 高莽：文学研究与艺术创作的融合

译的理解不断加深，译著颇为丰富。

在翻译的过程中，高莽对于俄罗斯诗人情有独钟。译有普希金、莱蒙托夫、布宁、叶赛宁、阿赫玛托娃、马雅可夫斯基、帕斯捷尔纳克、曼德尔施塔姆、叶夫图申科等诗人的诗作。2013年11月，高莽凭借译作阿赫玛托娃的叙事诗《安魂曲》，获得"俄罗斯—新世纪"当代文学作品最佳中文翻译奖。

高莽在漫长的翻译生涯中逐渐形成了自己独特的翻译理念，并身体力行地贯彻到翻译实践中。一方面，他的俄苏文学翻译体裁广泛，涉及散文、小说、诗歌、随笔、书信、日记、回忆录、发言稿、剧本、电影文学脚本等。另一方面，他在翻译中较为关注苏联的民族文学作品，曾翻译过许多当时苏联加盟共和国的文学，如冈察尔、舍甫琴科和叶夫图申科等作家的作品。但是，他对诗歌的偏好却贯穿始终，对中国和俄罗斯的诗歌传统也有着深刻的体悟。

2007年，高莽推出了《俄罗斯文学肖像：乌兰汗译作选》[①]，收入包括普希金、莱蒙托夫以及帕斯捷尔纳克、阿赫玛托娃等经典俄罗斯作家的散文、随笔、书信、回忆录、发言稿、评论文章和诗歌作品。

高莽在俄苏文学研究、翻译和绘画多个领域均有建树，其学术著作也呈现出图文并茂的艺术特色。尤其难能可贵的是，高莽的俄苏文学研究中一直贯穿着对俄苏文化艺术的研究。

第一节　视角独特的俄苏文学研究

在俄苏文学研究和翻译领域之外，高莽还有很深的绘画功底。他将绘画和俄苏文学研究结合在一起，开创了俄苏文学研究中的一种独特形式，其独辟蹊径的研究视角及浓厚的艺术气息，为我们展示了一部部别开生面的学术著作。

---

① 该选集包括诗歌卷和散文卷两卷，由广西师范大学出版社于2007年出版。

一 别样的风景：巧妙的研究视角

高莽的著述丰富，《灵魂的归宿：俄罗斯墓园文化》《圣山行：寻找诗人普希金的足迹》《俄罗斯大师的故居》等著作，视角独特，文笔优美，呈现出散文化、抒情性的特点。

（一）俄罗斯墓园文化探析

从20世纪50年代开始，高莽曾多次参观俄罗斯的公墓。走进墓园，高莽觉得"面对着一座座个性突出的墓碑，我的心灵被悲壮的文化力量所攫住"①。俄罗斯的墓园是历史、人物和艺术的结合体，代表了一种特殊的文化。墓园是死亡的归宿，在中国是较少涉及甚至有所避讳的内容。在俄苏文学研究中，高莽恰恰选择了俄罗斯作家的墓园作为切入点，将俄苏文学研究和俄罗斯死亡艺术结合在一起，开辟了俄苏作家研究的一种新视角。

《灵魂的归宿：俄罗斯墓园文化》是我国第一部介绍俄罗斯墓园文化的著作，它首次图文并茂地展示了俄罗斯墓园文化及俄罗斯死亡艺术的魅力。高莽说："墓园奇冷，可是我的心却在燃烧。"② 可见墓园本身对高莽来说有着强烈的吸引力和感染力。俄罗斯人有这样的特点，他们特别尊重人尤其是珍惜名人的永恒精神。在人去世之后，亲朋好友或有关部门会根据此人生前的性格特点、一生的业绩和对人民的贡献，为他建立一座风格独特的墓碑。墓碑本身是建筑家、雕塑家和文学家智慧的结晶。正如高莽所说的："俄罗斯的墓碑，很多是由著名雕刻家和建筑师创作与设计的杰作。俄罗斯人把一些著名的公墓称作'露天雕塑博物馆'是有道理的。"③ 在《灵魂的归宿：俄罗斯墓园文化》一书中，作者高莽选取了50座独特的墓碑，为读者创造了一座富丽堂皇、纤巧精致的"露天雕塑博物馆"。

《灵魂的归宿：俄罗斯墓园文化》全书分为四部分，分别是文学

---

① 高莽：《灵魂的归宿：俄罗斯墓园文化》，群言出版社2000年版，第3页。
② 同上书，第2页。
③ 同上。

第四章 高莽：文学研究与艺术创作的融合

家墓、艺术家墓、汉学家墓和其他人士墓。文学家墓包括从普希金到契诃夫7位俄国作家，以及绥拉菲莫维奇到别尔戈利茨15位苏联作家。艺术家墓包括从柴可夫斯基到维索茨基共15位艺术家。汉学家墓包括比丘林、阿列克谢耶夫、罗加乔夫、季什科夫和彼得罗夫5位。其他人士墓包括赫鲁晓夫、西林等8位。高莽指出，《灵魂的归宿：俄罗斯墓园文化》这本书"不是关于俄罗斯墓园文化的科学考察报告，而是寄托情感的文字"①。

首先，俄罗斯的墓园展示了一部独特的俄苏文学简史。从普希金开始，俄罗斯文学开始登上世界文学的舞台。普希金、果戈理、莱蒙托夫、屠格涅夫、陀思妥耶夫斯基、列夫·托尔斯泰、契诃夫都是世界文学史上的大师。绥拉菲莫维奇、帕斯捷尔纳克、爱伦堡、叶赛宁、马雅可夫斯基、肖洛霍夫等则是苏联文学史上具有里程碑意义的作家。《灵魂的归宿：俄罗斯墓园文化》从墓园和墓碑落笔，描述了作家们不同的生活道路、创作历程和心路历程，以及他们的文学成就及影响。高莽选取墓园这个角度，勾勒出一部俄苏文学简史。

《灵魂的归宿：俄罗斯墓园文化》中，这50位墓主的生活时间是从1799年到20世纪90年代，跨度正好是两个世纪。这两个世纪也是俄罗斯历史发生巨变的时代。普希金、莱蒙托夫等天才诗人大多结局悲惨，英年早逝。

陀思妥耶夫斯基从刑场死里逃生，又被流放到西伯利亚，受尽煎熬和痛苦。他的作品一直在严酷地拷问人的灵魂。站在陀思妥耶夫斯基的墓前，望着陀思妥耶夫斯基低头沉思的墓碑雕像，高莽心头为之一颤："好像他在无言中也在拷问我的灵魂：你在几十年的风浪中还保持着正常人的状态吗？"② 陀思妥耶夫斯基的墓碑由建筑师哈·瓦西里耶夫设计，雕像则出自尼·拉韦列茨基之手。碑顶是一个十字架

---

① 高莽：《灵魂的归宿：俄罗斯墓园文化》，群言出版社2000年版，第3页。
② 同上书，第23页。

和一个荆棘花环，预示着苦难。碑的底座刻有一句话："我实实在在地告诉你们：一粒麦子不落在地里死了，仍旧是一粒；若是落在地里，就结出许多子粒来。"① 这句话摘自《圣经》，作为引言写在《卡拉马佐夫兄弟》的卷首。陀思妥耶夫斯基的墓碑很好地诠释了他的一生。

列夫·托尔斯泰的墓再朴实不过了，甚至不像墓，而是一个土堆。在亚斯纳亚波利亚纳的庄园里，坟上没有墓碑，没有十字架，没有任何标志，周围是橡树、菩提、松杉，还有几棵枞树和白桦。站在列夫·托尔斯泰墓前，作者想起了托翁一生的经历，文章最后写道："伟大的托尔斯泰朴实得如同这座土坟。他是俄罗斯的一部分，世界的一部分。他属于过去，也属于今天与未来。他在亚斯纳亚波利亚纳与大自然融为一体，小小的土坟却是地球上一座巍峨的精神高山。"②

其次，通过俄罗斯的墓园，展示了俄罗斯知识分子刚正不阿、宁折不弯的骨气和人格。

爱伦堡的墓伫立在高高的雪松下。墓碑上刻着他的老友毕加索为他画的速写头像：蓬乱的头发，轻蔑的目光，冰冷的表情，生动刻画出爱伦堡言辞尖锐、擅长讽刺的性格。在反法西斯斗争中，他几乎每天都要写一篇抨击法西斯的文章，使希特勒对其恨之入骨，扬言占领莫斯科后第一个要绞死的就是爱伦堡。1958 年，苏联的"帕斯捷尔纳克事件"搞得沸沸扬扬，苏联作家协会等单位动员文艺界知名人士对帕斯捷尔纳克进行谴责。爱伦堡虽然和帕斯捷尔纳克没有深交，但他对那次围攻非常气愤。当苏联作协来电话请他出席声讨帕斯捷尔纳克的大会时，他用自己的声音回答："爱伦堡外出了，短期内不会回来。"爱伦堡以大无畏的精神面对这类不公平，显示了他作为知识分子的正直。

1999 年夏，高莽来到彼得堡去凭吊左琴科的墓。1946 年，高

---

① 高莽：《灵魂的归宿：俄罗斯墓园文化》，群言出版社 2000 年版，第 26 页。
② 同上书，第 30 页。

第四章　高莽：文学研究与艺术创作的融合

莽在哈尔滨工作时翻译了联共（布）中央关于《星》与《列宁格勒》两杂志的决议，对左琴科和阿赫玛托娃进行了不公允的批判。当时他不知道左琴科是谁，也没有读过左琴科的作品。但是高莽觉得："多少年来，总觉得自己有负于左琴科。""我坚持要去，因为放弃这个机会，很难确定何时还能向这位作家表示自己的内疚？"①站在左琴科墓的雕像前，高莽感慨万千。左琴科是苏联前期著名的讽刺作家，从1946年联共决议发表以后，左琴科遭遇了来自物质和精神两方面的双重打击。不仅如此，左琴科还不断受到各种形式的批判，在一次批判会上，他勉强支撑着病体，毫不含糊地阐明自己的观点，驳斥对他的种种诬蔑。左琴科用自己的行动，维护了知识分子的尊严。

《灵魂的归宿：俄罗斯墓园文化》获得了学界人士的高度评价。郑恩波认为，此书"从散文、随笔创作的视角来赏读，我觉得这是一本有内容、有真情，朴素无华、含蓄隽永的高雅之作；从学术研究的角度来审视，我觉得它是一部学术气氛浓郁的随笔集，甚至可以说它是一部散文化的学术专著"②。陈辽也评论道："这样一部学术分量厚重的著作，全书以随笔的形式写出。文字优美，诗意浓烈，感情净化，举重若轻。"③

（二）作家故居寻访研究

在俄苏作家研究中，高莽坚持对作家生活过的场所逐一进行细致认真的考察，从而揭示出作家的不同生活经历对创作产生的影响。这种行迹考察的研究方法解开了许多关于作家的谜团，是对作家的一种深度研究。

在《圣山行：寻找诗人普希金的足迹》中，高莽以随笔的形式展现出一部关于普希金研究的学术著作，采用传记批评和行迹考察相结

---

① 高莽：《灵魂的归宿：俄罗斯墓园文化》，群言出版社2000年版，第69页。
② 郑恩波：《瑰奇而珍贵的艺术世界——评高莽〈灵魂的归宿〉》，《俄罗斯文艺》2002年第4期。
③ 陈辽：《文缘：我和文坛百家》，香港作家出版社2007年版，第130页。

合的研究方法，对普希金研究中的难题进行了深入剖析。他在书中写道："我想从中国接受普希金方面谈谈我国普希金研究中尚未引起人们关注的情况。流亡到我国的俄侨如何在我国纪念他们的伟大诗人；我多次访问苏联与俄罗斯寻觅普希金的足迹的经历。"①

在著作中，高莽一直追寻着普希金人生的足迹，从普希金外曾祖父的绥达庄园到外祖母的扎哈罗沃村庄园；从普希金出生的涅梅茨基村到他上学的皇村，再到普希金任职的彼得堡沙皇政府外交部；从普希金被流放的基什尼奥夫英佐夫将军处，到莫斯科阿尔巴特街53号普希金的新婚寓所；从鲍尔金诺到彼得堡普希金生活过的莫伊卡12号；从普希金与丹特士决斗的黑溪小树林，直到最后登上圣山，亲自拜访普希金墓。在追寻诗人足迹的过程中，高莽几乎走遍了大半个俄罗斯，所到之处也勾起了他对普希金的怀念和思考。同时，著作中也详细记叙了1999年在莫斯科市参加纪念普希金诞辰200周年的各种活动，为国内普希金研究提供了宝贵的第一手材料。此外，他还讲述了一些读者颇为关心的问题，如关于普希金的儿女和后代、普希金与其他女性的爱情故事等。

《俄罗斯大师的故居》以俄罗斯文学大师的故居为线索，采用行迹考察的方法，结合作家生平经历及许多珍贵照片，更加形象具体地展示了作家的人生历程。其中涉及普希金、莱蒙托夫、屠格涅夫、陀思妥耶夫斯基、托尔斯泰和契诃夫的故居。作者高莽在研究的过程中将故居、传记与图片资料完美地结合在一起，展示了一种巧妙的研究视角。

在对屠格涅夫的研究中，高莽考察了屠格涅夫的故乡奥廖尔、斯帕斯科耶的卢托维沃诺庄园和圣彼得堡的屠格涅夫墓。将屠格涅夫的故居、经历和文学创作结合在一起进行考察，可以发现卢托维沃诺庄园的丰富生活为作家提供了源源不断的创作源泉，他的许多重要作品

---

① 高莽：《圣山行：寻找诗人普希金的足迹·后记》，中国社会科学出版社2004年版，第232页。

就是在这里完成的。通过进一步考察庄园的建筑风格和内部陈设，证实了屠格涅夫与法国女歌唱家波里娜·维亚多、评论家别林斯基及作家果戈理之间的不同寻常的关系。因为在庄园工作室的墙壁上挂着许多作家和朋友的照片，而这三幅占据其中最重要的位置。高莽用这种独特的方式解读了屠格涅夫的生平和创作，为学术研究提供了一种新颖的角度。

对于陀思妥耶夫斯基，高莽最先参观的是陀思妥耶夫斯基出生的莫斯科玛利亚医院的一处故居。在这里客厅的墙壁上，看到了作家父母的唯一的肖像画。通过对这处故居的考察，他认为这种环境深深影响到了作家日后的创作，并且为其塑造人物提供了丰富的原型。之后参观了位于莫斯科和圣彼得堡的陀思妥耶夫斯基故居和他的墓碑。通过对陀思妥耶夫斯基故居的寻访，作家的经历和生活栩栩如生地展现在读者面前，有助于更加准确地把握陀思妥耶夫斯基作品的内涵。

在对契诃夫的研究中，高莽不辞辛劳地考察了契诃夫的三处故居。第一处位于莫斯科的库德林街，一层是展厅，摆满作者的手稿、生前的文集以及大量照片和图书等。契诃夫在此居住近四年，在给病人看病的空闲时间从事文学创作。第二处故居是离莫斯科几十公里的梅里赫沃庄园，现在已改建成契诃夫纪念馆。纪念馆中最珍贵的一处建筑是一座淡色的坡顶厢房，这是契诃夫的工作室，是按原样原封不动地保留下来的一处建筑，其中摆放的写字台是陪伴契诃夫多年的家具，后由契诃夫的妹妹捐献。第三处故居是位于俄罗斯南部克雷木半岛的雅尔塔纪念馆，这处纪念馆曾由契诃夫的妹妹担任馆长，完全按契诃夫生前的样子布置。高莽通过对契诃夫故居的寻访，深刻揭示了契诃夫文学创作与其生活经历的密切关系。

二 梦的追寻：对俄苏诗人的传记式解读

高莽的学术视野几乎涵盖了俄苏文学中所有的重要作家，"我在几本关于俄罗斯文学艺术家的书中写到的人物，几乎都是因为他们多难的生命、艰苦的创作,深深地打动过我的心"①。伟大的诗人普希金不堪忍受流言蜚语,也不希望自己的名誉受到玷污,最终悲惨地死在决斗的枪口下。马雅可夫斯基由于爱情失意,喉咙生病,创作遭到"拉普"的批判而绝望地自杀。帕斯捷尔纳克因《日瓦戈医生》在国外的出版和获奖受到苏联当局的批判,精神备受煎熬,加速了他的死亡。在研究俄罗斯诗人的过程中,高莽同时也在深沉反思人的命运及历史洪流的问题。

在俄苏作家研究中,诗人在高莽的著作中占有很重的分量。《诗人之恋:苏联三大诗人的爱情悲剧》和《白银时代》两部著作对多位俄苏诗人采取了传记式的深入解读,用平实的语言、扎实的史料和充沛的情感,深刻揭示了这些作家的人生历程和创作特色,同时展示了高莽独特的研究风格。

(一) 帕斯捷尔纳克研究

高莽对帕斯捷尔纳克的研究体现在《帕斯捷尔纳克:历尽沧桑的诗人》②和《诗人之恋:苏联三大诗人的爱情悲剧》③,以及部分文章中。

《帕斯捷尔纳克:历尽沧桑的诗人》是高莽为帕斯捷尔纳克所作的传记,利用传记批评的手法解读了帕斯捷尔纳克的一生和创作。作者将帕斯捷尔纳克的经历按照时间线索分为"多梦的少年时代"、"走向成熟"、"泪洒三十年代"、"黑色的岁月"、"战争年代"、"《日瓦戈医生》"、"受难日"、"最后的日子"等部分。具体论述了诗人的出生及少年时代、登上文坛、与里尔克等的复杂关系、30年代的艰辛岁月、《日瓦戈医生》的创作、获奖和受难的经历,以及生命中最后的日子。这部传记使帕斯捷尔纳克的形象鲜活地展现在读者面前,对理解帕斯捷尔纳克作品的内涵很有帮助。

在《诗人之恋:苏联三大诗人的爱情悲剧》中,高莽解读了帕斯

---

① 秦岚:《高莽:岁月 人伦 生命的风景》,载中国社会科学院青年人文社会科学研究中心编《学问有道——学部委员访谈录》(下册),方志出版社2007年版,第1402页。
② 长春出版社1999年版。
③ 外国文学出版社1991年版。

捷尔纳克与伊文斯卡娅之间的爱情悲剧。如果与马雅可夫斯基和叶赛宁相比，帕斯捷尔纳克属于内敛而专一的诗人。作者通过论述帕斯捷尔纳克的爱情经历，更好地揭示了帕斯捷尔纳克的性格特点及对其创作的影响，认为帕斯捷尔纳克的诗歌创作"坚守古典诗歌的传统，讲究典雅，字斟句酌、韵律严谨，意念深奥"①。

（二）"白银时代"女诗人解读

高莽在《白银时代》《域里域外》《我画俄罗斯》《灵魂的归宿：俄罗斯墓园文化》等著作中，都对"白银时代"女诗人阿赫玛托娃和茨维塔耶娃给予了密切的关注。高莽实地考察了两位女诗人的墓地，从墓园文化的角度，对两位女诗人的一生进行了高度凝练的概括、总结。

高莽认为，阿赫玛托娃是"二十世纪俄罗斯最杰出的女诗人"②。但在1946年，当时的苏共中央作出一项关于《星》和《列宁格勒》杂志的著名决议，对阿赫玛托娃和其他一些艺术家、作家进行了极不公允的批判。在没有读过阿赫玛托娃诗作的前提下，高莽参与翻译该决议，接受了文件的思想。改革开放以后，高莽读到阿赫玛托娃的诗歌，特别是读阿赫玛托娃的长诗《安魂曲》时，深深地意识到自己对女诗人的误解。而当高莽读到阿赫玛托娃译成俄文的《离骚》等作品后，更能领会到她对中国人民的深情。

阿赫玛托娃的墓位于离彼得堡较远的郊区科马罗沃村，而墓的结构非常独特：石片覆盖的土坟；坟头上竖着黑色十字架，坟旁是一堵石块垒的墙，墙上镶嵌着少妇时代的阿赫玛托娃的侧面白色浮雕像。③墓前那象征苦难的十字架和石块垒的墙，揭示了女诗人坎坷的悲情人生。1921年，她的第一位丈夫古米廖夫以"人民的敌人"的罪名被判处死刑。他们的独生子成年后也以"莫须有"的罪名两次被捕入狱。

---

① 高莽：《诗人之恋：苏联三大诗人的爱情悲剧》，外国文学出版社1991年版，第1页。
② 高莽：《墓碑·天堂：向俄罗斯84位文学·艺术大师谒拜絮语》，人民日报出版社2009年版，第45页。
③ 同上。

阿赫玛托娃后来又有两段婚姻，但都没有得到幸福。这堵墙象征着监狱，墙上嵌着阿赫玛托娃年轻时代的侧面白色浮雕像。据说，这也是根据阿赫玛托娃生前的愿望建立的，因为她曾经在监狱门口站了三百多个小时，等候看望她的儿子。阿赫玛托娃的墓展示了女诗人一生的不幸，面对着高大的黑色十字架，高莽写道："这位俄罗斯女诗人的命运何尝不提醒人们，对待艺术创作，不可轻易地否定作者的苦心探索和追求，更何况谁人不背负着一个沉重的十字架？！"①

阿赫玛托娃的经历深深影响了她的创作，她的诗"反映了知识分子的扭曲的心态和苦难中的妇女的命运。她继承了俄罗斯现实主义诗歌传统，发展了诗学艺术，还吸收了俄罗斯小说的表现手法"②。高莽对阿赫玛托娃的创作态度也给予了高度评价："阿赫玛托娃十分讲究诗学。对每首诗，长期推敲，反复修改，不到满意不罢休。"③

在20世纪的俄罗斯女诗人中，"茨维塔耶娃是和阿赫玛托娃齐名的一位"④。茨维塔耶娃的墓地在俄罗斯的叶拉布加市，据目击者说，由于各种特殊原因，埋葬茨维塔耶娃的地方只是估计而已，并不是确切的地方。1922年，茨维塔耶娃为了和丈夫团聚，带着家人移居布拉格，三年后转赴巴黎。1939年，茨维塔耶娃返回苏联，然而等待她的却是一连串的悲剧。1939年8月，她的女儿被捕，并被投入集中营，随后她的丈夫被作为"人民的敌人"枪决，而茨维塔耶娃在1941年亲手结束了自己的生命。所以，茨维塔耶娃自称是个"孤独的灵魂"，概括涵盖了她一生的辛酸。她死的时候内心孤独到了极点，在周围没有人知道的情况下终结了自己的生命，孤独地躺在俄罗斯一个偏僻的小城。

茨维塔耶娃的性格和人生经历对她的创作产生了巨大影响。高莽

---

① 高莽：《灵魂的归宿：俄罗斯墓园文化》，群言出版社2000年版，第44页。
② 高莽：《域里域外》，中共中央党校出版社1997年版，第156—157页。
③ 同上书，第157页。
④ 高莽：《墓碑·天堂：向俄罗斯84位文学·艺术大师谒拜絮语》，人民日报出版社2009年版，第62页。

第四章　高莽：文学研究与艺术创作的融合

指出："茨维塔耶娃的诗歌从一开始就显示出文字讲究,词汇丰富,善于烘托感情,还有一种好斗的气质和难言的孤独感。"① 而且她的诗歌不会与任何一位俄罗斯诗人的作品混同,原因在于"她有自己的思维方法,讴歌对象,韵律与节奏。她吸收了俄罗斯民歌与民谣的因素,又不缺乏外国诗歌的技巧"②。这些特点和茨维塔耶娃的人生经历是密切相关的。高莽结合这位女诗人的生活经历对其创作风格进行了客观的分析和解读,并给予了高度评价。

(三) 叶赛宁、马雅可夫斯基研究

高莽对叶赛宁、马雅可夫斯基的研究主要体现在《诗人之恋:苏联三大诗人的爱情悲剧》和一些零星的文章中。通过传记批评的方法,揭示了两位诗人的爱情对其诗歌创作产生的影响。

在《诗人之恋:苏联三大诗人的爱情悲剧》中,高莽论述了叶赛宁与安娜·伊兹里亚德诺娃、吉纳伊达·莱伊赫、伊莎多拉·邓肯、阿芙古斯塔·米克拉舍夫斯卡娅、嘉丽娜·别尼斯拉夫斯卡娅、苏菲娅·托尔斯泰娅几位女性的爱情婚恋。通过分析叶赛宁所写的和爱情有关的诗歌,认为"叶赛宁倡导过意象派,他的诗情景交融,意新语工,粗鲁中孕温柔,纤细中有哲理,充满民歌气息"③。

在高莽看来,爱情是促使叶赛宁创作的重要动机,也是揭示其思想矛盾和悲剧人生的重要窗口。"诵读叶赛宁那画意盎然、韵律优美的诗作,可以了解苏联诗歌发展史早期的成就,发现苏联诗歌发展中的艰辛历程;研究这位人物时,可以了解苏联社会道德观念的变化和社会改造中的教训。"④ 在《叶赛宁的诗与中国前期译介者》中,高莽通过走访部分译介者,得到了更加确切、珍贵的第一手材料,为我们准确地梳理了叶赛宁进入中国初期时的情况。

---

① 高莽:《墓碑·天堂:向俄罗斯 84 位文学·艺术大师谒拜絮语》,人民日报出版社 2009 年版,第 63 页。
② 同上书,第 66 页。
③ 高莽:《诗人之恋:苏联三大诗人的爱情悲剧》,外国文学出版社 1991 年版,第 1 页。
④ 同上书,第 257 页。

马雅可夫斯基是苏联著名诗人，他的诗歌同社会主义革命和建设紧密地联系在一起，是当时才华横溢的无产阶级诗人。马雅可夫斯基逝世五年后，1935年12月17日，斯大林在《真理报》上对他进行了充分的肯定："马雅可夫斯基过去是现在仍然是我们苏维埃时代最优秀的、最有才华的诗人。"①

高莽认为，"马雅可夫斯基从未来主义起步，走向革命的号召，他的诗歌象旗帜，象号角，铿锵有力，激愤昂扬"②。他以爱情诗为切入点，通过叙述马雅可夫斯基与玛丽雅·杰尼索娃、莉里娅·勃里克、塔吉雅娜·雅柯夫列娃和维罗尼卡·波伦斯卡娅的爱情经历，论述了马雅可夫斯基爱情诗的成就。《诗人之恋：苏联三大诗人的爱情悲剧》中写到，莉里娅·勃里克是和马雅可夫斯基相恋时间最长的一位女性。马雅可夫斯基的许多诗歌，都是献给莉里娅·勃里克的，如《脊柱横笛》《献给莉丽奇卡》《我爱》《关于这个》。

高莽通过对马雅可夫斯基的传记式解读，分析了诗人之死的原因。马雅可夫斯基卷入了当时"列夫"和"拉普"之间的流派纷争。马雅可夫斯基原本是"列夫"的成员，他在没有通知"列夫"的前提下，申请加入"拉普"。马雅可夫斯基希望"列夫"的朋友们可以理解他的苦心，但结果令他失望了，而"拉普"也并不接受这位作家，"仍然把他看成是个'同路人'，要他不断改造自己，放弃原来的错误观点"③。在马雅可夫斯基自杀前的一段时间里，他参加了一些重要的文艺辩论，"他认为文艺的现状要求文艺工作者必须反对不问政治的倾向，必须和社会主义建设同步前进，必须站在阶级斗争的第一线。"④ 而对于"拉普"的指责，马雅可夫斯基认为自己才是真正的革命文艺工作者，"拉普"只配做他的同路人。作者对马雅可夫斯基的解读，以大量的史实为基础，结合当时的社会政治、文化背景

---

① 参见蓝英年《马雅可夫斯基何以被偶像化》，《俄罗斯文艺》1996年第3期。
② 高莽：《诗人之恋：苏联三大诗人的爱情悲剧》，外国文学出版社1991年版，第1页。
③ 同上书，第58页。
④ 同上书，第103页。

和诗人的人生经历，以爱情作为切入点，较为准确地分析了关于"诗人之死"的缘由，凸显了诗人的人格、信念和创作特色。

高莽对帕斯捷尔纳克、阿赫玛托娃、茨维塔耶娃，以及叶赛宁、马雅可夫斯基几位诗人所作的传记式的解读，更加深刻地揭示了几位诗人不同的性格、思想矛盾及创作历程。

第二节 绘画与文学研究交相辉映

在俄苏文学研究中，高莽与众不同之处在于，他比别的俄苏文学学者多了一个文化交流的重要工具——画笔。绘画是高莽的挚爱，从20世纪50年代开始，无论是国内还是国外，只要有机会接触俄苏作家或文化学者，他都拿起画笔进行速写，而且邀请作家本人在画上签字或题词，为俄苏文学研究提供了宝贵的资料。高莽将这些资料用在自己日后的研究中，这就使得他的著作常常具有图文并茂、情趣盎然的特点。

高莽的绘画具有深厚的艺术功底，受到了国内外艺术界的高度评价。他的许多作家肖像画作品，分别被中国现代文学馆、俄罗斯高尔基故居纪念馆、法国巴尔扎克故居纪念馆、日本井上靖文学馆，以及欧洲和拉美的一些博物馆收藏。2006年2月，俄罗斯联邦驻华大使拉佐夫向高莽颁发了"俄罗斯美术研究院荣誉院士"证书。

一 独具特色的肖像画

高莽的绘画作品以肖像画最为突出、最有特点，主要体现在《我画俄罗斯》《久违了，莫斯科》等著作中。高莽在《我画俄罗斯》一书的序言中写道："我的画很传统，没有新的手法和技巧。"著作中，他充分施展了人物肖像绘画的高超技巧，将为普希金、果戈理、赫尔岑、谢甫琴科、屠格涅夫、陀思妥耶夫斯基、契诃夫、阿赫玛托娃、帕斯捷尔纳克、马雅可夫斯基、叶赛宁，以及现当代作家中的阿斯塔菲耶夫、艾特玛托夫、叶夫图申科、拉斯普京、马卡宁等六十多位俄罗斯作家所作的肖像画展示在世人面前。同时，《我画俄罗斯》也选用了作者为罗加乔夫、阿尔西波夫、艾德林、费德林、齐赫文斯基等多位俄罗斯汉学家和友好人士所画的肖像。此书收录的作家、艺术家、汉学家及友好人士，有许多是和高莽有过直接交往的，他们的肖像都是高莽当面速写而成的。因此，这些肖像画往往生动逼真，非常传神地表现了每个人的特点。书中最后一部分是高莽精心绘制的俄罗斯风光（包括苏联时代一些加盟共和国的风光），这部分作品充满生活气息，让读者有一种亲历目睹之感。

首先，高莽的肖像画渗透着他对人生、社会和艺术的思索和感悟。在创作肖像画的时候，注意把握人物的特质，选取典型的背景，再用贴切的、恰到好处的语言文字进行渲染和说明，使得作家研究可以达到绘画和文学研究的相互交融。

在关于列夫·托尔斯泰的几幅绘画中，列夫·托尔斯泰的肖像体现出这位伟大作家晚年的朴素及思想的变化。画面的背景是在一片草丛中，天空中有一轮太阳，脚前是一块巨石。列夫·托尔斯泰身着农夫的衣装，表情有些忧郁，托尔斯泰也许是因为此时自己的思想不被家人理解而苦恼。高莽在肖像画上的题词是：

　　恨宦门之秽污
　　弃爵位于粪土
　　穿布衣以耕耘
　　进茅屋以问苦
　　求自我之完善
　　祈良心之复苏
　　更挥毫抨击黑暗势力
　　惊天地
　　动鬼神
　　拨万里雨雾[1]

---

[1] 高莽：《我画俄罗斯》，人民文学出版社2006年版，第41页。

第四章　高莽：文学研究与艺术创作的融合

这首题词反映了高莽对托尔斯泰主义及托尔斯泰人格和追求的深刻理解。

在创作高尔基的肖像画时，绘画中让人感觉到一股强烈的浪漫气息。画中的高尔基身穿白色的俄罗斯衬衫，手里挽着一件黑色的披风，站在伏尔加河畔。阵阵冷风吹来，远处有一只海燕在翻滚的乌云中翱翔。戈宝权为此画的题词是："高氏如海燕　预言风暴急。"

在马雅可夫斯基的肖像画中，背景是他自己所画的罗斯塔窗的讽刺画，画面中马雅可夫斯基正手握钢笔坐在这幅讽刺画前。高莽的人物和背景完美地融合在一起，画中题诗深化了对马雅可夫斯基的感情。

在画叶赛宁时，由于诗人一生眷恋农村，并自认为是"最后一个俄罗斯乡村诗人"，因此高莽将画作的环境设置为广阔的大森林，诗人手捧一朵小花，正在享受大自然的宁静。画作将叶赛宁的理想和追求很好地表达出来，他的作品中洋溢着浓郁的大自然及民歌气息。高莽为这幅画作了一首诗，诗和画的完美配合，更好地阐释了叶赛宁的人生和诗歌。

阿赫玛托娃的肖像画也很有特点。1989年，为纪念阿赫玛托娃诞辰100周年，高莽为其画了一幅肖像画，肖像画的名字含有深意，耐人寻味——《白夜》。作者取此名的意思是，那个年代的列宁格勒市对阿赫玛托娃既是白天也是黑夜。肖像画的背景选用了栏杆，虽然很美，但是对于这位女诗人来说，栏杆何尝不意味着监狱？她的几个亲人都有身陷监狱的经历，栏杆上的耶稣像则喻示着她终生的信仰。

其次，高莽的肖像画创作，可以借用画笔艺术化地为作家实现生前未能实现的夙愿，表达对作家的敬仰之情。在高莽的童年时期，俄国诗人普希金就和他结下了不解之缘，高莽也期待着创作一幅自己心目中的普希金。1999年，高莽创作了关于普希金的十二幅组画。这十二幅画分成了三组。第一组：普希金的生平；第二组：俄罗斯的普希金纪念碑；第三组：普希金的中国情结。

在这十二幅画中，非常有特色的一幅是《普希金在长城上》。这幅画使普希金的中国情结得到了艺术化的呈现,也表达了高莽内心对普希金的敬仰之情。普希金从青少年时代起,就对中国充满浓厚的兴趣,曾梦想登上中国的长城,他多次向沙皇请求允许他随俄国教士团前往中国,但遭到拒绝。普希金的愿望在高莽的画笔下得到了实现。这幅充满浪漫气息的作品赠送给了俄罗斯莫斯科普希金国立纪念馆,并受到高度认可。

在这十二幅组画中,高莽邀请了邵燕祥、牛汉、魏荒弩、卢永福、蓝曼、吉狄马加、王富洲、李瑛、冯骥才、戈宝权等人题词。普希金漫步在鲍尔金诺秋林一画中,邵燕祥的题词是:"黄叶日夜地飘飞,可都是往日欢乐的见证。"普希金决斗后倒在地上一画中,邵燕祥的题词是莱蒙托夫的诗句:"谁是自由天才与光荣的刽子手?"题词为画作增添了更多的韵味,与画作之间形成一种互补。

1994年,为了纪念梅兰芳先生诞辰百年,高莽创作的《赞梅图》也使用了这一理想化的手法。《赞梅图》中除梅兰芳之外,还有二十一位外国艺术家,其中十位是苏联艺术家。高莽在20世纪50年代两次陪同梅兰芳出访苏联,熟悉梅兰芳与苏联戏剧家的交往,所以萌生要画一幅表现梅兰芳与苏联戏剧家交往题材的画作。高莽从表现梅先生与苏联戏剧界代表开始构思,逐渐扩大到让梅先生与欧洲戏剧界代表相聚。他"把20世纪30年代世界戏剧界主要对梅先生有过评价的代表人物都集中在一幅画中:梅先生通过示范动作,介绍中国戏曲的特点,外国朋友在欣赏在议论"[1]。在《赞梅图》中,十位苏联戏剧界人士分别是斯坦尼斯拉夫斯基、聂米洛维奇·丹钦科、赖赫、梅耶荷德、阿列克谢耶夫、科宁、塔伊罗夫、爱森斯坦、特列季亚科夫、夏里亚宾。在创作《赞梅图》的过程中,高莽大胆地打破时空界限,将人物集中在一幅绘画中。

高莽曾经为巴金老先生画像,巴金老先生看到后,在画的右下角写了一行字:"一个小老头,名字叫巴金。"中央新闻电影制片厂拍

---

[1] 高莽:《域里域外》,中共中央党校出版社1997年版,第41页。

第四章　高莽：文学研究与艺术创作的融合

摄巴金传记的时候，选用了高莽这幅画作片头。20世纪50年代，高莽曾多次陪同巴金出访苏联或接待苏联外宾。在多年的接触中，巴金对外国文学的熟悉深深感动了高莽，这就促使高莽创作了《巴金和他的老师们》的巨画来祝贺巴金百年寿诞。高莽作此画的构思来源于1980年巴金先生在《文学生活五十年》中提到的一段话：

> 我在法国学会了写小说。我忘记不了的老师是卢梭、雨果、左拉和罗曼·罗兰。我学到的是把写作和生活融合在一起，把作家和人融合在一起。……除了法国老师，我还有俄国的老师亚·赫尔岑、屠格涅夫、托尔斯泰和高尔基。我后来翻译过屠格涅夫的长篇小说《父与子》和《处女地》，翻译过高尔基的早期的短篇，我正在翻译赫尔岑的回忆录……①

《巴金和他的老师们》这幅巨画，画中人物时空交错，画上有四位俄罗斯作家：赫尔岑、屠格涅夫、托尔斯泰和高尔基。高莽专门写文章论述了赫尔岑、屠格涅夫、托尔斯泰和高尔基对巴金的影响。翻译赫尔岑的《往事与随想》被巴金视为他"一生最后的一件工作"，屠格涅夫的作品对巴金的思想及创作风格都产生了很大的影响，托尔斯泰的思想影响着巴金的一生，高尔基作品中那种勇敢和反抗精神影响着巴金的创作。高莽认为还有一位必不可少的人物——俄国作家克罗泡特金，因为巴金提到《我的自传》是他翻译过的三卷克罗泡特金的著作中"文学性最强的一种"，对他的"影响极大"。高莽的这幅画再加上他的文字解读，文学研究与绘画交相辉映，这种方法也可以看成比较文学中关于影响研究的一个新颖的视角。

二　图文并茂的创作特色

绘画是高莽艺术表达中一种不可缺少的表达方式。他随身携带着

---

① 高莽：《我画俄罗斯》，人民文学出版社2006年版，第186页。

速写本，走到哪里，画到哪里，记录了许多珍贵的瞬间。因此，高莽的学术著作就具有了一个鲜明的特点：图文并茂。有的配有他本人或其他画家的绘画作品，有的则附上游记的图片，阅读文字时可以结合图片得到更好的理解。

在高莽的著作中，《久违了，莫斯科》《我画俄罗斯》《灵魂的归宿：俄罗斯墓园文化》《俄罗斯美术随笔》《俄罗斯大师故居》《白银时代》和《墓碑·天堂：向俄罗斯84位文学·艺术大师谒拜絮语》等都具有图文并茂的艺术特色。

《久违了，莫斯科》[①] 全书的文章分为三类：首先，学术性的会晤，这部分介绍了许多不为中国人所熟悉的苏联作家，并配有高莽为他们画的肖像画。其次，参观游览古迹，这部分记载了对普希金故居、莱蒙托夫故居、托尔斯泰故居、陀思妥耶夫斯基故居、高尔基故居的参观，并配有高莽的多幅素描做插图。第三类是对莫斯科街头所见的思考，也配有高莽的插图，插图向人们展示了80年代莫斯科的风貌。

白银时代是俄罗斯诗歌史上的一个特殊时期，成就主要是诗歌创作。在《白银时代》[②] 中，高莽主要介绍白银时代后期的几位代表人物，包括勃洛克、古米廖夫、阿赫玛托娃、帕斯捷尔纳克、曼德尔施塔姆、茨维塔耶娃、马雅可夫斯基和叶赛宁。一方面用文字详细地叙述了这些诗人出身优越但却结局悲惨的人生经历；另一方面搜集了大量图片作为文字的补充。在对帕斯捷尔纳克的论述中，作者用了二十多幅图片来进行补充说明。这种研究方法使得作家的形象更为具体鲜明，似乎这些诗人就站在读者面前在讲述他们的经历。

《墓碑·天堂：向俄罗斯84位文学·艺术大师谒拜絮语》[③] 是一部颇具特色的著作。内容是附图片描写俄罗斯文学艺术大师的墓碑，透视出作者对俄罗斯文学艺术大师人生的思考。这类书在国外很少看

---

① 作家出版社1986年版。
② 中国旅游出版社2007年版。
③ 人民日报出版社2009年版。

到，在国内也是非常新颖。高莽在此书的第一部分中，描述了作家拉季舍夫、普希金、果戈理、冈察洛夫、莱蒙托夫、屠格涅夫、列夫·托尔斯泰、契诃夫、勃洛克、阿赫玛托娃、帕斯捷尔纳克、布尔加科夫、爱伦堡、马雅可夫斯基、叶赛宁、肖洛霍夫等的墓碑。在描述墓碑的同时，高莽也将作家的人生经历融在其中，每一个作家的标题也是他对作家一生高度凝练的概括。第二部分是戏剧电影篇，分别描述了弗·涅米罗维奇-丹钦科、斯坦尼斯拉夫斯基、梅耶荷德、塔伊罗夫、阿·季基、爱森斯坦、尼库林、舒克申等人的墓碑，并用文字对图片进行了很好的阐释。第三部分是音乐舞蹈篇，描述了米·格林卡、穆索尔·斯基、柴可夫斯基、夏里亚宾、韦斯京斯基等人的墓碑。第四部分是绘画雕塑篇，描述了艾瓦佐夫斯基、希什金、列宾、苏里科夫等画家和雕塑家的墓碑。

  在高莽的作品中，插图已经显示出它本身的意义，而不再是单纯的说明或形象化的显示，插图已成为与文字互相阐释意义的生长点，丰富了文本的内涵。高莽在文学研究与绘画的交相辉映中，表达了他对文字、绘画各有所长的深刻体会。正如他在《我画俄罗斯》的序言中所写的："我像爱文学一样热爱绘画。我爱绘画，因为文学和文学翻译不能表达尽我的形象思维。我想用绘画补充我没有用文字说尽的话。我又不想单纯地从事绘画，因为如果没有深厚的文化积淀，只追求绘画技巧出新，又非我所喜好。我从事文学同时又从事绘画，它们之间有一定的互补作用。"[1] 尽管绘画和文学是两种不同的艺术形式，但高莽在研究中多次将两种艺术形式同时运用，表达他对俄苏文学的热爱。他说："回顾自己走过的路，画的是肖像，寄托的却是情，在为俄罗斯作家画的肖像中更是如此。"[2] 他的画是"对俄罗斯作家的情，对富有民主精神的俄罗斯文学的情"[3]。

---

  [1] 高莽：《我画俄罗斯》，人民文学出版社2006年版，第2页。
  [2] 高莽：《域里域外》，中共中央党校出版社1997年版，第56页。
  [3] 同上书，第58页。

第三节　俄罗斯文化的传播者

1943年,高莽第一次翻译并发表了屠格涅夫的散文诗,从此走上了俄苏文学的翻译与研究之路。60多年过去了,时间飞逝,中苏两国也各自经历了沧桑巨变。然而高莽"如同教徒忠实于上帝或佛祖那样,对圣洁的俄苏文艺和伟大的中苏友谊,始终怀着忠贞不渝的感情,把自己的全部经历、智慧和整颗爱心,都献给了中苏文化交流与合作的神圣事业"[①]。因此,高莽成为俄罗斯文化在中国的执着传播者。1997年,俄罗斯第一任总统叶利钦亲自为他佩上"友谊"勋章,就是一个很好的证明。高莽的著述非常丰富,其中涉及俄罗斯文化的著作有《俄罗斯艺术随笔》《墓碑·天堂:向俄罗斯84位文学·艺术大师谒拜絮语》《域里域外》等。

一　中俄文化交流佳话寻踪

作为中俄文化交流活动的使者,高莽与许多俄罗斯作家、汉学家、艺术家及友好人士都有过直接接触和交往。作为一名口译翻译,高莽曾陪同茅盾、巴金、老舍、梅兰芳、冰心、丁玲、华君武等人访问苏联,并参与了许多中苏两国间重要的文化交流活动。这些亲身经历赋予高莽其他人所无法拥有的宝贵资料。因此,高莽通过他笔下的文字让我们理解了许多不为人知的中俄文化交流中的佳话。他曾经说过:"年轻时,作为口译者,对很多事务领会不深,但作为见证人却记忆犹新,如果再不把当年的经历记录下来,有些珍贵的情景可能随着人去而烟消云散。"[②] 在意识到自己的历史使命之后,高莽用文字记录下许多珍贵的瞬间。

如果谈到中俄文化之间的交流,俄罗斯汉学家可以说是功勋卓

[①] 郑恩波:《瑰奇而珍贵的艺术世界——评高莽〈灵魂的归宿〉》,《俄罗斯文艺》2002年第4期。

[②] 高莽:《高贵的苦难:我与俄罗斯文学》,河南文艺出版社2007年版,第15页。

第四章 高莽：文学研究与艺术创作的融合

著。俄罗斯的汉学，从宗教、风俗到文化艺术，凡是与中国人民生活有关的方方面面都是俄罗斯汉学研究的范围。

高莽记载了阿列克谢耶夫对中国的情谊。阿列克谢耶夫是苏联时期著名的汉学家，被郭沫若亲切地称为阿翰林。他曾三次访问中国，并积极宣传中国古代文学、古代文化及中国的风俗习惯。阿列克谢耶夫最早把司空图的《诗品》、王勃的《滕王阁序》、文天祥的《正气歌》和岳飞的《满江红》译成俄文。他翻译的《聊斋志异》俄文版，陈列在山东省淄博市蒲松龄故居纪念馆中，和《聊斋志异》汉文原作陈列在一起。除文学研究之外，他对中国的年画、书法、古币等都产生浓厚的兴趣，并多次与徐悲鸿、梅兰芳、郭沫若等交流，有力地促进了两国之间的文化交流。

在高莽记载的汉学家中，彼得罗夫是最年轻的一位，研究方向是中国现当代文学，集中在鲁迅、瞿秋白、巴金、老舍、郁达夫、艾青等作家。彼得罗夫拥有丰富的中国当代文学藏书，非常喜爱我国诗人艾青的作品。20世纪50年代中期，彼得罗夫大学毕业时的学位论文《论艾青》，对艾青的生平事迹和诗歌创作进行了全面而深入的研究。可是，就在彼得罗夫准备论文答辩时，校方要求他改换论文题目，原因是此时艾青在中国被宣布为一个"反党小集团"成员。校方告诉他，如果不改换题目的话，他的论文必然无法通过。彼得罗夫向校方表示，他可以不要学位，但不能背叛自己的学术良心。他认为从艾青的创作中可以看出，艾青不可能是反党分子。怀着对中国的热爱，以及对艾青的热爱之情，彼得罗夫坚守自己的信念，成为大学里没有任何职称的老师。但是他的研究成果得到了学生、同行及权威专家的一致认可。

俄苏作家在中俄文化交流中起到重要作用。高莽在其著作中向我们展示了俄苏作家对中国及中国人民的深厚情谊。法捷耶夫的《毁灭》和《青年近卫军》在我国具有较高的知名度。与此同时，法捷耶夫本人也在中俄文化交流中发挥过重要作用。1949年10月1日，法捷耶夫率领苏联文学艺术科学代表团出现在北京的天安门广场，成为新中国成立的见证者。1954年，高莽在第二届苏联作家代表大会期间给法捷耶夫和丁玲担任翻译，法捷耶夫当时说："我青年时代的一部作品，能为鲁迅所赏识，并亲自把它译成汉文，这是我终生莫大的荣誉……"①

肖洛霍夫是20世纪苏联文学中的大师，也是我国许多作家学习的典范。高莽通过文字展示了肖洛霍夫的博大胸怀和他对中国人民的深厚情谊。"文革"期间，林、江反革命集团咒骂肖洛霍夫是"修正主义的鼻祖"，《静静的顿河》是"修正主义文学的代表"。好事的外国记者想利用这件事挑拨他和中国人民之间的关系。高莽在文中写道："肖洛霍夫出人意料含意深远地回答'中国人民将来会做出自己的结论'。肖洛霍夫在自己的作品中描写过中国战士。他还表示想访问我国，但未能变成事实。"②

除了汉学家和作家之外，高莽在著作中提到的中俄文化交流中的友好人士也值得关注。阿尔希波夫、西林、乌兰诺娃等都为两国之间的文化交流做出了贡献。

阿尔希波夫是20世纪50年代初率苏联专家来华的总负责人。他在华工作八年，对中国和中国人民产生了深厚的感情。阿尔希波夫一生不遗余力地发展中苏（俄）两国之间的友好事业。在中苏两国之间对峙的20多年中，阿尔希波夫曾先后向历届苏联领导人积极建议，要求改善两国的关系。自1984年中苏两国恢复正常交往以来，他曾多次率领访问团来中国，并会见了陈云、李先念、彭真、杨尚昆、万里、薄一波等老朋友。1996年，他在89岁高龄之时，应中国人民对外友好协会的邀请，重来我国参观访问，并接受了友协向他颁发的人民友好勋章。正如他自己所说的那样："我的根扎在这片土地里了，我的心一半留在中国了……"③ 阿尔希波夫对中国人民充满了深厚的感情，为两国友好交流事业树立了一座丰碑。

---

① 高莽：《墓碑·天堂：向俄罗斯84位文学·艺术大师谒拜絮语》，人民日报出版社2009年版，第93页。
② 高莽：《灵魂的归宿：俄罗斯墓园文化》，群言出版社2000年版，第95—96页。
③ 同上书，第213页。

第四章　高莽：文学研究与艺术创作的融合

高莽在著作中，也记述了桥梁工程师西林和中国人民的友谊。20世纪40年代后期，西林应邀来到我国参加了解放战争。50年代中叶，西林参加了武汉长江大桥的修建工程。西林回国后一直密切关注中国的状况，积极从事有利于苏中两国人民友好的事业。他每次来到中国，必然要到武汉长江大桥。他的外孙女卡佳深受外祖父的影响，对中国有着深厚感情，多次申请来华进修，并参观武汉长江大桥。西林去世后，他的墓碑是黑色的花岗石，正面是一位慈祥微笑的老人肖像，背面是武汉长江大桥。

通过与苏联木偶大师谢·奥布拉兹佐夫的交往，高莽在著作中展现了奥布拉兹佐夫的一生及其对中国的眷恋。1952年，奥布拉兹佐夫来华访问，在中国居住了两个月，其间高莽担任翻译，对奥布拉兹佐夫有了较为深入的了解。他对中国的民间艺术兴趣浓厚，并将自己的艺术表演经验介绍给中国的文艺工作者，同时梅兰芳、黄佐临、田汉等都与奥布拉兹佐夫有过交流。在奥布拉兹佐夫撰写的回忆文章中，表达了对中国和中国人民深深的思念和眷恋。

俄罗斯著名芭蕾舞大师嘉林娜·乌兰诺娃对中国和中国人民也充满了深深的情谊。乌兰诺娃在39岁时主演了表现中国人民争取民族解放斗争的舞剧《红罂粟》（后改名《红花》），首次扮演了中国姑娘桃花，表现出了对中国劳动人民的热爱和同情。乌兰诺娃三次来到中国，并在北京会见梅兰芳，观看梅兰芳的演出，她的芭蕾舞艺术也得到梅兰芳的高度评价。1952年，乌兰诺娃第一次来中国，1959年第二次来中国，她优美的舞姿给许多人留下了不可磨灭的印象。"我国芭蕾舞演员们非常感谢她，因为新中国芭蕾起步时，是她的精湛的表演艺术为我们树立起一座标杆，指出努力的方向。"[①]

二　俄罗斯艺术家剪影

在《俄罗斯美术随笔》《墓碑·天堂：向俄罗斯84位文学·艺

---

① 高莽：《灵魂的归宿：俄罗斯墓园文化》，群言出版社2000年版，第151页。

术大师谒拜絮语》中,高莽对俄罗斯的艺术家也给予了足够的重视,为我们勾勒了一幅幅俄罗斯艺术家的剪影。高莽作为俄苏文学的研究者和翻译家,不仅研究俄罗斯和苏联众多的文学大师及艺术大师的作品,而且多次参加中苏、中俄的重要文化交流活动,接触了大量俄苏作家和艺术家后代、亲友或艺术家本人。因此,高莽掌握了大量珍贵的第一手材料,关于俄苏艺术家的研究就是很好的体现。

在《俄罗斯美术随笔》①中,高莽凭借自己对绘画的热爱及与中苏美术界艺术家的直接接触,为我们展示了一幅俄罗斯美术界和苏联艺术家的合影。高莽以俄苏艺术家画风的变异作为分界线,将俄罗斯(含苏联)美术界人士分为巡回画派50年、20世纪前后40年、社会主义现实主义50年三个群体。同时,作者以游踪为线索,穿插介绍艺术家们的生平和创作经历,其中既有我国人民熟悉的列宾等老一辈俄罗斯画家,也有许多不为中国人所熟悉的俄苏画家和雕塑家。

列宾是高莽在著作中多次提及的一位画家,高莽从童年时代起就对这位画家充满了热爱和敬仰。他在《俄罗斯美术随笔》一书中,为我们勾勒了一幅幅关于列宾的剪影。20世纪80年代,高莽参观了列宾晚年的故居——"佩纳泰",欣赏了列宾的许多原作,通过传记批评的方法对列宾晚年的绘画作品进行了评价。"有人认为,列宾住在这里是他的创作急剧走下坡路的时期,认为他的作品不成功,认为他从一个无神论者变成了迷信鬼神的人,认为他的生活方式变得令人不能理解……"但高莽的观点是:"他在艺术上刻意进一步变法,或追求更大的完美。他一直没有放弃作画,当他的右手枯槁,不能握笔时,他竟训练自己用左手作画,说明他顽强的创作意志。"② 1899年为了纪念普希金诞辰100周年,列宾试图创作一幅关于普希金的大画。初稿完成后,看过的人都感觉非常满意,列宾本人多次重新创作,希望做到完美。通过高莽的论述可以看到,他对列宾的敬爱之情

---

① 人民文学出版社2005年版。
② 高莽:《俄罗斯美术随笔》,人民文学出版社2005年版,第34页。

第四章 高莽：文学研究与艺术创作的融合

跃然纸上。

弗拉基米尔·安德烈耶维奇·法沃尔斯基被苏联版画界推崇为一代宗师。高莽指出："苏联书籍装帧、木刻创作和插图艺术的发展都和他的成就分不开，他借鉴了德国古典木刻艺术，为苏联木刻事业奠定了坚实的基础。"① 高莽进一步分析了法沃尔斯基和鲁迅先生之间的联系。其实早在 1929 年，鲁迅先生就介绍过苏联版画，1930 年，他编印《新俄画选》时，又专门介绍了苏联木刻，其中选用了法沃尔斯基的《莫斯科》。1934 年 3 月，鲁迅用从苏联得到的木刻版画编成《引玉集》。"《引玉集》共选了 11 位苏联木刻画家的作品 60 幅（实为 57 幅）。书的装帧是硬纸面洋装，封面黄色，书脊及封底均为黑色；封面贴的红纸上有鲁迅亲笔题字的书名《引玉集》及 11 位木刻作者的英文译名，外加上日本式的书套。在书的卷首，印有陈节（即瞿秋白）从《艺术》杂志第 1、2 期合刊翻译出的楷戈达耶夫写的《十五年来的书籍版画和单行版画》一文作为代序。"② 50 年后，《引玉集》的续编《拈花集》出版了，其中有三幅法沃尔斯基的作品。法沃尔斯基在插图方面也取得了很大的成就。他为普希金的叙事诗《科洛姆纳的小房子》《伊戈尔远征记》《江加尔》《玛纳斯》所作的画，都已成为苏联插图艺术史中的经典作品。

除了绘画雕塑方面的艺术家之外，高莽还介绍了俄罗斯的戏剧电影和音乐舞蹈方面的艺术家，主要包含在他的著作《墓碑·天堂：向俄罗斯 84 位文学·艺术大师谒拜絮语》中。

梅耶荷德是苏联著名的戏剧家，他不仅在戏剧导演方面才华出众，而且能很好地理解中国戏曲。高莽认为，在研究梅耶荷德时肯定会联想到他的夫人赖赫。赖赫原是诗人叶赛宁的妻子，后改嫁梅耶荷德，成为苏联著名演员。梅耶荷德当时是与斯坦尼斯拉夫斯基齐名的大导演，高莽指出："但二人的艺术走向不同。梅耶荷德提倡现代艺

---

① 高莽：《俄罗斯美术随笔》，人民文学出版社 2005 年版，第 109 页。
② 戈宝权：《中外文学因缘》，北京出版社 1992 年版，第 336 页。

术，追求革新，深得国内外一部分舞台艺术家钦佩，但为苏联当局所不容。"[1] 所以，最终梅耶荷德和赖赫夫妻二人结局悲惨。1938年6月20日，梅耶荷德在列宁格勒出差时突然被捕，并于1940年2月2日被处决。赖赫在梅耶荷德被捕后不久，在家中被人杀害。作者高莽为梅耶荷德夫妇的遭遇感到惋惜。

夏里亚宾是俄罗斯现实主义表演艺术的杰出代表，高莽指出，他在舞台上塑造了许多成功的歌剧人物形象。早在十月革命前，夏里亚宾就已经是俄国国内的知名歌唱家，1918年因其杰出的表演艺术和演唱贡献，成为获得苏维埃政权颁发的"俄罗斯人民演员"称号的第一人。1927年他去法国巴黎演出时，因资助俄侨难民而受到苏联国内别有用心者的攻击，从此夏里亚宾放弃回国并定居巴黎。夏里亚宾去世后，在法国巴黎举行了隆重的葬礼，他的遗骨于1984年被迁到莫斯科新圣母公墓。

总之，高莽以认真的态度、一丝不苟的精神和学者的热情，挖掘了中俄文化交流先辈们的足迹和许多鲜为人知的事实，展示了中俄、中苏人民之间的友谊。

小　　结

高莽在俄苏作家研究中成果丰硕，在他使用的多种方法中，最为突出的则是传记批评结合行迹考察的方法。

传记批评是一种注重探寻作品与作者经历和人格联系的批评方式。在我国，传记批评方法有着悠久的历史。孔子在《论语·宪问》中对人的行为做了这样的规定："有德者必有言。"这可以看作中国传记批评研究法的本体论规定。[2] 孔子之后，孟子又对这一问题进行了方法论上的阐释，也即提出了著名的"知人论世"说。"现存可考最早运用传

---

[1] 高莽：《灵魂的归宿：俄罗斯墓园文化》，群言出版社2000年版，第122页。
[2] 胡经之、王岳川主编：《文艺学美学方法论》，北京大学出版社1994年版，第44页。

第四章 高莽：文学研究与艺术创作的融合

记法研究文学的，是西汉淮南王刘安。他在《离骚传》中根据屈原的人格来评价《离骚》，称赞它'虽与日月争光可也'。"①《史记》的作者司马迁，也结合屈原的生平经历对《离骚》进行了分析。魏晋南北朝时期，文学评论注重从作者人格、风度来评价作品，如曹丕的《典论·论文》及钟嵘的《诗品》都可以体现出这一点。自魏晋以后，传记批评方法成为中国文学中最常用的批评方法。

在中国现当代文学史上，传记批评方法是最常见的方法之一。1935 年，李长之在天津《益世报》和《国闻周报》上陆续发表了长篇系列评论《鲁迅批判》，因此奠定了他在现代传记批评方面的地位。李长之在《鲁迅批判》的后记中提到，他有点厌恶当时流行的那种"象政治、经济论文似的"评论，认为这"太枯燥"，"批评的文章也得是文章"，②要体现对文学特点的关注。李长之评论文章的特色在于，这部长达 18 万字的鲁迅研究专著，被认为"在鲁迅研究学术史上还是第一本，是带有首创性和开创性的"③。此外，李长之为李白与司马迁作传时，也使用了传记批评的方法。所以，"对作品风格与作家人格形象的深切关注以及对作家的风格构成在文学史所处地位的评估，使李长之的传记批评显得那样切实有味，能够见到一个人的底蕴（包括好坏得失），并可由一个人看一个时代，理解一种文化精神"④。

所谓行迹考察，"是指对特定作家一生所居留过的所有地方和处所逐一进行认真细致的考察，特别是那些与生活、思想和创作有重大关系者"⑤。

---

① 胡经之、王岳川主编：《文艺学美学方法论》，北京大学出版社 1994 年版，第 45 页。
② 李长之：《鲁迅批判·后记》，北新书局 1936 年版。
③ 张梦阳：《鲁迅研究学术史概述》，载《鲁迅研究学术论著资料汇编》第 1 册，中国文联出版社 1985 年版，第 25 页。
④ 温儒敏：《李长之的〈鲁迅批判〉及其传记批评》，《鲁迅研究月刊》1993 年第 4 期。
⑤ 陈训明：《行迹考察与外国作家研究——以普希金研究为例》，《贵州社会科学》2000 年第 3 期。

陈训明在《行迹考察与外国作家研究——以普希金研究为例》一文中，对行迹考察在作家研究中的作用进行了详细的论述。首先，"通过行迹考察能够直接了解特定作家所居国度的地理环境、社会经济状况和风俗民情，加深对该作家及其作品国民性的认识"。如以普希金研究为例，陈训明认为普希金生活中的频繁决斗，与其归之于普希金的好斗性情和黑人血统，还不如说是俄罗斯尚武精神的一种体现。其次，"行迹考察有助于解决作家生平研究的疑难问题"。再次，如果以普希金、陀思妥耶夫斯基、列夫·托尔斯泰、高尔基等俄罗斯作家为什么喜爱忏悔和复活主题为例，"外国作家何以对某一类型的题材特别感兴趣的问题，也可以通过行迹考察获得合理的解释"。与此同时，行迹考察也可以引发对作家生平某些方面的新的思考。"对于外国作家文本中某些难点的理解和翻译，行迹考察往往能收到立竿见影之效。"高莽在俄苏作家研究中，将传记批评和行迹考察的方法结合在一起，开创了俄苏文学研究的一个独特的研究视角。

高莽以翻译、研究、绘画和创作多种方式参与了俄罗斯文学的中国化进程，虽然没有深奥的理论，但却因其在感性认知上所具有的鲜活性与敏锐性而受到读者的欢迎与学界的关注，成为中国俄苏文学学人中的杰出代表。

第五章

吴元迈：哲理思辨和人文精神的综合

吴元迈（1934年生）是我国著名的俄苏文学研究专家和文艺理论家。1953年，考入安徽师范学院中文系。1954年，进入北京俄语专科学校留苏预备部学习，随后去苏联留学，曾就读于苏联著名的基辅大学和列宁格勒大学（今圣彼得堡大学），听过日尔蒙斯基和普罗普等名家的授课，并在普列汉诺夫研究专家杰尔卡奇的指导下完成学业。1960年留学回国后，进入中国科学院文学研究所苏联东欧文学组工作。1964年进入新组建的外国文学研究所工作。吴元迈曾担任中国社会科学院外国文学研究所所长、国家社科基金外国文学评审组组长、《外国文学评论》主编、中国外国文学学会会长和中国中外文艺理论学会会长等职。现为中国社会科学院荣誉学部委员。

吴元迈在几十年的俄苏文学研究中，成果卓著。他的学术研究是从20世纪60年代开始的，第一篇学术论文《普列汉诺夫论艺术的内容与形式》发表于1962年。1978年以来，吴元迈的研究收获颇丰，先后出版有《苏联文学思潮》《探索集》《现实的发展和现实主义的发展》《文学作品的存在方式》《吴元迈文集》《俄苏文学及文论研究》等著作。主编或参与编写的著作有《20世纪外国文学史》（五卷）、《外国文学》、《20世纪外国经典作家评传丛书》、《苏联文学史》、《苏联短篇小说选》等。其中《吴元迈文集》和《俄苏文学及文论研究》"基本上涵盖了文学新时期以来"，吴元迈先生的"研究方向及论文写作的概况"。① 正如华中师范大学王忠祥教授所评价的，吴元迈的"研究之路"和"生活之路"还有"为人治学"的心路历程，深切感动了同行人和后来人。②

吴元迈的研究领域较广，涉及俄苏文艺理论研究、经典作家研究、外国文学研究及外国文学学科建设研究等多个领域。

第一节　辩证、宏观、综合：俄苏马克思主义文艺理论研究

从发表《普列汉诺夫论艺术的内容与形式》开始，吴元迈在多年的学术研究中一直对俄苏马克思主义文艺理论给予了足够的重视，并且取得了可喜的成果。早在20世纪80年代，他就提出"把马克思主义文艺理论向前推进"的观点，在实践"把马克思主义文艺理论向前推进"的过程中，吴元迈做出了重要的贡献。

一　普列汉诺夫文艺理论研究

普列汉诺夫是俄国第一个马克思主义文艺理论家和批评家。他对马克思主义文艺理论有自己的理解和建树，正如鲁迅先生所说，他"是用马克思主义的锄锹，掘通了文艺领域的第一个"③。同时，"普列汉诺夫也是俄国革命民主主义文学批评和俄国马克思主义文学批评的中介和桥梁"，在继承俄国现实主义理论批评的基础上，"创造性地把马克思主义文艺理论运用于俄国文学批评，从而开辟了俄国文学批评史的新纪元"④。

吴元迈在苏联求学时，曾经师从著名的 C. C. 杰尔卡奇。当时杰

---

① 吴元迈:《俄苏文学及文论研究·序》，中国社会科学出版社2014年版。
② 王忠祥:《隽永和谐而与时俱进的特色多声部复调乐曲——赏析吴元迈〈俄苏文学及文论研究〉》，《外国文学研究》2015年第3期。
③ 鲁迅:《鲁迅译文集》第六卷，人民文学出版社1958年版，第610页。
④ 吴元迈:《普列汉诺夫的文学批评》，载《俄苏文学及文论研究》，中国社会科学出版社2014年版，第64页。

尔卡奇刚刚从监狱出来，清洗了不白之冤的他在大学主讲19世纪俄罗斯文学史，并开设了"文论家和批评家普列汉诺夫"的专题课。吴元迈从杰尔卡奇那里系统学习了普列汉诺夫的文艺思想，并在他的指导下完成了大学毕业论文《普列汉诺夫论19世纪俄国现实主义文学》，由此和普列汉诺夫研究结下了不解之缘。1962年1月28日，吴元迈在《光明日报》上发表了自己的第一篇学术论文《普列汉诺夫论艺术的内容与形式》，引起了较大反响。而后，他又陆续发表《普列汉诺夫论无产阶级文艺》《普列汉诺夫论列夫·托尔斯泰》《普列汉诺夫论现实主义》《普列汉诺夫和高尔基》《普列汉诺夫与马克思主义文艺理论》《普列汉诺夫文艺遗产中的几个问题》等一系列文章，并撰写《俄国文学批评史》中的"普列汉诺夫的文学批评"专章。上述成果主要集中在研究普列汉诺夫的文学批评和文艺思想两个方面。

（一）普列汉诺夫文学批评研究

从1888年开始，普列汉诺夫创作了一系列关于民粹主义小说家的文学评论。在《格·乌斯宾斯基》（1888）、《斯·卡洛宁》（1890）、《尼·伊·纳乌莫夫》（1897）这一系列文章中，普列汉诺夫从创作特色和语言方面考察了民粹主义小说家的创作特点和缺点。对于民粹主义作家创作中的优点，普列汉诺夫做出了积极的肯定，他实事求是地指出，在乌斯宾斯基的作品中，"常常可以看到一些场面，甚至整个章节，它们可以为他获得第一流艺术家的荣誉"[①]。在普列汉诺夫看来，乌斯宾斯基等民粹派作家是一种极为真实的现实主义描写，其创作体现出巨大的认识价值和社会意义，但是也体现出民粹主义理想和所描绘的俄国生活图画之间的矛盾。其中特别值得指出的是普列汉诺夫对现实主义理论所作的几点重要阐述。

普列汉诺夫对现实主义的评论和恩格斯的评论有着非常惊人的相

[①] ［俄］普列汉诺夫：《普列汉诺夫美学论文集》第1卷，曹葆华译，人民出版社1983年版，第7页。

似。在普列汉诺夫看来，民粹派作家"一直是忠实于俄罗斯文学的优秀传统的"，这种描写是"一种极其真实的文学流派"，"是完全现实主义的，而且不是现代法国样式下的现实主义，因为它的现实主义充满着感情，浸透着思想。这种差别是完全可以理解的。法国的自然主义，或者至少左拉主义，是现代法国资产阶级在道德上和智力上空虚的文学表现"。① 普列汉诺夫对俄国民粹派作家现实主义传统的肯定，以及对法国自然主义、左拉主义的否定，很容易联系到恩格斯在1888年致英国女作家哈克奈斯的信中写到的一段话："巴尔扎克，我认为他是比过去、现在和未来的一切左拉都要伟大得多的现实主义大师，他在《人间喜剧》里给我们提供了一部法国'社会'特别是巴黎'上流社会'的卓越的现实主义历史。"②

同时，吴元迈认为，普列汉诺夫评论民粹主义作家作品的巨大认识价值和意义时，也与恩格斯的论述极其相似。普列汉诺夫指出："没有任何专门研究著作能够代替他们所描绘的人民生活的图画。必须十分仔细地研究民粹派小说家的作品，就像研究俄罗斯国民经济统计著作或者农民习惯法的著述一样。"③ 恩格斯的相似论述出现在致哈克奈斯的信中，恩格斯在评论巴尔扎克的创作时谈道："我从这里，甚至在经济细节方面（如革命以后动产和不动产的重新分配）所学到的东西，也要比从当时所有职业的历史学家、经济学家和统计学家那里学到的全部东西还要多。"④

通过深入分析普列汉诺夫关于民粹主义小说家的评论，吴元迈深刻揭示出普列汉诺夫关于现实主义文艺思想的特点和本质。"普列汉诺夫的许多文艺观点，是他根据马克思主义的普遍原理，独立地作出的成果。其中有的论述同马克思主义创始人基本一致，有的十分接

---

① ［俄］普列汉诺夫：《普列汉诺夫美学论文集》第1卷，曹葆华译，人民出版社1983年版，第8—9页。
② 《马克思恩格斯全集》第37卷，人民出版社2016年版，第41页。
③ ［俄］普列汉诺夫：《普列汉诺夫美学论文集》第1卷，曹葆华译，人民出版社1983年版，第9页。
④ 《马克思恩格斯全集》第37卷，人民出版社2016年版，第42页。

第五章 吴元迈：哲理思辨和人文精神的综合

近，有的是他们没有展开或未曾涉及的。"①

普列汉诺夫对列夫·托尔斯泰的评论也引起了吴元迈的关注。1980年，吴元迈发表《普列汉诺夫论列夫·托尔斯泰》②，客观全面地评价了普列汉诺夫对列夫·托尔斯泰的文学批评。

早在1890年，普列汉诺夫在写作关于俄国民粹派小说家的评论时就开始涉及列夫·托尔斯泰。特别是从1907年开始，普列汉诺夫接连创作了六篇专题论述托尔斯泰的文章③。吴元迈指出，普列汉诺夫的评论文章和列宁的《列夫·托尔斯泰是俄国革命的镜子》那组著名文章（1908—1911）正好是在同一时期，都是为纪念托尔斯泰诞辰80周年而作，而且他们的大多数文章都刊登在布尔什维克的刊物《社会民主主义者》《明星》和《思想》上。将列宁的评论和普列汉诺夫的进行对比分析，可以全面和正确地理解普列汉诺夫论托尔斯泰文章的意义和作用。

在普列汉诺夫看来，列夫·托尔斯泰的创作天才主要表现在三个方面：对自然栩栩如生的出色描绘；真实的自然描写与卓越的心理描写紧密结合在一起；对作品中现实主义的批判力量及社会意义给予了肯定。当有人对列夫·托尔斯泰的创作进行批判时，列宁和普列汉诺夫不约而同地反驳论敌，为列夫·托尔斯泰辩护。正如列宁致高尔基的信中所写的："关于托尔斯泰，我完全同意您的看法，那些伪君子和骗子会把他奉为圣人。对托尔斯泰既胡说八道又奴颜婢膝，这使得普列汉诺夫也大发雷霆了，在这个问题上我们是一致的。"④

普列汉诺夫不仅看到了托尔斯泰的优点，同时也看到了托尔斯泰的矛盾性和复杂性，以及矛盾性和复杂性变化的过程。普列汉诺夫多

---

① 吴元迈：《探索集》，外国文学出版社1986年版，第159—160页。
② 《俄苏文艺》1980年第3期。
③ 普列汉诺夫创作的关于列夫·托尔斯泰的评论文章有《征兆性的错误》（1907）、《托尔斯泰和自然》（1908）、《政治家札记·从这里和到这里》（1910）、《概念的混乱》（1910—1911）、《卡尔·马克思和列夫·托尔斯泰》（1911）、《再论托尔斯泰》（1911）以及另外一篇尚未发表的讲话稿《托尔斯泰和赫尔岑》。
④ 《列宁全集》第46卷，人民出版社2017年版，第15页。

次提到，托尔斯泰是"贵族作家"，可是当托尔斯泰创作出那些"优秀篇章"的时候，托尔斯泰"已不再是托尔斯泰主义者"。正如他在《尼·涅克拉索夫》一文中写道的："我将普希金、莱蒙托夫和托尔斯泰称作'贵族之家的作家'的时候，我在指出'他们的贵族观点'的时候，'我并不想说，他们是贵族特权的狭隘拥护者，他们是贵族对农民进行剥削的残酷捍卫者。完全不是这样！'这些作家，包括托尔斯泰在内，'就其本身而言，是极为善良和人道的。在他们的作品中，贵族对农民的压迫遭到了尖锐的谴责，至少有时他们当中的一些人是这样做的'。"①

列宁在《列夫·托尔斯泰是俄国革命的镜子》中指出，托尔斯泰的作品、观点和学说中的矛盾是显著的。"一方面，是一个天才的艺术家，不仅创作了无与伦比的俄国生活的图画，而且创作了世界文学中第一流的作品；另一方面，是一个发狂地信仰基督的地主。一方面，他对社会上的撒谎和虚伪提出了非常有力的、直率的、真诚的抗议；另一方面，是一个'托尔斯泰主义者'……"②

普列汉诺夫对托尔斯泰创作的评价和列宁有着不少相似和相近之处。同时，吴元迈也客观指出普列汉诺夫的不足：没有摆脱机械论的影响，他对托尔斯泰的态度和评价前后不一；将托尔斯泰创作和世界观的矛盾，看成托尔斯泰自身的问题，而没有联系到一定历史时期俄国社会生活的矛盾反映；把托尔斯泰截然分成作为思想家的和作为艺术家的托尔斯泰，认为艺术家的托尔斯泰是"天才的"、"伟大的"，思想家的托尔斯泰则是极其渺小的。

对于普列汉诺夫的错误，列宁提出了针锋相对的不同意见，正确评价了托尔斯泰的创作。《列夫·托尔斯泰是俄国革命的镜子》开篇的一段话，似乎就是针对普列汉诺夫的观点而写的：

---

① 参见吴元迈《普列汉诺夫论列夫·托尔斯泰》，《俄苏文艺》1980 年第 3 期。
② 《列宁全集》第 17 卷，人民出版社 2017 年版，第 182 页。

第五章 吴元迈：哲理思辨和人文精神的综合

把这位伟大艺术家的名字同他显然不理解、显然避开的革命联系在一起，初看起来，会觉得奇怪和勉强。分明不能正确反映现象的东西，怎么能叫镜子呢？然而我国的革命是一个非常复杂的现象；在直接进行革命、参加革命的群众当中，各社会阶层的许多人也显然不理解正在发生的事情，也避开了事变进程向他们提出的真正具有历史意义的任务。如果我们看到的是一位真正伟大的艺术家，那么他在自己的作品中至少会反映出革命的某些本质的方面。①

吴元迈认为，"虽然我们谈到了普列汉诺夫论托尔斯泰文章中的不少的具有真知灼见的东西，与列宁也有不少相似和接近之处，但是普列汉诺夫毕竟没有达到列宁论托尔斯泰的深度，而且还有不少缺点和错误；与列宁也存在着某些原则的分歧"②。

普列汉诺夫也是高尔基文学创作活动的早期评论者之一。在《普列汉诺夫和高尔基》中，吴元迈对普列汉诺夫的评论做了公正、客观的评价。高尔基的《仇敌》问世后，遭到了来自俄国文学界的攻击和诽谤。这个时候，普列汉诺夫挺身而出，发表了评论《工人运动的心理》（1907），对高尔基的《仇敌》这部作品给予了充分的肯定和支持。对于《仇敌》的意义和认识价值，普列汉诺夫认为："资产阶级艺术的爱好者对高尔基的各个作品尽管可以肆意地进行褒贬，但是事实总归是事实。最有学问的社会学家能够在艺术家高尔基和已故的艺术家格·伊·乌斯宾斯基那里学到许多东西。在他们的作品里，有完整的发现。"③ 对于高尔基受"造神论"和"寻神论"影响创作的《忏悔》，普列汉诺夫则进行了严厉的批评。

吴元迈指出，过去有一种倾向，每当论及高尔基的时候，"往往

---

① 《列宁全集》第17卷，人民出版社2017年版，第181页。
② 吴元迈：《普列汉诺夫论列夫·托尔斯泰》，《俄苏文艺》1980年第3期。
③ 吴元迈：《普列汉诺夫和高尔基》，载《探索集》，外国文学出版社1986年版，第242页。

只谈普列汉诺夫的某些不够成熟的意见和错误的观点,而忽视和回避他对高尔基所作的那部分有价值有意义的论述";或者在高尔基问题上,"只用普列汉诺夫的缺点、错误来反衬列宁的正确、伟大,而闭口不谈他们的共同之处;或者只提高尔基批评普列汉诺夫的某些地方,而不看他同高尔基长期以来所保持的友谊"①。实际上,造成普列汉诺夫错误评价高尔基的原因在于受到孟什维克的影响,所以应该客观全面地看待普列汉诺夫对高尔基的评价。

总之,吴元迈对普列汉诺夫的文学批评做了睿智透辟的评价。他指出,普列汉诺夫的实践批评是对俄国民主主义文学批评理论与传统的继承和发展;普列汉诺夫的批评方法的特点在于社会分析与美学分析、内容分析与形式分析相结合。但是普列汉诺夫文学实践批评的局限和不足也是客观存在而不容忽视的。

(二) 普列汉诺夫文艺思想研究

关于普列汉诺夫的文艺思想,学界曾经发生过反复和激烈的讨论。在《普列汉诺夫文艺遗产中的几个问题》中,吴元迈高屋建瓴地指出:"历史已经作出结论,世界文艺理论发展史中的马克思列宁主义阶段,是同伟大的革命导师和领袖马克思、恩格斯和列宁的名字直接联系在一起的,而不是同普列汉诺夫的名字直接联系在一起的。"② 普列汉诺夫虽然在其中占有一个重要地位,但他的文艺思想存在一定缺点和错误,应该辩证客观地对待普列汉诺夫的文艺思想。

吴元迈认为,普列汉诺夫从艺术的起源开始了他"艺术哲学"的研究历程。"艺术起源的问题是普列汉诺夫研究艺术的本质、特点、功能及其历史发展的出发点,也是他在马克思主义文艺理论上建立的主要功绩之一。"③

---

① 吴元迈:《普列汉诺夫和高尔基》,载《探索集》,外国文学出版社1986年版,第232页。
② 吴元迈:《探索集》,外国文学出版社1986年版,第161页。
③ 吴元迈:《普列汉诺夫与马克思主义文艺理论》,载《吴元迈文集》,上海辞书出版社2005年版,第85页。

第五章 吴元迈：哲理思辨和人文精神的综合

普列汉诺夫关于艺术起源的理论得到了吴元迈的高度评价，他认为这"大大丰富和发展了车尔尼雪夫斯基关于'美是生活'的论断，并在世界美学史和世界文艺史上揭开了新的一页"①。同时，他也指出了普列汉诺夫的缺点，就是在解决艺术起源问题时不加甄别地采用了资产阶级学者的某些错误观点。

普列汉诺夫第一个批判了把艺术起源、审美概念和审美趣味的形成归结为生物本性的错误，并直接否定了达尔文提出的"动物也具有审美意识"的观点。普列汉诺夫的艺术起源理论具有重要的意义和价值。关于人的审美概念的形成，吴元迈认为，普列汉诺夫的观点是有道理的："在原始狩猎社会里，技术和经济并非总是直接决定审美趣味的。往往在那里发生作用的是相当多的各种各样的中间'因素'。"②

吴元迈梳理了普列汉诺夫的五个论点：阶级斗争对艺术产生直接或多方面的影响；统治阶级的文艺必然在社会中占统治地位；两种对立文化并存的现象；文艺的阶级性与人民性的关系；文艺的阶级性与文艺的全人类性关系。吴元迈在研究中特别重视普列汉诺夫"阶级社会的艺术"的观点。如果在原始社会里，艺术直接地反映着生产力状况和物质条件，那么阶级社会里艺术是否依然如此呢？普列汉诺夫为此与庸俗社会主义学者进行了针锋相对的论争。他写道："抱有直线观点的人看到了社会生活中所取得的毋庸置疑的、迅速发展的成就，看到了现代法国技术发展和共和制胜利，但他们怎么也无法理解，为什么这些成就没有同法国文学领域中的成就相适应。"③ 1909 年，他在《尼·加·车尔尼雪夫斯基》一书中特别指出："实际上，人类历史运动是这样一个过程，在这个过程中，一个方面的成就不仅仅以这个过程的其他一切方面的按比例发展的成就作为前提，而是有时还直

---

① 吴元迈：《探索集》，外国文学出版社 1986 年版，第 174 页。
② ［俄］普列汉诺夫：《普列汉诺夫美学论文集》第 1 卷，曹葆华译，人民出版社 1983 年版，第 430 页。
③ 吴元迈：《探索集》，外国文学出版社 1986 年版，第 178—179 页。

接造成其他某些方面的落后或甚至衰落。"① 因此，普列汉诺夫的观点与马克思的认为"艺术的繁荣时期不是同社会的一般发展成比例"、"物质生产的发展同艺术生产不平衡关系"等观点是类似的。

虽然普列汉诺夫的生产力和意识形态之间联系的"五个环节"存在着明显的缺陷，但是吴元迈还是实事求是地指出：不管怎样，普列汉诺夫毕竟看到了生产力和艺术之间存在着一系列"中间环节"，看到了其他的意识形态对艺术的或强或弱的影响，看到了社会心理同艺术的广泛联系。② 在普列汉诺夫关于文艺的阶级性的论述方面，吴元迈则做了这样的评价："普列汉诺夫虽然没有从理论上提出文艺的人民性这个概念，也没有在自己的著作中使用这个概念，但是他从历史唯物主义出发，在古典作家、艺术家的作品中实际地看到了文艺的人民性的存在，而且作了重要和宝贵的论述。"③

在《普列汉诺夫与马克思主义文艺理论》一文中，吴元迈指出，普列汉诺夫关于现实主义的观点和恩格斯的观点有着异曲同工之妙。现实主义理论也是普列汉诺夫文艺理论中的一大亮点。在《没有地址的信》《艺术与社会生活》等著作中，普列汉诺夫阐述了自己关于现实主义的看法。普列汉诺夫非常重视现实主义创作方法，无论是在文艺探索还是在批评活动中，始终把现实主义放在一个极为重要的位置上。普列汉诺夫称巴尔扎克为"法国现实主义之父"，并对左拉主义做了批评，普列汉诺夫对法国文学批评家古·朗松写的《法国文学史》没有对巴尔扎克的作品给予应有的评价也提出了批评，认为巴尔扎克的作品非常重要。同样，恩格斯对巴尔扎克的《人间喜剧》给予了非常高的评价。

吴元迈在国内首先系统和客观地评价了普列汉诺夫的文艺思想，

---

① ［俄］普列汉诺夫：《普列汉诺夫哲学著作选集》第 4 卷，生活·读书·新知三联书店 1974 年版，第 374 页。
② 吴元迈：《普列汉诺夫与马克思主义文艺理论》，载《吴元迈文集》，上海辞书出版社 2005 年版，第 91—92 页。
③ 吴元迈：《普列汉诺夫文艺遗产的几个问题》，载《探索集》，外国文学出版社 1986 年版，第 186 页。

第五章　吴元迈：哲理思辨和人文精神的综合

准确定位了普列汉诺夫在俄苏马克思主义文艺理论发展中应有的地位，为我国普列汉诺夫文艺思想研究奠定了基础。

二　列宁文艺思想研究

在《列宁同无产阶级文化派的斗争》[①] 和《列宁的两种文化学说》[②] 中，吴元迈回顾了列宁同无产阶级文化派的斗争历程，并分析了列宁与无产阶级文化派斗争的焦点问题。

马克思主义者对于人类文化遗产究竟应该采取什么样的态度？吴元迈指出，面对这个问题，列宁进一步发展了马克思主义理论并将其概括为两种文化论："每个民族文化，都有一些民主主义和社会主义的即使是不发达的文化成分，因为每个民族都有被剥削劳动群众，他们的生活条件必然会产生民主主义的和社会主义的意识形态。但是每个民族也都有资产阶级的文化（大多数还是黑帮的和教权派的），而且这不仅表现为一些'成分'，而表现为占统治地位的文化。"[③] 列宁认为对于人类文化遗产，要有选择地吸收和继承，"马克思主义这一革命无产阶级的意识形态赢得了世界历史性的意义，是因为它并没有抛弃资产阶级时代最宝贵的成就，相反却吸收和改造了两千多年来人类思想和文化发展中一切有价值的东西"[④]。

吴元迈指出，列宁对于如何看待和继承人类文化遗产的观点是高明的。列宁号召我们向马克思学习，"凡是人类社会所创造的一切，他都有批判地重新加以探讨，任何一点也没有忽略过去。凡是人类思想所建树的一切，他都放在工人运动中检验过，重新加以探讨，加以批判，从而得出了那些被资产阶级狭隘性所限制或被资产阶级偏见束缚住的人所不能得出的结论"[⑤]。

[①]　《世界文学》1978 年第 4 期。
[②]　《外国文学报导》1984 年第 1 期。
[③]　《列宁全集》第 24 卷，人民出版社 2017 年版，第 125—126 页。
[④]　《列宁全集》第 39 卷，人民出版社 2017 年版，第 374 页。
[⑤]　同上书，第 334 页。

关于列宁的反映论，吴元迈对其进行了深入的分析。列宁的反映论也是马克思主义文艺理论的基本原理。20 世纪 80 年代，有人断言列宁在《唯物主义与经验批判主义》一书里阐明的反映论，就是"直接反映论"，它否定作家、艺术家的主观能动性，造成了"文学的悲剧"，"正受到普遍的唾弃"[①]。

在《列宁的反映论与文艺》一文中，吴元迈对列宁的反映论做了高屋建瓴的分析。首先，在列宁看来，人的意识、概念和全部认识都是客观现实的反映；其次，与费尔巴哈的机械唯物主义反映论不同，列宁的反映论认为反映不是简单的镜子式的反映；最后，反映的真实性的标准只能是实践。这三项构成了列宁反映论的基本内涵，任意抽出其中的一项或把其中的任何一项孤立地加以考察，都不可能正确理解列宁的反映论。当然也不可能正确理解列宁的反映论对文艺的巨大指导意义。

吴元迈认为，列宁的反映论的历史功绩就在于把现实这个艺术的基原归还了艺术，肯定了现实是艺术的唯一源泉，艺术是现实的反映。从反映论出发，列宁对托尔斯泰进行了精确评价，正如卢那察尔斯基所说的：托尔斯泰的创作更是反映论的一个突出的范例，而"列宁对托尔斯泰的看法对于今后整个文艺学道路有着巨大的意义"[②]。对于列宁的艺术是现实的反映这一观点，似乎和亚里士多德的"摹仿说"有着异曲同工之妙。他在《党的组织和党的出版物》一文里明确提出："写作事业最不能作机械划一、强求一律，少数服从多数。无可争论，在这个事业中，绝对必须保证有个人创造性和个人爱好的广阔天地，有思想和幻想、形式和内容的广阔天地。"[③]

同时，吴元迈论及现在有一种新说法，认为艺术只要反映了生活

---

① 参见王金珊、刘文斌《努力把马克思主义文艺理论向前推进》，《高校理论战线》2010 年第 3 期。
② 卢那察尔斯基：《卢那察尔斯基论文学》，蒋路译，人民文学出版社 1978 年版，第 33 页。
③ 《列宁全集》第 12 卷，人民出版社 2017 年版，第 94 页。

第五章 吴元迈：哲理思辨和人文精神的综合

中的个别，就能反映一般，反映本质。持这个观点的论者常常援引列宁的两段话作为自己的理论支撑"依据"。一是，"个别一定与一般相联而存在。一般只能在个别中存在，只能通过个别而存在。任何个别（不论怎样）都是一般。任何一般都是个别的（一部分，或一方面，或本质）"①。二是，"就连泡沫也是本质的表现"②。似乎根据这两个"依据"，艺术的特点和典型化就可以不考虑了。

吴元迈认为，列宁的这两段话是正确的，"问题在于正确地理解它们，并全面地把它们运用到艺术领域中去。不应忘记，列宁还说过另一些与此有关的、极为重要的话"③。他对列宁的理论做了进一步分析，认为应该注意列宁的这段话：

> 在社会现象领域，没有哪种方法比胡乱抽出一些个别事实和玩弄实例更普遍、更站不住脚的了。挑选任何例子是毫不费劲的，但这没有任何意义，或者有纯粹消极的意义，因为问题完全在于，每一个别情况都有其具体的历史环境。如果从事实的整体上、从它们的联系中去掌握事实，那么，事实不仅是"顽强的东西"，而且是绝对确凿的证据。如果不是从整体上，不是从联系中去掌握事实，如果事实是零碎的和随意挑出来的，那么它们就只能是一种儿戏，或者连儿戏也不如。④

此外，对于列宁的"就连泡沫也是本质的表现"，吴元迈也进行了论争。他指出，在这句话之前，列宁还有一些比较重要的话："非本质的东西，外观的东西，表面的东西常常消失，不像'本质'那样'扎实'，那样'稳固'。比如：河水的流动就是泡沫在上面，深

---

① 《列宁全集》第55卷，人民出版社2017年版，第307页。
② 同上书，第107页。
③ 吴元迈：《吴元迈文集》，上海辞书出版社2005年版，第145页。
④ 《列宁全集》第28卷，人民出版社2017年版，第364页。

· 153 ·

流在下面。"① 所以，吴元迈认为"正因为现象与现象，本质与本质的内涵存在着这种实际的差别，所以列宁认为事物存在着'初级的本质到二级的本质'，在人对事物、现象、过程等等的认识中，存在着'从不甚深刻的本质到更深刻的本质的深化的无限过程'"②。

吴元迈对列宁反映论的研究，引经据典、层层深入、鞭辟入里，准确把握了列宁的文艺思想的精髓，澄清了部分学者关于列宁反映论的误解，在我国马克思主义文艺理论研究中具有重要意义。

三 布哈林文艺思想研究

布哈林是俄国早期的马克思主义文艺理论家之一，曾担任俄共（布）中央委员、政治局委员、共产国际执委会主席团成员，以及《真理报》和《消息报》编辑等职。布哈林在经济学、哲学、社会学、文艺理论等领域著述颇丰，但限于历史条件，他的理论在一些问题上也存在局限和错误。后因政治原因，他的文艺理论思想沉没在历史的洪流中。

吴元迈指出，布哈林的文艺思想有其独特性和合理的部分，应该得到重新审视和评价，将"历史的内容还给历史"。在《布哈林与文艺》中，他透彻考察了布哈林与无产阶级文化派、布哈林与20世纪20年代的苏联文艺论争、布哈林在第一次苏联作家代表大会上的报告及布哈林的《历史唯物主义理论》等问题。

关于布哈林与无产阶级文化派，吴元迈深入地分析了布哈林对待"无产阶级文化"及无产阶级文化派等问题的态度和观点。他指出，布哈林的文艺思想经历了一个变化和发展的复杂过程。在如何看待无产阶级文化的问题上，1918年7月23日，布哈林在《真理报》上发表的一篇关于《无产阶级文化》杂志的述评中，对无产阶级文化派的"纯粹的无产阶级意识形态的实验室"、"无产阶级的阶

---

① 《列宁全集》第55卷，人民出版社2017年版，第107页。
② 吴元迈：《吴元迈文集》，上海辞书出版社2005年版，第146页。

第五章 吴元迈：哲理思辨和人文精神的综合

级文化"、"否定古典文学遗产"等代表性主张，均表示赞同或同情。因而，布哈林在这一问题上与列宁产生了直接冲突。但是多年以后，布哈林对列宁关于无产阶级文化派的思想给予了客观评价，并进行了自我反思。在是否可以创造无产阶级文化的问题上，布哈林一针见血地指出了托洛茨基的错误所在，并概括无产阶级文化的特点。吴元迈客观分析了布哈林在对待无产阶级文化派问题上的立场变化，这一研究有助于准确地理解布哈林文艺思想的内涵。

关于布哈林与20世纪20年代苏联文艺的论争，吴元迈指出，布哈林在俄共（布）中央出版部于1924年8月召开的文艺政策讨论会和1925年3月俄共（布）中央文学委员会主席伏龙芝主持的文学讨论会上所作的发言，其中体现的文艺思想对20年代苏联文学的发展产生了一定的影响。1925年俄共（布）中央《关于党在文学艺术方面的政策》的决议，主要受到布哈林会议发言的影响。"该决议指出，一般艺术阶级性，特别是文学的阶级性，其表现形式和政治相比要无限的多样，解决文艺的任务和解决别的任务相比，要无限的复杂；不同的文学团体和流派应'自由竞赛'；对'同路人'应周到和细心地对待，反对妄自尊大和企图垄断文学事业等。这个决议是苏联文艺史上的一篇重要历史文献，从中不难看到布哈林某些观点的反映。"[1]

在探讨布哈林文艺思想时，吴元迈认为布哈林在1934年8月苏联第一次作家代表大会上的报告《关于苏联诗歌、诗学和苏联诗歌创作任务》，对苏联文学的发展和任务产生了重要的影响。布哈林对勃洛克、叶赛宁、勃留索夫、别德内依、帕斯捷尔纳克、马雅可夫斯基等诗人的评价，显示了布哈林深邃的历史眼光和远见卓识。其中，"对帕斯捷尔纳克的这个评价前所未有，开了正面评价之先河"[2]。布哈林报告中描述了社会主义现实主义的特点及与其他社会

---

[1] 吴元迈：《布哈林与文艺》，载《中国社会科学院学术咨询委员会集刊》，社会科学文献出版社2007年第3辑，第487页。

[2] 同上书，第488页。

主义的不同之处，同时认为社会主义现实主义并不反对抒情和描写个性，但反对个人主义。布哈林在报告里非常关注文学的特点，并且谈及古印度、阿拉伯、俄国象征主义者及中国司空图《诗品》关于诗歌语言的看法，并对"形象思维"问题进行了探讨。

吴元迈强调，在《关于苏联诗歌、诗学和苏联诗歌创作任务》报告中，布哈林的"形式的内容性"这一新颖而重要的文艺思想长期以来不被苏联学者关注。"一直到20世纪60年代，苏联科学院世界文学研究所编写的三卷本《文学理论》，才把它作为文艺学的概念而提出。"① 正是由于布哈林对文学特点的这种认识，因而对形式主义给予了公允的评价，既否定形式主义的片面性，同时认为形式成分的分析也是必要的，并准确指出了当时文艺评论中的弊端。

布哈林的《历史唯物主义理论》发表于1921年，吴元迈指出，布哈林在《历史唯物主义理论》中对文艺和意识形态及上层建筑的关系的探讨，体现出其独特的视角和观点。布哈林认为，哲学等意识形态要依赖于生产力的发展和水平，但又"不是直接地，没有中介地"依赖于生产力，"二者之间存在中间环节"。布哈林的观点和普列汉诺夫的"中间环节"观点有着异曲同工之妙。

但是在关于"中间环节"的具体问题上，布哈林提出了自己独特的看法。普列汉诺夫第一个提出"中间环节"中的"社会心理"问题，但并未对"社会心理"展开论述，而布哈林具体阐述了"社会心理"的内涵，并指出了普列汉诺夫将思想体系看作社会心理的反映是错误的。在"中间环节"问题的具体论述上，布哈林指出"艺术以各种方式，直接地或间接地、无中介地或通过大量中间环节，决定于（而且从不同方面决定于）经济制度和社会技术设备"②，并开创性地提出了文化的环节的概念。这也是布哈林对俄国和世界历史唯物

---

① 吴元迈：《布哈林与文艺》，载《中国社会科学院学术咨询委员会集刊》，社会科学文献出版社2007年第3辑，第490页。
② ［俄］布哈林：《历史唯物主义理论》，何国贤等译，李光谟等校，东方出版社1988年版，第227页。

第五章　吴元迈：哲理思辨和人文精神的综合

主义探讨的一个重要贡献。

吴元迈对布哈林的研究，将研究对象置于当时的时代背景中去考察，挖掘出潜藏在历史中的真实，并准确评价和定位布哈林在马克思主义文艺理论发展中的贡献，做到了将"历史的内容还给历史"。他对布哈林文艺思想的深入和系统研究，在马克思主义文艺理论研究中有着重要的意义和价值。

四　准确辨析早期俄国马克思主义文评家对现代主义的态度

吴元迈对马克思主义文艺理论的研究，还体现在准确辨析早期俄国马克思主义文学批评家对现代主义的态度，将这一多声部的文学批评现象清晰呈现出来。

俄国早期马克思主义文学批评家如何看待现代主义问题，国内外的部分学术著作中虽然有所涉及，但缺乏系统观照和客观、公允的评价。吴元迈的《早期俄国马克思主义文评家论现代主义》[①]一文，客观而全面地展现了早期俄国马克思主义文学批评家对现代主义的态度。

在《早期俄国马克思主义文评家论现代主义》中，吴元迈论述了高尔基、普列汉诺夫、沃罗夫斯基、列宁、卢那察尔斯基、托洛茨基、布哈林这些早期马克思主义文学批评家对现代主义的态度，纠正了长久以来学术界对现代主义问题的一种误解，认为早期俄国马克思主义文学批评家对现代主义采取"一边倒"的否定态度。

吴元迈客观而公允地分析了高尔基对现代主义的态度。1896年，高尔基发表《保尔·魏尔伦和颓废派》，这是"无产阶级文学阵营对法国颓废主义所作的一篇最早的评论"，其中"既有批评也有难能可贵的肯定，并非全盘否定"[②]。在当时复杂的社会环境下，高尔基对俄国颓废派和象征派同样采取了区别对待的态度。他在批

[①]　吴元迈：《早期俄国马克思主义文评家论现代主义》，载《俄苏文学及文论研究》，中国社会科学出版社2014年版。

[②]　同上书，第126页。

评明斯基、索洛古勃的同时，对象征派诗人勃留索夫、巴尔蒙特给予了高度评价，而对于俄国未来主义，高尔基则采取了"宽容、爱护、鼓励和支持的态度"①，尤其对马雅可夫斯基寄予厚望。吴元迈的研究，将高尔基对现代主义的态度清晰地展现出来，有助于更加准确地把握高尔基的文艺思想，进一步丰富了我国对高尔基研究的视角和内容。

关于普列汉诺夫，吴元迈认为，虽然普列汉诺夫没有专门的论著评论现代主义，但他在《艺术与社会生活》等文章中，涉及了对现代主义的观点。普列汉诺夫对吉皮乌斯、梅列日科夫斯基、费洛索福夫等俄国颓废派诗人及绘画中的立体派给予了坚决的否定。但是吴元迈也实事求是地评价道："普列汉诺夫对吉皮乌斯等的诗作的批评，将他们视为颓废派，最多只涉及部分象征派诗人，而并非整个象征派。他根本没有提到现代派的其他派别诸如阿克梅主义、未来主义等。后来，苏联文学批评界利用普列汉诺夫的'马克思主义权威'，把所有的象征派或现代派都扣上'颓废主义'帽子，这并不符合普列汉诺夫批评的实际状况。"② 吴元迈的研究，还原了普列汉诺夫对现代主义问题的真实态度，为全面、正确评价普列汉诺夫的文艺思想提供了丰富的材料。

沃罗夫斯基对现代主义的著述主要体现在《战后之夜》《论现代派的资产积极性》《安德列耶夫》等文章中。沃罗夫斯基一方面对颓废主义和象征主义这些"崭新流派"表示忧虑；另一方面对颓废主义和象征主义作品中的资产阶级性质进行了评论。吴元迈强调，沃罗夫斯基的批评重点是颓废派和部分象征派，并没有涉及整个象征派或其他现代主义流派。

通过对比分析，吴元迈客观阐述了卢那察尔斯基和列宁对现代主义的评论。卢那察尔斯基对俄国和西欧的现代派进行了深入研究，

---

① 吴元迈：《早期俄国马克思主义文评家论现代主义》，载《俄苏文学及文论研究》，中国社会科学出版社2014年版，第127页。

② 同上书，第129页。

第五章　吴元迈：哲理思辨和人文精神的综合

"他对现代主义诸流派进行具体分析，给予恰当评价，该批评的予以批评，该肯定的予以肯定"①。列宁对未来主义持否定态度，且对其他现代主义流派并无好感，因此在1920年12月俄共（布）中央制定决议的过程中，列宁并未找时任人民教育委员的卢那察尔斯基商讨。但同时列宁也并未采取非常手段打击未来主义或卢那察尔斯基。吴元迈的研究，为准确把握列宁或卢那察尔斯基的文艺思想又提供了一个新的视角。

关于托洛茨基，吴元迈清晰梳理了托洛茨基对现代主义的态度。托洛茨基对未来主义有着深刻的理解，他否定未来主义抛弃普希金和托尔斯泰、与过去决裂的观点，但也意识到未来主义具有资产阶级反对派的精神，具有"革命"的天性。同时，托洛茨基对未来主义的语言革命以及马雅可夫斯基、勃洛克的诗歌创作都是既有批评也有肯定。托洛茨基是当时能够较全面评价现代派文学的一位评论家，他的评论有着重要的意义。

关于布哈林，吴元迈客观评价了布哈林对现代派的评论，"布哈林的文艺著述中，关于现代主义的评论并不多，可是却极有分量和见地"②，主要体现在1934年在苏联第一次作家代表大会上的报告《关于苏联诗歌、诗学和苏联诗歌创作任务》。在报告中，布哈林对象征派诗人巴尔蒙特、阿克梅主义诗人古米廖夫、未来派诗人马雅可夫斯基、"离心机派"帕斯捷尔纳克都给予了高度评价，尤其称赞了帕斯捷尔纳克的创作。

吴元迈的研究，揭示出当时俄国早期马克思主义文艺批评家对现代主义流派的态度。"他们的评述远不是众口一声，铁板一块，相反，是一部多声部或复调的乐曲，既有相同之处，也有相异之处，甚至还有交叉、矛盾、对立和争论"③，呈现出复调性和多声部的特点。但

---

① 吴元迈：《早期俄国马克思主义文评家论现代主义》，载《俄苏文学及文论研究》，中国社会科学出版社2014年版，第130—131页。
② 同上书，第137页。
③ 同上书，第139页。

是在较长的一个时期里，我们往往将其看成一种声音，而忽略了其中的差异性。吴元迈认为，我们应该客观而全面地看待俄国早期马克思主义文学批评家对现代主义的评价。

吴元迈从对普列汉诺夫、列宁、布哈林的研究，进而深入到对文艺批评现象的研究，还原了一些备受争议的问题的本来状态，澄清了马克思主义文艺理论研究中的许多难题。

五 客观阐释马克思主义文艺理论的基本原理

如何将马克思主义文艺理论推向前进？马克思主义文艺理论应该沿着什么方向发展？这是吴元迈在马克思主义文艺理论研究方面所作的深入思考。

吴元迈在1987年发表的《把马克思文艺理论向前推进》① 中提到，"把马克思文艺理论向前推进，自然是在马克思主义经典作家为它奠定的基础上，按照它的方向，把它向前推进"。同时，他也在文章中提到，"在过去一个相当长的时期里，由于'左'的庸俗社会学（当然这是主要的）和'右'的庸俗社会学的种种干扰"，"马克思主义文艺理论并没有得到始终一贯的、全面的、科学的阐述"。因此，客观准确地阐释马克思主义文艺理论的基本原理就成为马克思主义文艺理论向前发展过程中的首要问题。在多年的研究过程中，吴元迈对马克思主义文艺理论给予了巨大的研究热情，并敢于提出自己的观点。

对于上层建筑和意识形态的关系，朱光潜先生在《上层建筑和意识形态之间关系的质疑》② 一文中进行了详细的论述。他认为，马克思讲的上层建筑是不包括意识形态在内的，恩格斯只在"较早的著作"中，"偶尔让上层建筑包括意识形态在内"，唯有斯大林"最明确"地指出"上层建筑包括意识形态在内"。

---

① 《文艺理论与批评》1987年第5期。
② 《华中师范学院学报》（哲学社会科学版）1979年第1期。

第五章　吴元迈：哲理思辨和人文精神的综合

吴元迈对朱光潜先生的观点提出了自己的不同看法，他在论文《也谈上层建筑和意识形态的关系》①中，进行了论据丰富的反驳。朱光潜先生提出意识形态不属于上层建筑的理论依据是马克思在《〈政治经济学批判〉序言》中所写的这段话："人们在自己生活的社会生产中发生一定的、必然的、不以他们的意志为转移的关系，即同他们的物质生产力的一定发展阶段相适合的生产关系。这些生产关系的总和构成社会的经济结构，即有法律的和政治的上层建筑竖立其上并有一定的社会意识形式与之相适应的现实基础。"②

吴元迈对此进行了有理有据的驳论。他指出："在这里，马克思把'法律的和政治的上层建筑'同'社会意识形式'作了区别，的确没有直接提到社会意识形态是上层建筑这样的字样。"③但是，实际上，马克思在这段话之后的第五行，紧接着就肯定了上层建筑是包括意识形态在内的。他的理论依据是，马克思指出，当生产力与生产关系的矛盾变得不可克服，"随着经济基础的变更，全部庞大的上层建筑也或快或慢地发生变革"。在谈论这些变革时，马克思列举了"那些法律的、政治的、宗教的、艺术的或哲学的，简言之，意识形态的形式"④。吴元迈认为，显而易见，在马克思所说的庞大的上层建筑的变革里，明确地包括了意识形态的变革，也就是说，意识形态是上层建筑的成分之一，不应该把《〈政治经济学批判〉序言》中只相隔150多个字的这两段话割裂开来，而应该对其实质作出全面理解。接着，他又指出马克思在《路易·波拿巴的雾月十八日》（1852）一书里也指出意识形态具有上层建筑的性质。

朱光潜先生说："马克思主义创始人在较早的著作里也偶尔让

---

① 《哲学研究》1979年第9期。
② 《马克思恩格斯全集》第13卷，人民出版社2016年版，第8页。
③ 吴元迈：《也谈上层建筑与意识形态的关系——与朱光潜先生商榷》，《哲学研究》1979年第9期。
④ 《马克思恩格斯全集》第13卷，人民出版社2016年版，第9页。

上层建筑包括意识形态在内，人所熟知的例证是恩格斯在《反杜林论》'引论'里的下列一段话：'每一个时代的社会经济结构形成现实基础，每一个历史时期由法律设施和政治设施以及宗教的、哲学的其他观点所构成的全部上层建筑，归根到底是应由这个基础来说明的。'"①

吴元迈指出，《反杜林论》写于1879年，它比马克思的《〈政治经济学批判〉序言》出版几乎晚17年，因而不能说是恩格斯的较早的著作；恩格斯的关于上层建筑与意识形态的关系，并非偶尔让上层建筑包括意识形态，而是在深思熟虑后提出的，并且经历了不断完善的过程。

对于朱光潜先生将"斯大林的上层建筑与意识形态"的观点与马克思、恩格斯对立起来的观点，吴元迈也进行了反驳。他对斯大林《马克思主义和语言学问题》中的相关段落进行分析，最后得出的结论是斯大林的"上层建筑包括意识形态"的结论与马克思、恩格斯的表述不存在相背离的情况。

30多年来，吴元迈对"文艺与意识形态的关系"给予了持续关注。进入新世纪以来，文艺与意识形态的关系再次成为文艺理论界关注的焦点之一，有论者认为文艺是"意识形态的形式"，而非"意识形态"。吴元迈指出，"这并非事实"②。他本着辩证统一的原则，在开阔的学术视野的背景下，指出虽然马克思、恩格斯没有写过文艺专著，但是他们关于文艺与意识形态的关系的论述，散见于他们的其他著作及其序言、书信中，所以，应该从整体和精神实质上全面分析这个问题。

吴元迈对马克思主义文艺理论的研究保持着高度的热情，敢于提出和坚持自己经过艰辛探索而形成的理论观点。对于如何推进我国马

---

① 朱光潜：《上层建筑与意识形态之间关系的质疑》，《华中师范学院学报》（哲学社会科学版）1979年第1期。
② 吴元迈：《再谈文艺与意识形态的关系》，载李志宏主编《文艺意识形态学说论争集》，吉林大学出版社2006年版，第2页。

克思主义文艺理论，吴元迈也进行了积极不懈的探索，为马克思主义文艺理论学科的发展做出了重要贡献。

第二节 运动中的美学：苏联文学思潮研究

吴元迈在苏联文学思潮研究方面可谓成果卓著，如著作《苏联文学思潮》《探索集》及《吴元迈文集》和《俄苏文学及文论研究》中的部分论文，这些成果涉及无产阶级文化派研究、"拉普"文艺思潮研究、苏联30年代文艺思潮研究、战后苏联文学思潮研究和当代苏联文艺理论及方法论研究等多个方向。其中《苏联文学思潮》一书是我国较早系统梳理苏联文学思潮发展的著作，并对苏联文学思潮的各个阶段进行深入的分析，为苏联文学史的撰写提供了丰富的材料。

一 无产阶级文化派研究

无产阶级文化派是苏联文学思潮中的一个重要内容，吴元迈在《列宁同无产阶级文化派的斗争》和《苏联无产阶级文化派思潮》等论文中对其进行了专题研究。

吴元迈梳理了无产阶级文化派产生及发展的历程，并论述评价了波格丹诺夫关于无产阶级文化派的理论——"普通组织科学"。波格丹诺夫认为这门科学将"充分而最严整地把一般科学方法集中表现出来"，"把人类的组织经验系统化"，并将组织经验视为他的科学的一元论，以"纠正"马克思主义的"错误"。[1] 关于艺术的本质，波格丹诺夫从他的"组织哲学"出发，认为它"不仅在认识范围，而且也在情感和意向范围通过生动的形象组织社会经验"[2]。同艺术一样，"科学也是经验的组织，是组织人们的手段"，它们的区别仅仅在于，"艺术是用生动的形象，而不是用抽象的概念去组织经验的。

---

[1] 吴元迈：《苏联文学思潮》，浙江文艺出版社1985年版，第9页。
[2] 郑异凡编译：《苏联"无产阶级文化派"论争资料》，人民出版社1980年版，第89页。

因此它的范围要广一些"①。事实上,波格丹诺夫的理论已经成为无产阶级文化派的理论纲领,他本人也成为无产阶级文化派思潮的创始人。

同时,吴元迈在研究的过程中清晰地概括了无产阶级文化派的几个特点:

第一,在对待文学遗产的问题上,无产阶级文化派主张和过去彻底决裂。列宁对此提出了尖锐的批评。吴元迈指出,在列宁看来,无产阶级文化是不可能割断同人类文化发展的联系的,但真正的无产阶级文化又不是人类的一切文化的兼收并蓄,"不是臆造新的无产阶级文化,而是根据马克思主义世界观和无产阶级在其专政时代的生活与斗争的条件的观点,发扬现有文化的优秀的典范、传统和成果"②。

第二,无产阶级文化派主张通过实验室来创造"纯粹"和"独立"的无产阶级文化。他们排斥和贬低农民和知识分子,认为"无产阶级文化协会是个实验室,无产阶级应当在这个实验室里创造新文化"③。吴元迈指出,列宁对无产阶级文化派的这种观点进行了批判。

第三,无产阶级文化派要求脱离党的领导,达到文化自治。1918年,《无产阶级文化》杂志创刊号上发表了无产阶级文化协会主席波梁斯基的文章,文章中写道:"无产阶级文化只有在无产阶级不受任何法令的约束,在充分主动的条件下才能发展。"④ 无产阶级文化派认为,无产阶级文化协会才是领导无产阶级进行创作斗争的,而党和工会是领导政治斗争和经济斗争的。

在《苏联无产阶级文化派思潮》中,吴元迈指出,列宁的正确观点是指在无产阶级专政条件下,党对文化和文艺事业的领导是必不可少的,是巩固无产阶级专政的需要,是发展文化和文艺事业的保证。

---

① 郑异凡编译:《苏联"无产阶级文化派"论争资料》,人民出版社1980年版,第102页。
② 《列宁全集》第39卷,人民出版社2017年版,第376页。
③ 吴元迈:《苏联文学思潮》,浙江文艺出版社1985年版,第15页。
④ 同上书,第18页。

然而这种领导并不抹杀文化和文艺工作的特点,更不是要对它们横加干涉。

吴元迈认为,从无产阶级文化派表现出的这些特点可以看到,这种思潮是无产阶级文化运动中"左"派幼稚病和"小资产阶级革命主义"的表现,同列宁关于文化的学说相距十万八千里。这正如卢那察尔斯基所指出的:"无产阶级文化派思潮与列宁关于文化的学说的差别,是不难总结出来的。无产阶级文化派急于提出所谓纯粹的无产阶级文化形式,企图用实验方法去建立这种文化。……相反,在列宁看来,文化革命是一个规模宏大的过程,在这一过程中,千千万万的人以及广大国家的整个社会机体和国家机器都要得到整顿,学到科学,受到教育。"①

二 "拉普"文艺思潮研究

"拉普"是苏联国内在20世纪20年代出现的一个特殊的文学群体,它的理论和实践对苏联文学乃至中国现代文学都产生了较大的影响。

对于"拉普"这样一个处于争议中的文学团体,吴元迈明确论述了"拉普"的性质,并指出对于当时苏联国内文艺论争的焦点问题,"拉普"选择了正确的道路。"拉普"与波格丹诺夫不同,它并没有企图摆脱党的领导,而是坚定拥护党和国家的领导。"拉普"与无产阶级文化派的不同之处在于,它认为"无产阶级,从它登上历史舞台直到现在,已创造了新的物质文化和精神文化的巨大财富"②。而与意象派和未来派相比,"拉普"则宣称"将坚持不懈地站在岗位上捍卫无产阶级文学的明确而又坚定的共产主义思想意识"③。

吴元迈客观地概括了"拉普"在前期活动中的问题和错误,那就

---

① 参见吴元迈《苏联文学思潮》,浙江文艺出版社1985年版,第22—23页。
② 中国社会科学院外国文学研究所等编:《"拉普"资料汇编》(上),中国社会科学出版社1981年版,第171页。
③ 吴元迈:《"拉普"文艺思潮简论》,《文学评论》1983年第1期。

是陷入了庸俗社会学和虚无主义文艺观点的错误之中。首先，在文艺与现实关系的问题上，"拉普"中"岗位派"与无产阶级文化派的观点如出一辙。如"岗位派"的罗果夫、列列维奇和瓦尔登等人认为，无产阶级文学是一种"把工人阶级和广大劳动群众的心理和意识组织起来"的文学，一种"作为对群众感情教育起着深刻影响的强大工具的文学"①。其次，他们将文艺与意识形态的其他形式混为一谈，抹杀了文学的特殊内容和审美特质。再次，在对待文学遗产的问题上，"拉普"认为"以往时代的文学都渗透了剥削阶级的精神。它反映了王公、贵族、富人——一句话，'成千上万上层人物'的习惯和感情，思想和感受"②。表面上，"拉普"似乎引用了列宁的"成千上万上层人物"的话语，但是列宁一再指出："无产阶级文化并不是从天上掉下来的，也不是那些自命为无产阶级文化专家的人杜撰出来的。如果硬说是这样，那完全是一派胡言。无产阶级文化应当是人类在资本主义社会、地主社会和官僚社会压迫下创造出来的全部知识合乎规律的发展。"③所以，吴元迈认为，"拉普"的观点和无产阶级文化派"火烧拉斐尔"，以及未来派"把普希金、托尔斯泰和陀氏从现代轮船上扔出去"的观点是相似的。

在对待"同路人"作家的问题上，"拉普"在前期活动中也犯了重大错误。"拉普"的这些错误观点在苏联国内遭到了激烈的反对。1925年6月18日，俄共中央作出了《关于党在文学方面的政策》的决定，其中很多地方就是针对"岗位派"的错误言行而发的。吴元迈进一步指出，虽然《关于党在文学方面的政策》中的很多内容是指向"岗位派"的，是为了解决当时的具体争论问题的，然而它的意义远远超过了对"岗位派"的批评，也远远超出了一国的文艺范围，因为"决定"中的这些内容及其他内容回答了各国社会主义文

---

① 中国社会科学院外国文学研究所等编：《"拉普"资料汇编》（上），中国社会科学出版社1981年版，第2—3页。
② 同上书，第15页。
③ 《列宁全集》第39卷，人民出版社2017年版，第334页。

第五章　吴元迈：哲理思辨和人文精神的综合

艺运动开始时几乎不可避免地都要碰到的那些课题。①

20世纪20年代中期以后，"拉普"在创作上提出了"辩证唯物主义创作方法"的口号。这个口号混淆了世界观和创作方法的区别，在这个口号的指导下，"拉普"宣称一个作家要掌握"辩证唯物主义创作方法"，得先"从共产主义高等学校毕业，然后再从事写作"，必须先研究马克思列宁主义哲学，然后再在创作中加以运用；认为作家应该写"活人"，在作品里反映人的意识和心理辩证法的基本概念的斗争，以及意识和下意识的矛盾，认为只有"拉普"的作家才能够掌握"辩证唯物主义创作方法"，而"同路人"作家是不可能掌握的。② 吴元迈从整体着手论述了"拉普"后期文艺指导思想的偏颇及形成原因。

首先，分析"辩证唯物主义创作方法"提出的原因。1925年俄共（布）中央的"决定"中出现这样的话语："无产阶级应当保持、巩固、日益扩大自己的领导，同时要在思想战线许多新的领域中也占有适当的阵地。辩证唯物主义向完全新的领域（生物学、心理学、一般自然科学）渗透的过程，已经开始了。在文学领域中夺取阵地，也同样地早晚应当成为事实。"③ 在这样的时代背景中，"拉普"提出了"辩证唯物主义创作方法"。毫无疑义，它自然成了"拉普"文艺思潮的最严重的致命伤。不过从美学角度看，"拉普"把"创作方法"的概念引进文艺领域，还是有一定意义的。④

其次，论述了"拉普"否定浪漫主义文学现象产生的原因。1929年，法捷耶夫发表《打倒席勒》的文章，原因在于法捷耶夫片面地理解了马克思对拉萨尔历史剧《弗兰茨·封·济金根》的评论。同时，法捷耶夫认为列宁否定浪漫主义，这是曲解了列宁的原意。"法

---

① 吴元迈：《"拉普"文艺思潮简论》，《文学评论》1983年第1期。
② 吴元迈：《30年代苏联文学思潮》，载《吴元迈文集》，上海辞书出版社2005年版，第361页。
③ 曹葆华等译：《苏联文学艺术问题》，人民文学出版社1959年版，第9页。
④ 吴元迈：《"拉普"文艺思潮简论》，《文学评论》1983年第1期。

捷耶夫正是把文学中的浪漫主义同列宁所批判的那些政治、社会、经济领域中的浪漫主义相提并论，因而在他看来，浪漫主义是文艺领域中的'或多或少彻底的唯心主义方法'，它同辩证唯物主义是'敌对'的，无产阶级作家'不需要一点浪漫主义的杂质，相反地，它根本是敌视这种杂质的'。"① 吴元迈对此给予了客观的评价。

最后，具体阐释"拉普"的"辩证唯物主义创作方法"，以及围绕"辩证唯物主义创作方法"，提出的"撕下一切假面具的"口号。这句话本出自列宁的《列夫·托尔斯泰是俄国革命的镜子》一文。但是，列宁的"撕下一切假面具"的口号是为了肯定19世纪俄国伟大作家的"清醒现实主义"的批评力量和价值，因为托尔斯泰的创作成了反对沙皇专制制度的强有力的控诉书。然而"拉普"却不顾时间、地点、条件把它作为一个无产阶级的创作口号提出来。②

在对待"同路人"的问题上，吴元迈论述了"拉普"存在的错误。"拉普"并没有接受1925年俄共（布）中央的批评，而是坚持排挤打击"同路人"作家。在排挤压制"同路人"作家的同时，"拉普"提出了两个口号。一个是"诗歌杰米扬化"，把杰米扬·别德纳依的诗歌看成无产阶级诗歌创作的模式，而极力贬低马雅可夫斯基和叶赛宁等同路人作家；另一个是号召"工人突击队员进入文学界"，目的还是排斥非"拉普"的、非党的苏联作家。针对这种情况，1932年4月23日，联共中央作出了《关于改组文学艺术团体》的决定。随后"拉普"的错误活动受到批评，苏联文学揭开新的一页。

吴元迈对"拉普"文艺思潮的研究在俄苏文学研究中具有前瞻性。在当时的情况下，我国学术界对"拉普"文学思潮还未展开全面系统的研究，有些评价也难免偏激而有失公允。他的研究对"拉普"文艺思潮进行了详细的论述并做出了客观而公正的评价，在当时的俄苏文学研究中产生了广泛影响。

---

① 吴元迈:《"拉普"文艺思潮简论》,《文学评论》1983年第1期。
② 同上。

第五章　吴元迈：哲理思辨和人文精神的综合

三　30 年代苏联文学思潮研究

对于 30 年代的苏联文学思潮，吴元迈进行了深入而细致的研究。他认为，从苏联文学思想发展的历史来看，30 年代也是一个承上启下的关键年代，在文学思想和理论探索方面迈出了新的一步。

1932 年 4 月 23 日联共（布）中央发表的《关于改组文学艺术团体》的决议是苏联文学运动中具有转折意义的历史文献。根据"决议"所指明的方向，30 年代的苏联文学思想，取得了令人瞩目的成就。同时，30 年代苏联文学思潮的发展也得益于马克思、恩格斯关于文艺问题论述文章的发表，以及苏联国内《文学遗产》丛刊对马克思、恩格斯文艺理论的介绍。所以，马克思、恩格斯关于文艺理论的阐述对 30 年代苏联文学的发展发挥了巨大的作用，这是不容忽视的。

"社会主义现实主义"是 20 世纪 30 年代苏联文学中的一个重要问题。对于如何看待"社会主义现实主义"，吴元迈认为，首先，"社会主义现实主义"的产生有其必然性。一方面"社会主义现实主义"是 20 年代以来关于无产阶级文学的新特点和新方法的探索和总结；另一方面它也是对无产阶级文化派提出的"辩证唯物主义创作方法"的反驳和否定。虽然西方评论家对"社会主义现实主义"大肆诽谤，认为这是斯大林和高尔基拼凑出来的理论，吴元迈却客观评价了"社会主义现实主义"在当时苏联文学中的意义和价值。

"社会主义现实主义"的重要问题是"写真实"问题。所谓"写真实"，并不局限于生活中的真实，也并未拒绝艺术的典型性原则。吴元迈认为"写真实"是"社会主义现实主义"的基本的、主要的原则。但是，"写真实"并不是"社会主义现实主义"的同义词。因此，"社会主义现实主义"被确定为苏联文学基本创作方法。

对于"社会主义现实主义"同浪漫主义的关系问题，法捷耶夫曾经提出"打倒席勒"的口号，但是后来他坚定地改正了自己的错误，创作了洋溢着革命浪漫主义激情的作品——《青年近卫军》。与此同时，卢卡契也在文章和专著中提到"伟大现实主义"的说法，试图否定艺术中的浪漫主义倾向。与他们持不同观点的是高尔基，他说："用什么方法呢？我以为，现实主义和浪漫主义精神必须结合起来。不是现实主义者，不是浪漫主义者，同时却又是现实主义者，又是浪漫主义者，好像同一事物的两面。"①

最后，吴元迈指出在关于"社会主义现实主义"问题的讨论中，有人把"风格"和"创作方法"混同起来也是不对的。如1934年的《苏联作家协会章程》把"社会主义现实主义"确定为创作方法时，是包括风格问题在内的。

吴元迈以辩证、客观、发展的视角，对30年代苏联文学给予了客观而深入的分析。他认为，苏联的文学批评和文学理论在经历了20年代的尖锐、复杂的斗争和激烈、紧张的探索之后，在30年代取得了长足的进展和引人注目的成果。在50年后的今天来看，其中有不少问题还有待进一步研究，但是，当时的苏联文学理论界对庸俗社会学展开的批判，对社会主义现实主义、世界观和创作方法、人民性诸问题所做的重要探索，在今天也没有失去其意义，仍然值得我们重视并作为借鉴。②

四 战后苏联文学研究

从1945年苏联卫国战争结束到20世纪80年代初这30多年中，苏联文学发生了深刻而巨大的变化。吴元迈对战后苏联文学给予了密切关注，系统而深入地论述了各个时期苏联文学的发展特色。

吴元迈在研究中将战后苏联文学分为三个阶段。第一阶段：战争结束后至20世纪50年代初；第二阶段：20世纪50年代中期至20世纪60年代中期；第三阶段：20世纪60年代后期至20世纪70年代末。

---

① 吴元迈：《30年代苏联文学思想》，载《吴元迈文集》，上海辞书出版社2005年版，第370页。
② 吴元迈：《苏联文学思潮》，浙江文艺出版社1985年版，第104页。

第五章　吴元迈：哲理思辨和人文精神的综合

（一）卫国战争结束至20世纪50年代初文学思潮研究

卫国战争结束后，苏联文学界并没有回归平静。文艺创作上的"无冲突论"风气愈演愈烈，大部分作品成为歌功颂德、粉饰现实的作品。只有极少数像法捷耶夫的《青年近卫军》和波列沃依的《真正的人》等那样的优秀作品。

对于这一时期的文学现象，吴元迈在《战后苏联文学问题》[①]一文中梳理了"无冲突论"产生的原因和过程。从社会历史的角度看，自从1936年苏联宣布消灭阶级和建成社会主义之后，国内有一种流行的观点，如1940年刊登在《马克思主义旗帜下》杂志上的几篇文章就颇具代表性。这些文章断言："在社会主义条件下不存在对抗性和非对抗性的矛盾"，"矛盾和冲突的可能性被排除了"，以及"从我们的观点看，社会主义社会不存在前进中的矛盾"。[②] 从文艺理论和批评方面看，庸俗社会学和教条主义的观点也对"无冲突论"的产生起到巨大的推动作用。当时文艺理论方面的错误主要有：对社会主义现实主义产生了误解，认为社会主义现实主义就是肯定了现实，塑造正面英雄；在新典型的影响下认为"典型只是那些表现苏联社会中的正面事物、反面事物绝不能决定苏维埃的面貌，它没有代表性，因而不能构成苏联艺术的概括对象"[③]，而且还错误地将典型问题认作政治问题。

20世纪50年代初，苏联《真理报》展开了对"无冲突论"的批判。在批判"无冲突论"的同时，苏联文学发生了新的变化。一是恢复了"写真实"的口号，并提出了积极"干预生活的新口号"；二是对战后文学的概念化、无个性化和公式化的倾向进行了深刻的批判。针对这一阶段的文学状况，吴元迈认为自1952年提出批判"无冲突论"以后，虽然苏联文学的发展有了变化和新意，但是苏联文学中的许多问题，包括"无冲突论"本身这个病症在内，它们的彻底

---

① 《当代文艺思潮》1983年第4、5期。
② 吴元迈：《苏联文学思潮》，浙江文艺出版社1985年版，第118页。
③ 吴元迈：《战后苏联文学问题》，《当代文艺思潮》1983年第4、5期。

解决仍需要一些社会条件和思想前提。从这个意义上讲，1952年还不是战后苏联文学转折的标志，而只是"序幕中的序幕"①。

（二）20世纪50年代中期至20世纪60年代中期文学思潮研究

吴元迈指出从1956年起，苏联的文学界开始活跃起来。一方面出现了一系列新的刊物，平反了一些在肃反运动及政治运动中被冤枉、被镇压的文艺工作者，同时，对"无冲突论"的批判也迅猛发展。另一方面当时的苏联文艺界也出现了否定斯大林和社会主义的错误思想。所以这一阶段的文学思潮是比较复杂的，主要是围绕"无冲突论"、"写真实"、"人物塑造"、"艺术问题"、"现实主义和反现实主义的斗争"五个问题。

第一，在深入批判"无冲突论"的同时，又产生了一种"新版"的"无冲突论"，用费定的话来说就是一种"倒转过来的无冲突论"。吴元迈指出如今的"批判派"同先前的"粉饰派"一样，都走进了一个门。他们的言论都是片面的、错误的，未能正确地理解文艺中的肯定和否定之间的辩证关系，不懂得没有肯定也无所谓否定。反之也是一样。因此，他们都无法真正地去揭示生活中的矛盾和冲突，只能写出歪曲历史和现实的作品。②

第二，在恢复"写真实"的言论中，吴元迈分析了出现的四种具有代表性的错误观点。分别是要求用作家的真诚代替"写真实"，但实际上作家主观上的真诚并不能等同于客观世界的真实；出现了类似自然主义的观点，要求把作家所看到的一切、所经历的一切都写入作品中；强调在艺术家面前"除了真实的界限以外，再没有其他的界限了"，忽视了文学的阶级性、思想性和倾向性；片面地理解关于"小真实"与"大真实"、"战壕真实"与"司令部真实"的关系，认为只有"小真实"和"战壕真实"才可以体现社会民主化的进程。

第三，在人物塑造问题上，苏联文艺界在继续深入批判理想人物

---

① 吴元迈：《战后苏联文学问题》，《当代文艺思潮》1983年第4、5期。
② 同上。

第五章　吴元迈：哲理思辨和人文精神的综合

和"不食人间烟火味"的英雄典型时，提出了写普通人及其遭遇和命运的主张。但是同时也出现了另一个极端，即人物的非英雄化的风气越来越严重，在艺术上带有浓重的模仿欧美文学的痕迹。吴元迈认为，"真理和谬误往往只差一步。随着生活的变化和发展，人物的个性在不断地丰富，人物的性格描绘也应当变化和发展，但不能因此就说保尔·柯察金式的英雄已经过时了或不复存在了，更不能说因而就不需要描写了。新的时代必然会产生具有新的特点的新的英雄，这是无需论证的"①。

第四，从1956年开始，苏联文学界加强了对文学特点的研究和探讨。苏联文艺学的传统观点认为，科学和文艺所认识的是客观世界的同一规律。布洛夫对此提出了不同意见，他认为战后初期文学中存在的那些"无冲突论"、公式化和概念化的缺点，都是同忽视艺术的本质分不开的，他第一次明确提出艺术具有自己的特点本质。吴元迈指出，从此，"艺术的审美本质"这个术语进入了苏联文艺理论和美学的领域。它被认为是苏联文艺科学中"一个至为重要的转折"的标志。尽管学者们之间还有一些争论，但是都肯定了艺术的本质是审美，艺术的对象具有"审美的属性"或"审美的素质"。②

第五，关于反对教条主义和庸俗社会学的一个重要内容就是围绕"现实主义与反现实主义的斗争"这个公式与浪漫主义问题展开的。吴元迈以法捷耶夫和艾里斯别尔格的例子来进行说明。

(三) 20世纪60年代后期至20世纪70年代末的文学思潮研究

吴元迈指出这一时期的苏联文学较为活跃，主要围绕"人物塑造"、"写真实"、"人道主义思潮"、"社会主义现实主义"、"新方法论问题"等展开争论。

关于这段时期的文学，库兹涅佐夫有一段中肯的评价，"当代文学越来越清楚地显示了不同于前十年的某些特点，正像60年代文学

---

① 吴元迈：《战后苏联文学问题》，《当代文艺思潮》1983年第4、5期。
② 同上。

不同于战后十年文学那样。今天的社会形势和文学形势也不同于 50 年代和 60 年代初；当文学上的慷慨陈词和争论，思想上的不平静状态和苦楚已远远成为过去的时候，极端现象消失了，文学生活的较为求实的和建设性的氛围形成了，时代已变得不再那么喧哗和那么紧张，我们给文学气质的某些部分甚至可能带来了一些损失，但文学的进程却变得丰富多彩和复杂化了"[1]。

关于人物塑造的问题，吴元迈认为此时的情况是批评"非英雄化"，同时也反对塑造理想人物，要求写正面人物。吴元迈具体分析了两种情况，同时对苏联文学界中流行的"人民性格"和"我们同时代的形象"进行了分析。

关于"写真实"的问题，和 60 年代中期相比，情况又有了新的变化。分别是：只注意描写过去的困难情况和各种"死角"或"后院"的现象，过分侧重反面事实，只描写现代生活的外部特征、个别的意外事件、单纯的事实；加强了对自然主义的批判；强调艺术的真实同典型化的关系；更加要求"表现我们生活在其中的世界的美"和"丰富多彩的现实"，展示"人民的伟大的英雄业绩"[2]。

对于从 1945 年卫国战争结束至 20 世纪 80 年代初这 30 多年的苏联文学思潮，吴元迈进行了如下评价：

> 苏联文学也经历了一个深刻变化和发展的过程。这个过程远不像涅瓦大街那样笔直、平坦，常常充满着激烈的争论和尖锐的斗争，既有突破和成功，也有迷误和失败。但从总的方面和总的趋势看，苏联文学在不断冲破庸俗社会学、教条主义和形而上学的严重束缚之后，在不断克服行政手段的严重干预之后，取得了一些重要进展：它逐渐注意和重视了文艺的特点和文艺的规律的探讨，逐渐注意和重视了与生活发展和艺术发展有关的迫切问题

---

[1] 参见《吴元迈文集》，上海辞书出版社 2005 年版，第 414—415 页。
[2] 吴元迈：《战后苏联文学问题》，《当代文艺思潮》1983 年第 4、5 期。

的研究，逐渐注意和重视了对世界文艺进程的考察。逐渐注意和重视了学术问题的讨论。①

吴元迈系统梳理了二战后到20世纪70年代的苏联文学思潮，他对苏联文学思潮的各个阶段进行鞭辟入里的分析，给予了客观准确的评价，对当时的苏联文学研究起到了一定的促进作用，也为苏联文学史的撰写提供了丰富的材料。

第三节　从现象到本质：当代苏联文艺理论及方法论研究

吴元迈在当代苏联文艺理论研究方面，也取得了很多成果。主要体现在《苏联的"艺术接受"探索》《当代苏联文艺学的结构符号分析》《巴赫金的语言创作美学——对话理论》《当代苏联文艺学方法概观》等文章中。

一　苏联"艺术接受"理论研究

在《苏联的"艺术接受"探索》②中，吴元迈探讨了苏联艺术接受理论从过去到现在的三种观点。第一种是混同论，把作家的创作过程混同于读者的阅读过程，从而在实际上抹杀了文学过程中读者这一积极因素。第二种是读者创造论，把读者的因素无限地夸大，似乎读者接受是一种可以离开作品本身独立的、主观的创造。第三种是共同创造论，它是前两种的折中。

吴元迈进一步指出"艺术接受"理论的重要性，我们之所以说苏联的艺术接受理论是一个独特的不可忽视的学派，"乃是因为苏联学者在艺术接受的实质、作品和读者的关系等一系列问题上的论述，不

---

① 吴元迈：《战后苏联文学问题》，《当代文艺思潮》1983年第4、5期。
② 《文学评论》1986年第1期。

仅同西方学者存在着某些原则性分歧，而且它本身就是在同当代的形形色色的艺术接受学派的碰撞中，形成和发展起来的"。

对于艺术接受的实质和规律，苏联学者梅拉赫的观点很有代表性，坚决反对把艺术接受绝对化。在梅拉赫看来，艺术接受不仅是读者同作品的作者的交往——同意或不同意作者的看法，而且是对生活中新事物的揭示，是一种自我认识和自我教育；艺术接受既是一个完全独立的问题，又不能把艺术接受的研究同作为创作完整过程的研究分割开来，相反，应该把创作看成一个完整的过程。从这个具有方法论意义的前提出发，梅拉赫又提出必须研究读者接受的两个重要方面：读者接受是在何等程度上同作品的思想内容和审美内容相适应的；作品的结构和接受的结构处于何种相互关系之中。

同时，苏联学者也反对把艺术接受简单化。用鲍列夫的话来说，"艺术接受是艺术作品和接受者的一种相互关系，它依赖于接受者的主观特点和艺术本文的客观品格，又依赖于艺术传统，甚至还依赖于社会舆论和语言符号的假定性。而所有这些成分是为时代、环境和教育所历史地决定的。①——这就是苏联学者对艺术接受的实质和规律所作出的科学的、辩证的、历史主义的阐述"。所以，苏联的艺术接受理论具有特殊性。

吴元迈指出，从20世纪70年代以来，"艺术接受"理论开始涉及古典作品的历史命运和生命力问题，即一部文学作品在不同历史时代里同读者的相互关系。在苏联学者中，赫拉普钦科最早对这个问题进行了科学的阐述，并概括为以下三种情况："第一，作品里的某些成分和某些方面在思想上和审美上会失去其生命力，甚至于在我们看来，有些作品在自己诞生的那个时代里可能曾经名噪一时，广为流传，可是在往后的时代里却失去了它们的艺术魅力，变得默默无闻；第二，作品的另一些成分和另一些方面，被其他时代的读者所转义了，以新的方式作了新的理解，不完全是作者的初衷；第三，作品的

---

① 吴元迈：《苏联的"艺术接受"探索》，《文学评论》1986年第1期。

第五章　吴元迈：哲理思辨和人文精神的综合

许多成分和许多方面，在其他时代的读者那里获得了新的声音……"① 所以，苏联的"艺术接受"理论与西方的理论存在较大差别，而且在当时的历史背景中对中国产生了很大的影响。

吴元迈对苏联"艺术接受"理论的探索，对我国艺术接受理论研究具有积极意义。

二　苏联文艺学的结构符号分析研究

吴元迈对当代苏联文艺学中的结构符号分析也是非常关注的，体现在《当代苏联文艺学的结构符号分析》② 中。他指出，当代苏联文艺学中关于结构、符号问题的探讨是从1962年开始的。这一年，苏联第一次召开了"符号系统结构研究"研讨会，并出版了《符号系统结构研究研讨会》和《结构类型研究》两部论文集。后来，塔尔图大学又多次召开符号学讨论会并出版了七本相关著作，这样就形成了苏联文艺学中关于结构和符号问题的"塔尔图学派"。在历史上，苏联的形式主义曾经遭受过不少激烈的批评，而现在苏联的结构主义问题也引起了激烈的争论。

针对苏联国内学者的怀疑和批评，洛特曼进行了有力的回击。洛特曼的《艺术文本的结构》被认为"在苏联文艺学中也是第一部试图从理论上阐述'结构诗学'——结构、符号分析的专著"③。

吴元迈对这部著作给予了客观的评价："洛特曼的专著毕竟是对苏联文艺学中断达四十年之久的这一传统的继续。……其实，一切真正的、科学的探索，不管其成就和失误有多少，都是有意义的。而没有探索，则不会有任何学术的进步可言。"④ 该书的特点在于：第一，广泛地吸收了苏联国内各个诗学派的研究经验和看法。第二，《艺术

---

① 吴元迈：《苏联的"艺术接受"探索》，《文学评论》1986年第1期。
② 该文章曾发表于《马克思主义文艺理论研究丛刊》第7卷，文化艺术出版社1986年版。
③ 吴元迈：《吴元迈文集》，上海辞书出版社2005年版，第452页。
④ 同上书，第453页。

文本的结构》一书的内容超过了它的题目所概括的，既研究艺术文本结构，也研究文艺结构。第三，洛特曼的研究起点认为，文艺是现实的模型。第四，洛特曼关于形式内容性的提法也很有意义，他还进一步指出，作家对被反映的对象所作的思想的和审美的认识，不仅组成了作品的内容，而且必然要浸透到作品结构的全部层次里——从最低层次（韵律和音位）到最高层次（情节）。因此在洛特曼看来，结构分析在文艺学中具有极其重要的意义和地位。第五，洛特曼特别重视"相对性"原则和结构的对比原则，把它们运用于文本的全部层次，其中包括结构层次。

在当代苏联文艺学中，除了洛特曼的结构分析方法外，赫拉普钦科也是值得注意的一个人物。关于结构主义，赫拉普钦科是不赞成的，但是他并不否定结构分析。赫拉普钦科认为，马克思主义者和结构主义者对结构的理解并不相同，而且在马克思主义文艺学中不可能存在一个结构方法的特殊学派，但结构分析可以为不同的文艺学研究方法所使用。

吴元迈对苏联结构符号分析学的研究，是新时期以来较早关注苏联结构符号分析学的文章之一，为苏联结构符号分析学研究的进一步深入奠定了良好的基础。

三 当代苏联文艺学方法论研究及其他

在苏联文艺学的发展过程中，自20世纪60年代以来，方法论问题成了苏联文艺学的中心问题。吴元迈在《当代苏联文艺学方法概观》[①]中，探讨了文学综合研究、文学系统分析、文学类型研究、文字历史功能研究等。

文学综合研究是当代苏联文艺学最早提出的新研究方法之一，最早倡导文学综合研究的学者是列宁格勒大学的教授梅拉赫。所谓文学综合研究有两层意思：一是要把艺术现象看作综合研究对象，这是由

---

① 《世界文学》1989年第3期。

第五章 吴元迈：哲理思辨和人文精神的综合

艺术本身的内在要求决定的。二是要把艺术研究本身看作综合研究对象，即艺术研究的一切方面，包括美学、文学理论、艺术社会学、文艺心理学等，都是一个有机整体。

文学系统分析也是一个重要的研究方法。吴元迈论述了系统分析在苏联的发展历程。1958年，苏联《哲学研究》杂志发表了卡列缅斯基的文章《从物理学、控制论和生物学看作为"系统"的机体的若干特点》，这篇文章开创了苏联系统研究的传统。之后，苏联的理论家们又创作了一系列关于系统研究方法的论著。关于系统分析，"就是把人类的文学活动看作一个有机的、完整的系统，大到世界文学、民族文学、文学时代，小到文学作品、文学流派，全都具有系统的属性，系统的每个成分不是偶然的、机械的、简单的组合，而是相互联系、相互制约和相互作用的"。到了70年代中期，甚至出现了综合研究和系统分析相结合的新趋势。

苏联的文学类型研究也被称为文学历史类型研究。"严格地讲，这不算是一种新方法，20世纪之前已经存在。然而从本世纪60年代起，它却受到极为广泛的重视，并大大地扩展了应用范围，如今已成为苏联文艺学中最富于成果的独立方法之一。"文学类型研究也是非常重要的一种研究方法。

文学历史功能研究是由赫拉普钦科最早提出的。从1968年开始，赫拉普钦科创作了一系列文章，如《文学作品的时间和生命力》《千秋万代的生命——文学作品的内在属性和功能》《文学创造潜能》等来论述文学历史功能研究的任务、原则和途径。对于文学历史功能研究，巴赫金也曾提出了独到的见解。吴元迈评价，"如果说赫拉普钦科主要从作品的冲突、艺术形象、语调和情感系统等层次来分析作品的内在实质、结构特点和读者的相互关系，那么巴赫金却从作品的第一符号层次（艺术语言层次）和思想主题层次（意义层次）来分析作品的对话关系"。

吴元迈在《当代苏联文艺学方法概观》中指出，苏联文艺学方法论的探讨也可以给我国提供借鉴。第一，"在马克思主义方法论的基础上，运用当代科学的新成果来扩大和丰富文学研究方法和研究手段，是合适和必要的"。第二，"文学毕竟是艺术领域的人学。它的审美本质、审美现实、审美理想、人物的思想感情和内心世界，既不可能用结构主义方法解释，又不可能用自然科学的模型试验和数学方法加以揭示"。第三，"文学研究方法应该多样化，可以从不同角度和不同方面研究文学现象，这不仅是合理的，而且势在必行"。第四，"苏联学者把历史主义看作苏联文艺学方法论的中心概念，看作马克思主义文艺学发展的合乎规律的成果，很值得注意"。第五，"像对任何学术问题的探讨一样，对文学研究方法的探讨也必须自由地、充分地展开讨论和争鸣，要允许不同观点和不同学派的存在"。此外，苏联也比较注意借鉴外国的各种经验。这些都可以带给我们很多启迪。

自20世纪80年代以来，中国掀起了一阵关于方法论的热潮。吴元迈对当代苏联文艺学方法的研究，在当时中国学术界产生了广泛的影响。

同时，吴元迈对巴赫金的"语言创作美学"也非常关注。在《巴赫金的"语言创作美学"——对话理论》[1]中，他指出，"审美事件"是巴赫金"语言创作美学"的中心问题之一。文学的意识形态性和语言本质，是巴赫金"语言创作美学"中两个具有关键意义的论题，也是那个时代争论的两个焦点。关于意识形态，巴赫金不赞同形式主义者把文学排除在意识形态之外，但是强调对于苏联形式主义中囊括理论诗学广泛问题的著作，"马克思主义者不能回避，应该给予仔细的、批判性的分析"。与形式主义者不同，巴赫金指出："文艺学是关于广泛的意识形态科学的分支之一。"[2] 与此同时，巴赫金也反对弗里契、彼列威尔泽夫等人提出的将文学同经济基础直接挂钩的观点，主张文学是一种特殊形式的意识形态，是其他意识形态视野

---

[1] 《中州文坛》1988年第1期。
[2] 吴元迈：《吴元迈文集》，上海辞书出版社2005年版，第477页。

第五章 吴元迈：哲理思辨和人文精神的综合

的反映，即文学是"双重反映"。他在《陀思妥耶夫斯基的创作问题》中，则是具体通过对陀思妥耶夫斯基的创作分析有力地回击了形式主义和庸俗社会学。

在研究陀思妥耶夫斯基的过程中，巴赫金提出了"对话理论"、"复调小说"、"狂欢化诗学"的概念。吴元迈认为，巴赫金的"语言创作美学"，特别是其中的社会诗学、对话、复调和狂欢化的理论，不仅给苏联文学吹进一股清风，引起了人们的思考，而且对各国的文艺学产生了不小的影响，现在已受到各国文艺界越来越广泛的重视，实际上已经形成了一个世界性的"巴赫金热"[①]。但多年以后的今天，吴元迈又敏锐地意识到当今学术界正出现一种将巴赫金理论神化的趋势。对于这样一种现象，吴元迈也表现出了深深的忧虑和反思，希望学术界正确看待和评价巴赫金。

吴元迈在外国文学研究及外国文学学科发展方面做出了很大的贡献。除了《面向 21 世纪的外国文学》《也谈外国文学研究方向与方法》《20 世纪文学观念的格局》《"20 世纪外国国别文学史丛书"总序》等论文外，他在主编的五卷本的《20 世纪外国文学史》中，也涉及俄苏文学研究和外国文学研究的方法问题。

在《也谈外国文学研究方向与方法》[②] 中，吴元迈提出了对外国文学研究方法的看法。20 世纪 90 年代，针对我国外国文学研究面临的困境，他提出了这样几个观点。首先，马克思主义方法论是方法论的最高层次。其次，外国的一切科学和正确的研究方法都可以吸收利用，作为我们对外国文学研究的方法。最后，应该重视中国自身的文论和方法，特别是古代的文论和方法。

1994 年，吴元迈在中国外国文学学会第五届年会上作了题为《面向 21 世纪的外国文学》的会议发言，其中开拓性地提出了建立外国文学研究中国学派的建议："为了面向 21 世纪的外国文学，我们必

[①] 吴元迈：《吴元迈文集》，上海辞书出版社 2005 年版，第 492 页。
[②] 《外国文学评论》1995 年第 4 期。

须做好自己的外国文学研究工作,其中一个重要而迫切的问题是,如何注意从中华民族的主体性出发,从中国人自己的眼光出发,建立外国文学研究的中国学派,在外国文学研究中发出中国学者的独特声音:既要坚持'拿来主义',也要提倡'拿去主义',这是时代和民族赋予我们的使命。"①

1999年,在中国外国文学学会第六届年会上,吴元迈在发言中梳理了新中国外国文学研究走过的50年历程,并对外国文学研究中存在的问题进行了反思。华中师范大学王忠祥教授发表的《关于中国人编写外国文学史的几点思考》《隽永和谐而与时俱进的特色多声部复调乐曲——赏析吴元迈〈俄苏文学及文论研究〉》等文章中,对于吴元迈在外国文学史范式的创新、中国学派的建立等方面的贡献均进行了高度评价。

外国文学史的编纂工作对于我国外国文学研究有着重大的意义和作用。1979年,杨周翰、吴元迈等主编的《欧洲文学史》的上、下卷出版,对外国文学研究起到了巨大的推动作用。此后的几十年中,我国又陆续出版了许多种不同版本的外国文学史著作,产生了积极的影响。在主编《20世纪外国文学史》之前,吴元迈曾主编"20世纪外国国别文学史丛书",并为全书作了总序,指出了20世纪外国文学的几个特点。他认为与19世纪相比,20世纪外国文学既包括传统资本主义国家的文学,也包括新兴社会主义国家和解放的"第三世界"的文学。20世纪的文学思潮更加多样化:"20世纪文学的历史行程中,一方面是文学思潮蜂拥而起,异彩纷呈;一方面是这些千差万别的流派思潮,花开花落,更替频繁,其中很多是'各领风骚'才几年。"② 吴元迈认为在20世纪,存在着现实主义文学、无产阶级文学和现代主义文学"三足鼎立"的趋势。

---

① 吴元迈:《面向21世纪的外国文学——在中国外国文学学会第五届年会上的发言》,《外国文学评论》1995年第1期。
② 吴元迈:《"20世纪外国国别文学史丛书"总序》,载《吴元迈文集》,上海辞书出版社2005年版,第560页。

第五章 吴元迈：哲理思辨和人文精神的综合

在《20世纪外国文学史》中，吴元迈除担任主编之外，还撰写了绪论"外国文学百年沧桑之探索"、第一卷第三章中的"俄国无产阶级的诞生和早期马克思主义文学批评"、第二卷第一章中的"无产阶级文学"和"俄苏形式学派和什克洛夫斯基"、第四卷第八章中的"爱伦堡"等章节。在绪论"外国文学百年沧桑之探索"中，吴元迈高瞻远瞩地总结了我国外国文学研究百年的发展历程，体现了他对外国文学学科发展的积极探索。在这些文字中，吴元迈关注了俄国无产阶级文学，同时对波格丹诺夫、克尔日札诺夫斯基、阿尔卡杰·科茨、绥拉菲莫维奇、高尔基、富尔曼诺夫、别德内依和"共青团诗人"等都进行了客观深入的分析，系统而清晰地梳理了俄国无产阶级文化的发展脉络，为俄苏文学史研究提供了翔实而丰富的材料。

由此看到，吴元迈由俄苏文艺理论研究方法扩展到对外国文学研究方法的探讨，他的研究为我国外国文学研究走出困境提供了合理的建议，对外国文学学科的发展起到了一定的推动作用。

吴元迈擅长理论思维和宏观归纳，敢于提出并坚持自己的观点。他关于俄苏文学研究的上述思考，以及关于文艺的意识形态本性、关于文学的本质问题的思考，关于现实主义和现代主义问题的思考，关于文学的民族性和世界性及两者关系的思考，均受到了学界关注，产生了较大的影响。

小 结

吴元迈在俄苏文论及外国文学研究中取得了丰硕成果，在他使用的多种研究方法中，综合研究的方法是值得关注的。吴元迈在《当代苏联文艺学方法概观》中，对当代苏联文艺学方法的研究及运用做了详细的分析，认为文学研究的方法应该多样化，可以从不同角度和不同方面研究文学现象，即用综合研究的方法考察文艺学。

综合研究可以从多层次、多角度、多侧面认识文艺现象，考察艺术本质。我国学者王元化在《文心雕龙创作论》中对"综合研究法"

也做了相关的论述。他明确指出这种研究方法具体来说就是"古今结合、中西结合、文史哲结合"的三结合方法。① 王元化提出的"综合研究法"包含两层意思："对文学理论而言，运用综合研究法，意味着将古今中外的文学理论、美学思想相互比照，加以辨析，而研发出具有普遍意义的文学规律"；"对文学批评而言，运用综合研究法，意味着不仅关心文学文本的意义，而且从文、史、哲等各个视角出发研究作品中反映出的文化内容、史学韵味及哲学深意，将文学的内部研究与外部研究有机结合。"②

在学科交叉、学科互渗、学科联系日益密切的今天，综合研究在文论研究中是非常重要的方法之一。目前，西方许多学者也积极提倡文论研究中使用综合研究的方法。法国著名文论家托多罗夫就曾讲道："现在是综合使用各种方法的时代，新的方法不占统治地位，各种旧的方法也并未被否定，原因是各种方法好的方面，都已被普遍接受，学校课堂上都介绍它们，并被文学研究者所使用。所以现代文学理论研究，从方法论观点看，正走向综合。不存在单一的方法，大家使用各种方法进行研究，所以很难说哪种方法占主导地位。当然，所谓综合，并不是有这样一种专门的方法，而是在研究中采用各种不同的方法，综合是一个总的倾向。"③

但是，综合研究并非材料的堆砌和简单拼凑。正如中国学者马龙潜所说的，我们所说的综合，"既不同于那种把各种理论学说和观点平面地、不分主次地组合、排列，而见不出概念和范畴辩证运动过程的综合；也不同于那种离开历史和时代的规定，离开对现实生活实践所提出的具体问题的回答，而缺乏现实社会生活及其时代精神的支撑和统摄的综合，而是要通过对以往的理论研究成果进行重新审视、辨

---

① 王元化：《文心雕龙创作论·跋》，上海古籍出版社1994年版。
② 蒋述卓、蒋艳萍：《论王元化"综合研究法"的文化诗学意义》，《湖南师范大学学报》2003年第6期。
③ 参见钱中文《法国文艺理论流派印象谈》，《文艺研究》1985年第4期。

第五章 吴元迈：哲理思辨和人文精神的综合

识、转换和吸收，以从中提炼出能够借以回答所研究问题的理论观点"。①

吴元迈在俄苏文学研究中积极运用综合研究和比较文学的研究方法，敢于提出并坚持自己的观点，为俄苏文艺理论研究的发展做出了很大的贡献。吴元迈没有急于去使用一些时髦的学术术语，也没有陷入对西方文论的追随热潮中。他始终站在一个中国学者的研究立场上，将深刻的理论、广阔的学术视野和人文精神融入学术研究。他的真知灼见，以及研究中体现出的前瞻性特点，对包括俄苏文学在内的整个外国文学学科发展起到了引领作用。

---

① 马龙潜：《对当代文学理论体系哲学基础的认识》，《社会科学战线》2001 年第 2 期。

第六章

周启超：坚定执着的学术探索

周启超（1959年生），1981年毕业于安徽师范大学外语系，1984年和1991年在中国社会科学院研究生院分别获文学硕士、博士学位，是新时期以来我国第一位俄罗斯语言文学博士。1984年进入中国社会科学院外国文学研究所工作，先后任职于苏联文学研究室、外国文学评论编辑部、比较文学室、文学理论研究室。[①] 现兼任巴赫金研究会会长，中国外国文论和比较诗学研究会会长。

自步入俄苏文学研究领域以来，周启超著述甚丰。专著和文集主要包括《俄国象征派文学研究》《俄国象征派文学理论建树》《白银时代俄罗斯文学研究》《现代斯拉夫文论导引》《跨文化视界中的文学文本/作品理论》等。译著主要包括《莫斯科日记》《燃烧着的天使》《吻中皇后》《当代英雄》《孪生兄弟》《孽卵》《文学学导论》等。主编或编译的著作也获得了国内学术界的广泛认可。主编的作品包括《俄罗斯"白银时代"精品文库》《果戈理全集》《新俄罗斯文学丛书》《跨文化的文学理论研究》《跨文化视界中的巴赫金丛书》等[②]。

---

① 目前为浙江大学教授、博士生导师。
② 《俄罗斯"白银时代"精品文库》（四卷本）由中国文联出版社1998年出版；《果戈理全集》（九卷本）由安徽文艺出版社1999年出版；《新俄罗斯文学丛书》（八种）由昆仑出版社1999年出版；《跨文化的文学理论研究》（四辑），分别由百花文艺出版社、黑龙江人民出版社、北京大学出版社、河南大学出版社，于2006年、2008年、2010年、2011年出版。其中《果戈理全集》（九卷本）是我国关于《果戈理全集》的第一部中译本，获得了第五届全国外国文学优秀图书二等奖及第十三届华东地区优秀图书一等奖等奖项。《跨文化视界中的巴赫金丛书》由南京大学出版社于2014年出版。

关于俄苏文学和文论，周启超的成果可以概括为俄国象征派文学研究、白银时代文学研究和俄苏当代文论研究等几个方向。

第一节　对俄国象征派的重新思考和定位

关于俄国象征派的研究，不管是在俄罗斯学术界还是在国际学术界，已经不是一个新的课题。对于我国读者来说，俄国象征派也并不陌生。周启超认为，对于俄国象征派文学这样一个复杂的现象来讲，无论是在俄罗斯学术界还是在西方学术界，研究的范围和深度都不够理想。因此，有必要对俄国象征派文学及其艺术探索进行整体的研究、思考和定位。周启超对俄国象征派文学的研究具有重要意义，这是我国学术界首次系统深入地对俄国象征派文学进行阐释。

一　俄国象征派创作诗学研究

《俄国象征派文学研究》是新时期以来学术界关于俄国象征派文学研究的第一部专著。[1] 周启超的研究填补了我国在系统研究象征派方面的空白，"是我国学者对世纪之交的俄国象征主义文学运动所作的第一次全方位考察"[2]，在国内外学术界影响深远。因为即便在国际学术界，"对俄国象征派文学整体的艺术个性特征的'正面考察'与'本位研究'"，都还"处于开始的阶段"[3]。

在《俄国象征派文学研究》中，周启超对俄国象征派文学的内在发展轨迹、一般的意识形态立场和基本的哲学思想渊源等内容做了论述，而后将重心转向了俄国象征派文学的艺术个性研究；同时，层层递进地分析了俄国象征派在当时蓬勃发展的原因。俄国象征派文学的艺术探索，之所以进行得轰轰烈烈，是因为它合乎俄国文学本身内在

---

[1]　陈建华：《中国俄苏文学研究史论》第一卷，重庆出版社2007年版，第143页。
[2]　汪介之：《执着的耕耘　系统的开采——探测俄国象征派文学迷宫的"立体工程"》，《国外文学》1996年第4期。
[3]　周启超：《俄国象征派文学研究·引言》，社会科学文献出版社1993年版，第5页。

的发展规律。"文学自身寻求新的发展，寻求对传统的革新，寻求一种新的传统的生成。俄国象征派文学家们正是以自身的创作与理论，以那种自觉自为的同传统进行抗衡与竞争的精神，参与了俄国文学发展进程中一个新格局的开辟。"① 到目前为止，俄国象征派文学的意义和价值在学术界仍没有受到应有的重视，所以，周启超指出，俄国象征派文学应该从整体上被观照，挖掘出其失落的价值和意义。他从历史形态、理论形态和艺术形态三个角度重新挖掘了俄国象征派文学被掩藏的光辉。

（一）对俄国象征派文学"历史形态"的挖掘

对于俄国象征派文学进行研究，必须要了解俄国象征派文学的发展轨迹。关于俄国象征派文学的起点，学界一致认为是在19世纪90年代初，而关于俄国象征派文学的终点至今仍存在分歧，没有统一。

周启超在《俄国象征派文学研究》中将俄国象征派文学的发展轨迹分为三个阶段，时间跨度是从1892年至1922年，对象征派文学的终点进行了界定。

从1892年至1902年为象征派文学运动的形成与初创时期。从1894年至1895年相继出版的三本以《俄国象征主义者》为书名的诗集，标志着俄国象征派文学运动形成。俄国象征派文学从产生的第一天起，就开始与文学创作中的功利主义和现实主义进行不懈的斗争。

从1902年至1916年是象征派文学的成熟期。在象征派文学运动的成熟期，其思想探索的轨迹发生了变化，初创时期那种与文学传统与现实生活都势不两立的极端，演变为"用象征主义精神'同化'文化传统，'同化'现实生活"②的特点。这一时期的俄国象征派文学在诗歌、小说、戏剧和文论方面都获得了大丰收。在当时的情况

---

① 周启超：《俄国象征派文学研究》，社会科学文献出版社1993年版，第4页。
② 同上书，第30页。

下，俄国象征派文学家一方面迅速扩大文学阵地，另一方面在内部展开了激烈的文学争鸣。而且象征派文学创作中出现了一种新的倾向："一种向现实生活、向社会现状、向祖国命运甚至向政治风云的'着陆'。"① 这种倾向使得俄罗斯民族的文化性格和俄罗斯古典文学传统越来越受到象征派的重视。

然而高峰难继，从1916年至1922年是俄国象征派文学的危机与衰退期。作为一次文学运动，俄国象征派进入了其历史进程的最后阶段，最终消失在俄国文学的舞台上。

周启超通过从意识形态的角度对俄国象征派进行观照，发现其意识形态的独特性。这种独特性决定了象征派在文学创作与文学理论各方面的特点，也决定了俄国象征派所表现出来的"形式主义"、"唯美主义"与"反社会性"的特点。同时，他对俄国象征派文学的哲学渊源也进行了梳理和概括，将俄国象征派的"历史形态"完整地呈现出来。

（二）对俄国象征派文学"理论形态"的探析

周启超将俄国象征派文学的理论特点归纳为三个方面，分别是"审美至上论"、"象征最佳论"及"词语魔力论"。

俄国象征派的"审美至上论"，体现在对待传统文化的选择和接受的态度上，更体现在他们的创作实践中所表现出来的倾斜，"对美的肯定与弘扬，总是象征派创作中的第一主题"②。纵观俄国象征派文学走过的30余年的历程，尽管象征主义内部存在多种分歧，但是"审美至上论"是共同的、不变的美学追求。

"象征最佳论"是俄国象征派在发展的过程中其理论体系最突出的特征。在俄国象征派的诗学理论体系中，"象征观"、"音乐性"、"艺术的教堂集约功能"和"新型接受主体"理论，都是俄国象征派诗学体系的重要组成部分。

---

① 周启超：《俄国象征派文学研究》，社会科学文献出版社1993年版，第33页。
② 同上书，第64页。

象征观是俄国象征派文学家对世界的认识和观点。而且,"象征"在俄国象征派诗学中有其特殊的内涵和外延。周启超认为,"'象征'更多地被当成是一种独特的诗学方式与手段",这种方式拥有独特的"整合含纳机制"、"增生延展机制"和"同晶阶序机制"①。象征观是俄国象征派诗学的思想核心,由"象征观"核心观点生发了一系列具有俄国象征派诗学独特个性的理论学说。

"词语魔力论"也是俄国象征派诗学中的重要理论之一,是从较为具体的层面对象征派诗学理论进行分析。在俄国的象征派文学家们看来,词语是不完美的,词语是笨拙的;同时俄国象征派诗人又总是千方百计地试图"穿透"词语本身的"屏障",使贫乏的词语可以拥有"神奇的魔力"。从勃留索夫、别雷、伊凡诺夫、巴尔蒙特和索洛古勃五位象征派诗人的言论中,我们可以看出他们对"词语魔力"的共识。

(三)对俄国象征派文学"艺术形态"的解读

俄国象征派在艺术上的建树,并不仅仅局限于诗歌领域。俄国象征派诗人所建立的诗歌艺术、小说诗学、戏剧诗学共同构成了象征主义文学的"艺术形态"。

周启超以俄国象征派文学的内在发展轨迹为线索,探讨了作为抒情手法和诗歌意境的"象征"在象征派诗歌创作中的变化。俄国象征派诗歌艺术是一个极为丰富的体系,周启超选取巴尔蒙特、勃留索夫、勃洛克、索洛古勃、吉皮乌斯、别雷、伊凡诺夫、安宁斯基及索洛维约夫和梅列日科夫斯基进行分析,指出他们的创作代表了俄国象征派诗歌的不同品位和不同境界。

索洛维约夫和梅列日科夫斯基的诗歌艺术属于俄国象征派诗歌境界的初级品位,因为在他们的诗歌中象征还处于萌芽状态,而安宁斯基和巴尔蒙特的诗歌艺术则构成俄国象征派诗歌的第二级品位,因为此二人的诗歌中象征意境已经生成,但没有完全摆脱寓言的痕迹。

---

① 周启超:《俄国象征派文学研究》,社会科学文献出版社1993年版,第86页。

第六章 周启超：坚定执着的学术探索

其中勃留索夫、别雷、伊凡诺夫、索洛古勃、吉皮乌斯的诗歌才真正呈现出象征的意境，因而属于俄国象征派诗歌中的第三级品位。但是伊凡诺夫的诗歌崇尚玄理的参悟，渗透着浓厚的神话取向，因而可以看作象征诗派的最高级品位。①

"俄国象征派小说"是指俄国象征派诗人所创作的小说，具体则是指索洛古勃、勃留索夫、梅列日科夫斯基、吉皮乌斯及别雷等象征主义诗人在特定的历史时期和文化背景中创作出的一系列传统体裁诗学意义上的短篇小说、中篇小说、长篇小说，以及非传统体裁诗学意义上的"交响曲"、"剧体小说"。

周启超认为，俄国象征派的小说艺术成就值得研究，因为它十分成功地使俄国象征主义文学与其他民族的象征主义文学区别开来。他的研究从俄国象征派小说的内部入手，分析了勃留索夫、索洛古勃和别雷的小说创作，力图突出象征派小说的独特性和整个象征派小说的共性。

如果从象征派小说诗学创作的角度看，勃留索夫在短篇小说的艺术探索上成就突出。他的短篇小说集《地球的轴心》及《黑夜与白昼》代表了象征派诗人在短篇小说方面的最高成就。另一位象征派诗人索洛古勃的"故事型小说"，如《死神的舌苔》《小矮人儿》《白毛狗》等作品标志着俄国象征派诗人在中篇小说中的最高成就。别雷的小说创作达到了很高的艺术水平，在他的小说中，象征形象的可见度被弱化到极致走向无形之象。他的长篇小说《彼得堡》和《柯吉克·列达耶夫》代表了象征派小说在长篇小说方面取得的最高成就。

正如周启超所评价的，"俄国象征派小说是诗人的小说，恰恰是这些诗人的艺术发现在叙事文学中的某种'展开'与'显现'，同时又是象征派文学家们诗学理论的'具象化'"②。而且对于象征派小说

---

① 周启超：《俄国象征派文学研究》，社会科学文献出版社1993年版，第124页。
② 同上书，第2页。

艺术的讨论，在某种意义上乃是对象征派的诗与剧、批评与美学理论加以理解的一个桥梁，有助于深入理解象征派的艺术个性。

同时，周启超还分析了俄国象征派文学的"存在形态"和文化价值并进行客观评价。关于象征派文学，在苏联读者心目中的"存在形态"可以用"扭曲的图案"来概括。而象征派文学在西方学界的研究视角中，则一直是一个"热门"话题。当然，一方面因为意识形态，西方学者对20世纪俄罗斯文学中的非主流文学怀有浓厚的兴趣；另一方面西方学者对"俄国现代主义文学"的"先锋精神"十分倾心。而对于中国的学者来说，俄国象征派文学则类似一座"陌生的森林"。从文学研究的立场上来看，从文学本身历史进程中的基本标志来看，俄国象征派文学的"文化价值"至少体现在三个层面，"即新的诗学传统的建立，对'文学性'的自觉，对俄罗斯文化品格的自省"[①]。俄国象征派文学失落的价值会得到挖掘和证实。

周启超对俄国象征派诗学的研究在学术界具有重要借鉴意义。他试图通过比较分析俄国象征派文学在俄罗斯和西方的不同境遇，以及象征派文学内部的比较，尝试去还原俄国象征派文学的本来面目，并重新挖掘找寻俄国象征派文学失落的价值。

二 俄国象征派理论建树探析

在19世纪末20世纪初的"白银时代"中，俄国象征派在文艺理论方面建树颇丰。俄国象征派理论家们在几十年的探索中，从不同的角度如宗教哲学、诗学机制、重铸性灵对文学的审美使命、文学的艺术品性、文学的语言能量等基本理论问题，进行了独特、深入、系统的分析。周启超对俄国象征派文学的理论建树给予了客观的评价。

（一）俄国象征派文学理论的独特视角

首先，在俄罗斯文学艺术的发展过程中，俄罗斯特有的宗教哲学

---

① 周启超：《俄国象征派文学研究》，社会科学文献出版社1993年版，第270页。

第六章 周启超：坚定执着的学术探索

意识是其令人瞩目的"内在光源"。尤其在"白银时代"，俄罗斯的宗教哲学思想进入了空前的繁荣发展阶段。在象征派文学阵营中，就有这样一些从宗教哲学视角进行理论建构的文论家。其中索洛维约夫、罗扎诺夫、明斯基、沃伦斯基、梅列日科夫斯基、吉皮乌斯等人，他们既是诗人又是宗教哲学家和思想家，他们的文学理论建树就是在宗教哲学的光轮中进行的。

周启超指出，索洛维约夫虽然没有经历象征派的繁荣时期，但他的象征主义宗教哲学思想体系却深深地影响到整个象征派的文学创作与理论建设。早在象征主义处于萌芽期的时候，索洛维约夫就发表了《自然中的美》（1889）与《艺术的一般意义》（1890）两篇文章，对象征派的形成起到一定的指导作用。索洛维约夫的理论建设还有一个重要特征，就是轴心思想的"投射性"。他的宗教哲学、艺术哲学、文学评论甚至诗歌作品，都"投射"出他的文学理论。

周启超评价道，索洛维约夫的文论思想有其自身的轨迹："从美学高度思考艺术的本性与意义，从艺术的使命探讨诗人的天职和诗人的类型，从诗歌评论中追求一种'相对科学的文学批评'。"[①]值得注意的是，在索洛维约夫的哲学思想体系中，"美"是客观的、流动的，其表现形态也是多种多样的。索洛维约夫的思想体系影响着一批批俄国象征派作家，堪称象征派文学的理论宗师和精神领袖。

罗扎诺夫与索洛维约夫一样以其宗教哲学思想来"辐射"象征派文学的发生、发展阶段，并直接参与了象征派的批评实践。同时，沃伦斯基在象征派文论建设中的作用也是不容忽视的。围绕着沃伦斯基主持的《北方导报》，聚集了热衷于宗教哲学的革新和文学创作的诗人。其中明斯基、梅列日科夫斯基、吉皮乌斯、费洛索甫奥夫等人，既是象征派诗人，同时也是象征派文学理论的奠基人。他们的共同特

---

① 周启超：《俄国象征派文学理论建树》，安徽教育出版社1998年版，第4页。

点在于将象征派文学理论建构在宗教哲学的光轮中。

其次,19世纪末20世纪初的俄罗斯进入了一个新的时代。这一时代的鲜明特点可以概括为:对"文学本位意识"的高扬,对"文学形式意识"的凸现,对"文学品性意识"的突出。① 处于这样一个时代背景中,象征派内部在具体的研究对象上也有不同的分野。周启超进行了比较研究,认为明斯基、梅列日科夫斯基、吉皮乌斯、费洛索甫奥夫等倾向于在宗教哲学的光轮中建构象征派文论;而勃留索夫、杜勃罗留鲍夫、巴尔蒙特和安宁斯基则侧重于"文学本位"的建设,执着于"诗学机制"的探索。

勃留索夫是象征派的奠基人、理论家和领袖人物。他在俄国象征派的理论建设中发挥了巨大的作用。正如周启超所评价的:在勃留索夫的文学批评与文学理论文字中,"没有那种神秘兮兮的召唤,也没有那种蛊惑人心的煽情,最典型地体现了象征派内部坚持'文学本位'这一分支的理论建设的特征。"②

最后,在象征派文学理论的建设过程中,索洛古勃、伊凡诺夫、别雷、勃洛克在理论上提出了"重铸性灵"的观点,并且在创作中进行了贯彻和实践。

索洛古勃也是俄国象征派著名的理论家,他的文学理论体系中有些内容值得关注。那就是索洛古勃作为象征派文学理论家对象征及象征主义文学本性的阐释。"在他看来,形象要走向象征,也就是走向这样一种境界:让形象自身去含蕴具有多重意义的内容,让形象的这一内涵在被观众、读者的接受过程中有能力敞开自身那愈来愈深刻的意蕴。"③

安德烈·别雷是著名的象征派诗人、小说家和文学理论家。周启超对于别雷的创作给予了高度评价,认为他作为象征派诗人,可以与勃洛克齐名;作为象征派小说家,可以与勃留索夫平分秋色;作为象

---

① 周启超:《俄国象征派文学理论建树》,安徽教育出版社1998年版,第60页。
② 同上书,第62页。
③ 参见周启超《俄国象征派文学理论建树》,安徽教育出版社1998年版,第106页。

征派的文化哲学思想家，其视野的广阔，其学说的丰富，其构筑体系的激情，在俄国象征派阵营中是非常突出的。而且"就文学家的哲学理论意识而言，别雷与梅列日科夫斯基处于同一品位；从文学家的文化理论修养水准来看，别雷与伊凡诺夫十分接近；而以文学家的诗学理论素质来衡量，别雷比勃留索夫则是有过之而无不及"①。

伊凡诺夫是俄国象征派诗人中文化哲学素养最为深厚的一位。他的象征主义理论由于逻辑缜密、体系严整、表述清晰，一向被奉为俄国象征派文学理论建设臻于完美的标志，甚至被尊为"最为纯粹"、"最为标准"的象征主义文论。其理论建树体现为：对艺术象征品性的体认，对象征主义艺术类型的阐释，对象征派文学哲学文化任务的确立。别雷和伊凡诺夫一起将俄国象征派文学理论推向了一个新的高度。

周启超认为，俄国象征派文学理论的建设可以分为三次浪潮。明斯基、梅列日科夫斯基、吉皮乌斯、费洛索甫奥夫迷恋在宗教哲学的光轮中进行文学理论的构建，因而他们构成了象征派文学理论建设的第一浪潮。第二浪潮则是由勃留索夫、杜勃罗留鲍夫、巴尔蒙特、安宁斯基这一支坚持在"文学本位"对象征主义文学的"诗学机制"进行开掘的分支构成的。象征派文学理论建设的第三浪潮认为，象征派文学运动要走向新的"超文学"境界——一种由艺术象征扩展而成的神话创作来激发世人"洗心革面"、"重铸性灵"的生命创造。②

（二）俄国象征派理论建树的影响

俄国象征派的理论建树对 20 世纪的俄罗斯文学产生了重大影响。周启超指出，具体体现为"复活词语"的先驱、"复调理论"的胚胎及"垂向思维"范式三个方面。

俄国象征派文论开辟了 20 世纪俄罗斯文论史上"复活词语"的

---

① 周启超：《俄国象征派文学理论建树》，安徽教育出版社 1998 年版，第 128 页。
② 同上书，第 98 页。

先河，对俄国形式主义学派的形成产生了很大的影响。尤其是俄国象征派文学理论家别雷的论文集《象征主义》，不仅为形式学派文论家直接地提供了一系列具有方法论意义的理论诗学思想，而且在具体实践中已经运用了材料与手法、形式与内容等一系列诗学范畴。别雷对"复活词语"的热情可以追溯到勃留索夫，他们共同为形式主义文论营造出必要的理论氛围，这两位象征派理论家同样是形式主义文论的开路人。

如果将别雷和勃留索夫的"复活词语"的观点作为俄国形式主义文论的新视角，那么伊凡诺夫对于陀思妥耶夫斯基小说的诗学分析，则可以作为巴赫金的"复调理论"的胚胎。

俄国象征派文论的贡献还在于，对俄罗斯文学理论建设视角的扩展及对后来的文论家在思想上的影响。俄国象征派文学家在思维方式上的一个显著的特征是"垂向观照"，这种"垂向思维"作为一种思维方式，对后来的文学理论产生了深远的影响。洛特曼的"结构诗学"的理论主要是受到了俄国象征派"垂向思维"的影响。

对于俄国象征派文论的建树，周启超给予了客观而公正的评价。俄国象征派文学理论家在探索过程中，从不同的视界，对文学的审美使命、文学的艺术品性、文学的语言能量等基本理论问题展开了独特的、系统的思考和讨论。

> 这一派文论家恪守"唯有美能拯救世界"这一精神信条，认定文学创作就是要显现美创造美；他们相信任何艺术都具有象征的品性，主张语言艺术家应自觉地投入象征世界的营造；在他们心目中，文学语言的能量乃在于"激活"和"释放"创造性词语的内蕴，文学家的本领乃在于驾驭活生生的话语而去"投射"存在去疗救"心灵"。①

---

① 周启超：《俄国象征派文学理论建树》，安徽教育出版社1998年版，第266页。

总之，周启超对象征派的研究体现了其敏锐的学术视角和广博的知识积累，他的研究可以说扫净了历史的尘土，重新挖掘和评价了俄国象征派文学的光辉和价值，在我国俄苏文学研究中具有开创性的意义。

第二节 从白银时代研究到"二十世纪俄语文学"的建构

1978年以来，学术界对俄罗斯白银时代给予了更多的关注，出现了一系列系统论述白银时代诗歌、小说或文学理论的论著。苏联解体以后，学术界开始从整体上对俄国"白银时代"进行观照。1998年，俄苏文学研究界掀起了白银时代文学的翻译出版热潮。

1998年3月，北京的作家出版社推出了严永兴主编的"白银时代丛书"（6本）。这套丛书以小说为重点，包括别雷的《彼得堡》、布尔加科夫的《撒旦起舞》、皮利尼亚克的《红木》、扎米亚京的《我们》、安德列耶夫的《红笑》和格林的《踏浪女人》。4月间，云南人民出版社推出了由叶水夫、吴元迈、石南征等主编，刘文飞和汪剑钊等策划的"俄罗斯白银时代文化丛书"（7本）。这套丛书内容丰富，既有诗歌、小说和散文，也包括舍斯托夫的理论批评文集《开端与终结》和别尔嘉耶夫的"哲学自传"——《自我认知》。6月，周启超主编的"白银时代精品文库"（4卷）由中国文联出版社出版。其中包括《小说卷》《诗歌卷》《名人剪影》和《文化随笔》。

面对这种现象，有人提出：为什么在短期内几家出版社几乎同时出版了多套俄国"白银时代"文学作品呢？汪介之认为，如果有机会翻阅一下上述4套白银时代文学与文化丛书，便不难发现，"它们的策划者、主编者和译者，包括我国老中青三代俄罗斯文学研究者和翻译工作者。他们当中的大部分人，都是活跃于这一领域并且卓有著译成果的。这一事实有力地说明，至少在要不要系统地译介白银时代俄国文学这一问题上，人们已经取得了较为一致的看法，作出了肯定的回答"①。

在俄苏文学研究中，周启超从对俄国象征派进一步扩展到对整个白银时代文学现象的关注。在翻译了两部白银时代象征派小说选，主编俄罗斯"白银时代精品文库"之后，于2003年推出专著《白银时代俄罗斯文学研究》。这部著作在对白银时代文学进行整体研究的同时，对其中的许多问题进行了深入探讨，是我国关于白银时代文学研究的一部力作。

一 准确辨析白银时代的概念和内涵

"白银时代"原本指人类文化发展的特定时期的状态、气象、品位与精神。而俄罗斯文学的"白银时代"是指19世纪末20世纪初的俄罗斯文学，"在这个长达30多年（1890—1925）的时段里，俄罗斯文学以其群星璀璨、群芳争妍、流派纷呈、百家争鸣的景观，以其锐意求索、执著开拓、破旧立新、继往开来的气象，书写了历史转折文化转型时代交替社会变迁之际语言艺术的一个新篇章"②。

作为这样一个多姿多彩的文学时代，俄国"白银时代"最初的遭遇令人惋惜，但后来的"白银时代"却经历了被读者推崇并"走红"的时代。周启超认为，"我们有必要也有可能对于历史地形成的'空白'予以清除，对于历史地累积的'失真'予以校正，对于历史地被冷落的'经典'予以确认。应当'正本清源'，还文学行进的历史以其本有的原生态"③，重新定位"白银时代"的意义和价值。

周启超指出"白银时代"这一词语的书写"经历了由小写——作为一种隐喻——到大写——作为一种概念的演化过程"④。小写的"白银时代"可以喻指19世纪活跃在俄罗斯诗坛的一些非主流诗人的创作，也可以喻指19世纪末20世纪初俄罗斯诗坛上的象征主义、阿

---

① 汪介之：《白银时代俄罗斯文学在中国的接受》，《中国比较文学》1999年第4期。
② 周启超：《白银时代俄罗斯文学研究·引言》，北京大学出版社2003年版，第1页。
③ 同上书，第2页。
④ 周启超：《白银时代俄罗斯文学研究》，北京大学出版社2003年版，第1页。

克梅主义、未来主义等诗歌气象。在 20 世纪 60 年代以前,"白银时代"这一词基本上都是小写的,是一种隐喻。

到了 1962 年,俄侨诗人谢·马科夫斯基在他的《在白银时代的帕耳那索斯山上》一书中,率先使用了大写的"白银时代"。这似乎就意味着"白银时代"从此由一种隐喻转化为一种概念。1987 年,西方斯拉夫学界将其多卷本《俄罗斯文学史》中 20 世纪的首卷名命名为"白银时代卷"。这似乎就标志着"白银时代"已作为一种文艺学概念在文学史中最终被确立。[①]

随着"白银时代"从小写到大写,"白银时代"概念的内涵和外延都得到了相应的扩展。周启超指出,"白银时代"的概念至少由四种界面构成。

"白银时代"的第一个层面是用来形容世纪之交的俄罗斯诗歌的风貌,所以"白银时代"的最初内涵是诗歌的时代。在俄罗斯文学史上,经历了"黄金时代"之后,又开始了一个新的文学高潮。从 1890 年至 1925 年间,俄罗斯诗坛涌现出一批杰出的诗人。在那样一个文化转型、社会动荡的时期,这些个性鲜明的诗人用自己的诗歌捕捉时代的旋律,成为时代精神的歌者。

"白银时代"的第二个层面是指"文学的时代"。除了诗歌繁荣之外,俄罗斯其他文学类型也取得较大的发展,整个文坛出现思潮纷呈、流派林立、集群丛生、英才辈出的新景象。这种色彩斑斓的新气象,一方面体现在文学进程的动力机制与文学体裁的发育形态上;另一方面也体现在文学作品的社会功能与文学理念的流变方式上。当时作家的审美视角及文学理念上的多元化取向,自然促成了文学进程动力机制上的多元化。在世纪之交的俄罗斯文坛,多个流派相互交映,构成了一个复杂的新局面。

"白银时代"的第三层界面是指"艺术的时代"。因为世纪之交文学繁荣的同时也带动了戏剧、绘画、音乐乃至舞蹈的发展,所以文

[①] 周启超:《白银时代俄罗斯文学研究》,北京大学出版社 2003 年版,第 2 页。

学家和艺术家共同打造了一个繁荣的时代。

"白银时代"的第四层界面是指"文化的时代"。"那些吟花弄月的诗人、呼风唤雨的作家，那些于音乐、戏剧、美术、舞蹈等艺术创作天地弄潮逐浪的艺术家，那些穿行于宗教、神学、美学、哲学诸领域上下求索的思想家，以其空前激越的文化批判、文化自省、文化重建的情怀与姿态，联手铸成了俄罗斯文化历程中又一个风采独具、神韵独出的大时代。"①

"白银时代"不管作为喻指还是作为一种概念，其中都有一些共同的含义。"白银时代"旨在标示文学进行也具有一定的周期性，至少文学体裁的发育具有某种周期性；"白银时代"乃是相对"黄金时代"而论的；"白银时代"这一隐喻或概念最早的使用者是"阿克梅派"诗人，其文化背景乃是这群诗人对他们逝去的青春时代的深切眷念。②

周启超对白银时代的概念和内涵做了准确透彻的分析，为学术界进一步研究白银时代文学打下了良好的基础。要理解 20 世纪的俄罗斯文学，必须要从"白银时代"入手。俄罗斯文学或文化史上的"白银时代"是 19 世纪末 20 世纪初所产生的一道风景。处在世纪之交的中国学界，可以重新审视白银时代文学以得到参照和启示。

二 清晰梳理白银时代的流派和团体

19 世纪末 20 世纪初的俄罗斯文坛，打破了一种文学思潮一枝独秀的状态，出现了几种思潮分流的情况。周启超认为，如果从作家的基本哲学思潮的取向与美学追求来看，世纪之交的俄罗斯文学可以分为三大流脉。这三大流脉就是："最鲜明地体现着俄罗斯文学由古典形态向现代形态转换之种种表征的现代主义流脉，以大开放大吸纳的方式积极地自我更新且卓有建树的现实主义流脉，还有那种对现代主

---

① 周启超：《白银时代俄罗斯文学研究》，北京大学出版社 2003 年版，第 9 页。
② 同上书，第 2 页。

第六章　周启超：坚定执着的学术探索

义的美学追求与现实主义的诗学原则均保持一定的距离、力图在这两大营垒的'中间地带'另辟蹊径因而独具一格的'第三流脉'。"①

在《白银时代俄罗斯文学研究》中，周启超论述分析了现代主义文学流脉中的象征派、阿克梅派和未来派，现实主义文学中的"星期三"集群、"知识文库"集群和"话语文丛"集群。通过分析，清晰地勾勒了俄罗斯文学"白银时代"文学流派和集群的独特精神风貌。

关于象征派，周启超认为这是一个典型的结构完整的文学流派。因为象征派作家创立了自己的文学刊物甚至出版社，提出了自己的文学领域美学标准，并公开向异己流派挑战，同时也在本流派内部展开争鸣。在象征派文学的发展过程中，经历了生成与初期、成熟与兴盛时期及走向最终衰落的"式微期"。

关于阿克梅派，1913 年古米廖夫的论文《象征主义遗产与阿克梅主义》和谢·戈罗杰茨基的论文《当代俄罗斯诗歌中的若干流派》在《阿波罗》杂志的发表标志着阿克梅派的诞生。关于"阿克梅派主义"的含义，历来众说纷纭。但从词源学与语文学来看，该词的含义是"某种事物的顶级与巅峰状态，生机勃勃的繁盛空前的花季"②。周启超认为，从这一名称也映衬着新诗派对自己诗性力量的自信与诗歌境界的需求。

如果将阿克梅派主义与象征主义或未来主义进行比较，可以发现阿克梅主义在影响上不及象征主义，但它对俄罗斯文学的贡献是不容忽视的。阿克梅派在创作上具有"杂食性"的特点，在创作题材上也出现了"杂色"。然而，这些并不妨碍阿克梅派诗人在诗学原则和审美标准上达成共识。他们的共识主要体现在以下几点：③首先，"善于对各种不同文化时代加以追思，对那些时代的形象语言能够自由地使用，在互文状态中，在相互投射相互映衬的语境中加以使用"。这个特征可以说是继承了象征派的优点，因而阿克梅

---

① 周启超：《白银时代俄罗斯文学研究》，北京大学出版社 2003 年版，第 16 页。
② 同上书，第 44 页。
③ 同上书，第 52 页。

派诗人在创作中仍然保持了象征派的丰厚的诗歌境界。其次,"重视那些有表现力的物象细节作用的提升"。这一点又使阿克梅派有别于"未来派"诗作的"物象化"的特点。最后,阿克梅派"倾心于对美妙的明晰性的追求"。这是"阿克梅派"与象征派的隐喻性相抗衡的基点。

"未来主义"在俄罗斯诗坛的面世是以布尔柳克、赫列勃尼科夫、卡缅斯基的一部名为《鉴赏家的陷阱》的诗集的发表为标志的。"未来主义"的一个典型特征,就是流派中的"集群"纷呈,整个流派的"裂变"节奏,连象征主义也望尘莫及。

周启超认为,由于未来主义内部流派众多,只有通过将俄国未来主义和意大利未来主义放在一起比较,才能揭示出俄国未来主义的特点。如果从"类型学"的角度看,两种未来主义都具有那种典型的"与过去彻底决裂"的空前激进的"革命"激情。二者都对先前的艺术与文化予以绝对否定。如果从两派诗人的生活爱好来看,这两个流派的诗人都偏爱乖张的举止、越轨的行为,经常以耸人听闻的语言和反常怪诞的行为来吸引人注意。如果从审美趣味来看,两派诗人都把"都市主义"的高扬,对技术与速度的赞美,对于通过艺术手段传达运动感、传达现代城市那种加快了的生活节奏感的倾心作为共同的审美取向。①

如果以诗歌的写作技巧来看,两派诗人也存在一些相似的追求。尽管俄国未来主义与意大利未来主义存在许多相似之处,但二者之间的差别也是不能忽视的。用意大利未来主义领袖马利涅蒂的话来形容,就是"俄罗斯未来主义者好像总是有点在云中飘荡——耽于幻想,而意大利未来主义者则是牢牢地立足于具体性:立足于大地"②。如果从社会分析的角度看,俄罗斯未来主义对被抛入社会底层的下层人民的关心,在意大利未来主义的作品中也是很难找到的。俄国未来

---

① 周启超:《白银时代俄罗斯文学研究》,北京大学出版社2003年版,第61页。
② 同上书,第62页。

派和意大利未来派的不同之处在于，社会环境的不同、文化传统的差异给这些无政府主义者的反叛提供了不同的文化土壤。

周启超的研究清晰呈现了象征派、阿克梅派及未来派三者之间的联系和区别，深入分析了这三个流派所体现出的现代主义特点，从整体上对白银时代的现代主义文学进行观照，体现了作者开阔的学术视野。

相比于现代主义文学，"白银时代"现实主义文学流脉的发展则采取了一种更为朴素的方式。他们或以某一种文丛或文库为纽带，或以某一家出版社为依托，或以某一位受到大家推崇的名作家为轴心，组织形态相对松散，理论主张并不清晰，而且是以集群的方式出现的。其中，莫斯科的"星期三"、彼得堡的"知识文库"与莫斯科的"话语文丛"，是不断自我更新的现实主义文学进程中的三大文学"集群"。周启超从这三个"集群"的发展入手，展示了"白银时代"俄国现实主义文学的发展历程。

"星期三"集群是19世纪末20世纪初俄国现实主义文学的一个群体。"星期三"集群是从尼·捷列绍夫在19世纪80年代组建的文学社团"帕耳那斯"脱胎而来的，其主要成员有尼·捷列绍夫、伊·布宁、高尔基、安德列耶夫、绥拉菲莫维奇、魏列萨耶夫、库普林等。"星期三"集群是一个较为松散的社团，不仅没有严密的组织形态，也没有自己的机关刊物。这一集群的作家先后以《生活》杂志、《大众》杂志等刊物为阵地，但最终没能创办自己的文学刊物。周启超认为，"星期三"集群是世纪之交现实主义文学流脉迎战现代主义文学流脉的第一个基地。在当时的社会环境中，"星期三"集群具有一定的社会意义。

就在"星期三"集群即将面临解体的关头，高尔基领导的"知识出版社"对其进行收编，因而这两个集群之间的联系是非常密切的。"知识文库"集群是指围绕在高尔基周围以"知识出版社"为依托的作家群。"知识出版社"是由康·彼亚特尼茨基于1898年首倡而在彼得堡建立的作家同仁性质的出版社。在1904年到1913年的10

年间,"知识出版社"出版了40辑的"知识文库",展现了现实主义作家多样的创作风格,同时也集中体现了现实主义在思想和艺术上的探索。周启超认为,这40辑作品,"堪称是世纪之交俄罗斯现实生活的一部艺术编年史。生活与生存中的迫切问题,不论是哲学上的、道德上的问题,都在这部编年史上留下自己的印迹"[①]。

在俄国现实主义文学发展的过程中,随着"知识文库"集群的解体,新的集群——"话语文丛"在莫斯科产生了。"话语文丛"是以"莫斯科作家书籍出版社"为依托,其主要成员有布宁、伊·什梅廖夫、阿·托尔斯泰、绥拉菲莫维奇和魏列萨耶夫、安德列耶夫、尼·捷列绍夫等作家。"话语文丛"的作家群在艺术思想上的一个新理念是回归"原生态",推重"原生力",并且积极进行创作上的实践。"话语文丛"集群作家用自己的新理念和实践为俄国现实主义文学的发展贡献了自己的力量。

周启超对"白银时代"俄国文学集群的研究,肯定了他们在白银时代俄国文学中所发挥的积极作用,为我们重新了解这些流派提供了一个新的视角和参考。

三 深入解读白银时代的个性作家

周启超对白银时代的库兹明、安德列耶夫、布宁、巴尔蒙特、阿赫玛托娃、谢维里亚宁及叶赛宁等独具个性的作家保持了浓厚的兴趣,通过比较研究的方法进行了深入分析。在俄国白银时代文学中,这些有个性的作家既不属于某一流派,也不属于某一集群,而是在种种思潮的冲击面前恪守自己的原地,保持了自己的艺术个性。

关于库兹明,周启超指出,这是一位属于在同一流脉的不同流派之间穿行的作家。库兹明的创作受到了象征派诗人勃留索夫、伊凡诺夫和勃洛克的高度评价。他的诗歌创作既体现了对象征主义的超越,同时也对阿克梅派的诗人们产生了一定的影响。而且库兹明的个性,

---

[①] 周启超:《白银时代俄罗斯文学研究》,北京大学出版社2003年版,第77页。

第六章 周启超：坚定执着的学术探索

"不仅体现为他对当时文坛上主要的文学流派均保持这种特立独行的姿态，而且更体现为他这个作家在个体心理与精神风貌上乃是卓尔不群"①。周启超对库兹明的创作给予了高度评价，认为他的创作体现了象征派、阿克梅派的影响，但又不属于象征派和阿克梅派，他的创作是白银时代文学中一道亮丽的风景线。

关于安德列耶夫，周启超指出，这是一位 20 世纪俄罗斯文学史上非常独特的在不同流脉之间穿行的作家。安德列耶夫在继承前辈作家的基础上，走上了新的艺术探索之路。作为一位耕耘于现实主义与现代主义两大流脉之间的作家，"安德列耶夫总是批判地思考着一切，执着地探究人生的奥秘，思索着人与世界的关系，'形而上'地考察着'本体界'的存在与'现象界'的人生之间的深刻矛盾，发现世界存在与现实人生本性敌对，格格不入：一方面，人反抗现存世界的努力总是以悲剧为结局；另一方面，人的不妥协的本能不可遏止，追求自由的能量注定要迸射出来"②。这种"二律背反"是安德列耶夫创作中的基本主题。所以，周启超对于安德列耶夫也给予了客观公正的评价："他对现实主义与现代主义这两大流脉的美学思想与诗学武库均保持那种'开放'的心态、'拿来'的眼光、'吸纳'的能力，而执着于那种旨在兼容这两大美学体系的艺术'综合'，追求一种由'对位'而'共生'的新的完整艺术效果。"③ 周启超的研究深刻地指出了安德列耶夫创作中的独特性，为全面解读安德列耶夫的创作提供了丰富的材料。

关于布宁，周启超也给予了密切关注。布宁是第一位获得诺贝尔文学奖的俄罗斯作家，也是一位执着坚持现实主义文学传统的作家。布宁的获奖词是"由于他严谨的艺术技巧继承了俄国散文写作中的古典传统"。瑞典文学院对布宁的创作给予了充分的肯定："他继承了19 世纪以来的光荣传统并加以发扬光大，至于他那周密、逼真的写

---

① 参见周启超《白银时代俄罗斯文学研究》，北京大学出版社 2003 年版，第 89 页。
② 周启超：《白银时代俄罗斯文学研究》，北京大学出版社 2003 年版，第 105 页。
③ 同上书，第 105—106 页。

实主义笔调,更是独一无二。对于像他这样一位富有抒情气质的作家,他的词句毫无夸张矫饰;平实的风格,朴素的语言,使他的作品显得更诚挚动人。即使通过翻译,读来也令人如饮醇酒。"① 周启超认为,布宁这种文学姿态属于"卓尔不群"的行吟,"不断地变换生活空间,不断地调整创作心态,不断地获取艺术印象,几乎成为布宁最主要的人生欲望与生活方式"②。

除了以上作家外,巴尔蒙特、阿赫玛托娃、谢维里亚宁及叶赛宁等也是周启超比较欣赏的作家。他们或以其"雄浑之风"而成为一代宗师,或以其"婉约之韵"而在诗坛独具一格;他们或是高扬主体自我的"歌王",或是拥抱自然造化的"高手"。他们的创作代表了俄罗斯"白银时代"抒情诗的不同风貌。

周启超在对白银时代的研究中,从安德列耶夫、库兹明、布宁等具体作家开始,进一步扩展到对白银时代象征派的深入分析,随后又对白银时代文学展开了整体观照。这样由点及面、层层递进的研究,体现了周启超敏锐的学术视角和执着的学术探索,他的研究丰富了白银时代的俄国文学研究,为俄罗斯文学中"断代文学史"研究开辟了一个新的思路。

四 关于"二十世纪俄语文学"的建构

周启超的研究从对白银时代文学的关注,扩展到对"二十世纪俄语文学"的建构。在《"二十世纪俄语文学":新的课题,新的视角》中,周启超认为,"二十世纪俄语文学"在时间跨度上指的是"1890年以来将近一百年来的俄语文学发展进程中所出现过的全部文学创作与文学理论实践"。这种划分既不以1900年的自然纪元为起点,也不以1917年的十月革命为起点,而是以19世纪的最后十年俄罗斯文学的新现象为开端,因而可以更为全面地展示"二十世纪俄语文学"

---

① [瑞典]帕尔·哈尔斯特伦:《颁奖词》,载彭诗琅、廖隐邨主编《诺贝尔文学奖金库》,中国社会出版社1998年版,第242页。
② 周启超:《白银时代俄罗斯文学研究》,北京大学出版社2003年版,第109页。

第六章　周启超：坚定执着的学术探索

的发展历程。从空间范围来看，"二十世纪俄语文学"指的是"运用俄罗斯文学语言、渗透着俄罗斯文化精神的所有文学创作，它不以苏维埃俄罗斯文学现象为局限（即狭义的苏俄文学），也不等同于苏联文学（即广义的俄苏文学），而是包含着苏维埃的与非苏维埃（俄侨文学）的俄罗斯文学，还包括在俄罗斯文化精神语境中运用俄语写作的非俄罗斯作家（如艾特玛托夫、加姆扎托夫等作家与诗人）的创作"①。

"二十世纪俄语文学"的建构在俄苏文学研究中是一个非常新颖的课题和视角。它的独特之处在于，"以文学语言——为基石来构建一个域外文学的大厦，而不再以纯粹地理的、政治的、社会的、历史的标尺来界定外国文学的园地"②。如果具体划分的话，则可以分为"显流文学"、"侨民文学"和"潜流文学"三个部分，而且同时需要具备"文学本位"的视角，从语言、诗学、文化这三个层面来分析。所以，周启超认为"二十世纪俄语文学"既是一个新的课题，也是一个新的视角。

"二十世纪俄语文学"的概念在我国学术界受到了重视，同时也引起了广泛的争论。汪介之发表了《阶段性：20世纪俄罗斯文学史的一个参照点——从周启超〈新的课题，新的视角〉一文说开去》，他认为，周启超的"显流文学"、"潜流文学"、"侨民文学"的分法"无疑显示了一种追求切近历史本相的20世纪俄罗斯文学史的开阔视野"③，但是却不能将这三部分作为20世纪新文学史的体例框架。因为"潜流文学"、"侨民文学"和"显流文学"三者之间的界限有时是含混或有交集的。如"潜流文学"中的扎米亚京、伊凡诺夫、茨维塔耶娃等人都有过一段侨民生活史，而"侨民文学"中的索尔仁

---

①　周启超：《"二十世纪俄语文学"：新的课题，新的视角》，《国外文学》1993年第4期。
②　同上。
③　汪介之：《阶段性：20世纪俄罗斯文学史的一个参照点——从周启超〈新的课题，新的视角〉一文说开去》，《俄罗斯文艺》1995年第1期。

尼琴、涅克拉索夫、西尼亚夫斯基等人也是"潜流文学"中的重要作家。

汪介之认为，20世纪俄罗斯文学史具有阶段性的特点，应该成为构思新文学史框架体例的基本参照。如果按照历史唯物主义的原则进行划分，"20世纪俄罗斯文学的历程可以划分为白银时代（1890—1917）、变迁时代（1917—1929）、滑坡时代（1930—1953）、"解冻"与"停滞"时代（1953—1985）、改革时代（1985—1991）以及解体以后（1992—   ）这几个阶段"[①]。

刘亚丁对周启超的三分法给予了高度评价，认为其是解决20世纪俄罗斯文学"面"上的问题的一种启发性尝试。

周启超的"二十世纪俄语文学"的观点，代表了一种新的俄罗斯文学史观的探索。在以前的20世纪俄罗斯文学史的研究中，往往是以1917年的十月革命为起点，而忽视了1917年以前的十余年和其后十余年间俄罗斯文学在整个状态上的一致性。这种一致性既有别于"19世纪后期的那种悲愤、焦虑的审美情绪洋溢在厚实、稳重的语言组织框架中的特征，也异于30年代以后不再以人为中心的审美倾向消解于一致的语言工具化的特征中"[②]。"二十世纪俄语文学"的概念，将20世纪俄罗斯文学的起点向前推进了10年，在时间跨度上是指1890年以来将近100年的俄语文学的发展历程。

此外，以前的20世纪俄罗斯文学研究，"在地域上只定位在俄罗斯境内，在思想倾向上只倚重社会主义现实主义创作，其结果是该时期文学的实际容量被极大地压缩，其价值也随被贬低，文学更多地被赋予了政治色彩和意识形态意义"[③]。"二十世纪俄语文学"的概念扩展了20世纪俄罗斯文学的空间范围，指的是运用俄罗斯文学语言、渗透

[①] 汪介之：《阶段性：20世纪俄罗斯文学史的一个参照点——从周启超〈新的课题，新的视角〉一文说开去》，《俄罗斯文艺》1995年第1期。

[②] 林精华：《走出二十世纪俄罗斯文学史的哲学迷雾》，《国外文学》1996年第1期。

[③] 杨怀玉：《断裂与整合，借鉴与思考——浅谈20世纪90年代我国俄苏文学史研究》，《俄罗斯文艺》2001年第4期。

着俄罗斯文化精神的所有文学创作。"二十世纪俄语文学"概念的提出具有很强的探索意义,在我国学术界引起了广泛的重视和关注。

第三节 俄苏文论研究的新探索

除了对象征派和白银时代文学的研究之外,俄苏文论也是周启超的主要研究领域,同样取得了丰硕的成果。

一 对话中的建构：巴赫金研究

周启超在巴赫金研究方面可谓成果丰硕,发表和出版了一系列和巴赫金相关的著述。其中论文包括《巴赫金文论的关键词："复调"》《论陀思妥耶夫斯基小说的复调性——巴赫金访谈录》《试论巴赫金的"文本理论"》等,以及论文集《对话与建构》和《跨文化的文学理论研究》中的部分内容。

周启超还参与了钱中文主编的《巴赫金文集》《巴赫金全集》[①]的翻译工作,尤其是《巴赫金全集》第七卷的资料搜集、译文编选和翻译组织工作。在研究和译介巴赫金的过程中,多年以来,他一直密切关注追踪国际巴赫金学界的进展,与俄罗斯巴赫金研究的权威专家谢·鲍恰洛夫、瓦·柯日诺夫、谢·阿维林采夫等学者有直接的学术联络。同时与美国、英国的巴赫金研究专家也有学术联系。在2009年12月莫斯科的巴赫金国际学术研讨会上,他与德国学者沃尔夫冈·施密特教授一同主持当代文论研究组的讨论,并在会上作了当代中国的巴赫金研究的学术报告。

2014年,南京大学出版社推出周启超、王加兴主编的《跨文化

[①] 《巴赫金全集》(六卷本)1998年由河北教育出版社初版,2009年修订后由河北教育出版社再版。此次修订,新增中译本第七卷内容,收入了巴赫金于20世纪20年代所做的俄国文学家庭讲座笔记和1958—1959年于摩尔达瓦大学文史系所做的外国文学讲课笔记。为了满足中国广大研究者需要,将其与《巴赫金全集》原第四卷有关内容合并,结为第七卷,作为新的《巴赫金全集》(七卷本)出版。

视界中的巴赫金丛书》。包括《俄罗斯学者论巴赫金》《欧美学者论巴赫金》《中国学者论巴赫金》《对话中的巴赫金》《当代学者心目中的巴赫金》。该丛书的出版有利于了解当今世界巴赫金研究的最新现状，促进国内外巴赫金研究者之间的深入交流。周启超为推进我国巴赫金研究做出了突出的贡献。

米哈伊尔·米哈伊洛维奇·巴赫金是20世纪苏联最引人注目的学者之一，是苏联文艺理论家中最具世界影响的学者。他在哲学、美学、文艺学、语言学和符号学等领域，均有重大建树，能够提出并独特地解析一系列理论界关注的重要问题。由于巴赫金的研究范围广泛，所以经常有人会对巴赫金在学术研究中的身份提出质疑：文艺学家、语言学家、哲学家、思想家还是人类学家？针对这一问题，苏联文论家谢·阿韦林采夫曾这样回答道："作为一名学者，巴赫金不是由一个'文艺学家'的概念能概括的：他更是一位哲学家。我想，在把握巴赫金研究中所付出的一定努力是与一点分不开的，即：首先他被当作是文艺学界一位不可动摇的权威，而且他被认为是一名导师，为此他可以毫不畏惧地去重复犯错或碰钉子。然而巴赫金又是一位思想家，不是一位为了别人在他背后鹦鹉学舌而活着的思想家，他活着是为了让人倾听他的声音——而且能听进去……"[①] 对于巴赫金在学术研究中的身份，我国学者张杰也给予了进一步深刻的评价："他时而是一位社会学家，时而又是一位历史文化学家，时而受到语言符号学家们的推崇，时而又令结构主义者和叙事学家们倾倒。他的学术思想呈现出一种'多声部'现象，甚至有时人们会怀疑这么多复杂的思想是否皆出自同一个人的头脑。"[②] 总之，巴赫金是20世纪最重要的思想家之一，他的思想不但影响到了俄罗斯和西欧，对我国学界也产生了巨大的影响。

我国的巴赫金研究是从20世纪80年代开始的。1982年，夏仲翼翻译发表了巴赫金的《陀思妥耶夫斯基诗学问题》一书的第一章，

[①] [俄]孔金、孔金娜：《巴赫金传》，张杰、万海松译，东方出版中心2000年版，第3页。

[②] 张杰编选：《巴赫金集·序》，上海远东出版社1998年版，第1页。

第六章　周启超：坚定执着的学术探索

至此，巴赫金的名字第一次被我国学者介绍到中国。1983年，钱中文先生在北京召开的中国社会科学院与美国美中交流学术委员会联合举办的"中美双边比较文学讨论会"上宣读了《"复调小说"及其理论问题——巴赫金的叙述理论之一》的论文，由此揭开了我国巴赫金研究的序幕。① 在整个80年代，我国对巴赫金的研究都是围绕"复调小说"展开的。到了90年代，巴赫金研究进一步深化，开始全面涉及巴赫金理论的方方面面。进入新世纪以来，巴赫金研究不管是在数量还是质量方面都获得了巨大的丰收。周启超在巴赫金研究方面取得了显著的成果，主要集中在巴赫金的"复调理论"、"文本理论"、对话思想等研究上。

（一）巴赫金"复调理论"的梳理

在《巴赫金文论的关键词："复调"》② 中，周启超对巴赫金的"复调理论"进行了梳理。"复调"是巴赫金文论中最为重要的关键词之一，周启超梳理了巴赫金笔下"复调"的不同含义和所指。在文学理论中，"复调"指的是小说结构上的一种特征，对应的是"复调型长篇小说"；在美学理论中，"复调"指的是艺术观照上的一种视界，对应的是"复调型艺术思维"；在哲学理论中，"复调"指的是拥有独立个性的不同主体之间"既不相融合也不相分割"共同建构真理的一种状态，因此而有"复调性关系"；在文化学理论中，"复调"指的是拥有主体权利的不同个性以各自独立的声音平等对话，在互证互识互动互补之中共存共生的一种境界，或者说"和而不同"的一种理念，对应的是"复调性意识"。通过梳理，将巴赫金的"复调"的不同含义清晰地展现出来，为进一步研究巴赫金的"复调"理论奠定了基础。

在梳理了"复调"的含义之后，周启超层层递进，对巴赫金的"复调理论"展开分析。巴赫金在《陀思妥耶夫斯基创作问题》

---

① 晓河：《巴赫金研究在中国》，《文艺理论与批评》1998年第6期。
② 《外国文学》2002年第4期。

(1929)、《陀思妥耶夫斯基诗学问题》(1963)、《关于陀思妥耶夫斯基一书的修订》(1961)等著述中，甚至在晚年接受波兰学者兹·波德古热茨的采访中，都阐述过关于"复调性"的问题。周启超结合《陀思妥耶夫斯基诗学问题》，对巴赫金的复调小说理论展开论述。他认为，巴赫金在陀氏研究方面的突出特点在于，将对陀氏小说艺术的解读转化成了音乐评论，有意打通文学和艺术两门不同学科的发育机制。在巴赫金的"复调理论"看来，陀氏小说中的人物都是具有独立意识的主体，而且人物的主体世界丰富多彩，构成了多声部的对话。

周启超进一步梳理了苏联学者卢那察尔斯基、弗里德连捷尔，法国学者茨维坦·托多罗夫，中国学者钱中文、彭克巽对"复调小说理论"的态度。为了挖掘巴赫金"复调性"的真正内涵，他将"复调性"和其反义词"独白性"利用比较批评的方法进行了深入分析，深刻地揭示出巴赫金的"复调性"的核心语义是"对话性"。周启超对巴赫金"复调理论"的专题梳理在我国巴赫金研究中具有积极的意义和价值，受到了学术界的广泛好评。

（二）巴赫金"文本理论"的研究

"文本理论"与"复调"、"对话"及"狂欢化"理论相比，并不属于最为流行的巴赫金理论范畴，因而我国学术界对巴赫金的"文本理论"关注较少。在这种情况下，周启超关于巴赫金"文本理论"的研究就具有重要意义，主要体现在《试论巴赫金的"文本理论"》[①]一文。其中从各个方向论述了巴赫金的"文本理论"，以及巴赫金"文本理论"对当代的指导意义。

巴赫金对"文本问题"的思考集中体现在他在 20 世纪 50 年代末到 60 年代初的一份笔记，后来以"语言学、语文学和其他人文学科中的文本问题：哲学分析之尝试"为题，收入巴赫金的论文集《话语创作美学》中。关于巴赫金的"文本理论"，周启超认为："巴赫

[①] 《江西社会科学》2009 年第 8 期。

金不仅较早地意识到文本地位的重要性，较早地提出'大文本'概念，而且明确提出文本的两极性、文本的对话性、文本的超语言性。"所以，"巴赫金的文本思想是当代文本理论的重要组成部分。对我们反思文学文本的特质、反思人文学科的特征都颇有启迪"。

在《试论巴赫金的"文本理论"》中，周启超从四个角度对"文本理论"进行了客观评价，分析了其对当代的指导意义。

首先，巴赫金将文本看作"任何人文学科的第一性实体（现实）和出发点"。巴赫金的"文本理论"并不是单纯的语言学分析、语文学分析或者是文学学分析，而是立足于整个人文学科的"哲学分析"。巴赫金高度重视文本的地位和作用，他对文本的推重，也是一种变相的对人文学科科学性的捍卫。因而周启超认为，巴赫金的"文本理论"中对文本的高度重视和推重，也为我们当下的文学研究实践中出现的与作品文本脱节，或者抛开文本用理论生搬硬套的现象提供了一个很好的榜样。

其次，巴赫金论述的"话语文本"是具有独特品质的，是"关于思想的思想，关于感受的感受，关于话语的话语"，是"双声的表述"。"话语文本"是主体和作者之间的交锋。周启超认为，如果用巴赫金的"独白与对话"的概念来形容的话，"话语文本"则是一种对话性文本。而且巴赫金的话语文本是作为一种"表述"的文本，是有"主体"的文本，是作者并未死亡的文本，是具有"双主体性"、"双声性"的文本。同时，巴赫金也特别关注作为"表述"的话语文本的"两极性"和"事件性"。周启超认为巴赫金对"表述"的"超语言性"的关注、对话语文本之"主体性"的强调、对"话语文本"的"双主体性"的确认、对话语文本之"事件性"的论述，"乃是对结构主义抛弃主体而封闭于文本、对后结构主义雾化主体而消解作者的一种抗衡"。巴赫金的这种思想，有助于更好地认识文学作品的内部机制，从而更好地把握文学研究过程中两种文本之间的交锋和互动，具有很强的方法论意义。

再次，巴赫金论述的"文学文本"是具有双声语的"话语文本"。所谓"双声语"是指"具有双重指向的话语,那种形成内在对话关系的、折射出来的他人话语,它既针对一般话语的言语对象,又针对别人话语即他人言语"。周启超认为,这种双声语的形成是作者言语与人物言语之间的互动机制所产生的,对我们今天的文学研究依然具有很强的指导意义。

最后,"潜对话"展示了巴赫金文本思想的语境与价值。关于巴赫金的"潜对话"理论,事实上是他在"文本问题"上与符号学展开的一种潜对话。虽然巴赫金承认"每一个文本背后都有一个语言系统",但是他同时认为,文本的整个语言层面只应当被认为是"材料与工具",文中最主要的东西是"它的构思","它那里与真相、真理、善、美、历史有关系的东西","能成为某种有个性、唯一的与不可重复的东西"。文本的情境是由文本的接受者与阐释者在场来实现的。

(三) 中国巴赫金研究现状分析

巴赫金的"复调"和"对话"理论是其理论体系的重要概念。周启超认为,巴赫金文论的关键词是"复调",而"复调性"的核心语义是"对话性"。"巴赫金所谓的'复调性',可以说是与'独白性'针锋相对的'对话性'艺术思维的别称。"[1] 他对巴赫金文论中的"复调"和"对话"理论给予了高度评价,但同时指出了当中存在的一些问题。随着巴赫金学说影响力的日益扩大,巴赫金思想也逐渐被神化、被庸俗化,这是一个值得关注的问题。

首先,巴赫金的话语理论对中国当代文艺理论的发展、建构,以及外国文学作品的解读起到了巨大的促进作用。如果确切地讲:"'复调'理论推动了当代中国的叙事学与小说美学的探索,'对话理论'激活了当代中国的文学学乃至整个人文研究的反独断反霸权的自由精神与独立品格,'狂欢化理论'的应用深化了当代中国学界对经典作品深层意蕴与文化价值的发掘……"[2] 巴赫金的思想与

---

[1] 周启超:《巴赫金文论的关键词:"复调"》,《外国文学》2002年第4期。
[2] 周启超:《"复调"、"对话"、"狂欢化"之后与之外——当代中国学界巴赫金研究的新进展》,《北京第二外国语学院学报》2010年第4期。

学说，对当代中国文艺理论界产生了许多重要的影响。而且近年来，我国学者对巴赫金"话语理论"的研究取得了很大的成果。

其次，周启超分析了我国学者进行巴赫金理论研究的具体语境。如巴赫金与马克思主义关系研究，其中出现了三种不同的观点。再有，巴赫金与形式主义关系研究、巴赫金与符号学关系研究、巴赫金与后结构主义关系研究、巴赫金思想与西欧的存在主义及精神分析和酒神精神的比较研究、巴赫金与诠释学研究、巴赫金与民间文化研究、巴赫金与席勒关系研究，以及巴赫金与哈贝马斯和朱光潜研究、巴赫金与文化研究等。①

周启超关注到了巴赫金思想中较为陌生的"文本理论"，进一步丰富了巴赫金研究的内容，这种研究视角的挖掘对我国巴赫金研究者有着较强的借鉴意义。同时客观指出巴赫金研究中存在的一些问题，随着巴赫金学说影响力的日益扩大，巴赫金思想逐渐被神化、被庸俗化，这是一个需要反思的问题。

二 "激荡开来的潜流"：俄苏形式学派文论探析

从20世纪80年代以来，周启超开始关注俄苏形式学派文论，主要著述有论文《俄苏形式学派文论在当代苏联文学学界的命运——一股激荡开来的潜流》《在"结构—功能"探索的航道上：俄苏形式主义在当代苏联文学理论界的渗透》，以及为刘象愚主编的《外国文论简史》② 所撰写的"俄国形式主义文论"一章。

（一）解析20世纪60年代苏联对形式主义的重新评价

周启超认为，进入20世纪60年代以来，苏联学术界对俄苏形式主义学派开始重新进行审视，并对其理论探索给予了重新评价。一方面，在一些关于苏联文论、美学思想的总体概观的著作中，苏联学者重新评价了形式主义学派。另一方面，部分苏联学者对形式主义学派

---

① 周启超：《"复调"、"对话"、"狂欢化"之后与之外——当代中国学界巴赫金研究的新进展》，《北京第二外国语学院学报》2010年第4期。
② 北京大学出版社2005年版。

中的某些问题进行了专题研究。另外，也有一部分学者着重梳理了"诗语研究会"的学术探索和贡献。① 不难看到，此时的苏联学术界对形式主义学派给予了足够的重视。

在《俄苏形式学派文论在当代苏联文学学界的命运———股激荡开来的潜流》中，周启超具体分析了当今苏联学术界对形式主义流派的三种评论。

第一，"确认形式学派的论著中某些个别具体的'观察'相当深切，在艺术形式的分析上颇有见地，甚至在某些诗学领域中很有建树，但仍旧坚持把形式学派看成是与正统的马克思主义文学学相对立的'异端'，是对标准的社会方法的'偏离'，或者是陈旧的'实证论'的余波"②。虽然从这种观点中似乎看到了对形式主义批判的余波，但这种"肯定个别的研究，否定总体的探索"的观点，在当时是非常典型和普遍的。所以，这种观点"显然标志着正统的苏联文学学者对形式学派的功过在认识上的发展"③。

第二，"有一部分苏联学者充分肯定俄苏形式学派在文学学与诗学领域所做出的一系列探索，一系列具有开拓性的建树，具有突破性的理论，具有创造性的思想，具有国际学术规模的影响，具有弥散性的'效应'"④。周启超认为，持此种观点的学者并非对形式主义学派盲目崇拜，全盘肯定。事实上，他们认为形式主义学派在发展过程中所遇到的"失落"和"倾斜"，是形式学派在学术探索的过程中所无法避免的。其中这种观点的代表学者有德·阿廖申、德·利托夫、彼·索斯克莱贝舍夫、德·伊甫列夫等学者。

第三，"还有一些学者则从'材料'这一概念切入，围绕着形式学派理论体系中'材料'的非精神性、非人文性或纯'实证主义'

---

① 周启超：《俄苏形式学派文论在当代苏联文学学界的命运———股激荡开来的潜流》，载《对话与建构》，安徽文艺出版社2004年版，第76页。
② 同上书，第79页。
③ 同上书，第80页。
④ 同上书，第81页。

的性质，来探讨这一学派在方法上的失误"①。其中巴赫金和古谢夫的观点最有代表性。

周启超的研究将苏联国内对俄苏形式学派评论系统而清晰地呈现出来，使得中国学术界可以详细了解苏联国内对俄苏形式的重新评价和定位，为我国学者准确理解和评价俄苏形式学派文论提供了有力的参考资料。

（二）阐述俄苏形式学派对当代苏联文艺理论界的影响

在《在"结构—功能"探索的航道上：俄苏形式主义在当代苏联文学理论界的渗透》②中，周启超深入阐述了俄苏形式学派文论对当代苏联文艺理论的影响。

形式学派文论是20世纪西方文艺理论的重要流派之一。虽然在20世纪30年代，俄苏形式主义文论因为种种原因而逐渐式微，但却对后来的欧美结构主义及新批评流派的产生起到了巨大的影响。正如佛克马所说，"欧洲各种新流派的文学理论中，几乎每一流派都从这一'形式主义'传统中得到启示"。20世纪60年代，苏联国内对俄苏形式学派文论进行了重新评价。俄苏形式学派的理论思想又一次对苏联学术界乃至世界学术界产生了影响。有一批学者开始努力透视形式学派的思想精髓，并竭力汲取其中方法论的精华。

周启超指出，俄苏形式学派文论影响深远。它所焕发出的生命力可以从洛特曼、巴赫金和柯日诺夫三位学者的著述中显现出来。如果以三位在苏联当代颇有代表性的学者为例，可以很好地透视出俄苏形式学派文论对当代苏联学术界的影响。

三 对其他文论的探索

周启超的文论研究视野开阔，他对苏联解体后俄罗斯文论的现状、洛特曼的文论及现代斯拉夫文论等多个方向都进行了执着探索。

---

① 周启超：《俄苏形式学派文论在当代苏联文学学界的命运——一股激荡开来的潜流》，载《对话与建构》，安徽文艺出版社2004年版，第84页。
② 《外国文学评论》1989年第1期。

（一）苏联解体后的俄罗斯文论研究

周启超对于苏联解体以来俄罗斯文论的前沿问题和新气象给予了足够的关注，主要论文有《"解构"与"建构"，"开放"与"恪守"——苏联解体以来俄罗斯文论建设的基本表征》《开放与恪守并举 解构与建构并行——今日俄罗斯文论前沿问题述评》和《在"开放"与"开采"中自我更新——苏联解体以来俄罗斯文论气象手记》等。多年来，周启超与俄罗斯文论界的著名学者梅列津斯基、加斯帕洛夫、米哈伊诺夫、哈利泽夫等保持学术联系，为进一步展开研究提供了良好的基础。

在《"解构"与"建构"，"开放"与"恪守"——苏联解体以来俄罗斯文论建设的基本表征》①中，周启超指出了当今俄罗斯文论发展的两个具体趋向。

一方面，在对待国外文论成果的同时，俄罗斯学术界和出版界依然在坚持"拿来"的态度。但是这种"拿来主义"的特点在于："其一是多方位的大视野，很少'偏食'。"不论是文化大国，还是一些文化小国的文论，俄罗斯学者都以一视同仁的态度对待。即便是波兰、捷克等文化小国，只要他们的文论可以为俄罗斯文论所用，都可以有选择性地吸收，不必局限在文化大国等狭小的范围内。"其二是学术文化积累保持历史延续性，不曾中断。"俄罗斯国内对西方文论的接受和吸纳并非是从苏联解体后才开始的，其实早在"解冻"时期，苏联学术界和出版界就开始了对欧美文论的"拿来主义"。苏联的解体，并没有中断俄罗斯学者的这种一贯重视学术文化积累的传统，这种学术传统一直延续到了现在。即便在今天的俄罗斯文论界依然可以看到丰富的西方文论的影响。

另一方面，当今俄罗斯文论不仅重视对域外文论成果的"拿来主义"，同时他们也重视对本土资源的开采。俄罗斯文论本身有近百年的发展历史，其中也取得了丰硕的成果。当今俄罗斯学术界开始重新

---

① 《新疆大学学报》（人文社会科学版）2002年第4期。

挖掘和评价俄罗斯的本土文论,并且得到了许多新的启示。

所以,周启超指出,"今日俄罗斯既重视对域外资源的多方位开放接纳,又重视对本土资源的系统性开采发掘,作为基本立场,使当代文论建设获得了'双维度'的大视界。这样一种大视界,为'解构'之中的'建构'创造出必不可少的前提,为当代学者与前辈大师与域外同行的'对话'与'潜对话'建立了不可或缺的平台"①。但是在"兼容并蓄"的潮流中,俄罗斯文论也体现出对"文学本位"立场的恪守。

在《开放与恪守并举　解构与建构并行——今日俄罗斯文论前沿问题述评》② 中,他认为,"重文化意识形态的'解译'、重语言艺术形态的'解析'以及在语言艺术形态和文化意识形态之间穿行的'解读',作为当代文论的三大流脉,在今日俄罗斯文论界依然并行不悖,它们以互动互补、共存共生的方式共同参与文学理论建设"。在这种情况下,就决定了当今俄罗斯文论的特点在于,坚持从"本土资源的开采"与"域外成果的拿来"两个方向获取养分。当今俄罗斯文论的这种具体特点可以概括为:"解构"中的"建构","开放"中的"恪守"。

在《在"开放"与"开采"中自我更新——苏联解体以来俄罗斯文论气象手记》③ 一文中,周启超除概括当今俄罗斯文论的特点之外,还详细展示了当今俄罗斯文论的研究现状及取得的成果,对于我国学术界了解俄罗斯文论界的最新动态起到了积极作用。

(二) 比较文学苏联学派、洛特曼及现代斯拉夫文论研究

周启超在《类型学研究:定位与背景》④ 中系统地介绍了比较文学"苏联学派"的建树与特色。同时,他还为陈惇、孙景尧、谢天

---

① 周启超:《开放与恪守并举　解构与建构并行——今日俄罗斯文论前沿问题述评》,《探索与争鸣》2010 年第 2 期。
② 《探索与争鸣》2010 年第 2 期。
③ 《俄罗斯文艺》2011 年第 2 期。
④ 《中国比较文学》1997 年第 3 期。

振主编的《比较文学》① 撰写了"类型学"一章。他一直密切关注俄罗斯比较文学的新气象，同时针对苏联解体以后国内比较文学界不重视苏联学派，偏重美国学派和法国学派的态度提出了建议，认为不应该忽视比较文学中苏联学派的作用和意义。

周启超是学术界较早开始介绍洛特曼文论的学者。他于1988年在京津地区符号学研讨会上介绍过塔尔图符号学，并于1989年发表论文《在"结构—功能"探索的航道上：俄苏形式主义在当代苏联文学理论界的渗透》中论及洛特曼。他于1989年在塔尔图大学访学期间，与洛特曼有过密切交往，听洛特曼夫妻讲俄罗斯文学，并与他们讨论过中文版《洛特曼文选》编目。后来，在苏州大学的全国符号学探讨会（1993）上曾作过关于塔尔图学派的符号学文论的报告。这些年周启超一直与塔尔图大学的洛特曼专家保持学术联系，与彼得堡著名学者、洛特曼的挚友鲍·叶戈罗夫保持学术交往；曾协助北京外国语大学联络到洛特曼的次子米哈伊尔·洛特曼来华讲学，同时商谈多卷本《洛特曼文集》中译本（白春仁教授主编）的版权事宜。他已发表若干篇论洛特曼文论的文章，在《"文本外结构"与文学作品的建构——尤里·洛特曼的文学文本/文学作品观》中，对洛特曼的文艺观点进行了深度阐释，在我国文论界产生了一定影响。

在斯拉夫文论研究中，周启超将俄罗斯文论置于现代斯拉夫文论的大语境中，对现代斯拉夫文论进行了深度挖掘，认为现代斯拉夫文论是可以与欧陆文论、英美文论相媲美的第三大文论板块。

在《现代斯拉夫文论导引》② 中，周启超论述了现代斯拉夫文论的历史价值，以及20世纪俄罗斯文论的基本格局，具体阐述俄罗斯"形式论"学派、"社会学"学派、布拉格结构论学派、塔尔图符号论学派等流派的发展及其特点，并对什克洛夫斯基、雅各布森、穆卡若夫斯基、英加登等文论家进行深入解读，为我国文艺理论界提供了

---

① 高等教育出版社1997年初版，2007年再版。
② 河南大学出版社2011年版。

第六章　周启超：坚定执着的学术探索

一部视角新颖的文艺理论著作。

在《跨文化视界中的文学文本/作品理论——当代欧陆文论与斯拉夫文论的一个轴心》[①]中，周启超运用比较诗学的视角，将当代俄罗斯文论大家名说与当代欧陆文论大家名说置于同一界面来加以考察。选取近50年来欧陆文论界和斯拉夫文论界在文学文本、作品理论方面成果突出的七位大家——翁贝尔托·埃科、米哈伊尔·巴赫金、尤里·洛特曼、沃尔夫冈·伊瑟尔、茱莉娅·克里斯特瓦、罗兰·巴尔特、热拉尔·热奈的文学文本观进行细致的梳理和辨析。

在多年的俄苏文论研究中，周启超对一些复杂的、国内学界若明若暗的问题进行了深度清理，并对俄罗斯文论之多声部的实况加以客观描述，对于推动我国俄苏文论的发展起到了促进作用。

周启超对俄苏文论的研究，既涉及巴赫金、俄苏形式主义学派等具体个案，也包括对苏联解体以来当今俄罗斯文论特征的整体把握，同时还涉及比较文学研究和文艺理论学科发展的思考。这些研究内容无不显示出作者开阔的学术视野和学术旨趣，以及对于文艺理论学科发展的一种忧患意识。他的研究为我国文艺理论学科的发展提供了许多优秀的建议，研究中所体现出的研究方法也值得年轻学者借鉴和学习。

小　　结

周启超在俄苏文学中有着广阔的研究领域，除了对俄国象征派、白银时代文学、俄苏文艺理论的研究之外，对俄国古典作家的研究也很有深度。

在果戈理研究方面，他译有果戈理的《鼻子》和《伊万·伊万诺维奇与伊万·尼基福罗维奇吵架的故事》，翻译了魏列萨耶夫的《生活中的果戈理》并主编《果戈理全集》九卷本，这是我国关于

[①] 中国社会科学出版社2012年版。

《果戈理全集》的第一部中译本。周启超为《果戈理全集》所作的总序（二）和文中的题解，都体现出了他对果戈理的深刻理解。

周启超对陀思妥耶夫斯基也给予了持续的关注。早在1986年，他就参加了在上海举办的全国陀思妥耶夫斯基学术讨论会。1989年和2010年以唯一的中国学者代表身份出席国际陀思妥耶夫斯基学术研讨会（斯洛文尼亚、意大利），积极向国际学术界介绍当代中国陀思妥耶夫斯基研究的成绩。2010年，周启超出任北京第二外国语学院的陀思妥耶夫斯基研究中心主任，组织筹办了纪念陀思妥耶夫斯基诞辰190周年国际研讨会。[①] 2011年，他在俄罗斯访学期间，重点走访了俄罗斯的陀思妥耶夫斯基研究专家、陀思妥耶夫斯基故居纪念馆，并多次参加以陀翁为主题的学术研讨会，普查最新的陀学研究著作。在研究方面，周启超对陀思妥耶夫斯基笔下的人物有着深刻的理解，体现在《跨越·困惑·张力——拉斯科尔尼科夫性格刍议》[②]和《灵魂的深处意识流变的共时状态——伊凡·卡拉马佐夫性格谈片》[③]等文章中。在译介方面，他翻译了陀思妥耶夫斯基的《孪生兄弟》[④]。周启超在陀思妥耶夫斯基研究中所做的工作，推动了我国陀思妥耶夫斯基研究的发展，在学术史上有着积极的意义和价值。

周启超在俄苏文学研究和文论研究中取得的成就，和他广博的知识、思辨的能力及敏锐的视角密切相关，其中比较批评的研究方法也是重要的一方面。比较是一种方法，它不仅运用于文艺评论中，而且存在于自然科学和社会科学的研究领域里。文艺评论领域里的比较批评是一种传统的批评方法，在文学研究的许多领域广泛运用。文学艺术研究领域中的比较批评有着鲜明的特点："其基本特征是将那些相同形式或不同地区、民族、时代的作家、作品、文学现象等等联系起

---

① 该研讨会汇集了俄罗斯、美国、日本及中国四个国家的不少优秀陀学专家，是我国陀思妥耶夫斯基研究史上一次重要的国际研讨会。
② 《名作欣赏》1988年第4期。
③ 《名作欣赏》1989年第3期。
④ 人民文学出版社1997年版。

第六章 周启超：坚定执着的学术探索

来，进行比较研究，寻找其不同之处和相似之处，从而实现探索文艺的本质和规律的目的。"①

如果要理解比较批评，必须要搞清楚比较批评与比较文学的关系。实际上，比较批评方法与比较文学既有区别也有联系。首先，从形成和发展的历史来看，比较文学和比较批评有着很大的差别。"比较文学"一词最早出现在法国学者诺埃尔1825年编的《比较文学教程》中，而实际上第一个运用比较文学方法进行研究的则是被誉为"比较文学之父"的魏尔曼教授。魏尔曼不仅将比较文学课程开到了高校，而且为其成为一门独立的学派做出了重要贡献。比较文学在各国的形成和发展情况也不尽相同。

其次，比较文学与比较批评的区别还体现在客观的实际运用中。虽然比较批评方法是比较文学产生的基础，也是比较文学最基本、最重要的研究方法，甚至可以说是比较文学确立的重要标志。但是比较批评始终是比较文学研究中诸多研究方法的一种，并非比较文学独有或专用。"而比较批评作为人类认识的一种工具，作为一种方法，它不但普遍地存在于任何个人的日常思维中，而且与演绎、归纳、分析、综合等等这些基本方法一样，普遍地存在于包括国别文学研究的一切学术领域，并没有特定的考察范围，只要能揭示对象之间的相似或相异之处，即使面对的是一国之内的不同文学作品，也能构成比较批评。"②

虽然比较文学与比较批评有着概念范畴上的区别，比较批评方法也并非是比较文学的唯一批评方法，但比较文学确实是比较批评方法广泛运用所产生的结果。因此，比较批评与比较文学又是紧密联系在一起的。如果从二者的性质来看，无论是比较批评还是比较文学，都必须立足于国际化的开阔视野，打破时空、语言界限，考察各国、各民族文学之间的相互关系。因此，比较批评方法作为一种研究方法对

---

① 李朝龙：《现代文艺批评方法论》，贵州人民出版社2005年版，第339页。
② 同上书，第340—341页。

于比较文学来说也有着特殊的意义和特殊的作用。

通过对比分析可以看到,比较文学是文艺学的一门学科,它和文学史、文学理论及文学批评都是文学发展到一定历史阶段的必然产物。而比较批评方法则是文艺研究中的一种方式、手段,也即一种工具。

在对俄国象征派文学的研究中,周启超广泛运用了比较批评的研究方法,得以对这一复杂的,既具有历史价值又具有理论价值的文学现象进行整体的、正面的、全方位的透视和梳理。

除了对俄国象征派文学的整体观照外,对俄国象征派文学的研究,还具体体现在对象征派文学内部的比较中。俄国象征派文学的创作可谓成果丰富,分别包括诗歌创作、戏剧创作和小说创作三个方向。一方面,使用比较批评的方法揭示出俄国象征派文学在诗歌、戏剧和小说创作方面所体现出的差异及共同特征;另一方面,使用比较批评的方法展现了俄国象征派诗歌创作群体、戏剧创作群体和小说创作群体各自内部之间的差异。再有,对同一作家的诗歌、戏剧和小说创作进行比较,从而揭示俄国象征派作家独特的艺术个性。通过比较批评的方法,周启超对俄国象征派这一流派进行了精辟而深刻的重新评价。

总之,周启超对俄苏文学和文论研究保持着高度的热情,他对俄苏文论的研究视角敏锐,分析透彻,既有启发性的视点,又有研究方法方向的自觉,具有一定的前瞻性。

第七章

刘文飞:"诗与思"的追求

刘文飞(1959年生),1977年考入安徽师范大学外语系俄罗斯语言文学专业,1982年考取中国社会科学院研究生院外国文学系的研究生。毕业后,留在中国社会科学院外国文学研究所工作,担任该所研究员、博士生导师[①],同时兼任中国俄罗斯文学研究会会长。

在多年的俄苏文学研究中,刘文飞在研究和翻译方面均取得丰硕的成果。他的主要著作有《二十世纪俄语诗史》《诗歌漂流瓶:布罗茨基与俄语诗歌传统》《墙里墙外:俄语文学论丛》《红场漫步》《明亮的忧伤:重温俄罗斯》《阅读普希金》《布罗茨基传》《思想俄国》《别样的风景》《伊阿诺斯,或双头鹰:俄国文学和文化中斯拉夫派和西方派的思想对峙》等。

刘文飞主编、编选的著作中也不乏优秀之作,包括《普希金全集》(十卷)[②]、《俄语布克奖小说丛书》[③]及《俄国文学史的多种书写》[④]等。其中《俄国文学史的多种书写》展现了中、英、法、美、俄、西班牙和韩国等国关于俄国文学史的书写、类型和风格,将中国的俄国文学史研究和世界俄国文学史研究合为一个整体,展现了世界范围内俄国文学史研究的风貌。

---

① 目前刘文飞在首都师范大学任教。
② 河北教育出版社1999年版。
③ 漓江出版社2003年版。
④ 东方出版社2017年版。

刘文飞在俄苏文学研究中的方向包括布罗茨基研究、俄语诗歌研究、俄罗斯思想文化研究等。

第一节　国内布罗茨基研究的先行者

俄罗斯诗歌充满了强烈的艺术魅力，它以深邃的思想、奔放的感情和优美的韵律给中国读者留下了深刻的印象。在俄罗斯诗歌这片丰富的土壤中，涌现出了许多杰出的诗人，他们为今天的读者留下了精彩绝伦的诗歌盛宴。刘文飞在翻译俄罗斯诗歌的同时，通过文本细读的方式对俄罗斯诗歌进行了深入的研究。

多年来，刘文飞在布罗茨基研究方面取得了可喜的成果。1994年，刘文飞完成题为《布罗茨基：诗与传统》的博士学位论文，从此和布罗茨基结下了不解之缘。1997年，出版《诗歌漂流瓶：布罗茨基与俄语诗歌传统》[①]，并于2003年出版我国第一部《布罗茨基传》[②]。在翻译方面，他翻译了《文明的孩子：布罗茨基论诗和诗人》[③]及美国学者列夫·洛谢夫所著的《布罗茨基传》[④]等著作。刘文飞可以称得上是我国布罗茨基研究第一人，他的布罗茨基研究在俄苏文学研究中有着重要意义和价值。

一　布罗茨基创作诗学解析

约瑟夫·布罗茨基（Joseph Brodsky，1940—1996）是著名的俄裔美籍诗人，1940年出生在苏联列宁格勒，1972年被驱逐出境，后来加入美国国籍，1987年获得诺贝尔文学奖。此后他的诗歌得到了国际社会的高度认可。

国外的布罗茨基研究者大多关注英语诗歌对布罗茨基的影响，

[①] 浙江文艺出版社1997年版。
[②] 新世界出版社2003年版。
[③] 中央编译出版社1999年初版，2007年再版。
[④] 东方出版社2009年版。

第七章 刘文飞："诗与思"的追求

而忽视布罗茨基对俄语诗歌传统的继承。刘文飞认为："作为本世纪最重要的诗人之一，布罗茨基是尊重传统的，他对诗歌传统的继承和发扬是他成功的主要原因之一。布罗茨基在继承传统上的一个特别之处，就是他同时继承着英语诗歌、尤其是17世纪的玄学派诗歌和俄语诗歌、尤其是20世纪初的白银时代诗歌这两大诗歌传统，并通过自己的创作嫁接、融汇了两者，从而形成了他风格独特的新诗歌。"①

关于《诗歌漂流瓶：布罗茨基与俄语诗歌传统》，耶鲁大学的托马斯·温茨洛瓦在为此书所作的序言中给予了高度评价，刘文飞博士"出色地完成了这部对布罗茨基与俄国传统、首先是与曼德里施塔姆、阿赫玛托娃和茨维耶娃之诗歌的关系进行考察的著作。我相信，他的这本书将会赢得许多心怀感激的读者"②。刘文飞对布罗茨基创作诗学的研究，探讨了布罗茨基与俄国诗歌传统之间的联系，得到了国内外学术界的普遍认可和关注。

（一）诗歌的漂流瓶：曼德里施塔姆和布罗茨基

刘文飞认为，巴赫金在"对话"理论中，提到过作家及其作品与接受者的三种对话关系：作家与前人对话，作家与同时代人对话，作家与未来时代人对话。而诗人之间的关系大多是巴赫金说的第一种和第三种对话关系。纵观俄罗斯诗歌史，巴拉丁斯基与曼德里施塔姆，曼德里施塔姆与布罗茨基之间就形成了这种对话关系。巴拉丁斯基作为与普希金同时代的诗人，无疑是孤独和不幸的，这种孤独在后代的曼德里施塔姆身上得到了响应。曼德里施塔姆由此想到了"诗歌漂流瓶"，他认为"信的接收人是那个偶然在海滩上发现瓶子的人，诗的接收人是一位'后代里的读者'"③。曼德里施

---

① 刘文飞：《诗歌漂流瓶：布罗茨基与俄语诗歌传统》，浙江文艺出版社1997年版，第8页。
② ［立陶宛］托马斯·温茨洛瓦：《诗歌漂流瓶：布罗茨基与俄语诗歌传统·序》，浙江文艺出版社1997年版，第3—4页。
③ 参见刘文飞《诗歌漂流瓶：布罗茨基与俄语诗歌传统》，浙江文艺出版社1997年版，第11页。

塔姆读懂了巴拉丁斯基的孤独，转而对自己的孤独进行认真的思考。多年后，他的"后代里的读者"——布罗茨基出生了。由于对曼德里施塔姆的深刻了解，布罗茨基将曼德里施塔姆称为"时代的孤儿"[1]和"本世纪最伟大的俄国诗人"[2]。这种"漂流瓶式"的联系，使得布罗茨基在诗歌观念和诗歌主题上与曼德里施塔姆有着许多相似之处。这种传承关系，使得布罗茨基的诗歌创作无法脱离俄国诗歌的深厚土壤。

根据1987年出版的曼德里施塔姆诗论集《词与文化》，刘文飞指出，"词"、"文化"和"诗"是曼德里施塔姆诗学中最为核心的三个概念。"对于曼德里施塔姆来说，词就是上帝，或者说，就是一种图腾。"[3] 对于文化，曼德里施塔姆同样进行了高度评价："文化是唯一能与自然相对峙的存在，它比权力更强大，比生命更持久，是唯一可以战胜时间和空间的方式。"[4] 曼德里施塔姆所有的诗论都是从文化出发的，都是围绕诗歌讨论文化的。他认为，诗歌好比一座桥梁沟通了词与文化，将两者联系在一起。因此诗不仅是文化的传递者和保存者，而且是与自然抗争的有力武器之一，是文化有机、能动的组成部分。

如果将布罗茨基的诗学观念进行整理概括，可以发现其中的两个突出特征：一是对个性化的追求，一是主张诗歌与政治平等。[5] 布罗茨基试图通过对诗与政治关系的探讨，来确立诗歌的神圣性和地位。他郑重申明了诗歌比政治的优越性，"拒绝复制、拒绝重复的诗，拥有自身的演变动力和逻辑，其存在方式就是一次次新的美学现实的创造，它永远是朝向前方的、探究的，永远是新鲜的'今天'，甚或'明天'；而政治，如同历史等，只能是对过去、至多不过是对现实

---

[1] Brodsky, *Less Than One*, New York: Farrar, Straus and Giroux, 1987, p. 136.
[2] Ibid., p. 145.
[3] 刘文飞：《诗歌漂流瓶：布罗茨基与俄语诗歌传统》，浙江文艺出版社1997年版，第20页。
[4] 同上书，第22页。
[5] 同上书，第23页。

第七章 刘文飞:"诗与思"的追求

的复制和肯定,只能是被动的、维系的'昨天'"①。如果说对于诗歌与政治关系的理解上,布罗茨基是激进的,那么他在创作主体的认识上,却是被动的。布罗茨基认为,"只有诗人才永远清楚,平常语言中被称之为缪斯的东西,实质上就是语言的操纵,他清楚,语言不是他的工具,而他反倒是语言延续其存在的手段"②。因此,可以很清楚地看到曼德里施塔姆和布罗茨基之间的渊源。

在诗歌创作的主题方面,布罗茨基与曼德里施塔姆也有着许多相似之处。布罗茨基在谈及曼德里施塔姆诗歌时认为,"其诗的主要主题之一是时间的主题"。而波兰诗人米沃什在谈到布罗茨基的诗歌创作主题时,认为"是爱与死亡"。因此,"时间主题和死亡主题,是布罗茨基和曼德里施塔姆共有的两个诗歌主题。这两大主题,几乎可以涵盖他们创作的全部"③。刘文飞通过文本细读,对比曼德里施塔姆的一首关于春燕的无题诗和布罗茨基的《蝴蝶》《静物》两首抒情长诗,向我们展示了两位诗人创作中的时间主题和死亡主题。

如果从布罗茨基的创作历程进行考察,他的诗歌主题也经历了一个变化发展的过程,创作主题先后为"孤独与别离、衰老与疾病、死亡以及死亡之后的归宿等"④。所以,读了布罗茨基的诗后,我们有一个感觉:"布罗茨基似乎精心制作了一个悲剧性的生命雕塑,却又将他置于一个暖色调的摆满鲜花的硕大底座上。细读布罗茨基的某一首诗,会感到莫名的压抑和悲观;概览布罗茨基的创作,又能感到,远睹那座组合的雕像,会产生一种浑然的安详和天

---

① [美] 布罗茨基:《诺贝尔奖获得者布罗茨基的受奖演说》,非闻译,《外国文学动态》1988年第10期。
② 同上。
③ 刘文飞:《诗歌漂流瓶:布罗茨基与俄语诗歌传统》,浙江文艺出版社1997年版,第26页。
④ 同上书,第40页。

然的达观。"①

布罗茨基对曼德里施塔姆充满了赞誉，称他是"文明的孩子"，"在本世纪，他或许比任何人都更有资格被称为文明的诗人"②。而且，他认为曼德里施塔姆的悲剧，并非由于反斯大林的诗或者系某一社会制度的迫害，而是因为"由他独特的诗学和美学所决定并铸就的个性必然会与现实发生冲突，作为文化和文明的牺牲，他的悲剧是不可避免的"③。虽然对于"诗歌是什么"的问题，曼德里施塔姆的回答是"对世界文化的眷恋"，布罗茨基的回答是"抗拒死亡的手段"，但这两个答案又是相互联系的。面对20世纪这样一个商业化严重的社会，布罗茨基挺身而出，捍卫了诗歌的尊严。

刘文飞指出，布罗茨基"开启了曼德里施塔姆遗赠的诗的漂流瓶，将诗与文化、与人类文明相联系，确立诗的文化历史意义，肯定诗人在文明进程中的作用和使命"④。布罗茨基和曼德里施塔姆都可以称作"文明的孩子"。

（二）诗歌的传承：阿赫玛托娃和布罗茨基

阿赫玛托娃被称为"俄罗斯诗歌的月亮"，她一生经历了父母离异、婚姻失败、亲人离别，以及饥饿、战争、崩溃和人身攻击等。如果与阿赫玛托娃的经历相比，布罗茨基可以说是幸运的，但相对于同时代人来讲，布罗茨基则命运坎坷。刘文飞认为："如果说阿赫玛托娃的不幸大多是一种强加，是一种难以抗拒的外来力量作用的结果，那么，布罗茨基的磨难则有主观原因，程度不同地是由他'主动'的行为导致的。"⑤ 作为布罗茨基诗歌创作的导师，阿赫玛托娃对布罗茨基产生了很大的影响。

---

① 刘文飞：《诗歌漂流瓶：布罗茨基与俄语诗歌传统》，浙江文艺出版社1997年版，第45页。
② Brodsky, *Less Than One*, New York: Farrar, Straus and Giroux, 1987, p.139.
③ Ibid.
④ 刘文飞：《诗歌漂流瓶：布罗茨基与俄语诗歌传统》，浙江文艺出版社1997年版，第51页。
⑤ 同上书，第55页。

第七章 刘文飞:"诗与思"的追求

如果以阿赫玛托娃的爱情诗为例,可以看到她是以悲剧性目光看待爱情的,但是,她对不幸爱情的态度又是克制的、冷静的,带有一种超然性质。但这种悲剧性的诗歌主题,贯穿了阿赫玛托娃的整个诗歌创作。所以有人认为,布罗茨基作为一位男性诗人,作为阿赫玛托娃的学生,在诗的风格上几乎没有受到阿赫玛托娃的影响。刘文飞认为:"将阿赫玛托娃和布罗茨基的诗歌作一个整体的对照,我们恰恰可以感觉到一种总体风格上的吻合,那就是诗的字里行间所渗透的浓重的悲剧意味。"[1] 布罗茨基的诗歌受到存在主义的影响,因而具有悲观主义色彩,甚至连他的爱情诗也不例外。正如一位美国学者在将布罗茨基的诗和普希金的诗歌进行对比后写道:"总的说来,普希金是俄国诗歌中心灵和肉体的健康、精神的健全、激情的充沛之最充分的体现。而在布罗茨基的诗中,舒适、慵困、友谊、欢快的筵席,轻松幸福的爱情,人间财富和身体健康带来的快感等享乐主义的主题,是绝对没有的。"[2] 布罗茨基诗歌主题中的悲剧意识是不言而喻的。

布罗茨基对阿赫玛托娃的诗歌创作给予了高度评价,他将阿赫玛托娃的诗歌特征概括为"崇高和节制"[3]。"崇高和节制"也可以用来形容布罗茨基的诗歌创作风格。因为布罗茨基有这样一个特点,他在关于其他诗人的诗歌评论中,凡是他在别人身上找到并称赞不已的东西,往往正是他自己所具有的或希望有的。

刘文飞认为,布罗茨基关于阿赫玛托娃的"崇高和节制"的论证,主要是在诗的形式和诗人的气质这两个层面展开的。阿赫玛托娃的诗短小、简洁,很少有复合句式,这在因语法的关系而显得复杂的俄语诗歌中是较为罕见的,布罗茨基因而觉得"她的句法近似英语诗歌"。但同时,阿赫玛托娃的诗歌又是严谨的"古典诗",节奏平稳、

---

[1] 刘文飞:《诗歌漂流瓶:布罗茨基与俄语诗歌传统》,浙江文艺出版社1997年版,第67页。
[2] 同上。
[3] Brodsky, *Less Than One*, New York: Farrar, Straus and Giroux, 1987, p. 36.

齐整，韵脚一丝不苟，有着俄国古典诗歌的优点。阿赫玛托娃之所以在俄国古典诗歌的形式中蕴含复杂的思想，原因在于，"她是想让她的诗去维系一种体面"①；在维系诗的体面的同时，阿赫玛托娃也在维护诗人的尊严。这主要体现在她的诗歌中对悲伤描写的节制。阿赫玛托娃的崇高和节制中也浸润着浓厚的宗教感，是俄国传统道德力量的又一次显现。

虽然布罗茨基推崇阿赫玛托娃的"崇高和节制"，但他本人抵达崇高的途径、他的情感节制方式与阿赫玛托娃有所不同。"阿赫玛托娃的节制，在诗体上的表现是简洁和严谨，在主观形态上的表现是忏悔和宽宏；而布罗茨基的表现则分别是绵密和雕琢，怀疑和冷静。"②所以布罗茨基的诗歌风格，是一种独具匠心的，一种既显复杂又显简洁的独特风格。面对悲剧，他与阿赫玛托娃也有所不同，在承受个人和人类灾难时，布罗茨基没有从宗教的角度寻求解脱，而是大多以嘲笑、怀疑、戏谑的态度面对。

所以刘文飞指出："在普遍的怀疑情绪中，布罗茨基唯独不怀疑诗，诗是他真正的上帝，是他心目中拯救自我拯救文明的唯一手段。这是他使诗崇高化的途径，也是他的诗歌显得崇高的内在原因。"③

布罗茨基因为继承了白银时代的俄国文学传统，尤其是对阿克梅派诗歌传统的继承和发扬，因此被人称为"最后一个阿克梅派诗人"。刘文飞认为，称阿赫玛托娃和布罗茨基为"最后的贵族"，并不是因为他们的出身，而是因为他们的诗歌风格和历史意义。"古典化的形式和道德感的内容，构成了俄罗斯文学最为显著的传统。而这一传统在 20 世纪上、下半期的代表，分别是阿赫玛托娃和布罗茨基。"④

---

① Brodsky, *Less Than One*, New York: Farrar, Straus and Giroux, 1987, p. 38.
② 刘文飞：《诗歌漂流瓶：布罗茨基与俄语诗歌传统》，浙江文艺出版社 1997 年版，第 80 页。
③ 同上书，第 83 页。
④ 同上书，第 92 页。

（三）诗歌的纽带：茨维塔耶娃和布罗茨基

刘文飞认为，布罗茨基在创作个性上又和茨维塔耶娃有许多相似之处。玛丽娜·茨维塔耶娃是白银时代的著名女诗人。1922年，她追随白军军官丈夫流亡国外，1939年返回苏联，后于1941年在叶拉布加市自缢身亡。布罗茨基和茨维塔耶娃有着同样的流亡经历，他们的个性是造成流亡的原因之一，流亡又加强深化了他们的个性。所以，刘文飞指出："在布罗茨基和茨维塔耶娃的自由、孤傲的个性中，积淀着这样两个基本的性格因素：真诚和焦虑。"①

首先，在布罗茨基和茨维塔耶娃的诗歌中，他们独特的创作特色在于诗人和"独白的主人公"一同捍卫诗的价值和诗人的尊严。在"自吟的"和"颂他的"两类抒情诗中，茨维塔耶娃和布罗茨基的诗歌很难被纳入这两个类型。"他们的诗无疑是他们心灵的歌，但似乎不是直接的自吟，他们的诗中较少第一人称的话语，诗中常有一个与诗人并不总是同步的、协调的抒情主人公，后者的声音与作者的声音构成复调，构成对话。"② 他们的这种个性化的创作，我们可以称为"独白的"诗。正是由于诗人的真诚和焦虑才有了这种"独白的"诗。如果用布罗茨基对茨维塔耶娃的评价来形容的话，那便是"在她的诗歌和散文中，我们经常听到一个独白，但是这不是女主人公的独白，而是由于无人可以交谈而作的独白"。"这一说话方式的特征，就是说话人同时也是听话人。民间文学——牧羊人的歌——就是说给自己听的话：自己的耳朵倾听自己的嘴。这样语言通过自我倾听实现了自我认知。"③

其次，布罗茨基和茨维塔耶娃的流亡，在某种程度上是由他们的个性发展造成的。与此同时，他们的流亡都是由政治造成的，他们是以政治牺牲者的身份流亡的；但是，流亡国外后，布罗茨基和茨维塔

---

① 刘文飞：《诗歌漂流瓶：布罗茨基与俄语诗歌传统》，浙江文艺出版社1997年版，第100页。
② 同上书，第103页。
③ Brodsky, *Less Than One*, New York: Farrar, Straus and Giroux, 1987, pp. 192–193.

耶娃又是较少表露政治倾向的作家。总之,"非政治化的创作倾向和对语言的依赖状态,是布罗茨基在流亡中体现出的两个个性特征。这两个特征又是相互联系的,它们是布罗茨基一贯的诗歌观念在流亡这一特殊状态下的表现"①。如果将布罗茨基和茨维塔耶娃对比也可以看到,布罗茨基实则更为幸运。布罗茨基处在一个相对和平的时代,在他流亡国外之后,更是获得了相对安逸的生活和写作环境。

最后,在茨维塔耶娃和布罗茨基的创作中,还存在着诗歌和散文互相渗透、互相影响的现象。从20世纪30年代初开始,茨维塔耶娃的创作中出现了一个散文的"转向"。有研究者认为,一方面法国俄侨界的报刊编辑们没有意识到茨维塔耶娃诗歌的价值,而更乐意发表"女诗人"的散文作品,迫于生计,茨维塔耶娃只好创作散文作品;另一方面,此时的茨维塔耶娃在精神状态上比较疲惫,写诗要投入大量的精力和感情,而写散文相对容易一些。

布罗茨基流亡美国后,在70年代末80年代初也经历了这样一种"散文化"的转向。刘文飞认为,布罗茨基的转向并非由于生计所迫,而是另有原因。布罗茨基到了新的环境中,想用散文这种方式更直接地表达自己的声音,也想让更多的人理解这种声音;此时布罗茨基用英语开始创作,使用一种非母语的文字写作,散文要比诗歌更加容易。虽然布罗茨基和茨维塔耶娃的创作都出现了这种转向,但他们并没有放弃各自的诗歌创作,而仍然是以诗人的身份存在的。

在茨维塔耶娃的诗歌创作中,早已显现出一种与散文相近的风格。如《天鹅营》《攻克克里米亚》等诗作就是很好的证明。在诗的散文化特色上,布罗茨基很明显是从茨维塔耶娃的诗歌中得到启示的。布罗茨基的好友莱茵曾经指出,"将散文带进诗歌"是布罗茨基对当代诗歌的最大贡献之一,"他具有一种散文的天赋,显而易见,这一天赋使他成了俄国诗歌中最后一位伟大的革新家"。所以,刘文

---

① 刘文飞:《诗歌漂流瓶:布罗茨基与俄语诗歌传统》,浙江文艺出版社1997年版,第109页。

第七章 刘文飞:"诗与思"的追求

飞对布罗茨基和茨维塔耶娃进行这样的归纳:"他们的诗有散文之风,是散文化的诗;他们的散文更有诗味,是诗化的散文。"①

布罗茨基是幸运的,因为他捡到了不止一个诗的漂流瓶。在曼德里施塔姆处,他获得了具有文化意义的诗学观念,并从此确定了自己的诗歌态度和诗歌主题;与阿赫玛托娃的接近,使他在痛苦的人生体验中把握了崇高的诗歌风格;在茨维塔耶娃身上,他意识到了个性对于一个诗人及其创作的重要性。②

刘文飞指出,布罗茨基是白银时代俄语诗歌和彼得堡诗歌传统的伟大继承者。正是因为继承了俄罗斯文学中的优秀诗歌传统,同时又在英语诗歌中找到了他感觉亲近的传统,所以"布罗茨基是英、俄两大诗歌传统的成功对接者",对于成功地运用英、俄两种语言进行创作的布罗茨基来说,他从两种语言的诗歌中同时找到了他的老师,布罗茨基通过他的诗歌创作和诗歌布道,极大地提升了诗人的作用和诗歌的地位。

布罗茨基作为获得诺贝尔奖的俄裔美籍诗人,他的诗歌具有突出的个性。刘文飞对于布罗茨基的研究,使学术界对布罗茨基有了更为深刻的认识,因而对布罗茨基的诗歌也有了更为深刻的理解。

二 《布罗茨基传》的价值

刘文飞在撰写博士学位论文——《布罗茨基:诗与传统》的过程中,发现在美国、俄罗斯和其他欧洲国家都没有出现过布罗茨基的传记。原因在于,"布罗茨基不爱张扬自己,除了本书提到的他那两篇关于早年生活的回忆性散文《小于一》和《在一间半房子里》,他几乎没有留下任何自传"③。布罗茨基曾多次说过"诗就是诗人的传记","诗就是诗人的画像","诗中具有一切回声"。所以刘文飞在其

---

① 刘文飞:《诗歌漂流瓶:布罗茨基与俄语诗歌传统》,浙江文艺出版社1997年版,第125页。
② 同上书,第139页。
③ 刘文飞:《布罗茨基传·自序》,新世界出版社2003年版,第1页。

所著的《布罗茨基传》中,试图通过对布罗茨基诗歌作品的解读来认识诗人,理解他的创作和一生。

在《布罗茨基传》中,刘文飞将诗人布罗茨基的生活经历分成了若干不同的时间段,包括"涅瓦河畔"、"在一间半房子里"、"小于一"、"幸福的冬天"、"布罗茨基案件"、"流亡西方",以及"布罗茨基的'矛盾'""布罗茨基与中国""布罗茨基的意义"等,这样的划分以布罗茨基生命中的特殊事件为依据,更为深刻地展示了布罗茨基的一生。

"涅瓦河畔"论述了诗人对故乡列宁格勒的热爱之情。布罗茨基出生后几个月就遭遇了轰炸、饥饿、寒冷和恐惧,所以布罗茨基的幸存可以说"真算是幸运"。布罗茨基曾称彼得堡为"俄国诗歌的摇篮",这座城市同样也是他诗歌创作的"摇篮"。布罗茨基从涅瓦河畔的"诗歌摇篮"走了出来,半个世纪之后,他反过来又为他的故乡新添加了一份珍贵的诗歌财产。

"在一间半房子里"和"小于一"两节中,刘文飞的论述建立在对布罗茨基两篇散文文本细读的基础上。《在一间半房子里》整个叙述语调是温情、怀旧的,表达了布罗茨基对父母的思念之情。《小于一》这篇散文,是布罗茨基童年和青年时期生活影像的体现,文章分为两个部分,分别记述了主人公的退学和他在工厂里的劳动。在《小于一》中,布罗茨基写道:"一个人也许是小于'一'的……换一个角度,我们却认为,一个人,当他具有了空前丰富的经历和体验,并将这样的体验幻化为审美的对象和诗歌的结晶时,他也可能是大于'一'的。"[①] 刘文飞向读者展示了布罗茨基悲苦的童年和青年时期的经历。

在"幸福的冬天"中,刘文飞论述了布罗茨基同阿赫玛托娃之间的交往,以及阿赫玛托娃对布罗茨基诗歌创作的关心和指导。在布罗茨基的传记中,布罗茨基案件永远是其中的一大热点。1964年2月

[①] 刘文飞:《布罗茨基传》,新世界出版社2003年版,第28页。

第七章　刘文飞："诗与思"的追求

的一天，走在大街上的布罗茨基突然被塞进一辆汽车并带进了警察局，在 2 月 18 日的审判中，布罗茨基和女法官进行了这样的对话："请回答：您为什么不工作？""我的工作就是写诗。""您大致的专业是什么？""诗人，诗人兼翻译家。""谁承认您是诗人？谁把您列为诗人了？""没有人，谁把我列为人类了？"[①] 3 月 13 日，布罗茨基再次接受审判，最终以"不劳而获罪"被判处五年流放，被流放到苏联北疆北极圈附近的阿尔汉格尔斯克州。阿赫玛托娃在与人谈到布罗茨基的经历时说："他们给我们这个红头发的小伙子制造了怎样一份传记啊！这经历似乎是从什么人那儿租用来的。"在布罗茨基的传记中，刘文飞通过文本细读的方法体现出阿赫玛托娃和布罗茨基在诗歌方面的传承关系。

《布罗茨基传》的一大亮点还在于，解读了布罗茨基的爱情诗与感情生活的联系。抒情是诗人感情生活的真实记录，爱情往往会成为一位抒情诗人最主要的创作主题之一。但在布罗茨基的生活和创作中，他的爱情却显得与众不同。

"布罗茨基的爱情生活是很神秘的。"[②] 关于他的爱情史，公之于世的只有两段。20 世纪 60 年代初，布罗茨基和一位女画家有过恋情；流亡西方后，布罗茨基又有过多次恋爱经历，直到生命的晚年，布罗茨基才和一位意大利姑娘结婚，并有了女儿。如果用布罗茨基的诗来形容的话，正如他在《我坐在窗前》一诗中写道的，"我恋爱时，爱得很深，但不经常"。

布罗茨基的爱情诗数量较少，在整个诗歌创作中比例是很小的，体现出一定的特殊性。"布罗茨基对待生活和爱情的态度似乎是悲观主义的，存在主义的，他的性格也似乎是孤僻的，甚至是有些刻薄的，这就决定了他的爱情诗大多显得比较冷静，比较矜持，有时还不乏嘲讽、戏谑和调侃的意味。"[③] 通过对布罗茨基的《爱情》《狄多和

[①] 刘文飞：《布罗茨基传》，新世界出版社 2003 年版，第 50—52 页。
[②] 同上书，第 73 页。
[③] 同上书，第 74 页。

埃涅阿斯》等爱情诗的细读可以很好地说明这一点。正如布罗茨基诗中的一句名言："人类所有拥抱所包含的爱，还抵不上耶稣展开的手臂。"

《布罗茨基传》的另一特色在于，客观指出了布罗茨基思想的"矛盾性"，具体体现为以下几点。

首先，体现在布罗茨基对待诗歌与政治关系的态度上。"他强调诗歌与政治的不同，以及诗歌相对于政治的独立"；"他意识到了诗歌与政治的难以相容"；"他竭力主张诗歌与政治平等，并宣称诗歌较之于政治的优越。"① 因此，刘文飞认为为诗歌谋求地位的布罗茨基，却似乎恰恰是在使诗歌政治化，这是布罗茨基的矛盾之一。

其次，在对待诗歌和散文的态度上布罗茨基也体现出了矛盾性。他在《诗人与散文》一文中，"精心论述了诗歌较之于散文的优越，诗歌有着更为悠久的历史；诗人因其较少功利的创作态度而可能更接近于文学的本质；诗人能写散文，而散文作家却很少能写诗，诗人较少向散文家学习，而散文作家却必须向诗人学习"②。然而对于布罗茨基来说，他推崇诗歌，但他的散文却在西方获得巨大成功，甚至被视为"英文范本"，这本身又是一个矛盾。

最后，布罗茨基在对待诗歌与语言的关系时也是矛盾的，一方面，布罗茨基非常注重诗人对语言的处理，称每一位诗人都是语言的历史学家；另一方面，他却又继承了诗歌创作的灵感说，夸大诗人在写作过程中的被动性。③ 此外，如果就布罗茨基创作的多元风格而论，也带有矛盾性。他是传统中的先锋派，又是现代中的传统派。所以，"诗歌与政治，诗歌与散文，诗歌与语言，传统与先锋，保守与民主，冷漠与热忱，悲伤与理智……这些相互对立的因素纷乱地共存在布罗茨基的创作之中"④。刘文飞对于布罗茨基思想"矛盾性"的分析，

---

① 刘文飞：《布罗茨基传》，新世界出版社2003年版，第173—174页。
② 同上书，第175页。
③ 同上书，第177页。
④ 同上书，第179页。

第七章 刘文飞："诗与思"的追求

有助于进一步理解布罗茨基诗歌的内涵。

在"'精神韵脚'"中，刘文飞论述了布罗茨基与他在诺贝尔文学奖获奖演说中提及的五位诗歌导师的关系。关于布罗茨基对罗伯特·弗罗斯特和奥登的推崇，刘文飞认为，虽然弗罗斯特对布罗茨基影响更多的是文学史意义上的，但却是决定性的。"弗罗斯特的敏感，他婉约的风格，潜在的、被克制的恐惧，完全将我征服了，我简直不敢相信我读到的作品……我对诗歌的了解就是从弗罗斯特开始的。"[①]如果说布罗茨基和弗罗斯特的交往是间接的，那他和奥登之间的交往则是直接和实在的。1972年，布罗茨基流亡西方后，得到奥登无私的帮助，是奥登将他带进了西方诗歌的大门。另一方面，奥登晚年的诗学主张与布罗茨基是极为相似的，因此，布罗茨基称奥登为"二十世纪最伟大的英语诗人"。在布罗茨基的两部散文集《小于一》（1986）和《悲伤与理智》（1995）中，他对奥登和弗罗斯特的作品进行了高度评价。

同时，在《布罗茨基传》中，刘文飞也论述了布罗茨基在西方流亡，在美国执教，以及获得诺贝尔文学奖，被美国国家图书馆推选为桂冠诗人的经历。全文贯穿了刘文飞对布罗茨基诗学观念和美学思想的梳理和概括，因而使得《布罗茨基传》具有浓厚的学术气息。

刘文飞的《布罗茨基传》是第一部关于布罗茨基的传记，同时也是一部非常扎实的学术著作。在写作《布罗茨基传》的过程中，刘文飞还走访了布罗茨基的多位好友，获得了许多珍贵的第一手研究材料，为世人第一次讲述了布罗茨基丰富而神秘的内心世界。刘文飞在介绍布罗茨基的生活经历时，将自己的学术研究成果穿插于传记中，通过对布罗茨基诗歌的文本细读挖掘出隐藏在作品背后的内涵，使得这部传记成为一部充满学术色彩的传记。

---

① 刘文飞：《布罗茨基传》，新世界出版社2003年版，第150页。

第二节　俄语诗歌研究

除了布罗茨基之外，刘文飞在俄语诗歌研究方面也取得了不少成果。主要集中在20世纪俄语诗史研究、俄语诗人创作研究及茨维塔耶娃、里尔克和帕斯捷尔纳克三诗人书简研究等方面。

一　20世纪俄语诗史的展现

俄罗斯诗歌的历史最早可以追溯到《伊戈尔远征记》。到了19世纪，俄罗斯确立了自己的诗歌传统，并出现了一批具有世界性影响力的诗人。刘文飞认为，俄罗斯诗歌是俄罗斯文化的精髓，要理解俄罗斯的文化，就必须了解俄罗斯的诗人和诗歌。

《二十世纪俄语诗史》是我国第一部专门论述20世纪俄语诗歌的学术著作，其中论述了20世纪俄语诗歌的发展历史，同时也阐释出俄罗斯诗歌的内在结构和文化传承的脉络，具有很高的学术价值和意义。正如书中所述，"将断代文学史和体裁文学史的写法结合为一体，既考察俄语诗歌这一文学形式自身的发展过程及其规律性，也试图在世纪之末对本世纪的俄语诗歌作一个初步的总结"[1]。

刘文飞在论述俄国象征主义诗歌的章节中，清晰地归纳了俄语诗歌发展的内在特性。他认为，法国象征主义诗歌是作为对浪漫派诗歌，对帕尔纳斯派诗歌的反拨而出现的；俄国的象征派的产生则有着更为复杂的原因。一方面，主要是受到法国象征派的影响产生的；另一方面，它似乎又具有应运而生的"自觉性"。俄国诗歌在经历了"黄金时代"之后，水平逐渐下降，俄国诗人正在寻找一条让俄国诗歌走出低谷的出路。与此同时，世纪之交的俄国社会风云变幻，重大的历史事件相继爆发。"在当时的思想界、知识界中，弥漫着一种浓烈的世纪末情绪，从哲学到文学，从宗教到艺术，都在为寻找命运的

---

[1]　刘文飞：《二十世纪俄语诗史·前言》，社会科学文献出版社1996年版，第2页。

第七章 刘文飞:"诗与思"的追求

药方而努力,探索的道路不同,最后的答案也不相同,但那种迷惘的心态和情境,却构成了象征主义文学最佳的生长土壤。"①

关于俄国象征主义的特点,刘文飞从其内在发展脉络入手,在与欧洲象征派的对比中进行论述。首先,与欧洲的象征派相比,俄国的象征派观点更为入世。有人甚至把象征主义当作一种人生方式,甚至是一种拯救人类文明的途径。其次,俄国象征派诗学更具哲学色彩。因为俄国的许多象征主义诗人往往身兼哲学家和诗人两种身份,而俄国象征主义的理论就是由梅列日科夫斯基、索洛维约夫这样的思想家、哲学家完成的。最后,俄国象征主义具有浓厚的宗教意味。将俄国的象征派文学置于世界文学发展的语境之中,通过与欧洲象征派的比较,突显俄国象征派的独特性,这种分析体现了作者开阔的学术视野。

《二十世纪俄语诗史》也从俄国文学内部对象征派和阿克梅派之间的关系进行了论述。刘文飞指出,阿克梅主义诗歌是从象征主义中脱胎而来的,但同时阿克梅主义也是对象征主义的反叛。"他们反对象征主义的玄学特征和宗教色彩,主张对事物的客观态度和关于世界的现实精神;在继承象征主义在诗歌技巧领域的经验和成果的基础上,他们又进行了新的探索。"②

《二十世纪俄语诗史》突破以往俄苏文学史以政治事件进行划分的标准,尽力体现诗歌艺术的内在延续性。刘文飞将俄国侨民诗歌纳入20世纪俄语诗歌的大范畴中,这是一个比较新颖的理念。"将二十世纪世界范围内的俄语诗歌作为一个整体来看待,而不再坚持以往的俄苏文学研究中主要依据政治的、社会的等原则所作的俄国文学与苏联文学、主流文学与非主流文学、境内文学与侨民文学等等的区分,以期得出一个较为客观、全面的本世纪俄语诗歌的全貌。"③虽然全书只用一节的内容集中介绍俄侨诗歌的浪潮,但事

---

① 刘文飞:《二十世纪俄语诗史》,社会科学文献出版社1996年版,第2页。
② 同上书,第36页。
③ 刘文飞:《二十世纪俄语诗史·前言》,社会科学文献出版社1996年版,第2页。

实上对俄侨诗歌的论述是贯穿全书的。更为可贵的是，刘文飞从艺术分析的角度解读布宁和布罗茨基的诗歌作品，使读者可以更好地理解这两位俄侨诗人在国内外时的不同状态，以及对诗歌创作产生的影响。

《二十世纪俄语诗史》最显著的风格是运用了学术性和可读性并重的方法。正如王志耕所评论的："一部文学史应当是'文学'的史，即在描述文学现象的时候，应当力图作为一般交流媒介的语言成为作为文学媒介的语言。文学史的语言不应是枯燥的叙述和事件的罗列，也不应是机械而缺乏想象的评论，它同样应像文学作品一样，给读者留有期待的余地，或者说也应该营造一种氛围。"[1] 在《二十世纪俄语诗史》中，作者并没有过多地停留在重要时期、重要流派、重要作家的论述上，而是将视点放在许多有意义的事件上。作者在论述过程中，多次穿插了对诗歌的文本细读，因而使诗歌史的学术性和可读性很好地结合在了一起，成为一种理想的文学史写作方法。

二 俄语诗歌的细读

刘文飞对俄语诗人和诗歌的研究集中在《思想俄国》《阅读普希金》《墙里墙外：俄语文学论集》及《明亮的忧伤：重温俄罗斯》等著作中。一方面深入地解读普希金、莱蒙托夫、马雅可夫斯基、叶赛宁等诗人的经典创作；另一方面从整体上把握分析俄语诗歌的创作特点。

关于诗人研究，普希金、莱蒙托夫、勃洛克、布宁、古米廖夫、赫列勃尼科夫、阿赫玛托娃、马雅可夫斯基、布罗茨基等都是刘文飞的研究对象。其研究特色在于，通过对诗歌作品的文本细读挖掘出诗人和诗作的闪光点。

在关于普希金的研究中，刘文飞分析了普希金抒情诗的特点。他

---

[1] 王志耕：《视界·渊源·文学的史：读〈二十世纪俄语诗史〉》，《俄罗斯文艺》1999年第1期。

第七章 刘文飞："诗与思"的追求

认为，普希金的抒情诗特色在于"情绪的热烈和真诚、语言的丰富和简洁以及形象的准确和新颖"①。普希金的诗歌中始终充满真挚的感情，在对"真实感情"的处理上，普希金有两点尤为突出：第一，是对"隐秘"之情的大胆吐露。普希金的这种过于直率的吐露，使得后来的普希金文集的编者往往要从维护诗人"声誉"的角度出发对普希金的诗文进行删减。第二，是对忧伤之情的处理。刘文飞认为，在普希金的诗作中，他对忧伤之情的处理也比较独特。这种忧伤之情不再阴暗和沉重，而是焕发出一种明朗的色调。

此外，普希金诗作的语言在其同时代的诗人中间是最为突出的。"普希金的诗歌语言包容进了浪漫的美文和现实的活词，传统的诗歌字眼和日常的生活口语，都市贵族们的惯用语和乡野民间流传的词汇，古老的教会斯拉夫语和时髦的外来词，等等。"② 因此，普希金不仅被视为俄罗斯民族文学的奠基人，而且也被视为现代俄罗斯语言的奠基者。同时，普希金的诗歌也具有语言简洁的风格。刘文飞通过细致的分析指出了普希金抒情诗的超前性质，甚至"现代感"。

通过对普希金的爱情诗和友情诗进行文本细读，刘文飞从中发现了许多有趣的现象。"普希金的爱情诗几乎都是主题单一的，都是对情人的爱慕，关于爱的欢乐或忧伤的倾吐，可他的友情诗的主题却几乎都是复合型的，除了对友情的赞美、对往日的缅怀和对友人的祝愿外，其中大多要谈到诗歌和文学、社会和人生。"③ 普希金的爱情诗大多短小而精悍，而友情诗则洋洋洒洒。刘文飞在普希金研究中，善于发掘诗人身上的闪光点，通过他的研究，也使我们对普希金有了更为全面的理解。

刘文飞在俄语诗歌的研究中，还善于从整体上把握俄语诗歌的艺术特色。他分析研究了诗歌在俄罗斯文学中的地位和意义，认为俄罗

---

① 刘文飞：《普希金抒情诗歌的特色》，载《思想俄国》，山东友谊出版社2006年版，第116页。
② 同上书，第117页。
③ 同上书，第119页。

· 243 ·

斯民族对诗歌的爱好和珍重似乎仍是超出世界平均水平的。这主要体现在以下几个方面：首先，"诗歌在整个民族文化所处的重要地位"①。在俄罗斯文化史上，关于诗歌和诗人的记述是贯穿始终的。同时，俄国的诗歌也超越了审美的范畴，往往成为促进文化发展的动因。其次，"诗歌对其他文学和艺术体裁的强大渗透"②。在俄罗斯文学中，诗人享有最高的地位，诗歌属于最高级的体裁，而且在各类文学奖的获得者中间，诗人占有很大的比重。最后，"诗人在社会上享有崇高的地位"③。在俄罗斯，诗人大多是以社会代言人的身份自居，他们也因此受到了广泛的拥戴。

从整体看，俄语诗歌的性质和风格可以概括为这样几点："诗人的使命感、诗歌的内容上的道德化和诗歌形式上的严谨。"④

如果从俄国诗歌的发展历史看，尽管出现过巴丘什科夫式的"轻诗歌"、丘特切夫式的心理诗歌，但俄语诗歌整体上都具有入世性，诗人也大多以社会诗人的身份自居，具有强烈的使命感。

如果从诗人的著作进行分析，俄国诗人的创作往往在诗中抨击专制的制度，悲叹人民的不幸，关注社会问题和发展，体现了诗人强烈的道德精神。即便在一些所谓的"纯诗歌"中，他们往往也要加入一些现实主义的因素。以俄国的象征主义为例，它比法国象征主义更具有强烈的入世色彩。

如果从俄语诗歌的形式进行分析，俄语诗歌在形式上体现了较为严谨的风格。一方面，由俄国诗歌严肃的内容决定，而且从17世纪后半期和18世纪中期先后确立了俄语诗歌的音节诗体和音强音节诗体之后，俄语诗歌的形式至今一直没有发生什么重大变化，格式、音韵都是比较严谨的。另一方面，对诗歌的作用和内容的过多关注，也

---

① 刘文飞：《俄国的诗歌》，载《思想俄国》，山东友谊出版社2006年版，第79页。
② 同上。
③ 同上书，第80页。
④ 刘文飞：《俄语诗歌的性质和风格》，载《思想俄国》，山东友谊出版社2006年版，第81页。

第七章 刘文飞:"诗与思"的追求

使俄国诗人无暇顾及诗歌形式的出新。所以,和其他语种的诗歌形式相比,俄语诗歌仍保持着较为严谨的诗歌形式和严格的诗语体系。①

刘文飞还特别注意到了俄语诗歌的散文化特点。如果以俄国获得诺贝尔文学奖的作家而论,诗人无疑占有较大的比例。但是有一个奇怪的现象,三位获奖诗人中,除了布罗茨基外,布宁和帕斯捷尔纳克都是因为他们的"散文"作品而获奖。原因在于:俄国作家从普希金以来就有创作多样化的特点,诗人往往同时又是优秀的小说家和戏剧家;俄语诗歌与西方诗歌不同,因而只能通过诗人的散文来明确表达自己的见解。所以,"俄语作家创作中诗歌与散文的相互渗透",以及"整个俄语文学中诗歌与散文的关系,是一个值得把握的问题"②。

三 《三诗人书简》的编译

1999年,刘文飞编译的《三诗人书简》③由中央文献出版社出版。乌兰汗先生为《三诗人书简》所作的序言中,对刘文飞的工作给予了高度的评价。"将三位诗人的书简编纂成书,并用按语衔接起来——编者倾注的心血不可低估。书简——字字句句情真意切,感人肺腑;按语——多方串联,交代人物关系,写得自然流畅。"而且"关于此书的内容、每位诗人的感情嬗变,甚至写信人的未尽之言,译者刘文飞在前言与按语中都做了明晰而适度的介绍"④。

在《三诗人书简》中,刘文飞对里尔克、帕斯捷尔纳克和茨维塔耶娃三位诗人之间的通信进行了编选、翻译和研究。他认为诗人的书信是其创作的重要组成部分,尤其是书信中的情书,代表了诗人最真挚的感情。通过对诗人书信的细读,可以更好地理解他们的内心

---

① 刘文飞:《俄语诗歌的性质和风格》,载《思想俄国》,山东友谊出版社2006年版,第82页。
② 刘文飞:《诺贝尔文学奖与俄语文学》,载《思想俄国》,山东友谊出版社2006年版,第74页。
③ 该书由中央文献出版社于2007年再版,2011年上海译文出版社将其更名为《抒情诗的呼吸》第三次出版。
④ 乌兰汗:《三诗人书简·序》,中央文献出版社1999年版,第1页。

世界。

　　刘文飞指出，帕斯捷尔纳克、茨维塔耶娃与里尔克通信的原因在于他们对里尔克的虔诚崇拜；而里尔克之所以接受帕斯捷尔纳克和茨维塔耶娃的信件，也在于他对俄罗斯和俄罗斯文化的迷恋。但是，"最终使他们走到一起的，却是孤独，是一种面对战后文明衰退而生的孤独，一种面临诗的危机而生的孤独"①。这段通信，发生在里尔克生命的最后几个月。茨维塔耶娃对里尔克的爱的表白，唤起了诗人孤独生命中的最后激情。帕斯捷尔纳克和里尔克给茨维塔耶娃的信件，也给当时侨居异乡的孤独的女诗人带去了欣喜。对于帕斯捷尔纳克，这段通信则使处于创作危机中的诗人重新鼓起了创作的勇气。因而，这段通信对于三位诗人来讲都有非常重要的意义，他们在孤独中彼此找到了知音。

　　同时，刘文飞通过资料发现，这些情书记录了一段三角恋情。虽然三诗人之间的罗曼史历来是被人谈论的焦点，但是，"这不是一场争风吃醋的情场角逐，也不是一种消闲解闷的两性游戏，这是一种在相互敬慕的基础上升华出的柏拉图式的精神恋爱，或曰，是一阵骤然在爱情上找到喷发口的澎湃诗情"②。帕斯捷尔纳克对茨维塔耶娃一直怀有一种钦佩交织爱恋的感情。他深情地称茨维塔耶娃为"生活的姐妹"，视她为自己"唯一的天空"，他将自己对茨维塔耶娃的爱称作"初恋的初恋"，希望与她共享"高层次的生活"。而当茨维塔耶娃坦白了自己对里尔克的爱意之后，帕斯捷尔纳克感到震惊，但他表现得很克制，希望可以悄悄退出。里尔克收到茨维塔耶娃的情书有些始料不及，他欣喜地接受了女诗人的爱情。但当他听说帕斯捷尔纳克因为他和茨维塔耶娃的关系而沉默时，又感觉到内心的不安。对于茨维塔耶娃来讲，她接受了帕斯捷尔纳克的爱情，又爱上了里尔克。她爱帕斯捷尔纳克，但那爱情带有某种抚慰性质，有些像姐姐在爱一个

---

　　① 刘文飞：《心笺·情书·诗简》，载《三诗人书简》，中央文献出版社1999年版，第9页。
　　② 同上书，第11页。

第七章 刘文飞:"诗与思"的追求

"半大孩童"。她爱里尔克,爱得大胆而又任性,有些近乎女儿对父亲的爱。这是一种爱的分裂,同时也是一种爱的组合。三位诗人的爱情是真正的爱情,更是一种崇高的精神寄托。

通过书信,三位诗人对彼此的创作都有所评论。"这些评论十分珍贵,因为它们是一个诗人对另一个诗人的评论,而且是精神上、感情上十分亲近的诗人们相互之间的评论。"① 例如,在帕斯捷尔纳克和茨维塔耶娃的通信中,二人对他们当时正在写作的每一部作品几乎都有议论。帕斯捷尔纳克认为茨维塔耶娃的长诗《捕鼠者》构思奇妙,是一个"种类的创新"。茨维塔耶娃认为帕斯捷尔纳克的长诗《施密特中尉》的主题,就是经历1905年革命的俄国知识分子的命运。三位诗人之间的通信影响了各自的创作,同时也体现了三位诗人不同的诗歌风格。

对于三位诗人来讲,共同的特点在于,"视诗为生命,视写诗为生命能量的释放、生命价值的体现。这就决定了他们三个人的诗都是严肃的,执着的"②。但刘文飞指出,三位诗人又各自具有自己的风格,"里尔克的诗哲理深邃,情绪超然,句式悠长;帕斯捷尔纳克作诗更多苦吟,用词造句都复杂,显然费过一番苦心;而茨维塔耶娃的诗感情充沛,像蒙太奇般地跳跃,随意的形式包容着悲剧性冲突的内涵"③。总之,三位诗人之间的通信为后世留下珍贵的文学遗产,使我们有机会近距离接触诗人的内心世界,并在诗人之间的相互评价中加深对诗作的理解。

刘文飞在译介研究三位诗人通信的过程中,正如乌兰汗所评价的,他"没有简单地做翻译搬运工作,从一国文字译成另一国文字。他根据俄文版本又进一步作了筛选与剪接,使《三诗人书简》更适合今日我国读者的需要。他在分章上,冠以醒目的小标题,突出每个

---

① 刘文飞:《心笺·情书·诗简》,载《三诗人书简》,中央文献出版社1999年版,第14页。
② 同上书,第16页。
③ 同上。

章节的中心内容"①。正是因为刘文飞对俄国诗歌的热爱,所以他在编译《三诗人书简》的过程中将自己的研究蕴含在其中,具有较强的学术意义和价值。

第三节 斯拉夫派和西方派思想探究

俄罗斯作为一个横跨欧亚两大洲的国家,特殊的地理位置决定了俄罗斯历史文化的独特性。从整体来看,俄罗斯文化融合了东西方文化的特点,但既不是纯粹的西方文化,也不是纯粹的东方文化。正如别尔嘉耶夫所论述的,"东方与西方两股历史之流在俄罗斯发生碰撞,俄罗斯处在二者的相互作用之中,俄罗斯民族不是纯粹的欧洲民族,也不是纯粹的亚洲民族。俄罗斯是世界的完整部分,巨大的东—西方,它将两个世界结合在一起,在俄罗斯精神中,东方与西方两种因素永远在相互角力"②。俄罗斯文化的这种独特性也决定了它在世界文化史上的特殊地位和意义。

1978年以来,我国学界对俄罗斯思想文化研究也给予了高度重视,与此同时,学界推出了一系列高水平的相关著作和论文。著作包括姚海的《俄罗斯文化之路》、林精华的《民族主义的意义与悖论:20—21世纪之交俄罗斯文化转型问题研究》、汪介之的《远逝的光华:白银时代的俄罗斯文化》、朱达秋和周力的《俄罗斯文化论》、张冰的《俄罗斯文化解读:费人猜详的斯芬克斯之谜》等。

刘文飞在俄罗斯思想文化研究方面成果显著,推出了一系列论文③和著作,其中《思想俄国》和《伊阿诺斯,或双头鹰:俄国文学

---

① 乌兰汗:《三诗人书简·序》,中央文献出版社1999年版,第7页。
② [俄]别尔嘉耶夫:《俄罗斯思想》,雷永生、邱宁娟译,生活·读书·新知三联书店1995年版,第2页。
③ 相关论文包括《〈哲学书简〉:俄国思想分野的开端》《脱离"土壤"的"群魔"——陀思妥耶夫斯基〈群魔〉中的斯拉夫派立场》《别林斯基与果戈理的书信论战》《伊凡四世与库尔勒斯基通信论争》《"俄罗斯问题":索尔仁尼琴的"新斯拉夫主义"》《利哈乔夫关于俄罗斯的"思考"》等。

和文化中斯拉夫派和西方派的思想对峙》在学术界产生了较大的影响，系统论述了俄罗斯思想文化的特点及俄罗斯思想文化史上的特殊现象。

一 斯拉夫派和西方派的形成、对峙及关系解析

作为一个横跨亚欧两大洲的国家，俄罗斯以其独特的思想文化吸引着世人的目光。19世纪四五十年代，俄国思想界经历了一场关于俄国历史发展道路的历史性大争论，争论的双方是斯拉夫派和西方派。斯拉夫派和西方派争论的焦点问题在于，俄国的发展该走什么样的道路。斯拉夫派认为俄国应该走自己独特的、具有俄国特色的发展道路；而西方派认为俄国应该向西方学习，走资本主义的发展道路。

在《伊阿诺斯，或双头鹰：俄国文学和文化中斯拉夫派和西方派的思想对峙》及《思想俄国》等著作中，刘文飞深入地分析了斯拉夫派和西方派的形成、对峙及两派之间的关系。对于斯拉夫派和西方派这两个概念，他认为这两个词都是论争双方给对方强加的带有讽刺挖苦意味的概念，论争双方都对强加给自己的名称并不感兴趣，很少用其自称。之后，在两派的争论过程中还有许多不同的称谓，如"西方派"常被称为"改革派"、"拉丁人"或"激进自由派"，而"斯拉夫派"的"别称"就更是五花八门了，除了科舍廖夫提出的"本土派"和"独特论者"外，还有"改良派"、"温和自由派"、"民族派"、"传统派"、"东方派"和"土壤派"等，不一而足。[①]

刘文飞指出，西方派和斯拉夫派的思想论争起源于恰达耶夫《哲学书简》的发表。针对恰达耶夫《哲学书简》的发表，当时俄国一些具有强烈民族感情和自尊心的哲学家和作家感到非常气愤，一些哲学家试图从俄罗斯古典文化积淀中寻找根据，以论证俄罗斯民族文化

---

① 刘文飞：《伊阿诺斯，或双头鹰：俄国文学和文化中斯拉夫派和西方派的思想对峙》，中国社会科学出版社2006年版，第3页。

的独特性，因而形成了斯拉夫派。

斯拉夫派虽然不是一个严格的组织，但是却有几个共同特征。首先，"他们都是一些具有深刻宗教信仰的人，对东正教的正统和纯洁深信不疑"。其次，"他们都是具有较强宗法制观念的人，很注重俄国乡村的固有秩序以及传统家庭对于社会的正面意义"。如斯拉夫派成员中有一个奇特的现象，就是"家族式组合"。最后，斯拉夫派"都是对斯拉夫古代文化怀有深刻眷恋的人"[①]。

西方派形成的过程与斯拉夫派是非常相似的，只是二者的观点和立场大相径庭。西方派的形成要稍晚于斯拉夫派，"'西方派'（'欧洲派'）这一称谓于19世纪40年代初出现在斯拉夫派论战性的言论之中，后来，这一称谓便稳固地步入了文学生活"[②]。西方派提出废除农奴制的主张；同时，西方派认为俄国社会的唯一出路是走西方的发展道路，西方社会是西方派心目中的理想社会。

关于斯拉夫派和西方派的对峙，刘文飞通过大量材料进行了细致的梳理。他认为，"斯拉夫派和西方派作为俄国文化史和思想史中源远流长的两种思潮、两种文化倾向，只不过是在19世纪40—50年代发生了最激烈的碰撞，而在此之前和此后相当长的历史时间里，这两种思想倾向之间都一直存在着程度不等的对峙"[③]。所以，事实上，斯拉夫派和西方派的对峙贯穿了整个俄国历史。

斯拉夫派和西方派的对峙至少可以追溯到16世纪中期的伊凡四世与库尔勃斯基公爵的书信之争，其中就包含着关于东西两种不同政权体制、不同发展道路和不同宗教传统的争论。在这场通信争论中，伊凡四世和库尔勃斯基两人似乎成了斯拉夫文化和西方文化的不同代言者。所以刘文飞认为："伊、库两人的书信争论，一定程

[①] 刘文飞：《伊阿诺斯，或双头鹰：俄国文学和文化中斯拉夫派与西方派的思想对峙》，中国社会科学出版社2006年版，第29页。

[②] 参见刘文飞《伊阿诺斯，或双头鹰：俄国文学和文化中斯拉夫派与西方派的思想对峙》，中国社会科学出版社2006年版，第72页。

[③] 刘文飞：《伊阿诺斯，或双头鹰：俄国文学和文化中斯拉夫派与西方派的思想对峙》，中国社会科学出版社2006年版，第4页。

第七章　刘文飞："诗与思"的追求

度上体现了俄罗斯民族和国家在其发展初期面对东、西两种文化时艰难抉择的一种窘境，同时也构成了俄罗斯文化史上两种不同倾向和价值取向长期对峙的内在动力之一，于是，伊、库之争也就可以被我们视为19世纪中叶斯拉夫派和西方思想论争的一个遥远的先声。"①

17世纪中叶，阿瓦库姆及他的《生活纪》也为我们理解俄罗斯文化中斯拉夫派和西方派的对峙提供了大量有价值的线索。到了19世纪四五十年代，斯拉夫派和西方派开始了公开的、更为激烈的冲突和碰撞。1861年俄国农奴制改革以后，斯拉夫派和西方派的斗争有所缓和，但并没有消失。在19世纪七八十年代以陀思妥耶夫斯基为代表的"土壤派"理论成熟，影响较大，似乎斯拉夫派在俄国文化中又占了领先地位。但随着车尔尼雪夫斯基和赫尔岑的努力，西方派很快又占得上风。到了两个世纪之交的"白银时代"，东西方冲突依然是白银时代作家面临的困境。

值得关注的是，对于苏维埃时期的东西方文化冲突，刘文飞进行了深度分析。他指出苏联时期东西方之争反而减弱是有特殊原因的。一方面，是"意识形态的严格控制"，在那种高压的环境中，不同倾向的思想争论是不可能发生的。另一方面，社会主义阵营中的"老大哥"地位使得苏联国内的民族自豪感迅速上升，人们不愿意纠缠在东西方抉择的问题中，此外，当时苏维埃境内东西方国家的和睦相处在一定程度上弥补了俄国人心目中的东西方文化的裂痕。苏联解体以后，俄罗斯国内的形势又使人们对斯拉夫派和西方派的争论进行了深入思考。

刘文飞通过俄罗斯思想文化史上的大量例证，深入地阐释了斯拉夫派和西方派长期对峙的历史原因，使学术界对俄罗斯思想文化史的研究得到进一步深入拓展。

---

① 刘文飞：《伊阿诺斯，或双头鹰：俄国文学和文化中斯拉夫派和西方派的思想对峙》，中国社会科学出版社2006年版，第4—5页。

首先，从地理因素看，俄国横跨欧亚两洲，疆域辽阔，地大物博。但从文化角度看，却面临着文化的混杂所造成的迷惘和尴尬。俄国人认为，从地域上讲自己是欧洲国家也是亚洲国家，既是西方国家也是东方国家；但无论是西方还是东方都没有把俄国视为同类，这就使得俄国长期在东西方两大文化板块中犹豫徘徊。

其次，从社会结构上来看，俄国社会存在着严重的两极分化现象。与西欧相比，俄国的农奴制导致了社会的落后，制约了俄国社会的均衡发展；与此同时，俄国彼得一世的改革，迅速造就了一个"文明化了"的贵族阶层。刘文飞认为，"俄国社会中便出现了'文明的'贵族阶层和相对愚昧的农奴阶层并存的局面，俄国民族构成中的这一分裂现象的存在，是俄国诸多社会矛盾发展、演变的一个重要的内在驱动因素，其中，斯拉夫派和西方派的对峙，也是这一分裂状态的一个具体体现"[①]。

再次，如果从宗教的角度进行分析，1453年拜占庭首都君士坦丁堡被攻占后，俄国便成为世界上唯一的东正教国家，俄国人开始认为自己才是东正教的世界中心，这种情况对俄国文化产生了潜移默化的影响。

最后，俄罗斯的民族性格也是导致斯拉夫派和西方派长期对峙的原因。俄罗斯民族性格中具有双重性和矛盾性的特点，一方面使他们面临文化抉择时往往表现出更多的徘徊和犹豫，另一方面也为他们不同倾向的论争提供了源源不断的主题和话题。

斯拉夫派和西方派之间的关系可以说是非常微妙的。刘文飞认为，如果用赫尔岑的词语来形容的话，就是"友好的敌人，或者更确切些说，敌对的友人"。对于斯拉夫派和西方派之间的复杂关系，刘文飞在《伊阿诺斯，或双头鹰：俄国文学和文化中斯拉夫派和西方派的思想对峙》和《思想俄国》中进行了深入的阐述。同属自由派的

[①] 刘文飞：《伊阿诺斯，或双头鹰：俄国文学和文化中斯拉夫派和西方派的思想对峙》，中国社会科学出版社2006年版，第13页。

第七章　刘文飞："诗与思"的追求

斯拉夫派和西方派有着最为接近的前沿阵地，同时，斯拉夫派和西方派拥有某些共同的话语和立场，这才使得他们获得了对话的平台。斯拉夫派和西方派两个阵营之间的界限比较模糊，构成也比较复杂，因而两派人员之间的关系也可以说是错综复杂的。两派构成上的复杂，也导致了两派内在之间的争论和不一致的现象。

此外，斯拉夫派和西方派之间的复杂关系可以提供两点启示。斯拉夫派和西方派同属自由派，实际上他们之间有同有异。人们在关注二者"异"的同时也应该关注二者之间的"同"，这样才能更好地理解两派之间的关系。在观察作为一个整体的斯拉夫派或西方派时，"我们可以清晰地感觉到一个总的思想倾向，一个相对一致的理论框架，而当我们面对某一个作家或理论家的时候，却往往难以把他完整地纳入某一派别的理论框架之中。"① 正如当时身为西方派的卡维林曾经说过的："一个真心把祖国利益挂在心头的人，就一定会觉得自己的一半是斯拉夫派，另一半是西方派。"② 因此，将某一大作家纳入某一流派是危险的，流派中的每一位作家也是非常独特的。所以通过深入细致的分析，刘文飞客观阐释了斯拉夫派和西方派的形成、对峙及二者之间的关系。

二　斯拉夫派和西方派论争中重要文化现象解读

刘文飞在著作中指出，斯拉夫派和西方派的对峙论争可以说贯穿整个俄国历史。在两派对峙的过程中也有一些重要的文化现象有待进一步挖掘，这样可以更好地理解两派对峙的前史和余脉。

16世纪伊凡四世与库尔勃斯基的通信论争，可以看作斯拉夫派和西方派对峙的先声。伊、库之间的通信很早就受到了欧美学者的关注，也陆续被译成多种欧洲文字。其中，美国学者凯南在1971年出版一部专著，全面否定了伊、库通信的真实性，认为书信是一份古代

---

① 刘文飞：《思想俄国》，山东友谊出版社2006年版，第6页。
② 刘文飞：《伊阿诺斯，或双头鹰：俄国文学和文化中斯拉夫派和西方派的思想对峙》，中国社会科学出版社2006年版，第20页。

· 253 ·

的"伪经",是由另一位王公伪造而成的。当时苏联国内组织力量进行反驳,面对俄罗斯著名史学家斯克尼雷科夫等人的反驳,凯南的理论明显是不成立的。

伊凡四世和库尔勃斯基的通信,在很大程度上影响到了俄罗斯文学和文化的发展。刘文飞着重论述了通信的主要内容及通信在文化史上的特殊意义,伊、库的争论如果从文学史的角度来分析,具有以下三方面的意义。

第一,"是作品风格和作家个性的彰显"[①]。在16世纪之前的俄罗斯文学中除了史诗《伊戈尔远征记》之外,其他文学作品都没有取得太高的成就,甚至缺乏个性。但是伊、库之间的书信论争,尤其是伊凡四世的书信彰显了其鲜明的性格。此后,作者的性格开始出现在文学作品中。

第二,伊、库之间的书信论争也是俄罗斯"激情文学基因的确立"[②]。伊、库的书信有一个典型的特点,那就是充满激情。这场激情式的争论影响到了俄罗斯后来的许多作家,其中的"感伤"模式也具有很大的影响,从而形成了俄罗斯文学史上著名的"忏悔文学"主题。

第三,伊、库之间的通信论争也影响了俄罗斯流亡文学的形成。库尔勃斯基可以被看作俄罗斯流亡文学的创始人,他的意义非同小可。俄罗斯侨民文学在20世纪的世界文学史上取得了重大的成就,其中获得诺贝尔奖的五位作家中,布宁、索尔仁尼琴和布罗茨基都是流亡作家。所以俄罗斯侨民文学史的辉煌是世界文学史上罕见的现象,追本溯源,库尔勃斯基则是第一创始人。所以伊、库君臣之间的书信争论在文学史上也有重大的意义。

此外,刘文飞指出,伊、库之间的书信争论在思想史和文化史上也具有里程碑式的意义。"它在俄罗斯文化史上的意义,首先就

[①] 刘文飞:《思想俄国》,山东友谊出版社2006年版,第12页。
[②] 同上。

第七章 刘文飞："诗与思"的追求

在于其重要的路标意义,在国家发展道路上的东西取向,第一次通过公开的书面争论的方式展开了对峙。"① 正如《俄罗斯文化史》中写道的,"形成于 16 世纪、反映了当时俄罗斯国家发展之两种倾向的两大政治观念,在伊凡雷帝和库尔勃斯基的论战过程中相互碰撞了。第一种观念来自这样一个原则,即主张君主权力、官僚机构与中心城市及地方的等级代表机构相结合。由沙皇本人所持的第二种观念确立了这样的原则,即建立独裁政治体制的无限君主制"②。所以二人的思想交锋中,就隐含着东西两种不同君主制度的斗争。伊、库可以说是东西方两种文化、两种宗教势力的代言人。所以普列汉诺夫评价道:"伊凡雷帝的历史意义在于他凭借其近卫军,完成了莫斯科国家向东方式的君主制度的转变。"而库尔勃斯基"虽然无疑地是一个保守派,却在他所写的书简里表现为比较具有自由思想的人","没有奴隶情绪",也就是说,或多或少地体现了西方的自由精神和民主意识。③

除了伊、库的书信论战外,阿瓦库姆的《生活纪》也是其中重要的文化现象。阿瓦库姆的分裂教派和尼康宗教之间的对峙,也是 19 世纪斯拉夫派和西方派对峙的前奏。恰达耶夫和他的《哲学书简》可以看作斯拉夫派和西方派思想分裂的开端。赫尔岑及其代表作《往事与沉思》对于斯拉夫派和西方派也有着极其重要的意义,它是两派斗争的珍贵写照。一方面,赫尔岑是作为一位西方派在多年以后再现这段历史的,因而能持比较客观的态度;另一方面,赫尔岑当时写作《往事与沉思》时身居国外,这也使他的写作较少受到国内的影响因而更加中立。虽然赫尔岑在《往事与沉思》中再现了当时两派争论中的场景和人物,但是他关于两派争论的起因、焦点和性质等的思

---

① 刘文飞:《伊阿诺斯,或双头鹰:俄国文学和文化中斯拉夫派和西方派的思想对峙》,中国社会科学出版社 2006 年版,第 147 页。
② [俄] 泽齐娜等:《俄罗斯文化史》,刘文飞、苏玲译,上海译文出版社 2005 年版,第 66 页。
③ [俄] 普列汉诺夫:《俄国社会思想史》第 1 卷,孙静工译,商务印书馆 1988 年版,第 191—192 页。

考，则能给我们更多的理性启迪。

刘文飞认为，别尔嘉耶夫在俄国思想文化史上占有重要地位。在别尔嘉耶夫看来，现代意义上的俄国哲学就是从恰达耶夫和霍米亚科夫，也即西方派和斯拉夫派开始的。他在《俄罗斯命运》和《俄罗斯思想》等著作中深刻而透彻地分析论述了俄罗斯"悖论"，也即俄罗斯民族性格中的两面性。别尔嘉耶夫指出，俄罗斯民族性格中的矛盾性主要体现在以下几个方面：俄罗斯一方面是一个无政府主义倾向很严重的国家，另一方面又是一个官僚化体系最严重的国家；俄罗斯既是一个最少沙文主义的国家，同时也是世界上沙文主义色彩最为浓重的国家；俄罗斯人一方面热爱自由，喜欢流浪，另一方面又是非常保守的和恭顺的。[①] 别尔嘉耶夫由对俄罗斯民族性格中矛盾性的分析联系到对斯拉夫派和西方派的论争。他精辟地指出："两派都热爱自由。两派都热爱俄罗斯，斯拉夫派把她当做母亲来爱，西方派则把她当做孩子来爱。"[②] 所以，别尔嘉耶夫最终预言两派融合的时代已经到来。

索尔仁尼琴和沃伊诺维奇的著作和争论中，也包含斯拉夫派和西方派对峙的余脉。在当今的俄罗斯，索尔仁尼琴理论被人们冠以"新斯拉夫主义"的称谓，而沃伊诺维奇无疑就是俄罗斯社会中的一个"新西方派"。沃伊诺维奇在《神话背景下的肖像》一书中对索尔仁尼琴发出的挑战表明，在俄国文化史和思想史中具有遥远先声的东、西两种价值取向相互分离的传统，在19世纪大部分时间中或明或暗的斯拉夫派和西方派的对峙状态，在新的世纪中仍在继续，并极有可能延续下去。

通过细微的阐述，刘文飞向我们展示了斯拉夫派和西方派对峙中的一个个重要的文化现象，并且通过结合俄罗斯文化的大量材料，进

[①] 刘文飞：《伊阿诺斯，或双头鹰：俄国文学和文化中斯拉夫派和西方派的思想对峙》，中国社会科学出版社2006年版，第313—315页。

[②] 参见刘文飞《伊阿诺斯，或双头鹰：俄国文学和文化中斯拉夫派和西方派的思想对峙》，中国社会科学出版社2006年版，第325页。

第七章 刘文飞:"诗与思"的追求

一步揭示了两派斗争的历史渊源和过程。

三 两派争论对俄国文学的影响

斯拉夫派和西方派的论争不仅影响到了俄国的思想文化领域,而且对文学也产生了深远的影响。刘文飞指出这种影响至少体现在以下两个方面。第一,"它构成了 19 世纪,乃至整个俄国文学史上的一个分水岭"①。我国学者何云波、刘亚丁在文章中认为,19 世纪的俄国文学可以划分为两个阶段,一是前 50 年的准备期,一是后 50 年的腾飞期,是其本土文化回归的 50 年。② 在斯拉夫派和西方派争论的过程中,"斯拉夫派反对西欧的理性主义,主张弘扬东方宗教中的直觉精神,但是,在他们对俄国的古代文化的潜心挖掘、对俄国文化民族特性的精心归纳和对俄罗斯民族独特的世界使命的论证中,却又处处体现着一种强烈的理性色彩;西方派主张俄国走西欧的发展道路,但他们对西方文明却持有一种清醒的认识"。因此,西方派并非对西欧盲目崇拜。③ 第二,"两派的思想论争对于俄国作家而言无疑构成了一个独特的思想温床"④。19 世纪中期的俄国作家几乎都参与到了这场思想争论中,成为俄国文学繁荣的基础。斯拉夫派和西方派的思想论争也是俄国文学现实主义传统的重要来源。

刘文飞认为斯拉夫派的影响虽然略逊于西方派,但他们的贡献是不容忽视的。斯拉夫派对农奴制的坚决抵制,决定了他们的现实主义态度,文学为社会生活服务;斯拉夫派注重"人民性"的概念,他们关注民众,将古朴的民间生活视为理想的社会结构;他们对俄国文学民族特性的强调,对于建立有俄国特色的现实主义文学具有十分重

---

① 刘文飞:《伊阿诺斯,或双头鹰:俄国文学和文化中斯拉夫派和西方派的思想对峙》,中国社会科学出版社 2006 年版,第 22 页。
② 何云波、刘亚丁:《精神的流浪者——关于俄罗斯知识分子的对话》,《俄罗斯文艺》2001 年第 3 期。
③ 刘文飞:《伊阿诺斯,或双头鹰:俄国文学和文化中斯拉夫派和西方派的思想对峙》,中国社会科学出版社 2006 年版,第 23 页。
④ 同上。

要的意义。① 随着时代的发展，斯拉夫派对俄国文学的影响会得到进一步揭示。

对于西方派来说，他们对当时俄国文学的影响似乎超过了斯拉夫派。一方面，西方派的形成过程和发展过程，与俄国现实主义传统的确立过程是一致的，因而在现实主义文学传统的确立中发挥了重要的作用。另一方面，俄国西方派"开始了对俄国文学的现代文艺学意义上的专业学术研究"②。西方派人士大多有留学西方的经历，他们在将西方的观念介绍到俄国时，同时也带来了西方文化中批判的理性精神和求真的学术态度，并将其运用于祖国文学的实际批评中。西方派也使俄国文学建立起了与西欧文学的密切联系。西方派的努力使得俄国文学迅速地走向世界。

刘文飞对于俄国思想文化史的研究具有鲜明的特点，从伊凡四世和库尔勃斯基的论战、《哲学书简》的发表、阿瓦库姆的《生活纪》等具体文化现象入手，挖掘隐藏在其中的深刻含义，进一步扩展到对俄罗斯文学的影响。在研究的过程中，他视野开阔，层层递进地展示了俄罗斯思想文化的独特性，为我国俄罗斯思想文化研究增添了一系列力作。

小　　结

刘文飞在俄语诗人和诗歌研究方面成就较为突出，在笔者看来，他使用的多种研究方法中，文本细读是值得关注的一种方法。

文本细读，就其字面意义而言是认真、仔细地阅读文本。作为一个批评术语而言，则是新批评关于文学研究的一种方法。英美新批评产生于20世纪20年代的英国，形成于30年代的美国，最终在40年代到50年代的美国达到鼎盛状态。"新批评"一词，由兰色姆1941

---

① 刘文飞：《伊阿诺斯，或双头鹰：俄国文学和文化中斯拉夫派和西方派的思想对峙》，中国社会科学出版社2006年版，第26页。
② 同上书，第115页。

第七章　刘文飞："诗与思"的追求

年出版的《新批评》一书而得名。兰色姆在该书中讨论了瑞怡兹、燕卜逊、艾略特和温斯特四位批评家的理论，认为他们形成了一种与传统文学批评不同的新的批评，并称他们为"新批评家"。

严格地讲，文本细读并不是一种具体的文学批评方法，而是新批评派所遵循的基本原则。针对传统文学批评致力于作家个性、社会环境、时代精神、历史背景等外在因素的研究，新批评认为这已不能恰当地分析和评价一部作品，因此倡导对文学作品自身的关注。文学本是一个由语言构成的充满矛盾的和谐结构整体，新批评的任务就是考察和评价文学的语言结构，通过对文本语言的张力、悖论、冲突、反讽、含混等因素的分析，来考察所有这些因素如何使文本结构达到和谐统一。

文本细读是建立在对文本语义细致分析的基础上的。所谓"细读"，是指对文学作品中的语言和结构要素做尽可能详尽的分析和解释，在阐释每首诗中各种因素的冲突、张力的基础上把握诗歌的有机统一结构。而且新批评的文本细读方法是一种立足于实践的可操作性强的批评方法。

刘文飞在《布罗茨基传》《诗歌漂流瓶：布罗茨基与俄语诗歌传统》《三诗人书简》《阅读普希金》等著作中，从原文出发，从作品出发，从作品的文学性出发对普希金、莱蒙托夫、阿赫玛托娃、曼德里施塔姆、茨维塔耶娃、布罗茨基等的诗歌进行了解读。尤其是在关于布罗茨基诗歌的研究中，刘文飞运用这种文本细读的方法，将布罗茨基的创作诗学清晰地展现在我们面前，将布罗茨基研究推向了一个新的高度。

同时，他在俄苏文学研究中，一方面将文学研究和文化思想研究结合起来，在文化史的大背景下审视俄国文学，即在文学的个案中发掘其思想史意义；另一方面将俄罗斯古典文学研究和现代文学研究并重，作家作品研究和理论研究并重。他开阔的学术视野及严谨、细致的研究方法对于我国俄苏文学研究者也具有重要的借鉴意义。

结　　语

　　自 1978 年以来，我国的俄苏文学学人在继承前辈学人优秀传统的基础上，不断开拓创新，取得了辉煌的成就。

　　首先，研究范围不断扩大。此时的研究渐渐淡化了意识形态的影响，更多的作家、作品和文学思潮成为研究者笔下的热点。在作家作品研究方面，除普希金、果戈理、列夫·托尔斯泰、陀思妥耶夫斯基、莱蒙托夫、屠格涅夫、丘特切夫、冈察洛夫、涅克拉索夫、契诃夫之外，高尔基、蒲宁、马雅可夫斯基、叶赛宁、布尔加科夫、茨维塔耶娃、阿赫玛托娃、帕斯捷尔纳克、肖洛霍夫、索尔仁尼琴、拉斯普京、艾特玛托夫、左琴科等作家也是研究者所青睐的对象。随着时代的发展，俄罗斯当代的后现代主义小说家索罗金、托尔斯泰娅、彼得鲁斯夫斯卡娅等都成为研究的热点。在文学现象和文学思潮研究方面，俄罗斯白银时代文学、俄罗斯侨民文学都是较新的研究对象。

　　其次，研究方法也在不断扩展和更新。新时期以来，我国的俄苏文学研究取得如此巨大的成就，方法的发展是一个不容忽视和回避的问题。方法是一种研究手段，当研究对象发生改变时，研究方法也会有所不同。如俄苏文学研究的对象就经历了一个漫长的发展变化过程，在作家研究方面，研究对象从最初的俄苏经典作家逐渐扩大范围，扩展到了流亡国外的俄国作家。在文艺理论方面，从最初的俄苏马列文论研究扩展到多个方面，如对俄国白银时代文论的研究和巴赫金研究等。与此相对应的俄苏文学研究方法，从最初常用的社会历史批评法，逐渐扩展到比较多样化的研究方法，既有重视作品内部因素的形式主义批评、结构主义批评、英美新批评等，也有从文化角度展开的生态批评、女性主义批评、神话—原型批评和宗教文化批评等。俄苏文学学人在研究中，自觉地尝试不同的研究方法，使得俄苏文学研究焕发出新的光彩。

最后，这一时期以来，我国的俄苏文学学人人才辈出。除了本书作为个案的五位学者之外，陈燊、李辉凡、张捷、蓝英年、吴泽霖、王智量、倪蕊琴、夏仲翼、余绍裔、彭克巽、石南征、岳凤麟、顾蕴璞、徐稚芳、李明滨、李毓榛、任光宣、程正民、张建华、白春仁、陈建华、朱宪生、余一中、汪介之、金亚娜等专家在各自的研究领域也取得了丰硕的成果。与此同时，俄苏文学学人中出现了一批更为年轻的学者，他们以自己的努力和成果，继续推动着俄苏文学研究的深入和发展。

本书在研究中，将时间段设定为1978年至2018年，从学术史的角度对俄苏文学学者这一群体进行研究，力图梳理呈现俄苏文学学人群体的地域分布、研究方法的变化及时代特色等特点。通过以点带面的方式，探讨了1978年以来俄苏文学学人群体的发展变化，为我国俄苏文学学术史研究提供了丰富翔实的材料，同时也为以后的学人研究提供了一种参照。

参考文献

著　　作

［俄］别尔嘉耶夫：《俄罗斯思想》，雷永生、邱宁娟译，生活·读书·新知三联书店1995年版。

陈建华：《二十世纪中俄文学关系》，高等教育出版社1998年版。

陈建华主编：《中国俄苏文学研究史论》，重庆出版社2007年版。

陈钟石、潘莉：《戈宝权》，中国文史出版社2004年版。

狄其骢：《文艺学问题》，山东大学出版社1993年版。

［加拿大］弗莱：《伟大的代码：圣经与文学》，郝振益等译，北京大学出版社1998年版。

［英］弗雷泽：《金枝》，徐育新、汪培基、张泽石译，中国民间文艺出版社1987年版。

高莽：《诗人之恋：苏联三大诗人的爱情悲剧》，外国文学出版社1991年版。

高莽：《灵魂的归宿：俄罗斯墓园文化》，群言出版社2000年版。

高莽：《圣山行：寻找诗人普希金的足迹》，中国社会科学出版社2004年版。

高莽：《俄罗斯美术随笔》，人民文学出版社2005年版。

高莽：《我画俄罗斯》，人民文学出版社2006年版。

高莽：《高贵的苦难：我与俄罗斯文学》，河南文艺出版社2007

年版。

高莽：《墓碑·天堂：向俄罗斯84位文学·艺术大师谒拜絮语》，人民日报出版社2009年版。

戈宝权：《普希金文集》，上海时代书报出版社1947年版。

戈宝权：《〈阿Q正传〉在国外》，人民文学出版社1981年版。

戈宝权：《中外文学因缘》，北京出版社1992年版。

《戈宝权纪念文集》编委会编：《戈宝权纪念文集》，江苏教育出版社2001年版。

胡经之、王岳川主编：《文艺学美学方法论》，北京大学出版社1994年版。

黄修己主编：《中国现代文学研究方法论集》，首都师范大学出版社1994年版。

李朝龙：《现代文艺批评方法论》，贵州人民出版社2005年版。

梁坤：《末世与救赎：20世纪俄罗斯文学主题的宗教文化阐释》，中国人民大学出版社2007年版。

梁启超：《中国近三百年学术史》，东方出版社1996年版。

刘宁主编：《俄国文学批评史》，上海译文出版社1999年版。

刘文飞：《二十世纪俄语诗史》，社会科学文献出版社1996年版。

刘文飞：《诗歌漂流瓶：布罗茨基与俄语诗歌传统》，浙江文艺出版社1997年版。

刘文飞：《三诗人书简》，中央文献出版社1999年版。

刘文飞：《布罗茨基传》，新世界出版社2003年版。

刘文飞：《伊阿诺斯，或双头鹰：俄国文学和文化中斯拉夫派和西方派的思想对峙》，中国社会科学出版社2006年版。

刘文飞：《思想俄国》，山东友谊出版社2006年版。

罗婷：《女性主义文学批评在西方与中国》，中国社会科学出版社2004年版。

［英］玛丽·伊格尔顿编：《女权主义文学理论》，胡敏等译，湖南文艺出版社1989年版。

马焯荣：《中西宗教与文学》，岳麓书社1991年版。
邱运华：《文学批评与案例》，北京大学出版社2006年版。
［瑞士］荣格：《心理学与文学》，冯川、苏克译，生活·读书·新知三联书店1987年版。
孙绳武、卢永福主编：《普希金与我》，人民文学出版社1999年版。
王春元、钱中文主编：《文学理论方法论研究》，湖南文艺出版社1987年版。
王诺：《欧美生态文学》，北京大学出版社2003年版。
［美］魏伯·司各特：《西方文艺批评的五种模式》，蓝仁哲译，重庆出版社1983年版。
吴元迈：《苏联文学思潮》，浙江文艺出版社1985年版。
吴元迈：《探索集》，外国文学出版社1986年版。
吴元迈：《现实的发展与现实主义的发展》，漓江出版社1987年版。
吴元迈：《吴元迈文集》，上海辞书出版社2005年版。
吴元迈：《俄苏文学及文论研究》，中国社会科学出版社2014年版。
杨国荣：《实证主义与中国近代哲学》，华东师范大学出版社2009年版。
杨素梅、闫吉青：《俄罗斯生态文学论》，人民文学出版社2006年版。
余三定：《当代学术史研究》，人民出版社2009年版。
［俄］泽齐娜等：《俄罗斯文化史》，刘文飞、苏玲译，上海译文出版社2005年版。
张京媛主编：《当代女性主义文学批评》，北京大学出版社1992年版。
张铁夫主编：《普希金与中国》，岳麓书社2000年版。
张岩冰：《女权主义文论》，山东教育出版社1998年版。
赵敏俐：《文学研究方法论讲义》，学苑出版社2005年版。
赵毅衡编选：《"新批评"文集》，中国社会科学出版社1988年版。
周启超：《俄国象征派文学研究》，社会科学文献出版社1993年版。

周启超：《俄国象征派文学理论建树》，安徽教育出版社 1998 年版。
周启超：《白银时代俄罗斯文学研究》，北京大学出版社 2003 年版。
周启超：《现代斯拉夫文论导引》，河南大学出版社 2011 年版。
周启超：《跨文化视界中的文学文本/作品理论——当代欧陆文论与斯拉夫文论的一个轴心》，中国社会科学出版社 2012 年版。

论　　文

陈建华：《一项泽被后人的学术工程——写在〈费·陀思妥耶夫斯基全集〉出版之际》，《俄罗斯研究》2010 年第 6 期。
陈建华：《做有良知的学问——写在倪蕊琴教授新著〈俄罗斯文学的魅力——研究、回忆与随笔〉前》，《中国比较文学》2011 年第 2 期。
陈燊：《欧美作家论托尔斯泰》，《外国文学研究》1981 年第 2 期。
陈燊：《列夫·托尔斯泰和意识流》，《外国文学评论》1987 年第 4 期。
陈燊：《论〈罗亭〉》，《外国文学评论》1990 年第 2 期。
陈燊：《屠格涅夫研究简论》，《外国文学研究》1992 年第 2 期。
陈训明：《行迹考察与外国作家研究——以普希金研究为例》，《贵州社会科学》2000 年第 3 期。
程正民：《文化诗学：钟敬文和巴赫金的对话》，《文学评论》2002 年第 2 期。
董晓：《评王志耕〈宗教文化语境下的陀思妥耶夫斯基诗学〉》，《俄罗斯文艺》2006 年第 1 期。
董小英：《俄国巴赫金研究现状》，《外国文学评论》1997 年第 2 期。
戈宝权：《"五四"运动前后俄罗斯古典文学对中国新文学的影响》，《外国文学研究》1989 年第 3 期。
何云波：《陀思妥耶夫斯基小说中的〈圣经〉原型》，《外国文学欣赏》1989 年第 1、2 期。

何云波:《论艾特玛托夫小说的神话模式》,《外国文学评论》1994 年第 4 期。

何云波:《二十世纪的启示录:〈日瓦戈医生〉的文化阐释》,《国外文学》1995 年第 1 期。

何云波:《〈断头台〉:一个现代宗教神话》,《外国文学研究》2003 年第 3 期。

何云波:《学术史的写法——兼评〈中国俄苏文学研究史论〉》,《俄罗斯文艺》2008 年第 3 期。

黄艾榕:《历史与逻辑的统一——评〈苏联反法西斯战争小说史〉》,《俄罗斯文艺》1995 年第 6 期。

[俄]嘉·库利科娃:《长者与友人——记戈宝权》,《文教资料》2000 年第 1 期。

李明滨:《中国普希金研究的开拓者戈宝权》,《俄罗斯文艺》1998 年第 4 期。

李明滨:《中国的普希金研究》,《俄罗斯文艺》1999 年第 2 期。

刘蓓:《生态批评研究考评》,《文艺理论研究》2004 年第 2 期。

刘景兰:《"把历史的内容还给历史"——从〈吴元迈文集〉看吴先生的文论》,《外国文学研究》2006 年第 1 期。

刘文飞:《"道德的"生态文学——序〈俄罗斯生态文学论〉》,《俄罗斯文艺》2006 年第 3 期。

[俄]罗高寿:《戈宝权,俄罗斯杰出的老朋友》,《文教资料》2000 年第 1 期。

马龙潜:《对当代文学理论体系哲学基础的认识》,《社会科学战线》2001 年第 2 期。

[俄]齐赫文斯基:《我与戈宝权的交往》,《文教资料》2000 年第 1 期。

邱运华:《走向综合——评王远泽〈高尔基研究〉》,《理论与创作》1990 年第 4 期。

邱运华:《列宁文艺思想与文艺学经典命题——读程正民〈列宁文艺

思想与当代〉》,《文艺理论与批评》1998 年第 5 期。

邱运华:《中国高尔基学的发展历程——中国高尔基学的建立与陈寿朋先生的高尔基研究》,《内蒙古大学学报》(人文社会科学版) 2003 年第 1 期。

任光宣:《俄国文学与宗教》,《国外文学》1992 年第 2 期。

任光宣:《重读长篇小说〈钢铁是怎样炼成的〉》,《俄罗斯文艺》1998 年第 2 期。

沈云霞、张铁夫:《中国国别文学研究学术史的范本——评陈建华等〈中国俄苏文学研究史论〉》,《外国文学研究》2007 年第 5 期。

史锦秀:《诗人与诗人的交流——读曾思艺教授的〈丘特切夫诗歌美学〉》,《俄罗斯文艺》2010 年第 2 期。

汪介之:《我国俄罗斯文学史研究中的一部权威性著作——评曹靖华先生主编的〈俄国文学史〉》,《俄罗斯文艺》2008 年第 4 期。

汪介之:《俄罗斯文学精神与中国新文学总体格局的形成:中俄文学关系的宏观考察》,《国外文学》1992 年第 4 期。

王金珊、刘文斌:《努力把马克思主义文艺理论向前推进——吴元迈文艺理论研究论析》,《高校理论战线》2010 年第 3 期。

王诺:《生态批评:发展与渊源》,《文艺研究》2002 年第 3 期。

王向远:《对中俄文学关系的总体研究》,《俄罗斯文艺》2003 年第 1 期。

王志耕:《视界·渊源·文学的史:读〈二十世纪俄语诗史〉》,《俄罗斯文艺》1999 年第 1 期。

王志耕:《基督教与陀思妥耶夫斯基的"历时性"诗学》,《外国文学评论》2001 年第 3 期。

王忠祥:《隽永和谐而与时俱进的特色多声部复调乐曲——赏析吴元迈〈俄苏文学及文论研究〉》,《外国文学研究》2015 年第 3 期。

沃野:《论实证主义方法论的变化和发展》,《学术研究》1998 年第 7 期。

吴俊忠:《俄罗斯文学研究中的"蓝英年现象"》,《深圳大学学报》

2010 年第 1 期。

吴元迈：《也谈上层建筑与意识形态的关系——与朱光潜先生商榷》，《哲学研究》1979 年第 9 期。

吴元迈：《苏联的"艺术接受"探索》，《文学评论》1986 年第 1 期。

吴元迈：《把马克思主义文艺理论向前推进》，《文艺理论与批评》1987 年第 5 期。

吴元迈：《当代苏联文艺学方法概观》，《世界文学》1989 年第 3 期。

吴元迈：《面向 21 世纪的外国文学——在中国外国文学学会第五届年会上的发言》，《外国文学评论》1995 年第 1 期。

吴元迈：《"把历史还给历史"——苏联文论在新中国的历史命运》，《文艺研究》2000 年第 4 期。

吴泽霖：《苏联的历史比较文艺学》，《苏联文学联刊》1991 年第 3 期。

肖百容：《实证主义方法与文学研究》，《船山学刊》2003 年第 2 期。

辛未艾：《一部坚持原则，实事求是的学术著作——评介刘宁主编的〈俄国文学批评史〉》，《俄罗斯文艺》1999 年第 4 期。

辛未艾：《一本很有价值的书——评〈俄国文学与西方审美叙事模式比较研究〉》，《俄罗斯文艺》2001 年第 4 期。

熊文芳：《高尔基及其著作述评的全景式组合——评王远泽的〈高尔基研究〉》，《外国文学评论》1989 年第 3 期。

夏仲翼：《陀思妥耶夫斯基的〈地下室手记〉和小说复调结构问题》，《世界文学》1982 年第 4 期。

许贤绪：《当代苏联生态文学》，《中国俄语教学》1987 年第 1 期。

严绍璗：《双边文化关系研究与"原典性的实证"的方法论问题》，《中国比较文学》1996 年第 1 期。

杨怀玉：《断裂与整合，借鉴与思考——浅谈 20 世纪 90 年代我国俄苏文学史研究》，《俄罗斯文艺》2001 年第 4 期。

余一中：《〈钢铁是怎样炼成的〉是一本好书吗？》，《俄罗斯文艺》1998 年第 2 期。

张建华：《多甫拉托夫：一个重要和鲜亮的后现代主义现象》，《当代外国文学》2004 年第 4 期。

章星：《追踪诗魂——陈训明的普希金研究》，《贵州文史丛刊》2000 年第 5 期。

郑恩波：《瑰奇而珍贵的艺术世界——评高莽〈灵魂的归宿〉》，《俄罗斯文艺》2002 年第 4 期。

周丰、曾宏伟：《实证主义浅论》，《语文学刊》2009 年第 8 期。

周启超：《在"结构—功能"探索的航道上——俄国形式主义在当代苏联文艺理论界的渗透》，《外国文学评论》1989 年第 1 期。

周启超：《"二十世纪俄语文学"：新的课题，新的视角》，《国外文学》1993 年第 4 期。

周启超：《直面原生态　检视大流脉——二十年代俄罗斯文论格局刍议》，《文学评论》2001 年第 2 期。

周启超：《在"开放"与"开采"中自我更新——苏联解体以来俄罗斯文论气象手记》，《俄罗斯文艺》2011 年第 2 期。

朱光潜：《上层建筑与意识形态之间关系的质疑》，《华中师范学院学报》（哲学社会科学版）1979 年第 1 期。